d

Martin Walker

Französisches Roulette

Der dreizehnte Fall für Bruno, Chef de police

ROMAN

Aus dem Englischen von Michael Windgassen

Diogenes

Titel der 2020 bei Quercus Editions,
Ltd., London, erschienenen Originalausgabe:
›A Shooting at Chateau Rock‹

Covermotiv: Foto von Alberto Masnovo

www.diogenes.ch
100/21/44/2
ISBN 978 3 257 07118 4

Für Gérard Fayolle und Gérard Labrousse,
zwei vorbildliche Menschen und
außerordentlich kompetente Bürgermeister,
deren Arbeit mir einen Großteil meiner Kenntnisse
über das Funktionieren der Demokratie im
ländlichen Périgord vermittelt hat

1

Zwei Tage nach der Beisetzung seines Vaters kam Gaston Driant in das Bürgermeisteramt von Saint-Denis, um mit Bruno Courrèges zu sprechen, dem ersten und einzigen Polizisten der Stadt. Gaston, ein langjähriger Bekannter aus dem Tennisclub, wirkte verstört, was sich Bruno damit erklärte, dass er noch unter Schock stand. Der alte verwitwete Driant hatte einen plötzlichen Herztod erlitten und war erst Tage später in seinem entlegenen Haus aufgefunden worden, von Patrice, dem Briefträger, der alten Kunden ab und zu einen Besuch abstattete, um nach dem Rechten zu sehen. Driant hatte ihn immer gern zu einem Gläschen von seiner selbst gemachten *gnôle* eingeladen, einem berühmt-berüchtigten Schnaps, vor dem Bruno großen Respekt hatte. Nach vergeblichem Anklopfen hatte sich Patrice Einlass durch die Küchentür verschafft. Zwei Katzen sprangen an ihm vorbei in den Garten, worauf ihm ein Gestank entgegenschlug, der ihn zurückfahren ließ. Als er dann sah, was die hungrigen Katzen in ihrer Verzweiflung mit dem toten Bauern angestellt hatten, drehte sich ihm der Magen um. Es dauerte eine Weile, bis er sich erholt hatte und Dr. Gelletreau alarmierte, von dem er wusste, dass er Driants Hausarzt war. Unter freiem Himmel und in frischer Luft wartete er auf dessen Ankunft.

Kaum eine Stunde später war Gelletreau vorgefahren, begleitet von einem Krankenwagen. Nachdem er den Toten untersucht hatte, gab er dessem Sohn ein Rezept für Schlaftabletten und schrieb ihn für drei Tage krank. An der vom Arzt bescheinigten Todesursache – Herzversagen – konnte kein Zweifel bestehen. Wie Gelletreau Bruno später mitteilte, hatte er Driant erst vor einem Monat dringend empfohlen, sich einen Herzschrittmacher einsetzen zu lassen, und einen entsprechenden Eingriff im Krankenhaus in die Wege geleitet.

Als Gaston nun vor Bruno stand, überraschte er ihn mit der entschiedenen Weigerung, sich auf einen Kaffee im Café Cauet einladen zu lassen. »Ich komme in einer dienstlichen Angelegenheit, Bruno; wir sollten also besser hier in deinem Büro bleiben. Eben erst war ich bei dem neuen *notaire* in Périgueux. Er hatte meiner Schwester und mir einen Brief geschrieben und diesen beim Bestatter für uns hinterlegt. Claudette, meine Schwester, ist extra von Paris angereist. Wir dachten, er wollte uns den Letzten Willen unseres Vaters vorlesen. Aber was er uns dann tatsächlich mitgeteilt hat, hat uns vom Stuhl gehauen. Wie dem auch sei, auf dem Weg zurück hierher haben wir, meine Schwester und ich, beschlossen, dass ich dich als alten Freund aufsuche und deinen Rat einhole. Ich meine, du kennst dich mit den Gesetzen aus, wir haben keine Ahnung.«

Es sei vom Eigentum seines Vaters nichts übriggeblieben, erklärte Gaston. Hinter dem Rücken seiner Kinder hatte Driant Haus und Hof verkauft und alles Geld in eine Versicherung gesteckt, von der er sich erhoffte, für den Rest seiner Tage in einem teuren Seniorenheim unterkommen zu können. Nach Auskunft des *notaire* wollte er im September dorthin umziehen, einen letzten Sommer aber noch auf der von seinem Vater geerbten *ferme* verbringen.

»Claudette und ich sind fassungslos, dass Papa uns von alldem nichts gesagt hat«, fuhr Gaston fort. »Völlig unverständlich ist für uns auch, dass er diesen Schickimicki-Notar in Périgueux aufgesucht hat, wo wir, die Familie, doch mit Brosseil immer zufrieden waren. Ich wollte zu ihm, gleich nach der Totenwache im Bestattungsinstitut, doch da wurde mir dann dieser Brief von dem *notaire* aus Périgueux vorgelegt.«

Bruno nickte verständnisvoll. Brosseil führte schon in dritter Generation das Notariat in Saint-Denis. Er kannte alle Bewohner der näheren Umgebung, die samt und sonders ihre letzten Verfügungen, Eigentumsübertragungen und sonstigen amtlichen Angelegenheiten von ihm beglaubigen ließen. Brosseil war ein verschrobener Typ, sehr etepetete, sowohl was seine Aufmachung als auch seine Manieren anging, und von einer Eitelkeit, die ans Lächerliche grenzte. Aber gerade deshalb fand man ihn liebenswert. Die ganze Stadt machte sich auf wohlmeinende Weise über ihn lustig. Bruno wusste aber auch, dass er seine Aufgaben äußerst gewissenhaft erledigte und so ehrlich war wie der Tag lang.

»Außerdem hätte dieses Seniorenheim überhaupt nicht zu Papa gepasst«, führte Gaston weiter aus. »Meine Schwester hat es gegoogelt. Es handelt sich um ein altes Château, das in ein Hotel umgebaut wurde, um jetzt als extravagante Altersresidenz genutzt zu werden. Die Kosten für einen Heimplatz liegen bei viertausend Euro im Monat und darüber. Ich verdiene nicht halb so viel. Und obwohl Papa tot ist, kassiert dieses Haus das ganze Geld aus der Versicherung. Das kann doch nicht mit rechten Dingen zugehen, oder? Was rätst du uns, Bruno?«

Bruno notierte sich die Namen und Anschriften des Notars, der Versicherungsgesellschaft sowie des Seniorenheims und kopierte den Brief des Notars an Gaston.

»Ich werfe da mal einen Blick drauf«, sagte er. »Wie alt war dein Vater?«

»Im November wäre er vierundsiebzig geworden. Bis auf das, was Gelletreau über sein Herz sagt, war er kerngesund, als ich ihn das letzte Mal gesehen habe. Das war im März, als ich ihm geholfen habe, die Lämmer zur Welt zu bringen. Apropos, was wird jetzt aus den Schafen, den Enten und Hühnern?«

Mit der Auflösung des hiesigen Sägewerks war Gaston arbeitslos geworden und hatte danach einen Job als Krankenwagenfahrer in Bordeaux angenommen. Bruno hatte ihm ein polizeiliches Führungszeugnis ausgestellt und eine Empfehlung formuliert, in der aufgeführt war, dass Gaston mehrere Jahre bei der Freiwilligen Feuerwehr mitgewirkt und erste Erfahrungen als Notretter erworben hatte. Gaston musste für zwei Töchter sorgen, die noch zur Schule gingen. Nicht zuletzt für sie hatte er nach dem Tod seines Vaters mit einer anständigen Erbschaft gerechnet.

»Hat er dir oder Claudette gegenüber nie etwas von seinen Plänen gesagt?«, fragte Bruno.

Gaston schüttelte den Kopf. »Als wir das letzte Mal zusammen am Tisch saßen und gegessen haben, sprach er davon, dass er so lange wie möglich auf dem Hof bleiben und erst dann ins Altersheim von Saint-Denis gehen wollte, wenn es unumgänglich wäre. Da würde er immerhin unter Freunden und Bekannten sein. Ich weiß nicht, was in ihn gefahren ist.«

»Überlass die Sache mir«, sagte Bruno. »Ich werde mich erkundigen und gebe dir Bescheid, wenn ich etwas herausgefunden habe. Aber so viel kann ich dir schon vorweg sagen: Wenn alte Leute ihren Letzten Willen ändern wollen, müssen ein Arzt und ein Anwalt attestieren, dass sie im Vollbesitz ihrer geistigen Kräfte sind und aus freien Stücken handeln. Wenn eine solche Bescheinigung in eurem Fall nicht vorliegt, könntet ihr Einspruch erheben. Nur, darüber müsst ihr euch im Klaren sein: Gegen einen *notaire* und eine Versicherungsgesellschaft zu klagen wird einen langwierigen Prozess nach sich ziehen und am Ende womöglich sehr teuer werden.«

»Merde«, knurrte Gaston. »Immer dasselbe. Die Reichen bekommen recht, und unsereins guckt in die Röhre.«

»Wenn es kein Testat gibt, habt ihr das Recht auf eurer Seite. Und du weißt, der Bürgermeister und ich werden euch unterstützen. Mein herzliches Beileid noch mal. Ich habe deinen Papa gemocht. Er saß bei fast allen Rugbyspielen auf der Tribüne und hat an den *dîners* des Jagdclubs teilgenommen. Und diese *gnôle* war zwar schwarz gebrannt, aber das beste *eau de vie* weit und breit. Ich hoffe, du hast noch ein paar Flaschen davon.«

»Eine oder zwei. Den Großteil seines Raketentreibstoffs hat er selbst getrunken, was man ihm nicht verdenken kann«, sagte Gaston und stand auf, um Bruno die Hand zu schütteln.

Brunos erster Weg führte ihn ins Büro des Katasteramts am Ende des Flurs. Dort suchte er die Karte heraus, auf der jede Liegenschaft, deren Eigentümer sowie Details zu den Grundsteuern verzeichnet waren. Für Driants Hof war noch kein neuer Besitzer registriert. Die dazugehörigen Ländereien beliefen sich auf zweiundsechzig Hektar, zum größten Teil Wald, und dazu ein paar karge Weiden oben auf dem Plateau – zum Weinanbau ungeeignet und für eine Schafherde zu klein. Es überraschte Bruno zu erfahren, dass Driant einen Bauantrag für vier neue Häuser auf seinem Land gestellt hatte, gedacht als Unterkünfte für Saisonarbeiter, wie es in dem Antrag hieß. Eine solche Zweckbestimmung wurde häufig vorgetäuscht, wenn in Wirklichkeit der Verkauf von Ferienhäusern beabsichtigt war.

Von Monsieur Sarrail, dem *notaire* aus Périgueux, hatte Bruno noch nie gehört. Dem Briefkopf aber war zu entnehmen, dass seine Kanzlei an der vornehmen Rue du Président Wilson mitten in der Innenstadt lag. Im selben Gebäude hatte, wie Bruno herausfand, der Agent der Versicherungsgesellschaft sein Büro. Interessant, dachte er. Er besuchte die Website der Seniorenresidenz und staunte, als er ein schönes Château in der Nähe von Sarlat zu Gesicht bekam, eines, das er kannte. Vor fünf oder sechs Jahren hatte ihn der Baron dorthin zum Abendessen eingeladen. Es war gerade zu einem Viersternehotel umgebaut worden und hatte ein Restaurant, das sich um einen Michelin-Stern bemühte. Nach Brunos Geschmack war das Menü eine Spur zu sehr *nouvelle cuisine* gewesen, die Portionen zu klein und überdekoriert, um kunstvoll und einfallsreich zu wirken. Auf Bruno und den Baron hatten sie einen eher prätentiösen Eindruck gemacht. Es blieb ihr einziger Besuch dort.

Auf der Website der Seniorenresidenz war von medizinischer Vollversorgung die Rede, von einer Betreuung durch ausgebildete Krankenschwestern, Physiotherapeuten und Masseuren sowie einem fest angestellten Arzt, der auch als Vorstandsmitglied fungierte. Sie empfahl sich als »luxuriöses Etablissement für eine anspruchsvolle Klientel nach dem Vorbild eines exklusiven Privatclubs«. Zu der besonderen Ausstattung gehörten ein Kino, ein Kurbad und eine Neun-Loch-Golfanlage. Dass der Geschäftsführer früher für das Pariser Hôtel Crillon tätig gewesen war, wurde ebenfalls als Besonderheit herausgestellt.

Weiter hieß es, dass der Chefkoch seine Lehre in einem Genfer Restaurant, von dem Bruno schon gehört hatte, absolviert hatte und später als Sous-Chef im Pariser Relais Louis XIII Erfahrungen gesammelt hatte. In diesem Feinschmeckertempel war Bruno einmal mit seiner alten Flamme Isabelle zu Gast gewesen und hatte die köstlichsten *quenelles* gegessen, die ihm jemals serviert worden waren. Wieso um alles in der Welt hätte sich Driant in einer derart noblen Seniorenresidenz zur Ruhe setzen wollen, hätte er doch damit rechnen müssen, von den Mitbewohnern und wahrscheinlich auch vom Personal als einfacher Schafzüchter verhöhnt zu werden? Reservierung auf Antrag, hieß es lapidar.

Bruno fand den Namen des Geschäftsführers auf der Website, rief im Hôtel Crillon in Paris an und verlangte den Sicherheitsbeauftragten zu sprechen. Er stellte sich vor und erfuhr, dass er mit einem ehemaligen *détective* der Préfecture de Police verbunden war, der über den gemeinsamen Freund Jean-Jacques, den Chefinspektor des Départements Dordogne, von ihm, Bruno, schon gehört hatte. Bruno erklärte, dass er Erkundigungen über eine luxuriöse Seniorenresidenz in seiner Region einzuholen versuche, deren Geschäftsführer angeblich im Crillon gearbeitet habe. Der alte Polizist lachte, als er dessen Namen hörte. Ja, er habe tatsächlich ein paar Monate als Portier in seinem Haus gearbeitet und vor allem die Aufgabe gehabt, das Gepäck der Gäste auf die Zimmer zu tragen und schmutzige Wäsche einzusammeln und zur Reinigung zu bringen. Er sei durchaus tüchtig gewesen, sagte er, wurde aber vor die Tür gesetzt, als sich ein weiblicher Gast darüber beschwerte, dass er ihr seine Dienste als Gigolo anempfohlen hatte.

Bruno rief daraufhin Jean-Jacques im Polizeihauptquartier in Périgueux an und fragte ihn, ob ihm etwas über den *notaire* oder die Seniorenresidenz bekannt sei und ob die Driant-Geschichte nicht nach Betrug aussehen würde.

»Von dieser Residenz habe ich noch nie gehört«, antwortete Jean-Jacques, »aber vielleicht ist das, was Sie mir da berichten, eine neue Masche unseres *notaire*. In Paris hat es dergleichen Fälle schon gegeben: Ein *notaire* geht mit einem Versicherungsvertreter, einem Wirtschaftsprüfer und einem Investmentberater eine Partnerschaft ein und bietet wohlhabenden Leuten finanzielle Beratung an. Das Ganze nennt sich Vermögensverwaltung. Dieser Typ aus Périgueux ist mir allerdings noch nie untergekommen, gehört aber auch nicht wirklich zu meiner Klientel. Ich könnte mich mal diskret mit einem Kollegen der *fisc* in Verbindung setzen, wenn Sie wollen.«

Bruno bejahte. *Fisc* war die umgangssprachliche Bezeichnung für die *Brigade nationale de répression de la délinquance fiscale*. Sie arbeitete manchmal eng mit der Polizei zusammen, war aber im Unterschied zu dieser nicht dem Innenministerium unterstellt, sondern dem Ministerium für Wirtschaft und Finanzen. Bruno erzählte Jean-Jacques, was er von dem gemeinsamen Bekannten im Crillon über den Geschäftsführer der Seniorenresidenz erfahren hatte, und brachte ihn damit zum Lachen.

Bruno ging zu Claire, der Sekretärin der *mairie*, und fragte, ob Bürgermeister Mangin zu sprechen sei. Der hatte ihn offenbar gehört, weil die Tür zum Vorzimmer halb offen stand, und rief, er solle gleich hereinkommen. Bruno berichtete, was er in Erfahrung gebracht hatte, und fragte den Bürgermeister, ob er etwas über Driants Bauvorhaben wisse.

»Ja, der Rat hat seinen Antrag bewilligt«, antwortete Mangin. »Eine Hand wäscht die andere. Driant war über zwei Legislaturperioden Ratsmitglied gewesen; das war vor Ihrer Zeit, Bruno. Dass unsere Ratsherren Projekte eines Kollegen unterstützen, ist doch klar, und es besteht ja Bedarf an Unterkünften für all die Pensionäre, die bei uns ihren Lebensabend verbringen wollen. Aber was Sie da sagen, klingt in der Tat ziemlich schräg. Ich werde meinen Amtskollegen in Sarlat anrufen und fragen, was er über diese Seniorenresidenz weiß. Dass Driant ausgerechnet dort unterkommen wollte, kann ich mir beim besten Willen nicht vorstellen.«

»Sie kennen Driants Betrieb«, sagte Bruno. »Was könnte er Ihrer Meinung nach einbringen?«

»Landwirtschaftlich wird ihn wohl niemand mehr nutzen wollen, schon gar nicht für die Schafzucht, zumal Brüssel die Agrarsubventionen für Bergbauernbetriebe eingestellt hat. Driant war wohl einer der Letzten, die von Zuschüssen profitiert haben«, antwortete Mangin. »Das Wohnhaus und die Scheunen dürften an die hundertfünfzigtausend wert sein, aber nur, wenn jemand ein kleines Hotel und *gîtes* daraus machen würde, was, wenn ich richtig informiert bin, im Antrag schon so formuliert war. Der Kaufpreis wird aber wohl letztlich davon abhängen, in welchem Zustand die Gebäude sind und wie viel investiert werden muss. Aber wenn man es geschickt anstellt, könnte es für Sommergäste ideal sein, zumal man von Driants Hof einen phantastischen Blick hat. Ich schlage vor, Sie gehen zu Brosseil und fragen ihn, ob es seine Richtigkeit mit Driants Mandatswechsel hatte. Danach sprechen wir uns wieder.«

Bruno traf den *notaire* in dessen Kanzlei an der Rue Gambetta an. Der kleine Mann war fülliger geworden, aber in Anzug und Krawatte so adrett gekleidet wie eh und je. Dass er, wie auch jetzt, meist eine Blume im Reversknopfloch trug, hatte etwas Dandyhaftes. Nur wenige Männer in Saint-Denis trugen Krawatten bei der Arbeit. Selbst der Bürgermeister verzichtete darauf. Nicht zuletzt deshalb galt Brosseil als Sonderling. Er wurde zwar respektiert, aber wirklich sympathisch fanden ihn die wenigsten. Seine Frau zählte zu dem inzwischen sehr klein gewordenen Kreis von Frauen, die keiner geregelten Arbeit nachgingen und sich stattdessen ausschließlich um den Haushalt kümmerten und für ihre Männer täglich ein traditionelles Mittagessen kochten. Sie ging jeden Sonntag in die Kirche und engagierte sich im Rahmen der Action Catholique für wohltätige Projekte.

Bruno kannte Brosseil allerdings auch von einer ganz anderen Seite. Er hatte gehört, dass der kleine Notar ein Star auf der Tanzfläche war und mit seiner Frau zweimal in der Woche einschlägige Lokale in Bergerac und Périgueux aufsuchte, wo sie unter Gleichgesinnten nach Herzenslust ihr Können zeigen konnten. Bruno konnte bestenfalls Walzer tanzen, aber schon der Unterschied zwischen Quickstep und Foxtrott war ihm ein Rätsel. Wenn es denn der Zufall mal so wollte, kreiste er durch den Saal, schritt aus im Rhythmus der Musik und versuchte, der Partnerin nicht auf die Füße zu treten. So auch auf dem letzten Fest der *pompiers*, als er zum ersten Mal Brosseil die Beine hatte schwingen sehen, und das wahrhaft meisterlich. Pamela, Fabiola und Florence, seine Freundinnen, waren, nachdem sie mit Brosseil einen Walzer aufs Parkett gelegt hatten, mit leuchtenden Augen zum Tisch zurückgekehrt und lobten überschwenglich seine Tanzkunst.

»Das überrascht mich jetzt«, sagte Brosseil als Reaktion auf Brunos Erklärung für seinen Besuch. »Es gehört sich einfach nicht, in den Bezirken anderer Notare zu wildern. Driant war mein Mandant. Und mich nicht einmal darüber in Kenntnis zu setzen, dass er ein neues Testament hat aufsetzen lassen, ist wider alle guten Sitten unseres Berufsstandes. Ich habe das ursprüngliche Testament formuliert und beglaubigt. Wie konnte es überhaupt dazu kommen, dass er diesen Kollegen in Périgueux aufgesucht hat? Schleierhaft ist mir auch, was Driant dazu bewogen hat, seine Kinder zu enterben.«

Ebenso fragwürdig sei der versicherungstechnische Aspekt des Ganzen, fuhr er fort. Driant hätte gut und gern noch fünf bis zehn Jahre leben können; am Ende wären für die Unterbringung in der Seniorenresidenz womöglich insgesamt bis zu einer halben Million Euro fällig gewesen. So viel würde sein Hof mittelfristig nur dann einbringen, wenn man ihn in *gîtes* umwandelte. Aber dafür müsste man erst einmal mindestens dreihunderttausend investieren; dazu kämen Kosten für laufende Reparaturen, für einen Swimmingpool, Terrassen, einen anständigen Parkplatz, Mobiliar …

»Das rechnet sich nicht. Ich kann nicht glauben, dass eine seriöse Versicherungsgesellschaft einen solchen Deal vorschlägt«, sagte Brosseil, der alle fälligen Investitionen an den perfekt manikürten Fingern abgezählt hatte. »Es sei denn, man wusste, dass der alte Herr ein schwaches Herz hat. Die Versicherung wird in Anbetracht seines Alters mit Sicherheit ein medizinisches Gutachten angefordert haben. Kurzum, ich bin derselben Meinung wie Driants Sohn: An der Sache ist was faul. Haben Sie schon mit Bürgermeister Mangin darüber gesprochen?«

»Er war es, der mir geraten hat, mich an Sie zu wenden. Was wissen Sie über den Kollegen in Périgueux?«, fragte Bruno.

»Nicht viel«, antwortete Brosseil. »Sein Name ist Sarrail. Er scheint erst vor kurzem aus Marseille oder Nizza in unsere Region gezogen zu sein. Wenn er sich eine Kanzlei wie die an der Rue du Président Wilson leisten kann, wird er gut bei Kasse sein. Oder er spekuliert auf einträgliche Geschäfte. Es lassen sich ja viele Pensionäre aus ganz Europa im Périgord nieder, und mit all den neuen Hotels und Restaurants bieten sich ökonomische Perspektiven. Ich werde mich mal umhören. Wenn ich etwas Interessantes erfahre, hören Sie von mir.«

Brosseil dachte nach und tippte mit einem Finger auf seine Lippen. »Es wäre günstig, an die Verträge heranzukommen, die Driant mit der Versicherung und der Seniorenresidenz abgeschlossen hat. Als ich hörte, dass er gestorben ist, habe ich im Zentralen Testamentsregister nachgefragt und erfahren, dass kein neuer Eintrag verzeichnet wurde. Solange das nicht der Fall ist, bleibt das erste Testament gültig. Umso mehr wundert mich, dass sich Driants Sohn an Sarrail gewandt hat und nicht zu mir gekommen ist. Nach dem ursprünglichen Testament, das ja noch gültig sein dürfte, sind er und ich als Vollstrecker benannt. Das heißt, ich könnte eine Kopie aller Verträge anfordern, die Driants Letztem Willen widersprechen. Je mehr ich darüber nachdenke, desto fauler erscheint mir das Ganze.«

»Ja, tun Sie das. Aber könnte es sein, dass Driant kurz vor seinem Tod ein neues Testament hat aufsetzen lassen, das das alte ungültig macht?«, fragte Bruno. »Vielleicht hatte das Zentralregister noch nicht die Zeit, seine Daten auf den neuesten Stand zu bringen.«

»Durchaus möglich, aber normalerweise ist man dort ziemlich schnell. Ich prüfe das. Und wenn Sie das nächste Mal mit Gaston sprechen, fragen Sie ihn doch bitte, warum er zu Sarrail gegangen ist. Und ob der Kontakt zu ihm aufgenommen hat.«

»Soweit ich weiß, hat Sarrail einen Brief für die Geschwister Driant beim Bestatter hinterlegt«, sagte Bruno.

Er holte sein Notizbuch aus der Tasche und schrieb die Fragen auf, die Brosseil aufgeworfen hatte. In seinem Hinterkopf tauchte eine weitere Frage auf. Entscheidend war womöglich der von Dr. Gelletreau unterzeichnete Totenschein, der einen Herzinfarkt als Todesursache feststellte. Wäre eine Autopsie vorgenommen worden, hätte Bruno bestimmt davon gehört. Gelletreau mochte den Leichnam in Augenschein genommen haben, aber es war wohl davon auszugehen, dass der Arzt, der fast ebenso alt wie Driant war, einfach sein Formblatt ausgefüllt und sich davon hatte leiten lassen, was er aus der Vorgeschichte seines betagten Herzpatienten wusste. Da dieser nun eingeäschert worden war, würde sich die tatsächliche Todesursache nicht mehr feststellen lassen.

Auf dem Weg zurück in sein Büro überlegte Bruno, ob es angebracht wäre, seine Freundin Fabiola anzurufen, die seiner Meinung nach die beste Ärztin in der Stadt war und immer bereit, ihm zu helfen. Sie in der Klinik anzurufen, wo sie mit Gelletreau zusammenarbeitete, schien ihm aber keine so gute Idee zu sein. Er würde sie ja ohnehin am Abend sehen, wenn sie mit den Pferden zu tun hatten. Dann könnte er sie nach ihrer Meinung fragen. Er wusste, dass sie den älteren Kollegen mochte, auch wenn sie nicht allzu viel Respekt vor seinen fachlichen Fähigkeiten hatte.

Als er sein Büro betrat, klingelte sein Telefon. Es war Brosseil, der ihm mitteilte, dass er noch einmal im Zentralen Testamentsregister angerufen und erfahren hatte, dass Driants neu aufgesetztes Testament, am Freitag voriger Woche unterschrieben und beglaubigt, vorgestern eingereicht worden war. Bruno warf einen Blick auf den Kalender. Am

Freitag hatte der Briefträger den alten Driant tot aufgefunden. Am folgenden Dienstag war seine Asche beigesetzt worden. Jetzt war Donnerstag.

»Es scheint, Driant hatte nach der Änderung seines Letzten Willens nicht mehr lange zu leben«, sagte Bruno. »Ab wann ist ein Testament gültig? Ab dem Zeitpunkt der Unterzeichnung oder der Registratur?«

»Sobald es unterzeichnet und beglaubigt wurde«, antwortete Brosseil. »Aber das tut hier nichts zur Sache, denn wir kennen den Todeszeitpunkt nicht genau. Ich habe gerade ein Schreiben an Sarrail aufgesetzt, mit dem ich ihn auffordere, mir die Verträge über den Verkauf von Driants Betrieb und seine Versicherung zukommen zu lassen. Außerdem soll er mir erklären, ob der Verkauf seiner Viehbestände ordnungsgemäß abgewickelt worden ist, nämlich in Übereinstimmung mit geltendem EU-Recht.«

»Erzählen Sie mir mehr«, sagte Bruno, der sich weitere Notizen machte, als Brosseil auf die verwickelten Bestimmungen in Sachen Viehhandel einging, die wahrscheinlich nur ein auf Landwirtschaft spezialisierter *notaire* überblicken konnte.

»Was, wenn Ihr Kollege in Périgueux und der neue Besitzer diese Bestimmungen missachtet haben?«, wollte Bruno wissen.

»In einem schwerwiegenden Fall könnte der Kaufvertrag für null und nichtig erklärt werden und der eingeschaltete *notaire* seine Zulassung verlieren. Der neue Besitzer könnte ihn womöglich haftbar machen und verklagen. Allerdings vermute ich, dass sie sich für diesen Fall schon eine Lösung haben einfallen lassen und behaupten werden, Driant hätte sich um die Formalitäten kümmern wollen, wozu er aber dann nicht mehr gekommen ist. Jedenfalls würde ich so verfahren, und dumm sind diese Leute bestimmt auch nicht.«

»Was passiert, wenn Sarrail mit den Dokumenten nicht herausrückt?«

»Notariatsakten bezüglich Eigentumsübertragungen, Viehverkäufen und Testamenten müssen der Präfektur vorgelegt werden und einsehbar sein. So oder so, wir werden Kopien davon bekommen. Ob wir dem *notaire* etwas anhängen können, ist eine andere Frage.«

2

Bruno hatte keine Ahnung, ob er es im Fall Driant mit einem Verbrechen zu tun hatte oder ob Gaston einfach juristischen Winkelzügen zum Opfer gefallen war, gegen die er nichts unternehmen konnte, es sei denn, er legte Klage ein. Das aber konnte er sich finanziell nicht leisten. Als Polizist vom Land hielt Bruno an einem ungeschriebenen Gesetz fest, das ihn dazu verpflichtete, seinen Nachbarn nach Möglichkeit zu helfen und sich, wenn nötig, auch um deren Vieh zu kümmern. Driants Katzen konnten sich um sich selbst kümmern, aber weil Bruno sich Sorgen um Driants Schafe und Hühner machte, fuhr er in seinem Polizeitransporter über das Hügelland in Richtung Saint-Chamassy und erfreute sich am Anblick des frischen Maigrüns.

Als er den Hof erreichte, sah er einen Lastwagen vor dem Wohnhaus parken. Er gehörte, wie er wusste, Marc Guillaumat, einem älteren Schafzüchter, der ein paar Kilometer entfernt auf der anderen Seite des Tals lebte. Seit der gemeinsamen Schulzeit war er mit Driant eng befreundet gewesen. Bruno fand ihn im Hühnerstall, wo er die Tränke mit Wasser füllte. Er schüttelte ihm die Hand und fragte, ob er helfen könne.

»Nicht nötig, ich bin gleich fertig«, antwortete Marc.

»Eigentlich wollte ich nur nach den Lämmern sehen, aber als ich hier ankam, saßen die Hühner und Enten auf dem Trockenen. Die Schafe auf der Weide kommen allein zurecht, es ist ja schon genug Gras nachgewachsen. Aber wegen der vielen Füchse muss sich jemand um die Lämmer kümmern.«

Hinter dem Ententeich standen dicht an dicht mehrere Dutzend Schafe, zusammengetrieben von vier Hütehunden, die jetzt hechelnd auf ihren Bäuchen lagen und die Herde im Auge behielten. Etliche Lämmer hingen an ihren Müttern, die offenbar erst vor kurzem geschoren worden waren. Hier oben auf dem Plateau trugen die Tiere ihre Winterwolle bis tief in den April hinein oder noch länger.

»Zwei der Hunde sind meine. Die beiden anderen, die Hündin und der Welpe, gehörten Driant«, sagte Guillaumat, der Brunos Blicken gefolgt war. »Er hat sie bestens erzogen. Sie machen ihre Arbeit ganz von allein, wie Sie sehen. Weil bislang niemand aufgekreuzt ist, der sie abgeholt hätte, passen sie auf die Lämmer auf, obwohl sie schrecklichen Hunger haben müssen. Seit Gaston das letzte Mal hier war, haben sie wahrscheinlich nichts mehr zu fressen gekriegt. Zum Glück hatte ich ein paar Kekse im Wagen. Darüber sind sie gierig hergefallen.«

Bruno runzelte die Stirn. Es machte ihn wütend, wenn Hunde vernachlässigt wurden.

»Ich hatte gehofft, Gaston würde zurückkommen und mir sagen, was er mit den Tieren vorhat, aber ich habe nichts mehr von ihm gehört. Er hat mir Driants Flinte zur Aufbewahrung gegeben, das war alles. Die Schaftröge waren vollkommen leer, als ich gekommen bin. Trinken können die

Tiere ja aus dem Ententeich, aber sehen Sie selbst, der ist auch fast leer. Ärgerlich das Ganze. Wenn ich Gaston das nächste Mal sehe, werde ich ihm ordentlich Bescheid stoßen.«

»Die Sache ist ziemlich verwickelt. Wie's aussieht, werden Gaston und seine Schwester nichts erben«, sagte Bruno und erklärte, wofür sich Driant entschieden hatte.

»Dass er was Verrücktes anstellt, hatte ich schon irgendwie befürchtet«, entgegnete Guillaumat. »Vor einiger Zeit hatte er eine schicke junge Frau bei sich, als ich zufällig bei ihm vorbeigekommen bin, eine aus dem Ausland, glaube ich. Sie sprach mit Akzent. Sie trug einen kurzen Rock und war ziemlich stark geschminkt. Später traf ich sie noch mal bei ihm. Da wollte ich wissen, wer sie ist. Er sagte, sie sei von einer Versicherungsgesellschaft, aber ich war mir sicher, dass er ein Auge auf sie geworfen hatte. Er war schon immer so was wie ein Schürzenjäger gewesen, und nach dem Tod seiner Frau hat er wohl sehr unter Einsamkeit gelitten. Außer mir und ein paar Kumpels vom Rugbyverein hatte er kaum Freunde. Weil ihm hier draußen die Decke auf den Kopf gefallen ist, hat er sich ständig im Club du Troisième Âge herumgetrieben, vor allem, weil er Frauen treffen wollte.«

»Wann genau haben Sie die junge Frau zum ersten Mal gesehen?«, fragte Bruno.

»Im März zur Lammzeit und dann noch einmal Anfang April, als ich gekommen bin, um zu fragen, wann er die Schafe scheren will. Das haben wir immer zusammen gemacht. Wir waren gut eingespielt. Mit dem Geld aus der Wolle ist er immer in einen dieser Massagesalons in Bergerac gefahren.« Guillaumat gab ein kurzes schnaubendes Lachen von sich. »Wenn er ein paar Gläser intus hatte, gab er dann mächtig an und prahlte, dass er noch so tüchtig wäre wie sein alter Bock.«

Bruno nickte und grinste. »Würden Sie die Schafe übernehmen, wenn der neue Eigentümer sie nicht haben will? Vielleicht lässt er sogar was springen, wenn Sie ihn von der Herde befreien.«

Guillaumat schüttelte den Kopf. »Ich habe keine Weide für sie. Das Gleiche gilt wahrscheinlich auch für die beiden anderen Züchter, die noch hier sind. Ich wüsste auch niemanden, der sie kaufen würde. Wenn wir keine Zuschüsse bekämen, müssten wir verhungern. Ich schätze, der neue Eigentümer wird sie einfach vom Schlachthof abholen lassen.« Der alte Mann legte eine Pause ein und spuckte aus. »Die werden sich schön ärgern, wenn sie feststellen, dass die Schlachtkosten gerade mal den Fleischpreis abdecken, wenn überhaupt.«

»Wie sieht's mit den Hühnern und Enten aus?«, fragte Bruno. »Womöglich wird der neue Eigentümer nicht einmal wissen, dass es sie gibt.«

»Die Enten würde ich nehmen. Dafür gibt's vielleicht noch ein paar Euro, aber nicht für die Hühner. Es hat keinen Zweck. Nach den EU-Bestimmungen dürfen wir keine Eier mehr auf dem Markt verkaufen. Die Gänse lass ich mir auch gefallen. Im Dezember kriege ich fünfzig bis sechzig Euro pro Stück.«

»Würden Sie sich bitte um die Schafe kümmern, bis klar ist, welche Pläne der neue Eigentümer hat? Ich werde dafür sorgen, dass Ihre Zeit bezahlt wird.«

»Einverstanden. Alle zwei Tage könnte ich nach dem Rechten sehen.«

»Übrigens, wie haben Sie von Driants Tod erfahren?«, erkundigte sich Bruno.

»Von Dr. Gelletreau. Wir sind uns auf dem Markt begegnet. Das war schon sonderbar. Ich hatte mich nämlich bei ihm erst kurz vorher nach Driant erkundigt, weil der nicht zu erreichen war. Er hat häufiger vergessen, sein Handy aufzuladen. Gelletreau sagte, ich bräuchte mir keine Sorgen zu machen. Driant würde bald einen Herzschrittmacher bekommen.«

Der alte Bauer winkte zum Abschied und fuhr davon. Bruno fand die Haustür unverschlossen. Der Leichengeruch war immer noch deutlich bemerkbar. Also öffnete er alle Fenster und schaute sich um. Jemand hatte den uralten Kühlschrank ausgeräumt, das Geschirr gespült und ins Trockengestell neben der Spüle gestapelt: zwei Weingläser, zwei Wassergläser, zwei Unterteller, zwei Teller und zwei Suppenschalen. Hatte Driant seine letzte Mahlzeit nicht allein zu sich genommen?

Das Erdgeschoss bestand aus vier Räumen – einer Küche, einem primitiven Bad, einem selten genutzten Wohnzimmer mit einer dicken Staubschicht auf dem Fensterbrett und einem unaufgeräumten Büro. Auf dem Schreibtisch stapelten sich ungeöffnete Briefe. Eine enge Stiege führte ins Obergeschoss zu einem großen und zwei kleinen Schlafzimmern sowie einer Abstellkammer, in der mehrere alte Koffer untergebracht waren. An einer Stange hingen Frauenkleider in Plastikhüllen. Sie sahen so altmodisch aus, dass Driants Mutter sie getragen haben mochte, denn zu Lebzeiten seiner verstorbenen Frau waren sie schon längst aus der Mode gewesen. Offenbar hatte Driant in dem großen Schlafzimmer geschlafen, denn das Bett war nicht gemacht, und an einem der Pfosten am Fußteil hing ein schmuddeliger gestreifter Schlafanzug. In einem der beiden Kissen war noch sein Kopfabdruck zu sehen. Das andere schien aufgeschüttelt zu sein. Als Bruno es umdrehte, entdeckte er Flecken, die aussahen, als stammten sie von einem Lippenstift. Er beugte sich darüber und nahm den Hauch eines Duftes wahr. In der Schublade des Nachttischchens fand er ein unbeschriftetes Arzneifläschchen, das rhombenförmige blaue Pillen enthielt, zwei abgegriffene Pornoheftchen und einen Vibrator.

Im Haus gab es offenbar keinen Festnetzanschluss. Ein Mobiltelefon war nirgends zu finden, auch nicht im Durcheinander des Arbeitszimmers, das Bruno gründlich durchsuchte. Allerdings fiel ihm dabei eine Gebührenabrechnung von Orange in die Hände, auf die »bezahlt« gekritzelt war. In einer Schublade fand er ein Scheckheft mit Kontrollabschnitten, die Zahlungen an Orange, das Finanzamt von Saint-Denis und den Supermarkt vor Ort bescheinigten. Bruno steckte das Scheckheft ein und hinterließ eine unterschriebene Quittung. Er notierte sich die Handynummer und rief sie an. Vergeblich. Es meldete sich nicht einmal eine Sprachbox. Seltsam, dachte er. Die Gebühren waren schließlich bezahlt. Weil es im Haus nichts mehr für ihn zu tun gab, suchte er draußen nach den Fressnäpfen der Hunde und füllte sie mit dem Futter, das er in der Scheune fand.

Immer noch verärgert über die Vernachlässigung der Tiere, fuhr Bruno auf direktem Weg nach Périgueux, um

Sarrail, den *notaire,* zur Rede zu stellen. Eine junge Frau im Vorzimmer blickte überrascht auf, als er eintrat, und fragte, ob er einen Termin habe.

»Die Polizei braucht keine Termine, *mademoiselle*«, entgegnete Bruno und ging an ihr vorbei auf die offene Tür zu, an der Sarrails Name stand.

Er traf einen elegant gekleideten Mann Mitte dreißig an, der in einer Fremdsprache telefonierte. *»Da, konietschna vsjow pariadke«*, sagte er, was sich für Bruno Slawisch anhörte, vielleicht war es Russisch. Sarrail trug einen Nadelstreifenanzug, ein weißes Oberhemd und eine seidene Krawatte, die sehr teuer aussah. Er saß hinter einem modernen Schreibtisch aus Chrom und Glas, auf dem sich ein großer Computerbildschirm, ein Notizblock und ein Füllfederhalter von Montblanc befanden. Empört, dass ihn jemand störte, richtete er sich auf, bemerkte aber dann Brunos Uniform. Er bedeutete ihm, Platz zu nehmen, und wandte sich wieder ab, um das Telefonat kurz fortzusetzen, legte aber bald auf.

»Monsieur Sarrail?«, fragte Bruno. Der Mann nickte. »Wo haben Sie Russisch gelernt?«

»In der Schule und auch später. Ich habe ein paar russische Mandanten. Und wer sind Sie?«

Bruno reichte ihm seine Karte und erklärte, dass er einer Beschwerde nachgehe. Gaston Driant fechte das neu aufgesetzte Testament seines Vaters an. Ob testiert worden sei, dass der Erblasser im Vollbesitz seiner geistigen Kräfte war?

»Natürlich, seines fortgeschrittenen Alters wegen habe ich darauf bestanden«, antwortete der *notaire* in gepflegtem Französisch mit einem leichten Akzent, den Bruno im Sprachraum um Lille oder sogar Belgien verortete. Er machte einen ruhigen, selbstbewussten Eindruck. Hinter ihm hing ein großes Gemälde an der Wand, das kämpfende Superhelden aus Comics zeigte und in grellen Farben – Orange, Rosa und Grün – gemalt war.

Monsieur Driant sei von drei qualifizierten Gutachtern in Périgueux untersucht worden, erklärte Sarrail und nannte diese beim Namen. Der eine war Psychologe am örtlichen Krankenhaus, der zweite ein gewisser Maître Debeney vom Palais de Justice und der dritte François Maunoury, der in seiner nunmehr dritten Amtsperiode als Stadtrat tätig war. Das neue Testament sei nach aller gebotenen Sorgfaltspflicht aufgesetzt worden. Die Gutachter hätten sich davon überzeugt, dass Monsieur Driant aus freien Stücken zu handeln in der Lage gewesen sei. Er, Sarrail, habe den Wortlaut des Testaments laut vorgelesen, worauf Driant im Beisein der Gutachter bestätigt habe, dass dies exakt sein Letzter Wille sei. Er habe den Text noch einmal durchgesehen und schließlich unterschrieben.

»Auf meine Empfehlung hin hat Driant dann, immer noch im Beisein der Gutachter, den Übertragungsvertrag für sein Anwesen, die Abmachungen mit der Versicherung und seinen Antrag zur Unterbringung im Seniorenheim vorgelesen«, fuhr Sarrail fort. »Die schriftliche Billigung des Antrags lag ebenfalls schon vor. Die Gutachter fragten ihn daraufhin, ob ihm bewusst sei, dass er seine Kinder de facto enterbt habe. Er bejahte und begründete seine Entscheidung damit, dass sie auswärts lebten und nur selten zu Besuch kämen; er habe sich nicht darauf verlassen können, dass sie ihn im Alter betreuen würden, also habe er selbst Vorsorge treffen müssen. Er machte auch noch ein paar abfällige Bemerkungen über den Lebenswandel seiner Tochter. Ich hielt es allerdings für angebracht, darauf hinzuweisen, dass seine Kinder nicht gänzlich leer ausgehen würden. Sie erben eine kleine Lebensversicherung, sein Mobiliar, sämtliche persönlichen Gegenstände und sein Fahrzeug. Rechtlich sind die Vereinbarungen absolut wasserdicht, und auch die Gutachter waren überzeugt, dass Monsieur Driant wusste, was er tat. Jeder von ihnen hat das Testament mit unterzeichnet.«

»Wann war das?«, fragte Bruno, dem es schien, als habe Sarrail jedes seiner Worte einstudiert.

»Vor zwölf Tagen.«

»Also unmittelbar vor seinem Tod«, sagte Bruno und legte eine Pause ein, als dächte er nach. »Ist das neue Testament ordnungsgemäß registriert worden?«

»Ja, allerdings erst ein paar Tage später. Das Treffen mit den Gutachtern war an einem Freitagnachmittag. Deshalb konnte ich das Testament erst am Montag beim Zentralregister einreichen. Registriert wurde es dann tags darauf.«

»Wie haben Sie von Driants Tod erfahren?«

»Aus der *Sud Ouest*. Ich habe sofort einen Brief zu Händen seines Sohnes an das Bestattungsunternehmen in Saint-Denis geschrieben, wo, wie in der Zeitung stand, der Leichnam aufgebahrt war. Worüber genau beschwert sich der Sohn eigentlich? Ich kann mir durchaus vorstellen, dass ihm das neue Testament nicht gefällt, aber das ist nicht ungewöhnlich bei Angehörigen.«

»Waren Sie schon einmal auf Driants Hof? In unserer

Gegend ist es üblich, dass ein *notaire,* der ein Testament aufsetzt, sich von den Eigentumsverhältnissen ein Bild macht.«

»Nein, ich war nicht dort, zumal der Hof nicht Teil des Testaments ist. Er wurde schon dem neuen Eigentümer, der Versicherungsgesellschaft, übertragen. Wie gesagt, die beweglichen Güter sind Erbteil der Kinder und wurden, wenn ich richtig informiert bin, von ihnen bereits abgeholt.«

»Was soll aus den Tieren werden?«, fragte Bruno. »Es handelt sich um mehr als hundert Schafe, fast genauso viele Lämmer und einen alten Bock, ganz zu schweigen von den Enten, Hühnern und Hunden. Wenn sich keiner um sie kümmert, wird es Ärger geben.«

Es entstand eine längere Pause, und Bruno sah, dass der *notaire* konzentriert nachdachte. Er kritzelte ein paar Notizen auf den Block und antwortete dann: »Auch dafür ist wohl der neue Eigentümer zuständig. Ich werde mich trotzdem darum kümmern und sicherstellen, dass es eine zeitnahe Lösung für die Tiere gibt. Gut, dass Sie mich darauf aufmerksam gemacht haben. Gibt es sonst noch etwas?«

Überzeugt davon, dass dem *notaire* die Schafe herzlich egal waren, verlangte Bruno nach dem Namen und der Adresse des neuen Eigentümers. Sarrail verwies ihn an den Versicherungsvertreter, der, wie Bruno schon wusste, sein Büro im selben Gebäude hatte.

»Würden Sie mir auch bitte den Namen der jungen Frau nennen, die Monsieur Driant im Auftrag der Versicherung im April besucht hat?«, hakte Bruno nach.

»Ich weiß nicht, von wem Sie sprechen, aber vielleicht kann Ihnen der Versicherungsvertreter Auskunft geben«, erwiderte Sarrail kurz angebunden.

»Gaston hat seinen Vater das letzte Mal vor ein paar Wochen gesehen. Zu dem Zeitpunkt hatte der Alte noch vorgehabt, so lange wie möglich auf seiner *ferme* zu bleiben und dann, wenn es unumgänglich wäre, ins Altersheim nach Saint-Denis zu gehen, wo er Freunde hat«, sagte Bruno. »Für Gaston ist unerklärlich, warum sich sein Vater plötzlich für die viel teurere Residenz entschieden haben soll.«

»Verstehe«, sagte Sarrail. »Gründe könnte es viele geben, unabhängig davon, dass sich Monsieur Driant bitter über seine Kinder beklagt hat. Da er, gutachterlich testiert, bei klarem Verstand war, habe ich als sein *notaire* es nicht als meine Aufgabe angesehen, die Wünsche meines Mandanten in Frage zu stellen. An Monsieur Driants Zurechnungsfähigkeit gab es nicht den geringsten Zweifel. Wenn Sie mit einem oder allen Gutachtern sprechen wollen, gebe ich Ihnen gern Namen und Telefonnummern. Eine Kopie des Gutachtens können Sie auch haben. War das alles?«

»Stehen Sie in Kontakt mit diesem Versicherungsagenten?«, fragte Bruno. »Oder hat sein Büro nur zufällig dieselbe Adresse wie Ihre Kanzlei?«

»Monsieur Constant und ich arbeiten manchmal zusammen, wenn ein Mandant in Versicherungsangelegenheiten beraten werden möchte«, antwortete Sarrail vorsichtig. »Wie darf ich Ihre Frage verstehen?«

»Vielleicht teilen Sie ihm mit, dass die mutwillige Vernachlässigung von Lebendvieh strafbar ist. Ich war auf dem Hof und musste sehen, dass die Tiere ohne Futter und Trinkwasser sind. Da sie und die *ferme* aus öffentlicher Hand subventioniert werden, könnte der Fall rechtlich ernste Folgen nach sich ziehen.«

»Verstehe. Ich werde Monsieur Constant davon in Kenntnis setzen, sobald er von seiner Geschäftsreise zurückkommt. Das, was Sie sagen, ist natürlich nur für sein Unternehmen von Belang, nicht für ihn persönlich und jenseits seiner Zuständigkeit. Haben Sie einen Vorschlag, den ich ihm unterbreiten könnte? Sie haben ja offenbar Erfahrung in Sachen Landwirtschaft und wissen mit Sicherheit mehr darüber als ich.«

Sarrail zog die Kappe von seinem Füllfederhalter und ließ diesen über seinen Notizblock schweben.

Der neue Eigentümer, erklärte Bruno, habe die Möglichkeit, die Tiere entweder zu verkaufen – die dafür in Frage kommenden Märkte seien in der Präfektur aufgelistet – oder zum Schlachthof zu bringen. Zuvor aber müsse er für jedes Tier die nötigen Papiere beibringen und die Genehmigung der zuständigen Behörde einholen. Deren Adresse sei ebenfalls in der Präfektur zu erfahren.

»Das Verbot der Vernachlässigung und Misshandlung von Tieren gilt ebenso für Hütehunde, Enten und Hühner«, führte Bruno weiter aus. »Ob diese noch nach den neuen Bestimmungen für Bergbauernbetriebe subventioniert werden, weiß ich nicht.«

Sarrail notierte nur und sagte nichts.

»Haben Sie Driants Verkauf des Hofes an die Versicherungsgesellschaft notariell beglaubigt?«, wollte Bruno wissen, dem Sarrails Vernehmung immer besser gefiel. »Wenn ja, werden Sie gewiss alle erforderlichen Papiere bezüglich des Viehbestands den zuständigen Behörden, einschließlich des Landwirtschaftsministeriums und der EU-Agrarkommission, übermittelt haben. Und natürlich werden Sie auch sichergestellt haben, dass der neue Eigentümer als Besitzer subventionierten Viehs, dessen Fleisch in den Lebensmittelhandel gelangen könnte, die erforderliche Lizenz erworben hat.«

»Verstehe«, sagte Sarrail, ging aber auf Brunos Frage zum Kaufvertrag nicht ein. »Ich gebe das an Monsieur Constant weiter. Ich bin überzeugt davon, dass Monsieur Driant alle Formalitäten beachtet hat, aber womöglich nicht mehr dazu gekommen ist, die entsprechenden Nachweise zu führen.«

»Ihnen ist hoffentlich klar, Monsieur, dass Verstöße gegen die geltenden Bestimmungen den Verkauf insgesamt in Frage stellen, ganz abgesehen von der rechtlichen Verpflichtung, sich um den Viehbestand zu kümmern. Selbstverständlich werde ich mich noch persönlich mit Monsieur Constant in Verbindung zu setzen versuchen, verlasse mich aber vorläufig darauf, dass Sie ihm die Ernsthaftigkeit der drohenden Konsequenzen klarmachen. Bitten Sie ihn, mich sobald wie möglich anzurufen. Ich wünsche Ihnen noch einen guten Tag, Monsieur Sarrail. Übrigens, herzlich willkommen im Périgord.«

Bruno stand auf und ging. Er versuchte, ein Grinsen zu unterdrücken bei dem Gedanken an hochnäsige Großstädter, die noch lernen mussten, dass auch Tiere Rechte hatten. Gleich neben der Kanzlei lag das Büro des Versicherungsagenten. Die Tür war verschlossen, und auf sein Klopfen meldete sich niemand. Er schrieb eine kurze Notiz auf eine seiner Visitenkarten und forderte Monsieur Constant darin auf, Kontakt zu ihm aufzunehmen. Die Karte schob er unter den Türschlitz.

Zum ersten Mal schöpfte er Hoffnung für Gaston und

seine Schwester. Er setzte sich in seinen Transporter und rief seinen Freund Maurice an, der im Veterinäramt der Unterpräfektur von Sarlat zuständig für den Tierschutz war. Er fragte ihn, ob er darüber informiert worden sei, dass Driant seinen Hof verkauft hatte. Nein, antwortete dieser irritiert, weil er eigentlich hätte Bescheid wissen müssen. Bruno übertrieb ein wenig, als er Maurice zu verstehen gab, dass Driants Schafe womöglich verdurstet wären, hätten er, Bruno, und der alte Guillaumat sich nicht um sie gekümmert. Er erzählte Maurice die ganze Geschichte und verabredete sich mit ihm für acht Uhr am nächsten Morgen auf dem Hof.

Daraufhin rief er seine Freundin Annette, eine junge Staatsanwältin aus Sarlat, an und bat sie, den Versicherungsagenten Monsieur Constant unter dem Verdacht der Misshandlung von Lebendvieh vorzuladen. Er selbst werde als Zeuge aussagen.

3

Bruno kehrte zurück in sein Büro und fand eine Nachricht von Brosseil vor mit der Bitte um Rückruf. Er wählte die angegebene Nummer und erfuhr, dass Brosseil soeben von einem Kollegen gehört hatte, dass eines der bekannteren kleinen Châteaus der Region zum Verkauf stehe; als Makler fungiere eine ultraschicke Agentur aus Paris, die vor allem auf Kunsthandel spezialisiert war. Bruno bedankte sich für den Hinweis, lehnte sich in seinem Schreibtischstuhl zurück und schaute durchs Fenster über die alte Vézère-Brücke hinweg auf den Felsrücken, der das Tal im Norden flankierte. Das Château lag am anderen Ende dieser Erhebung, ungefähr fünf Kilometer von Saint-Denis entfernt. Bruno kam manchmal daran vorbei, wenn er mit seinem Pferd ausritt.

Das Anwesen war bekannt als Château Rock, seit es vor etlichen Jahren von dem bekannten Rockmusiker Rod Macrae gekauft worden war, der dort angeblich eine wilde Drogenparty nach der anderen mit schillernden Sternchen und Groupies steigen ließ. Die älteren Leute aus der Region gaben sich empört, die jüngeren fanden es aufregend, weil in Saint-Denis endlich etwas los war. Nicht einmal das Auftauchen einer hochschwangeren Madame Macrae und des biederen Volvo-Kombi, den die Eheleute fuhren, konnte die

Phantasien der Nachbarn dämpfen oder die Teenager des Städtchens davon abhalten, heimlich durch das Unterholz zu kriechen, um dem Rockstar aufzulauern. Als Bruno vor über zehn Jahren in Saint-Denis ankam, hatte sich die allgemeine Aufregung allerdings längst gelegt. Inzwischen war man allenthalben froh darüber, eine Berühmtheit zum Nachbarn zu haben, der dem alten Château zu neuem Glanz verhalf.

Umso mehr wunderte es Bruno nun, dass ihm von Macraes Verkaufsabsichten bislang noch nichts zu Ohren gekommen war, ja er konnte kaum glauben, dass die Familie ihn in eine solch wichtige Angelegenheit nicht eingeweiht hatte. Schließlich war er regelmäßig Gast im Château Rock, unter anderem zum Geburtstag der Kinder von Rod und Meghan, die beide am selben Tag, wenn auch drei Jahre auseinander zur Welt gekommen waren. Bruno kannte sie gut, denn sie hatten jahrelang an den Tenniskursen teilgenommen, die er Kindern und Jugendlichen anbot.

Jamie und Kirsty waren in Saint-Denis in die Grundschule gegangen, hatten von dort auf das *collège* der Stadt gewechselt und waren im Alter von fünfzehn Jahren in ein Internat nach England geschickt worden. Jamie studierte inzwischen am Londoner Royal College of Music, während seine drei Jahre jüngere Schwester Kirsty darauf hoffte, im Herbst an der Edinburgh University ein Studium aufnehmen zu können. Ihren Vater kannte Bruno gut vom Rugbyverein. Rod war zwar nur selten als Zuschauer bei den Spielen, aber stets zugegen, wenn im Vereinshaus auf dem großen Bildschirm Spiele der Six Nations übertragen wurden. Wenn Schottland spielte, spendierte er immer eine Literflasche schottischen Whisky für alle. In Brunos Anfangszeiten hatte Macrae in seinem Studio im Château noch Aufnahmen gemacht und Bruno regelmäßig zu den Partys eingeladen, wenn ein neues Album fertiggestellt war. Aber das war jetzt Jahre her, und Bruno fragte sich, ob Macrae deshalb verkaufen wollte, weil er als Musiker nicht mehr so erfolgreich war. Spontan griff er zum Hörer, um ihn anzurufen. Es meldete sich Meghan, seine Frau.

»Ich habe gehört, dass Sie verkaufen wollen. Sie bleiben uns doch hoffentlich erhalten«, sagte er. »Wir würden Sie vermissen, wenn Sie unsere Gegend verlassen.«

»Ich gehe zurück nach Großbritannien«, antwortete sie. »Was Rod machen wird, weiß ich nicht. Er hat noch keinen Plan. Aber jetzt, da die Kinder außer Haus sind, ist uns das Anwesen zu groß. Wir lassen uns scheiden. Noch kann ich ein neues Leben anfangen. Den letzten Sommer werden wir aber *en famille* noch hier verbringen.«

»Tut mir leid, das zu hören«, erwiderte Bruno. »Ich hatte gehofft, Jamie und Kirsty würden eines Tages zurückkommen und hier ihre eigenen Familien gründen.«

»Vielleicht tun sie das auch, aber bestimmt nicht im Château Rock. Doch wie gesagt, diesen Sommer werden sie noch hier sein. Jamie wird ein paar Konzerte im Rahmen von *Musique du Périgord Noir* geben. Und in Rods Studio seine erste CD einspielen. Rod spricht schon davon, dass sein Studio in den letzten Zügen liegt.«

»Dann gehen Sie also nicht im Groll auseinander.«

»Nein, wir werden Freunde bleiben. Das hoffe ich zumindest. Ich mag ihn immer noch sehr, habe aber einfach zu jung geheiratet, Bruno. Rod geht auf die siebzig zu, ich erst auf die vierzig. Ich habe einfach keine Lust, den Rest meines Lebens als seine unbezahlte Krankenschwester zubringen zu müssen.«

»Gehen Sie zurück nach Schottland?«

»Rod vielleicht. Aber ich beginne im nächsten Januar eine Lehrerausbildung an einer Hochschule außerhalb von London. Ich habe doch dieses Fernstudium in Französisch und Spanisch absolviert. In nur einem Jahr könnte ich mich zur Lehrerin qualifizieren. Darauf freue ich mich schon. Wohin ich dann gehe, steht noch nicht fest. Meine Schwester wohnt in Manchester, vielleicht ziehe ich zu ihr.«

Bruno wünschte ihr Glück. Er hatte für Meghan immer viel übriggehabt, auch schon bevor sie sich bereit erklärt hatte, am örtlichen *collège* Kurse für englische Konversation anzubieten.

»Grüßen Sie bitte Rod von mir. Vielleicht komme ich morgen vorbei, um hallo zu sagen. Sind Jamie und Kirsty schon zurück? Die beiden würde ich auch gern sehen.«

»Kirsty kommt morgen Nachmittag mit dem Flieger, Jamie mit dem Zug aus Paris, zusammen mit ein paar Musikerfreunden. Aber das wird wohl erst in den nächsten Tagen sein. Er hat sich noch nicht festgelegt. Sie sind jederzeit bei uns willkommen, Bruno.«

Als Bruno dem Bürgermeister die Neuigkeit erzählte, bedauerte dieser als gewiefter Lokalpolitiker vor allem, dass kein hiesiger Makler beauftragt worden war.

»Wäre doch besser, solche Angelegenheiten innerhalb der Gemeinde zu regeln«, sagte Mangin. »Kenntnisse aus erster Hand sind wichtig, wie Sie wissen, Bruno. Und es stört mich einfach, dass die Courtage, die bestimmt nicht klein ausfallen wird, an ein Maklerbüro in Paris geht. Wissen Sie, wie viel das Château einbringen soll?«

»Noch nicht«, antwortete Bruno. »Das erfahre ich vielleicht morgen. Ich mache mir vor allem Sorgen um den Weinberg. Wäre jammerschade, wenn uns der verlorengeht.«

Macrae hatte mit seinem Anwesen einen fast fünf Hektar großen Weinberg erworben, der allerdings völlig verwahrlost war. Trotzdem hatte er anfangs davon geträumt, unter dem Namen »Château Rock« seinen eigenen Wein zu keltern. Nach mehreren frustrierenden Jahren, in denen er es mit Teilzeitwinzern probierte, hatte er seinen Weinberg der städtischen Kooperative zur Verfügung gestellt, unter der Bedingung, dass die Erträge geteilt würden. Julien, der die Kooperative führte, und Hubert von der florierenden Weinhandlung der Stadt waren von der Abmachung begeistert gewesen. Sie rechneten damit, mindestens fünfzehn- bis zwanzigtausend Flaschen im Jahr aus Macraes Trauben gewinnen zu können. Macrae sollte dafür fünftausend Euro bekommen und für seinen Eigenbedarf so viele Flaschen, wie er wollte.

»Wenn ich mich recht erinnere, haben wir damals mit Macrae einen *bail agricole* ausgehandelt«, sagte der Bürgermeister. »Der neue Eigentümer muss damit einverstanden sein oder uns auszahlen.«

Saint-Denis war offiziell eine bäuerliche Gemeinde, was den ansässigen Landwirten besondere Rechte gab. Zum Beispiel durften alle Bewohner außerhalb der *zone urbaine* Hühner und Gänse, Ziegen und Pferde halten. Neuzugezogene waren manchmal überrascht, gelegentlich sogar verärgert darüber, dass sie keine rechtliche Handhabe gegen Besitzer von Hähnen hatten, deren lautes Krähen in den frühen Morgenstunden sie aus dem Schlaf riss, oder von Eseln, die in der Paarungszeit von morgens bis abends kreischten. Mehr als einmal war es vorgekommen, dass einem neuen Mitbürger, der sich im Umgang mit der Landbevölkerung als wenig nachbarschaftlich erwiesen hatte, mitten in der Nacht eine Schar schnatternder Gänse vor dem Schlafzimmerfenster vorbeigetrieben worden war.

In bäuerlichen Gemeinden konnte man auch einen sogenannten *bail agricole* erwirken, ein besonderes Pachtverhältnis mit einer Laufzeit von neun Jahren, das automatisch um weitere neun Jahre verlängert wurde, wenn nicht achtzehn Monate vor Ablauf der Frist eine formelle Kündigung erfolgte. Ein solcher Landpachtvertrag war auch dann gültig, wenn er nur mit Handschlag besiegelt wurde; notariell beglaubigt werden musste er nur, wenn die Vertragsdauer zwanzig Jahre überschritt.

»Ein Pariser *notaire* wird womöglich nicht wissen, wie der Hase bei uns läuft«, murmelte Mangin nachdenklich. »Wann wurde unser Vertrag noch mal verlängert?«

»Vor zwei Jahren im November, gleich nach der *vendange*, als wir unser städtisches Weinprojekt gestartet haben«, antwortete Bruno. »Er wurde mündlich geschlossen. Wir beide waren Zeugen, als sich Macrae und Julien die Hand gegeben haben.«

»Auch wenn sich Macrae nie auf einer Sitzung hat blicken lassen, gehört er nach wie vor zum Vorstand«, fügte der Bürgermeister hinzu und rieb sich das Kinn, wie immer, wenn er konzentriert nachdachte. »Er unterschreibt auch immer den jährlichen Rechenschaftsbericht, das heißt, er wird den *bail agricole* nicht vergessen haben.«

»Ich glaube, er ist nur in den Vorstand gekommen, weil Kirsty so gern im Weinberg arbeitet«, sagte Bruno. Er fragte sich, worauf Mangin hinauswollte. Ein Großteil von Brunos Ersparnissen steckte in der städtischen Kooperative, die ein halbes Dutzend Mitbürger in Vollzeit beschäftigte und jedes Jahr einen bescheidenen Gewinn erwirtschaftete. Bald würde der Kredit getilgt sein, den der Bürgermeister aufgenommen hatte, um Juliens insolvent gewordenen Betrieb zu kaufen.

»Kirsty war in all ihren Ferien im Weinberg. Sie hat im Winter beim Rückschnitt geholfen, im Frühling beim Ausgeizen und im September bei der Lese«, fuhr Bruno fort. »Julien hat ihr sogar einen Job angeboten, aber ihr Vater hat darauf bestanden, dass sie die Schule zu Ende macht. Diesen Herbst fängt sie in Edinburgh an zu studieren. Ich vermute, sie wird zur Lese nicht hier sein.«

Mangin winkte ab.

»Wir werden dafür sorgen müssen, dass unsere Pachtzinse in Rechnung gestellt werden für den Fall, dass es zum Verkauf kommt«, sagte er und setzte eine unschuldige Miene auf, die Bruno nur allzu gut kannte. Der Bürgermeister führte offenbar etwas im Schilde. »Wir haben die Pflicht, die Interessen unserer Kooperative zu vertreten. Schließlich hat die Stadt viel investiert und damit zur Wertsteigerung des Weinbergs beigetragen: die toten Stöcke gerodet, neue Reben gepflanzt und Personal ausgebildet. Bevor wir ihn übernahmen, war er ein einziges Gestrüpp. Und jetzt steigert er den Wert des Anwesens beträchtlich.«

Bruno nickte. »Nicht zu vergessen, dass wir die Umstellung auf den biologischen Anbau geschafft haben«, sagte er und grinste, weil Mangin förmlich anzusehen war, in welche Richtung er dachte.

»Allerdings. Der neue Eigentümer wird die ökologische Vorreiterrolle des städtischen Weinbergs anerkennen müssen«, erwiderte der Bürgermeister. »Wenn er eine solche Verantwortung nicht selbst tragen will, wird es das Beste für ihn sein, sich gütlich mit uns zu einigen und den Weinberg gänzlich an uns abzutreten.«

Mangin lächelte. Bruno verstand auch ohne viele Worte, was ein erfahrener Bürgermeister wie Mangin ins Feld führen konnte, um sicherzustellen, dass ein von der Stadt gepachteter Weinberg in öffentlicher Hand blieb oder, besser noch, in deren Besitz überführt wurde.

»Es kommt wohl letztlich darauf an, wer Château Rock kauft«, sagte Bruno. »Ich schätze, es wird wieder jemand aus dem Ausland sein. In dem Fall sollten wir ihn oder sie herzlich willkommen heißen und verständlich machen, dass es im beiderseitigen Interesse wäre, wenn es zu einer dauerhaften, erfolgreichen Partnerschaft käme. Aber wir haben ja noch Zeit. Zum Verkauf kommt es frühestens im Oktober, denn die Macraes wollen noch den ganzen Sommer gemeinsam im Château verbringen.«

»Prima«, sagte der Bürgermeister. »Die Sache bleibt vorläufig unter uns. Sie könnten aber noch Hubert und Julien ins Vertrauen ziehen. Wenn an dem Weinberg noch Verbesserungen gemacht werden müssen, wäre jetzt die Zeit dafür.«

»Es gibt da ein Versuchsfeld, auf dem wir neue Sorten

ausprobieren. Sie erinnern sich vielleicht: Hubert meint, dass der Klimawandel unserem Merlot nicht bekommen könnte.«

Die Winzer der Region sorgten sich, dass die heißeren Sommer die Wachstumsphase bei bestimmten Sorten verkürzten, insbesondere beim Merlot. Manche, die genau Buch führten, konnten nachweisen, dass diese Traube einen Monat früher reif war als noch vor dreißig Jahren und mehr Zucker enthielt, was den Wein alkoholhaltiger machte. Für manche Rotweine musste jetzt ein Alkoholgehalt von fünfzehn bis sechzehn Volumenprozent ausgewiesen werden, was schon fast die Grenze zum Sherry, Madeira oder zu anderen Likörweinen erreichte.

Eine ausgewogene Cuvée mit herkömmlichen Cabernet-Sauvignon- oder Cabernet-Franc-Trauben herzustellen wurde nachgerade zur Herausforderung. Die Merlot-Trauben einfach früher zu ernten war jedoch keine gute Idee; denn sie brauchten ihre Zeit, um die Phenole und Tannine auszubilden, die ihnen den typischen Charakter gaben. Viele Traditionalisten glaubten, dass, wenn die Trauben mit Laub abgedeckt seien, der Reifungsprozess verlangsamt werden könne. Ganz auf Merlot zu verzichten kam kaum in Betracht, so sehr prägte diese wichtige Sorte seit jeher die Weine des Bergerac sowie der ganzen Region um Bordeaux. Manche Pomerol-Weine wie der Château Pétrus, der zu den teuersten der Welt zählte, bestanden ausschließlich aus Merlot-Trauben.

Wie viele Weinbauern fuhren auch die Verantwortlichen der städtischen Kooperative einen mittleren Kurs. Sie hofften auf das Beste, bereiteten sich aber gleichzeitig auf das

Schlimmste vor. Sie pflanzten weiterhin Merlot und experimentierten mit neuen Sorten, die mit den heißen Sommern besser zurechtkamen.

»Ich werde Pamela vorschlagen, dass wir heute Abend mit den Pferden Richtung Château Rock reiten und uns den Weinberg mal wieder aus der Nähe ansehen«, sagte Bruno, der aufgestanden war und schon in der Tür stand. »Ich bin gespannt, wie sich die jungen Trauben machen.«

Gegen Abend hängte Bruno seine Uniform auf einen Bügel im Polizeitransporter, schlüpfte in seine Reitmontur und machte sich mit Pamela auf den Weg. Vor dem Weinberg angekommen, stieg er aus dem Sattel, gab Hector einen freundlichen Klaps auf den Hals und führte ihn durch die Reihen neuer Weinstöcke. Alle paar Meter hielt er an und hob das Laub von den Trauben, um sie zu inspizieren. Sie waren noch harte, kleine Kugeln, fühlten sich aber schon warm an. Bruno, der immer noch ein Amateur in Sachen Weinherstellung war, glaubte, erkennen zu können, dass in diesem Jahr eine reiche Ernte bevorstand, vorausgesetzt, das Wetter blieb gut und ohne verheerende Hagelstürme, die über Nacht alle Arbeit zunichtemachen konnten.

»Was suchst du eigentlich?«, fragte Pamela, die noch im Sattel saß und Primrose, ihr Lieblingspferd, mit sanftem Zügeleinsatz daran hinderte, von den Weinblättern zu naschen.

»Nichts Besonderes«, antwortete Bruno. »Ich will nur sehen, in welchem Zustand die Trauben sind. Mir scheint, sie kommen gut.«

»Als ich zum ersten Mal hier war, waren die Stöcke sauber getrimmt und sahen aus wie Soldaten auf einer Parade, und der ganze Boden war frei von Unkraut«, bemerkte sie. »Es sah viel ordentlicher aus als auf den Feldern von heute.«

»Ja, die werden auch inzwischen biologisch angelegt, also ohne den Einsatz von Düngemitteln und Chemie«, entgegnete Bruno und blickte lächelnd zu ihr auf. Als exzellente Reiterin machte sie wie immer eine großartige Figur im Sattel. Bruno hatte bei ihr Reiten gelernt. »Vielleicht sehen die Reihen hier ein bisschen wild aus«, sagte er, »aber biologische Weine sind die Zukunft. Je mehr Leben im Boden, desto besser für den Wein.«

Bruno saß wieder auf und lenkte seinen Wallach auf die Anhöhe zu, hinter der in rund dreihundert Metern Entfernung Château Rock in Sicht kam. Der ursprüngliche, noch aus dem Mittelalter stammende Turm überragte zwei Gebäudeflügel, die im 17. beziehungsweise 19. Jahrhundert hinzugekommen waren. Kurioserweise machte der jüngere Anbau den älteren Eindruck, denn er war dem mittelalterlichen Stil nachempfunden. Aber der äußere Anschein trog, denn die Räume im Inneren waren nach der Mode der Dritten Französischen Republik mit allen Annehmlichkeiten ihrer Zeit eingerichtet. In diesem Flügel brachten die Macraes ihre Gäste unter, und dort wurden auch die *dîners* und Partys gefeiert. Eine große Terrasse führte zum Swimmingpool und zum Tennisplatz, und dahinter lag die alte Scheune, die früher als Trockenspeicher für Tabak genutzt worden war. Darin hatte Rod sein Studio untergebracht.

Die Familie bewohnte den anderen, älteren Flügel, dessen Installationen und Schlafzimmer von Grund auf modernisiert worden waren, gleich nachdem Rod das Anwesen gekauft hatte. An das Wohnhaus grenzte ein großer, bestens gepflegter Gemüsegarten. Die Fassade war vollständig eingerüstet; offenbar sollte sie vor dem Verkauf ausgebessert und sämtliche Fensterrahmen sollten neu gestrichen werden. Bruno hatte damit gerechnet, Rod und Meghan mit einem Glas Wein bei Sonnenuntergang auf der Terrasse anzutreffen, aber es war niemand da. Vielleicht waren sie zum Essen ausgegangen.

»Da kommt Félix«, rief Pamela von hinten. Bruno drehte sich um und sah den Stalljungen, der die anderen Pferde vom Reiterhof an einer Longe hinter sich herführte. Pamela winkte, gab Primrose die Sporen und trabte Félix über den leicht abschüssigen Hang in Richtung Jägerpfad entgegen. Bruno warf einen letzten Blick auf das Château und das Tal dahinter und machte sich dann auch auf, um zu den beiden anderen aufzuschließen.

4

Es war diesmal nicht wie an den anderen Montagabenden, wenn sich die Freunde auf dem Reiterhof bei Pamela und Miranda zum gemeinsamen Essen trafen. Der Baron hatte den halben Vormittag auf dem Fluss zugebracht und anschließend telefonisch vorgeschlagen, ein Fischgericht zu improvisieren. Ein Eimer voller frischer Forellen stand neben dem Grill, den er und Jack Crimson, Mirandas Vater, mit trockenem Rebenholz befüllten. Aus dem Badezimmerfenster im Obergeschoss hörte man Kinder lachen, die in der Badewanne planschten und jenes seltsame Gemisch aus Englisch und Französisch plapperten, mit dem sich Mirandas zwei Jungen mit den Kindern von Florence, der Lehrerin von Saint-Denis, verständigten.

Fabiola hatte bis acht Uhr in der Klinik Dienst, doch ihr Partner Gilles war mit einer riesigen Schüssel Erdbeeren aus dem eigenen Garten gekommen, hauptsächlich solchen der Sorte Charlotte, aber auch ein paar frühreifenden Gariguettes und Brunos Lieblingsbeeren: kleinen, ungemein süßen und herrlich duftenden Maras des Bois. Gilles versuchte mit großem Engagement, den Ruf des Périgord als beste Erdbeerregion in ganz Frankreich zu verteidigen. Es war das einzige Gebiet in Europa mit eigenem Markenschutz für seine Erdbeeren.

Balzac, Brunos Basset, begrüßte sein Herrchen mit seinem üblichen Willkommensgeheul und folgte der Reitergruppe zum Stall. Gemeinsam mit Félix rieben Bruno und Pamela die Pferde trocken, füllten Wassertröge und Futternetze, zogen sich im Badehaus um und sprangen in den Pool. Früher wäre es den meisten im Mai dafür noch zu früh gewesen, aber Pamela hatte mit Hilfe staatlicher Fördermittel Solarpaneele auf die Dächer von Scheune und Stall installieren lassen. Die versorgten nun den ganzen Reiterhof mit Strom. Selbst der Pool konnte damit beheizt und die zusätzlich gewonnene Energie gewinnbringend ins öffentliche Netz eingespeist werden.

Mirandas Vater Jack Crimson hatte unter dem Spalier von Weinranken auf der Terrasse den Tisch gedeckt. Einmal in der Woche ging er auf Entdeckungsreise und besuchte Weingüter im Bergerac. Von seinem jüngsten Streifzug hatte er ein paar Flaschen Monbazillac der Domaine de Pécoula mitgebracht. Bruno hatte von deren süßen goldenen Monbazillac-Weinen schon gehört, aber noch keinen getrunken. Er war gespannt darauf.

So gut waren die Freunde aufeinander eingespielt, dass sich jeder unaufgefordert einer bestimmten Aufgabe widmete. Bruno schnappte sich den Eimer mit den Forellen und ging damit in den Stall, wo er sie über dem Spülstein ausnahm und sauber machte. Pamela war schon in der Küche, schnitt Zitronen in Scheiben für die Fische und pellte Knoblauch und Kartoffeln. Félix schüttete die Fischabfälle aus dem Eimer in den Komposter, der einen verschließbaren Deckel hatte, um Füchse abzuhalten, und streute Grasschnitt darüber.

»Wie kommst du mit deinem neuen Buch voran?«, fragte Bruno Gilles, der die mitgebrachten Erdbeeren entstielte. Die beiden waren sich erstmalig während der Belagerung von Sarajevo begegnet, wo Bruno im Rahmen einer UN-Friedensmission stationiert gewesen war und Gilles als eifriger junger Reporter für die *Libération* berichtet hatte. Nach einer erfolgreichen Karriere bei der Pariser Wochenzeitschrift *Paris Match* arbeitete er inzwischen als Freiberufler, um ganz bei seiner geliebten Fabiola sein zu können.

»Leidlich. Die meisten Leute hier in Frankreich wissen überhaupt nicht, dass in der Ukraine Krieg herrscht, und der Rest glaubt, Russen und Ukrainer seien zwei verschiedene Völker. Dabei hat die Hälfte der Ukrainer Verwandtschaft in Russland. Der ukrainische Außenminister stammt aus Russland und ging auch dort zur Schule. Sein Schwiegervater ist der russische General, der die Krim annektiert hat. Ziemlich verwickelt das Ganze.«

»So ist nun mal Politik für gewöhnlich«, erwiderte Bruno. »Ich dachte, du hättest die Arbeit an dem Buch fast abgeschlossen …«

»Das dachte ich auch, aber die Situation vor Ort verändert sich ständig. Vielleicht muss ich noch mal für ein oder zwei Wochen hinfliegen. Ich würde gern einen Typen namens Stichkin interviewen. Als Jugendlicher in Sankt Petersburg war er mit Putin befreundet und wie der ein begeisterter Judoka. Stichkin ist von Geburt Ukrainer, bezeichnet sich aber selbst als patriotischen Russen. Er soll unverschämt reich sein. Mir wurde gesagt, dass er die russische Annexion der Krim und der Ostukraine mit finanziert und organisiert hat.«

»Was sagt Fabiola dazu, dass du wieder hinfliegen willst?«, fragte Bruno. Er erinnerte sich daran, wie sie einmal gesagt hatte, dass sie sich ihre Gefühle für Gilles zum ersten Mal bewusstgemacht hatte, als er nach Kiew gereist war, um über die Demonstrationen junger Ukrainer auf dem Majdan zu berichten, die sich für ein Assoziierungsabkommen mit der EU starkmachten und gegen die Bevormundung durch Russland protestierten. Die Demonstrationen waren zu gewaltsamen Ausschreitungen eskaliert, wobei es angeblich unter anderem zu gezielten Tötungen durch mysteriöse Heckenschützen kam. Fabiola war außer sich vor Sorge um Gilles gewesen.

»Sie ist nicht glücklich, hat aber Verständnis.«

»Das sagt sie, weil sie dich liebt und weiß, dass du diese Story brauchst.«

»Es ist mehr als eine Story, Bruno«, entgegnete Gilles heftig. »Hier bei uns heißt es, in Europa herrscht seit siebzig Jahren Frieden, aber das stimmt nicht. Wir beide haben in den neunziger Jahren die Jugoslawienkriege miterlebt. Rings ums Mittelmeer wird gekämpft und revoltiert. Die Schüsse auf dem Majdan haben die russische Okkupation der Krim ausgelöst, den Krieg in der Ostukraine und die erste massive Desinformationskampagne Russlands über soziale Medien mit dem Ziel, Kritiker mundtot zu machen.«

»Ich erinnere mich an den von Russland durchgestochenen Mitschnitt eines Telefongesprächs, in dem eine hohe amerikanische Diplomatin dem US-Botschafter in Kiew gesagt haben soll: ›*Fuck the* EU.‹«

»Ja, das war Victoria Nuland, Unterabteilungsleiterin im

US-Außenministerium und zuständig für Europa«, sagte Gilles und grinste. »Ich fand es einigermaßen erfrischend zu hören, wie hochrangige Regierungsvertreter miteinander reden – und übereinander. Aber jetzt komm, die anderen warten bestimmt schon.«

Die von Bruno mitgebrachten Eier seiner Hühner waren von Miranda schon hartgekocht worden, bevor sie die Kinder ins Bad geschickt hatte. Bruno pellte die zwölf Eier jetzt in der Küche, halbierte sie und löste mit einem Löffel die festen Dotter heraus. Dann schnitt er ein paar hauchdünne Streifen geräucherten Specks zurecht, briet sie kurz an und ließ sich von Pamela die Mayonnaise geben, die sie gemixt hatte. Mit einer Gabel zerdrückte er die harten Dotter, würzte sie mit Salz, Pfeffer und zwei Teelöffeln Dijon-Senf, rührte Speckstreifen und Mayonnaise unter und löffelte walnussgroße Portionen davon in die Eiweißhälften. Dann platzierte er die *œufs mimosa* auf einem großen Servierteller, streute ein bisschen Paprikapulver darüber und brachte sie nach draußen auf die Terrasse, wo er den Teller in die Mitte des Tisches stellte. Um Fliegen abzuhalten, breitete er ein Geschirrtuch darüber aus.

Nun betrat Félix die Küche mit zwei Köpfen Salat und einer Schale Radieschen aus dem Garten, die er schon in der Spüle im Stall gewaschen hatte. Jack stellte die geöffneten Weinflaschen auf den Tisch, dazu zwei Krüge mit Wasser aus der Quelle. Wie durchgehende Pferde hörte es sich an, als plötzlich die vier Kinder die Treppe heruntergepoltert kamen, wo sie einen Moment brav stillstanden, um sich von den Erwachsenen *bises* auf die Wangen geben zu lassen. Doch dann stürmten sie auch schon nach draußen, um mit

Balzac zu spielen. Wenige Augenblicke später erschienen auch Florence und Miranda mit frisch aufgetragenem Lippenstift und in Ordnung gebrachter Frisur; von den saunaartigen Bedingungen im Bad und der Seifenschaumorgie der vier Kinder war ihnen nichts anzumerken.

»Ich brauche jetzt einen Drink«, erklärte Miranda, worauf Bruno *crème de cassis* in kleinen Mengen auf ein halbes Dutzend Weingläser verteilte und mit Weißwein auffüllte. Der Kir war der übliche Aperitif zum Auftakt des gemeinsamen *dîners*.

»Ich soll dir von unserem Chorleiter was ausrichten, Bruno«, sagte Florence. »Er will sich mit dir über das Programm für die Sommerkonzerte absprechen. Wir singen Beethovens Chorfantasie im Rahmen des Musique-en-Périgord-Festivals, und er will wissen, ob dir die auch auf der Open-Air-Veranstaltung recht wäre.«

»Ich dachte, ihr bringt euer Standardprogramm, also Händel, Tschaikowsky und dieses Mozartstück – was war das noch mal – ach ja, *Laudate Dominum*«, erwiderte Bruno. Er wusste, wie sehr Florence darauf brannte, die Solopartie für Sopran zu singen. »Ich könnte mir vorstellen, das Publikum möchte die vertrauten alten Favoriten hören.«

»Das glaube ich auch, aber vielleicht klärst du das mit ihm persönlich. Was anderes – wann bringst du den Kindern endlich Schwimmen bei? Das Wasser im Pool ist warm genug. Du hast es ihnen versprochen.«

Sie verabredeten sich zu einer ersten Unterrichtsstunde für Sonntagmorgen nach einem gemeinsamen Frühstück um acht.

Mit den ersten Takten von Edith Piafs Chanson *La vie en Rose* meldete sich plötzlich Gilles' Handy. Er nahm den Anruf entgegen, steckte jedoch bald sein Handy wieder weg und berichtete, Fabiola habe noch einen späten Patienten und bitte sie alle, mit dem Essen nicht auf sie zu warten. Daraufhin schnitt Bruno ein paar Scheiben von der großen runden *tourte* aus der Bäckerei Moulin und rief die Kinder zu Tisch. Der Baron legte die Forellen auf den Grill, kam dann auch an den Tisch und fragte die Kinder, ob sie noch wüssten, was er ihnen darüber beigebracht hatte, wie man Fische isst, ohne sich an den Gräten zu verschlucken. Den Mund voller Brot und *œufs mimosa,* nickten sie stumm und kauten weiter.

Bruno schaute sich unter seinen Freunden am Tisch um. Den Baron kannte er nunmehr seit über einem Jahrzehnt, seit er die Stelle als *Chef de police* in Saint-Denis angenommen hatte. Sie waren einander das erste Mal im Rugbyverein begegnet, dann auch im Tennisklub und zuletzt im Jagdverein, jenen drei Institutionen, die die Stadtgemeinde zusammenhielten.

Jack Crimson kannte er nun schon mehrere Jahre, wenn auch nicht sehr gut. Anfangs hatte er ihn wie die meisten in der Stadt für einen eher langweiligen ehemaligen Staatsbeamten gehalten, der seinen Ruhestand in Frankreich genoss. Aber nachdem in sein Haus eingebrochen und Bruno mit den Ermittlungen beauftragt worden war, stellte sich heraus, dass Jack vor seiner Pensionierung viele Jahre in hoher Position für den britischen Geheimdienst tätig gewesen war und weiterhin engen Kontakt zu hochrangigen Kollegen diesseits und jenseits des Atlantiks pflegte. Bei einem von ihnen handelte es sich zu Brunos Überraschung um Brigadegeneral Lannes vom französischen Innenministerium, einen undurchsichtigen Mann, der immer wieder einmal in Brunos Leben auftauchte, wenn sich im friedlichen Périgord Dinge ereigneten, die die nationale Sicherheit bedrohten.

Als er Pamela kennenlernte, galt sie bei den Alteingesessenen als »die verrückte Engländerin«, die mit dem Pferd angeritten kam und in Fauquets Café bei einer Tasse Kaffee und mit einem Croissant in der Hand das Kreuzworträtsel der vortägigen *Times*-Ausgabe zu lösen versuchte. Sie sprach ein verstörend korrektes Französisch, tränkte ihr Pferd nach den morgendlichen Ausritten am Fluss und war immer typisch englisch mit einem Reitmantel und Jodhpur-Hose bekleidet. Unter der Reitkappe quoll rotgoldenes Haar hervor. Es war nachdem Bruno seine große Liebe Isabelle verloren hatte, dass er Pamela näherkam und eine Affäre mit ihr begann, die anfangs glücklich, aber dann doch nicht auf Dauer war.

Pamela hatte empfohlen, die Beziehung auf Eis zu legen, und darauf bestanden, dass er nach einer Frau suchte, die im Unterschied zu ihr oder zu Isabelle bereit wäre, eine Familie mit ihm zu gründen. Bruno hatte das auch eingesehen, bezweifelte aber, dass sich eine Frau finden ließe, die beides verkörperte: Mütterlichkeit und die freigeistige Art von Isabelle oder Pamela. Weil sich diese perfekte Partnerin auch nach Monaten nicht blicken ließ, hatte Pamela ihn wieder in ihr Bett gelassen, aber nur in Nächten ihrer Wahl.

Brunos Blick blieb an der letzten erwachsenen Person am Tisch haften, Florence, der alleinerziehenden Mutter von Dora und Daniel, den Kindern, die Bruno vergötterten.

Kennengelernt hatte er sie als mutlose, noch unter ihrer Scheidung leidende Frau. Damals hatte sie als Qualitätskontrolleurin auf einem Trüffelmarkt der Region für einen abscheulichen Chef gearbeitet und war von ihm nach Strich und Faden schikaniert worden. Als Bruno erfuhr, dass sie diplomierte Chemikerin war, hatte er ihr zu einer Anstellung als Naturkundelehrerin am *collège* von Saint-Denis verholfen. Seitdem war sie aufgeblüht. Florence hatte den Computerclub der Schule gegründet und war in den Regionalrat der Lehrergewerkschaft gewählt worden. Jetzt stand sie auf der Liste des Bürgermeisters für die nächsten Ratswahlen der Stadt. Im Erfolgsfall, und davon war auszugehen, würde sie künftig eine seiner Vorgesetzten sein.

Die Teller vom Hauptgang waren gerade weggeräumt worden, als eine Hupe ertönte und Fabiolas Renault Twingo in den Stallhof einbog. Im Laufschritt eilte sie auf die Tischrunde zu und erklärte noch vor der Begrüßungsrunde, dass sie einen Bärenhunger habe, vorauf sie noch im Stehen die letzten beiden *œufs mimosa* in sich hineinstopfte.

»Tut mir leid, dass ich so spät bin. Wir hatten wieder einen Fall von Hypochondrie«, sagte sie. »Die *œufs* sind vorzüglich, Bruno. Und deine Forelle, Baron, duftet schon sehr lecker. Den tollen Wein hier hat bestimmt wieder Jack ausgesucht. Vielen Dank euch allen. Worüber habt ihr euch eben unterhalten, als ich gekommen bin?«

»Essen, Wein und Pferde«, antwortete Pamela. »Über die die drei Säulen eines gesunden Lebens.«

»Habt ihr denn noch nicht gehört, was über die Macraes von Château Rock gemunkelt wird?«, fragte Fabiola. »Es heißt, sie lassen sich scheiden und verkaufen ihr Anwesen.«

»Wo hast du das denn aufgeschnappt?«, wollte Pamela wissen.

»Von meinem Hypochonder. Es scheint, ihr Mann ist Fahrlehrer der Tochter. Sie hat ihn heute per Textnachricht gefragt, ob sie in der Lage wäre, die Prüfung schon im Sommer abzulegen, weil die ganze Familie Frankreich bald verlassen werde. Was nur heißen kann, dass Château Rock verkauft werden soll. Ich würde zu gern wissen, was sie dafür haben wollen.«

Während ein Wort das andere gab, staunte Bruno wieder einmal, wie groß die Neugier auf Preise für Eigentum war, mit dem man selbst nichts zu tun hatte. Als die Tafel schließlich aufgehoben wurde, nahm er Fabiola beiseite und sprach sie auf den von Gelletreau ausgestellten Totenschein für Driant an.

»Unter Kollegen verbietet es sich, so etwas zu kommentieren«, entgegnete sie. »Driant war nicht mein Patient, aber es steht wohl fest, dass er Probleme mit dem Herzen hatte. Von Gelletreau weiß ich, dass die von ihm empfohlene Implantation eines Schrittmachers genehmigt wurde, ausgerechnet an dem Tag, als der alte Knabe beigesetzt worden ist. Warum fragst du?«

Gilles stand schon an ihrem Wagen und wollte fahren. Bruno schilderte kurz die Sorgen der Kinder Driants und dass der Vater merkwürdigerweise eine viel zu teure Seniorenresidenz gewählt hatte.

»Die in der Nähe von Sarlat?«, schaltete sich Gilles ein. »Da bin ich vor kurzem gewesen, im vorigen Monat. Es gibt da eine Art Buchclub, den sie literarischen Salon nennen. Man hat mich eingeladen, mein letztes Buch vorzustellen und ein paar Exemplare zu signieren. Das Essen war hervorragend. Insgesamt ein beeindruckender Ort, sehr hochherrschaftlich, wunderschön restauriert, und die Bibliothek, in der ich gelesen habe, war bestens sortiert.«

»Ich habe auch schon davon gehört«, sagte Fabiola. »Einer ihrer Ärzte aus dem Vorstand kam mit einer Hochglanzbroschüre zu uns. Sie klappern offenbar alle Praxen und Kliniken der näheren Umgebung ab und werben für sich mit der kühnen Behauptung, als einzige Einrichtung in der ganzen Region eine vollumfängliche medizinische Versorgung anbieten zu können. Man hat uns sogar eingeladen, die Räumlichkeiten in Augenschein zu nehmen. Ich glaube, Gelletreau ist der Einladung gefolgt.«

»Typisch Gelletreau, lässt sich ein spendiertes *déjeuner* nicht entgehen«, bemerkte Bruno grinsend.

»Gelletreau kommt zwar in die Jahre, ist aber kein schlechter Arzt«, erwiderte Fabiola entschieden. »Im Gegenteil. Er hat viel Erfahrung und kümmert sich wirklich um seine Patienten, fragt sogar bei den Apotheken nach, ob die verschriebenen Medikamente auch abgeholt werden, und er macht immer noch Hausbesuche, was man von vielen anderen Ärzten heutzutage nicht mehr sagen kann.«

»Ich kritisiere deinen Kollegen nicht«, sagte Bruno und wählte seine Worte mit Bedacht. »Gelletreau ist schließlich mein Hausarzt, und ich kann mich nicht über ihn beschweren. Aber er neigt offenbar dazu, sich auf das Offensichtliche zu fokussieren. Erinnerst du dich an den Fall, wo er auf einen Herzinfarkt tippte und du eine Zyanidvergiftung festgestellt hast? Ich frage mich, wie gründlich er Driants Leichnam untersucht hat.«

»Lass gut sein, Bruno. Ein alter Mann mit Herzproblemen, der Betablocker einnehmen musste und einen Schrittmacher bekommen sollte – was erwartest du?«, entgegnete sie. »Es gab nichts Verdächtiges an Driants Tod, und soweit ich weiß, hatte Gelletreau keine Veranlassung, eine gründliche Untersuchung vorzunehmen. Und was die Seniorenresidenz angeht, war der alte Herr vielleicht so besorgt um seine Gesundheit, dass er sich an einem Ort mit medizinischer Vollversorgung besser aufgehoben gefühlt hat. Ich finde das nachvollziehbar.«

»Wie man mir sagte, soll Driant eine Schwäche für Frauen gehabt haben. Ich habe in seiner Nachttischschublade ein Fläschchen voller Viagra-Pillen gefunden. Könnte die Einnahme seinem Herzen geschadet haben?«

»Möglicherweise. Wer hat ihm das Mittel verschrieben?«

»Das Fläschchen war ohne Apothekenaufkleber. Wahrscheinlich hat er es sich schicken lassen.«

Fabiola verzog das Gesicht. »Das könnte in der Tat ein Problem gewesen sein. Hat er andere Medikamente oder sonstwelche Substanzen zu sich genommen?«

»Nicht dass ich wüsste. Warum?«

»Die Einnahme von Kokain wäre für ihn sehr gefährlich gewesen, wahrscheinlich fatal. Aber da er kremiert wurde, werden wir keine Antwort darauf finden. Vielleicht hätte Gelletreau ihn doch genauer unter die Lupe nehmen sollen, aber es gab ja keine Verdachtsmomente …« Sie zuckte mit den Schultern. »Gute Nacht, Bruno.«

5

Am nächsten Morgen traf sich Bruno um acht mit Maurice, dem Mitarbeiter des Veterinäramtes, auf Driants Hof. Er hatte Balzac mitgenommen, ihn aber angeleint für den Fall, dass ihm die Schafe oder die Aussicht auf neue Freundschaften mit den Hütehunden allzu verlockend erschienen. Bruno wollte nicht abgelenkt sein, wenn er seine Sorge um das Wohlergehen der Tiere vortrug.

»Und der Käufer ist eine Versicherungsgesellschaft? Die müsste es eigentlich besser wissen«, sagte Maurice kopfschüttelnd. »Vermutlich wird sie sich damit herausreden, dass ihr über den Bestand nichts Schriftliches vorlag, aber mittlerweile sind zwei Wochen vergangen, und das ist keine Entschuldigung mehr. Hat sich unterdessen von der Eigentümerseite wirklich niemand blicken lassen, um hier nach dem Rechten zu sehen? Das wäre unverantwortlich, ja sträflich.«

Bruno nickte zustimmend. »Seit dem Tod des alten Herrn ist nur dessen Sohn hier gewesen, um die Tiere zu versorgen, und als ich gestern hier war, hat sich Guillaumat, ein Nachbar, darum gekümmert. Ich habe mich daraufhin mit Annette, der Staatsanwältin in Sarlat, in Verbindung gesetzt und Beschwerde eingereicht.«

»Gut. Ich werde mit Guillaumat sprechen, seine Aussage

zu Protokoll nehmen und dann Annette aufsuchen. Sie muss entscheiden, ob ich über das Amt Klage einreiche oder ob Sie das tun. Ich nehme an, dieser *notaire,* der den Verkauf abgesegnet hat, hat keine Ahnung von Landwirtschaft, oder?«

Bruno schüttelte lächelnd den Kopf. »Wenn ich richtig verstanden habe, ist er auf Vermögensverwaltung spezialisiert.«

»Dann wird wahrscheinlich ein Teil des Vermögens, das er verwaltet, für Bußgelder draufgehen«, schnaubte Maurice verächtlich. »Ehrliche Landwirte, die sich an die Vorschriften halten und jede Menge Papierkram zu erledigen haben, wird es freuen, in der Zeitung zu lesen, dass einem dieser Finanztrickser auf die Finger geklopft wird.«

»Wie hoch könnte eine solche Strafe sein?«

»Hängt vom Richter ab, aber für gewöhnlich laufen fünfzig bis hundert Euro pro Tier auf. Bei hundert Schafen und ebenso vielen Lämmern kommen da bis zu zwanzigtausend zusammen. Übrigens, mir gefällt nicht, wie manche dieser Lämmer aussehen. Ich werde sie unserem Tierarzt zeigen. Sie brauchen jede Menge Wasser, wenn sie nicht mehr von der Mutter trinken.«

»Sagen Sie Guillaumat bitte, wie viele Sie mitnehmen. Ich habe ihn gebeten, mindestens alle zwei Tage herzukommen und nach den Tieren zu sehen. Das sollten wir dem neuen Eigentümer vielleicht auch auf die Rechnung setzen.«

»Natürlich, meine Zeit lasse ich mir auch bezahlen. Wenn's nach mir ginge, kämen diese Lumpen in den Knast. Mit Tieren sollten sie jedenfalls nichts zu schaffen haben.«

Sie verabschiedeten sich, worauf Bruno auf Château

Rock zusteuerte. Dass es verkauft werden sollte, bekümmerte ihn. Trotzdem freute er sich darauf, Rod Macrae wiederzusehen, den Gitarristen, dessen Riffs und Songs zum Soundtrack seiner Jugend gehörten. Als sich Rod auf der Terrasse aus seinem Gartensessel erhob, wirkte er immer noch so groß und hager wie in seinen Ruhmestagen, die nun schon Jahrzehnte zurücklagen. Er kleidete sich auch immer noch auf dieselbe Art: schwarze Jeans, die in hochhackigen Stiefeln steckten, ein in den Nacken zurückgeschobener Stetson und ein Denim-Shirt mit schwarzer Lederweste, die vom ständigen Tragen ziemlich speckig war. Mit den vom Alter tief ins Gesicht gegrabenen Falten sah er noch ausgezehrter aus. Bruno vermutete, dass er den Hut aus Eitelkeit trug – Rod hatte eine Glatze, ließ aber den grauen Haarkranz umso länger wachsen und hatte ihn im Nacken zu einem Pferdeschwanz, seinem Markenzeichen, zusammengefasst. Wie früher, als er noch regelmäßig auftrat, klebte auch jetzt eine handgedrehte Zigarette auf seiner Unterlippe.

»*Ça va,* Bruno?«, grüßte er mit müde wirkender Stimme, gab Bruno die Hand und ging dann in die Hocke, um Balzac zu tätscheln. »Was für ein feiner Kerl«, sagte er und kraulte eine Stelle auf der Brust, an die Balzac selbst nicht herankam. Der Hund gurrte vor Vergnügen. »Er ist reinrassig, nicht wahr? Hat bestimmt einen Stammbaum.«

»Ja, er stammt von dem besten Jagdrudel in ganz Frankreich. Habe ich mir jedenfalls sagen lassen. Ich hatte offenbar Glück.«

»Nicht wahr, Ihr letzter Hund wurde bei einem Polizeieinsatz getötet? Irgendein hohes Tier in der Regierung hat versucht, Sie mit ihm hier zu trösten. Wollen Sie ihn als Deckrüden einsetzen? Ich frage nur, weil ich daran denke, mir einen Hund zuzulegen. Für mich wird sich in nächster Zukunft einiges ändern, und ich glaube, es gibt keinen besseren Gefährten als jemanden wie ihn.«

Bruno war überrascht, fand aber Macraes Wunsch durchaus nachvollziehbar. »Für die Zucht wäre er jetzt noch ein bisschen zu jung«, antwortete Bruno. »Wenn es so weit ist, werde ich seinen ehemaligen Besitzer kontaktieren. Das haben wir so verabredet. Er will die richtige Partnerin für ihn aussuchen. Vielleicht sollte ich ihn demnächst mal anrufen.«

»Einen seiner Welpen hätte ich liebend gern. Halten Sie mich auf dem Laufenden.«

»Es tut mir sehr leid, dass Sie wegziehen«, sagte Bruno. »Wir werden Sie und Ihre Familie vermissen.«

»Nicht alle von uns gehen für immer. Die Kinder wollen sich hier zumindest eine Rückzugsmöglichkeit sichern, mit der *cabane* am Rand des Weinbergs, wo früher die Landarbeiter gewohnt haben. Sie liegt am Rand des Grundstücks, lässt sich also leicht aus dem Verkauf herauslösen. Die Renovierungskosten dafür werden nicht allzu hoch sein, und wir planen, das Wäldchen auf der anderen Seite des Hügels zu roden. Eichen und Akazien, gutes Brennholz, das einiges an Geld einbringen wird.«

»Und die Erschließung?«

»Kein Problem. Strom und Wasserleitungen können vom Studio heraufgelegt werden. Wir legen eine moderne Sickergrube an und decken das Dach neu. Wie gesagt, die Einnahmen aus dem Holzverkauf müssten dafür reichen. Die

Kinder wollen im Sommer mit den Renovierungsarbeiten anfangen – wenn sie denn Zeit dafür finden. Sie wollen ja auch noch für das Tennisturnier trainieren, das Sie ausrichten. Wissen Sie eigentlich schon, dass Jamie beim Musikfestival auftritt? Ich würde seine erste CD gern in meinem Studio aufnehmen. Wir gehen also nicht gerade klammheimlich.«

»Spielt Jamie immer noch klassische Gitarre?«

Macrae nickte. »Das ist sein Ding, aber er spielt auch ziemlich gut Klavier. Und seit neuestem singt er auch am Royal College of Music in London im Chor.«

»Und Kirsty? Was hat sie für Pläne?«

»Sie wollte eigentlich Sprachen studieren, neben Französisch und Englisch auch Italienisch und Spanisch, um Dolmetscherin zu werden. Aber es scheint, dass der Bedarf zurückgeht, weil immer mehr per Computer übersetzt wird. Vielleicht studiert sie stattdessen Politikwissenschaften oder Jura. Kirsty ist noch unentschlossen, aber Jamie hat sich auf eine Musikkarriere festgelegt.«

»Er kommt wohl auf den Vater raus«, sagte Bruno. »Was ist mit Ihnen? Gehen Sie zurück nach Schottland?«

Macrae zuckte mit den Achseln. »Vielleicht, hängt auch davon ab, wie viel wir für das Château bekommen. Meghan will sich vom Erlös ein eigenes Haus kaufen, und die Kinder sollen auch einen Teil davon bekommen. Mal sehen, was für mich übrigbleibt.«

»Das ist sehr großzügig von Ihnen.«

»Nicht wirklich. Ich verdiene ja an den Tantiemen meiner Musik. Viele Radiosender bringen noch meine alten Titel, andere Bands covern sie. Was da zusammenkommt –

aus Großbritannien, Amerika, Deutschland, Australien und sogar aus Frankreich – müsste reichen.« Er spuckte die Zigarettenkippe auf den Boden und trat sie mit dem Absatz aus. »Es wird mir trotzdem nicht leichtfallen, von hier wegzugehen.«

»Ist Meghan im Haus?«

»Nein, sie musste zum Notar wegen der Grundstücksteilung. Brosseil hat heute Morgen angerufen und gesagt, dass sie nach französischem Recht komplizierter ist, als wir dachten. Vielleicht müssen wir den Kindern die Parzelle, die sie haben sollen, für einen symbolischen Preis verkaufen.«

»Ich bin froh, dass sie uns erhalten bleiben«, sagte Bruno. »Jamie und Kirsty haben hier ihre Schulfreunde. Viele Kinder unserer Stadt haben durch Meghans Kurse im *collège* Englisch gelernt.«

Macrae nickte und zog einen Tabaksbeutel aus der Westentasche, um sich die nächste Zigarette zu drehen. »Sie will sich in England zur Lehrerin ausbilden lassen.«

Er fuhr mit der Zunge über den Klebestreifen am Papierchen und steckte die Zigarette an. »Ich glaube, sie wird eine gute Lehrerin sein. Sie ist noch jung und möchte nicht länger an einen alten Sack wie mich gebunden sein. Es tut trotzdem weh. Sie ist die Einzige, mit der ich es länger ausgehalten habe.«

Bruno suchte nach Worten. Mit Macrae pflegte er seit Jahren ein freundschaftliches Verhältnis, aber zu einem wirklich persönlichen Austausch war es nie gekommen.

»Haben Sie Pläne?«, fragte er.

»Nicht, solange mich nicht jemand auffordert, eine Comeback-Tour zu starten, aber dafür bin ich wohl zu alt.«

»Das hat Leonard Cohen nicht aufgehalten.«

»Ja, aber meine Musik ist anders. Jedenfalls habe ich versucht, ein paar neue Songs zu schreiben, und wie bei alten Männern so üblich, mache ich mir darin ein paar Gedanken über mich selbst.«

»Die würde ich gern hören«, sagte Bruno und erinnerte sich, wie er als Jugendlicher vor dem Radio oder Plattenspieler gehockt und im Takt zu Macraes rauher Stimme und den treibenden Rhythmen seiner Begleitband mit dem Kopf genickt hatte. »Ich bin mit Ihren Platten groß geworden. Einer der Jungs aus meinem Bataillon hatte all Ihre Songs auf Kassette.«

»Das ist Schnee von gestern«, sagte Macrae. »Die Songs, an denen ich jetzt arbeite, sind anders, nicht mehr der alte harte Rock, sondern ruhigere Balladen. Nur ich und meine Gitarre. Als Jamie Weihnachten hier war, haben wir ein paar dieser Songs zusammen gespielt. Eigentlich spiele ich nur noch zum Vergnügen, aber vielleicht lässt sich ja noch was draus machen. Mal sehen.«

»Wie gesagt, ich würde sie gern hören«, wiederholte Bruno.

»Ja? Nett von Ihnen.« Macrae nickte vage, ging aber auf Brunos Bitte nicht weiter ein. Trotzdem schien es, dass er sich freute. »Kommen Sie, schauen wir uns an, was die Madame aus Paris zustande gebracht hat. Sie filmt das Anwesen mit einer Drohne. Scheint der neueste Clou bei Immobilienmaklern zu sein.« Er setzte sich mit schlurfenden Schritten in Bewegung, die Bruno an die Gehweise von Cowboys in alten Western erinnerte. Vielleicht lag es an den Stiefeln.

Eine lässig, aber elegant gekleidete junge Frau gab Bruno die Hand und stellte sich als Nathalie vor. In einem schattigen Winkel neben dem Hauptgebäude schaltete sie den kleinen Bildschirm einer Fernsteuerung an. Sie hatte das ganze Anwesen aus großer Höhe aufgenommen, war mit der Drohne langsam über den Weinberg und die Gärten geflogen und dann direkt auf das Château zu, das sie einmal im und einmal gegen den Uhrzeigersinn umkreist hatte. Vor dem mittelalterlichen Turm hatte sie die Drohne eine Weile schweben lassen und sie schließlich auf ein paar Details wie die Balkone und das prunkvolle Tor eingezoomt.

Der Film endete mit einer Vogelschau auf beide Terrassen, die vordere und hintere. Hinter dem Haus hatte Nathalie die Szene dekoriert und den Tisch mit Gläsern und einer Flasche gedeckt, nach vorne hin einen zweiten Tisch mit Tellern und Besteck wie zu einem *déjeuner en famille*. Auf beiden Seiten war der jeweilige Ausblick festgehalten, den man von den Tischen aus genießen konnte.

»Damit lassen sich bestimmt jede Menge Interessenten locken«, sagte Bruno beeindruckt. Ein solcher Film war sehr viel wirkungsvoller als die üblichen Fotos, die man in den Schaufenstern von Immobilienmaklern sah.

»Wirklich gut«, meinte auch Macrae. »Brauchen Sie noch etwas, oder sollen wir uns die jetzt schmecken lassen?«, fragte er und nahm die Flasche vom Tisch.

»Mir wäre lieber, Sie zeigen mir vorher das Haus«, antwortete Nathalie und gab Bruno eine Visitenkarte mit ihrem Foto auf der Vorder- und Kontaktdaten auf der Rückseite, dazu die Zulassungsnummer ihrer Drohne, auf die sie ihn eigens aufmerksam machte. »Weisen Sie mich bitte darauf hin, wenn es hier in der Gegend Flugverbotszonen gibt.« Sie wandte sich wieder an Macrae.

»Ich müsste Aufmaße erstellen und ein paar Fotos machen, vielleicht auch das ein oder andere Zimmer aufstylen. Auf diesem Preisniveau haben Klienten bestimmte Vorstellungen, wie ihr Märchenschloss aussehen soll. Die Salons sollten elegant, aber unpersönlich eingerichtet sein, die Esszimmer fürstlich und die Küchen mittelalterlich, aber natürlich mit modernen Geräten. Übrigens, könnte ich mir diesen herrlichen Basset für einen Tag ausleihen? Er ist genau der Hund, der einen Touch von Klasse vermittelt.«

Wieder den Blick auf Macrae gerichtet, fragte sie: »Haben Sie ein Jagdgewehr? Wir könnten ein paar Aufnahmen von dem Hund in der Küche machen, wobei eine Flinte am Spülbecken lehnt und ein paar tote Fasanen auf dem Tisch liegen, die darauf warten, gerupft zu werden.«

Bruno und Macrae tauschten verblüffte Blicke. »Wenn Sie meinen, dass es helfen könnte, stellt sich Balzac gern zur Verfügung, vorausgesetzt, Sie bringen ihn mir bis spätestens sechs in die *mairie* zurück. Die Jagdsaison ist übrigens vorüber, wir könnten allenfalls ein paar Tauben schießen.«

»Ich hätte da zwei Kaninchen, die ich heute Morgen geschossen habe, weil sie sich im Garten gütlich taten«, sagte Macrae. »Meghan wird gleich wieder hier sein. Sie könnte Ihnen bei den Arrangements unter die Arme greifen. Ich führe Sie in der Zwischenzeit durchs Haus.«

»Und ich mache mich wieder an meine Arbeit.« Bruno stand auf und bedeutete Balzac zu bleiben. »Klären Sie Interessenten bitte darüber auf, dass der Hund unverkäuflich ist und nicht zur Ausstattung des Hauses gehört.«

Macrae grinste und ging ins Haus. Kurz darauf kam er mit einem kleinen quadratischen Umschlag wieder nach draußen, den er Bruno zusteckte. »Hier ist eine CD mit meinen jüngsten Sachen. Sagen Sie mir bei Gelegenheit, was Sie davon halten.«

Bruno fuhr los. Er schob die CD in den Schlitz des eingebauten Abspielgeräts, gespannt auf Macraes neue Musik. Er kannte ihn bislang nur als klassischen Rockmusiker, der auch ein bisschen Country anklingen ließ. Manche seiner Stücke waren fast balladenhaft, wie sich Bruno erinnerte. Macrae hatte immer den Bass gespielt und mit schmachtender, brüchiger Stimme gesungen. Text und Komposition der meisten Songs gingen auf ihn zurück, was wohl erklärte, dass er recht gut an den Tantiemen verdiente.

Langsame, gleichmäßige Bassklänge gaben den Takt für den ersten Titel vor. Rhythmusgitarre und Schlagzeug stiegen dann im Stil einer Countrynummer ein, und die Stimme, die gleich darauf einsetzte, klang vertraut, aber gealtert, von zahllosen Zigaretten und bestimmt auch Unmengen an Wein und Whisky angerauht. Sie sang ein langsames, melodisches und trauriges Lied, und obwohl Bruno aus dem mehr oder weniger genuschelten Englisch nicht schlau wurde, vermittelte sich ihm doch seine Stimmung. Was ihn überraschte, war das Solo, von einer anderen Gitarre vorgetragen und mit Slide, einer metallenen Fingerhülse, die den Sound verschärfte und mit vibrierendem, fast klagendem Ton lange nachhallte.

Die zweite Nummer war eine klassische Ballade, ein Liebeslied. Diesmal konnte Bruno zumindest den Refrain verstehen – *Watching you sleep.* Wieder kamen die beiden verschiedenen Gitarren zum Einsatz, und die Melodie war eingängig und neu. Der Song gefiel ihm auf Anhieb. Er würde sich ihn noch einmal anhören und die Worte mitschreiben oder von Pamela übersetzen lassen. Die nächsten Lieder übersprang er mit der Vorlauftaste, rief die Duette mit Jamie auf und war beeindruckt davon, wie der alte Macrae auf die klassische Gitarre seines Sohnes einzugehen verstand.

Er erkannte die aus der spanischen Klassik stammende Vorlage wieder: das Adagio aus Joaquín Rodrigos *Concierto de Aranjuez*. Zu Hause hatte er eine CD von Paco de Lucía, der dieses Stück spielte, von einem Orchester begleitet, dessen Streicher eine wunderbar tiefe Kulisse vor den klaren Gitarrenklängen im Wechselspiel mit einer sanft tönenden Klarinette bildeten. Ganz anders das Arrangement, das er jetzt hörte. Bruno fragte sich, wie es zustande gekommen war. Er nahm an, dass Jamie den Gitarrenpart spielte, während Macrae mit seinem Bass die Orchesterbegleitung und mit der Steel Guitar die zweite Stimme kopierte. Eine solche Instrumentierung klang natürlich völlig anders, aber nicht unpassend, sondern im Gegenteil durchaus frisch und angemessen.

War das, was Vater und Sohn im Aufnahmestudio eingespielt hatten, auch auf der Bühne live wiederzugeben?, fragte sich Bruno. Was für ein Coup wäre das für Saint-Denis, wenn Macrae sein Comeback bei einem Open-Air-Konzert am Flussufer feiern würde!

Für Publicity könnte Bruno über die *Sud Ouest,* das Lokalradio und die Regionalsender des Fernsehens sorgen. Sie alle würden sich eine solche Chance nicht entgehen lassen, und das Publikum käme in Strömen. Vielleicht ließe sich das Konzert auf einen Dienstagabend legen, wenn es in der Stadt den beliebten *marché nocturne* gab und die Freifläche hinter der Klinik mit Marktständen gefüllt war, an denen man die unterschiedlichsten Speisen und Getränke kaufen und diese dann an Tischen und Bänken verzehren konnte. Die Bühne, auf der die Konzerte stattfinden sollten, lag genau gegenüber auf der anderen Flussseite, so dass die Gäste des Nachtmarkts die musikalischen Darbietungen würden hören oder auch direkt miterleben können, wenn sie nach dem Essen ein paar Schritte über die Brücke gingen. Voller Begeisterung für eine solche Möglichkeit, drückte Bruno die Replay-Taste und hörte sich Macraes CD von vorn an.

Als er das *collège* von Saint-Denis erreichte und als Erstes die Stufen zu Florence' Appartement hinaufstieg, antwortete niemand auf sein Klingeln. Er ging ins Naturkundelabor der Schule, in dem sich der beliebte, von ihr gegründete Computerclub regelmäßig traf. Ein Dutzend Schülerinnen und Schüler saßen vor Laptops und PC-Bildschirmen, als Florence' Zwillinge aus einer Ecke, wo sie mit einem Tablet spielten, herbeigesprungen kamen, um Bruno zu begrüßen.

Sie zogen ihn mit sich zu dem Tisch, an dem sie gesessen hatten, und zeigten ihm ein selbst erstelltes digitales Bild, einen etwas eckig geratenen, braun-schwarz-weiß gescheckten Hund mit langen Ohren zwischen roten Blumen. Der sollte anscheinend Balzac sein. Bruno zeigte sich beeindruckt und riet ihnen, das Bild zu speichern, um es demnächst einmal Balzac zeigen zu können. Dass der Hund sich wiedererkennen würde, war wenig wahrscheinlich, aber Bruno fand immerhin beachtlich, dass die Kinder mit Computern schon sehr viel selbstverständlicher umgingen als er, dem sie immer noch Kopfzerbrechen machten.

Er gab Florence Macraes CD, damit sie sie für sich kopierte und per E-Mail-Anhang an die gemeinsame Freundin Amélie in Paris schickte, die für das Justizministerium arbeitete und eine phantastische Gesangsstimme hatte. Sie würde eines der Flussuferkonzerte im Juli bestreiten.

»Lass mich wissen, was du davon hältst«, sagte er. »Es sind neue Lieder von Rod Macrae und ein Duett mit seinem Sohn. Ich finde sie gut, kann aber von der CD selbst leider keine Kopie machen. Ich weiß nicht, wie das geht.«

Florence betrachtete ihn voller Mitleid, schob die CD in einen PC und gab mit der Tastatur ein paar Befehle ein, während sie erklärte, dass sie nun eine Kopie für sich erstellen und diese mit Amélie teilen wolle.

»Rod hat die Rechte daran, deshalb werde ich die Files passwortgeschützt an Amélie weiterleiten und ihr in einer separaten Mail das Passwort mitteilen«, sagte sie. »Wenn du willst, kann ich dir die CD auch auf dein Handy laden. Dann hast du sie immer bei dir. Und bestimmt finden wir auch eine App, die die Lyrics transkribiert und für dich übersetzt.«

»So was gibt's? Ich kann damit auf meinem Handy die übersetzten Texte lesen?«

Florence schien ihn wieder zu bedauern. »Vielleicht solltest du uns öfter hier im Club besuchen und dir zumindest die Basics aneignen.«

Solchermaßen zurechtgestaucht, machte sich Bruno auf den Weg zu Pamelas Reitschule. Als er in die Auffahrt einbog, vibrierte sein Handy. Wie er im Display sah, versuchte Annette, die Staatsanwältin aus Sarlat, ihn zu erreichen.

»Die Anzeige wegen mutmaßlicher Tierschutzverstöße wird vorerst nicht weiterbearbeitet, Bruno«, sagte sie. »Der *procureur* des Périgord und mein Vorgesetzter hier in Sarlat sind sich nicht einig, wer dafür zuständig ist. Wenn du den Vorgang beschleunigen willst, schlage ich vor, dass du dich mit unserem Freund bei der *Sud Ouest* in Verbindung setzt und den Tierschutzverein einschaltest. Nichts macht Anwälten so schnell Beine wie schlechte Publicity.«

Bruno führte drei Telefonate. Einer der Vorteile eines seit vielen Jahren amtierenden Landpolizisten bestand darin, über zahlreiche Kontakte zu verfügen. Als Erstes rief er den Geschäftsführer der Regionalvertretung der *Société Protectrice des Animaux* an. Der zweite Anruf ging an den Vorsitzenden von *Jeunes Agriculteurs,* einen energischen jungen Mann, dem er in der Schulzeit Rugby zu spielen beigebracht hatte. Zuletzt hatte er Philippe Delaron am Ohr, den Lokalreporter der *Sud Ouest,* dem er die Rufnummern der anderen beiden Kontakte und die von Sarrails Kanzlei durchgab. Das sollte schon mal einiges in Bewegung bringen, dachte Bruno.

6

Nach seinem frühmorgendlichen Lauf mit Balzac durch den Wald und einem zügigen halbstündigen Ritt auf Hector um Pamelas Reiterhof hatte Bruno schnell geduscht, sich rasiert und seine Uniform angelegt, um wie jeden Samstagvormittag seine gewohnte Runde über den Markt zu drehen. Allerdings versäumte er es auch diesmal nicht, vorab bei Fauquet eine Tasse Kaffee zu trinken und ein Croissant zu essen, von dem Balzac wie immer eine Ecke abbekam. Erst danach begann er seine eigentliche Patrouille, die im Wesentlichen darin bestand, Freunde zu begrüßen und sich am Anblick der frischen Erdbeeren, Kirschen, Radieschen und dem anderen frischen Obst und Gemüse des Frühsommers zu erfreuen. Unweigerlich bebten seine Nasenflügel, als ihm der heiße Bratenduft vom Grillstand entgegenschlug. Er blieb stehen und begrüßte Raoul, der ein dünnes Unterhemd trug sowie ein baumwollenes Stirnband, damit ihm der Schweiß nicht in die Augen rann.

»Heiße Arbeit«, bemerkte Bruno. Er schüttelte Raouls Hand und begutachtete die Reihen der Wachteln, Tauben, Hähnchen und Kapaune an den rotierenden Spießen. Es war ihm ein ewiges Rätsel, wie der Freund all dieses Geflügel an den Mann und die Frau bringen konnte. »Im Winter hier zu stehen kann ja von Vorteil sein, aber jetzt, zu dieser Jahreszeit …«

»Man gewöhnt sich dran«, erwiderte Raoul, nahm einen Schluck aus seiner Wasserflasche und wandte sich einer Kundin zu.

Bruno ging weiter und steuerte auf drei Stände zu, die in Hufeisenform angeordnet waren. Auf der Auslage des einen stapelten sich Käselaibe, der andere war voller Gemüse, und der dritte bot Weine der städtischen Kooperative zum Verkauf. Zwischen den Ständen saßen an einem kleinen Klapptisch sein Freund Stéphane, der Käser, der Gemüsehändler Michel und Germinal von der Kooperative. Sie ließen sich ihren *casse-croûte* schmecken, ein zweites Frühstück aus Brot, Käse und *pâté*, wie es um diese Tageszeit alle Händler zu schätzen wussten, die schon seit dem Morgengrauen auf den Beinen waren. Vor allen dreien stand ein halbvolles Glas Rotwein auf dem Tisch. Unaufgefordert holte Germinal ein leeres Glas von seinem Stand und schenkte Bruno einen Willkommenstrunk ein. Der ließ sich nicht lange bitten und wurde mit den neuesten Klatschgeschichten vom Markt auf den letzten Stand gebracht. Als er sein Glas geleert hatte, bedankte er sich und setzte seine Runde fort. Plötzlich sah er Meghan mit leeren Einkaufstaschen an beiden Händen und über den Schultern von der Brücke aus herbeieilen.

»*Bonjour,* Bruno«, grüßte sie und ließ sich von ihm auf die Wangen küssen. »Ich musste hinter all den Campingwagen parken und den ganzen Weg hierherlaufen. Dabei habe ich keine Zeit zu verlieren. Eben hat Jamie angerufen. Er kommt heute Abend aus Paris mit einem Kleinbus voller

Freunde. Und Kirsty landet am Nachmittag auf dem Flughafen von Bergerac. Das bedeutet, ich muss die ganze Bande über zwei Tage durchfüttern. Rod hängt in seinem verfluchten Studio rum, und an mir bleibt die ganze Arbeit hängen: Betten machen, Bäder putzen und, und, und. Er macht sich keine Vorstellung davon, was es bedeutet, ein Haus voller Gäste zu haben. Was soll ich bloß kochen?«

»Sie kennen doch die alte Regel: im Zweifel gebackene Hähnchen.«

»Ja, aber zwei von Jamies Freunden sind Vegetarier, vielleicht sogar vegan.«

»Kein Problem«, sagte Bruno, der sich über jede Gelegenheit freute, wenn er ein Menü zusammenstellen konnte. »Es ist warm genug, um draußen zu essen, also würde ich vorschlagen: Gazpacho zum Auftakt, dann zwei oder drei gegrillte Hähnchen von Raoul – die ersparen Ihnen das Kochen. Decken Sie sich bei Stéphane mit Käse ein, und kaufen Sie Kirschen und Erdbeeren. Außerdem ist in diesem Jahr der Spargel besonders gut. Den können Sie mit geschmolzener Butter servieren, für die Veganer mit Zitronensaft. Und wie ich gesehen habe, haben Sie jede Menge Salat in Ihrem *potager* zu Hause.«

»Ich hatte vor, an dem Bio-Stand Gemüse-*pâté,* Hummus und Tofu zu kaufen«, erwiderte Meghan. »Und Brot.«

»Gute Idee. Vielleicht auch noch Sojasoße, Ingwer, Mungbohnen und Pilze für ein schnelles Wok-Gericht. Mit je einem Kilo Kartoffeln, Zwiebeln und Karotten, verschiedenen Früchten, Nudeln und Reis sollten Sie Ihre vegetarischen und veganen Gäste problemlos sattkriegen. Kommen Sie, ich lade Sie zu einer Tasse Kaffee bei Fauquet ein. Danach kaufen wir zusammen ein, und ich helfe Ihnen, die Sachen zum Wagen zu bringen.«

Sie setzten sich an einen Tisch auf der Terrasse im Schatten eines großen orangefarbenen Sonnenschirms und bestellten Kaffee für Bruno und eine heiße Schokolade für Meghan, dazu ein Croissant. Er fragte sie, wie ihr das Drohnenvideo von Château Rock gefallen habe.

»Toll, wirklich beeindruckend. Wie sie einige der Räume eingerichtet hat, fand ich auch nicht schlecht, so in der Art zwischen Herrenhaus und Spitzenhotel. Ich habe für so was kein Talent. Bin gespannt, was Kirsty sagen wird, wenn sie's sieht. Sie ist da anders als ich, hat die künstlerische Ader von ihrem Dad, glaube ich.«

»Weiß sie inzwischen, was sie studieren will?«

»Tja, darüber mache ich mir ernstlich Sorgen«, antwortete Meghan. Es schien, dass sie sich in aller Eile angezogen hatte oder direkt aus dem Garten kam, denn sie trug schmuddelige Jeans und ein kariertes Hemd, das schon bessere Tage gesehen hatte. Was ungewöhnlich war, wie Bruno dachte. Normalerweise kleidete sie sich sehr sorgfältig. Auch die Haare waren in Unordnung; der lose Knoten, den sie gesteckt hatte, löste sich auf. Immerhin lächelte sie, als Balzac seine Schnauze auf ihr Knie legte und mit schmachtenden Blicken zu ihr aufsah. Bruno wusste, dass sein Hund nur ihr Croissant im Sinn hatte.

»Sie sagt, sie habe sich entschieden und uns eine Mitteilung zu machen. Ich fürchte, es ist etwas, das wir nicht wirklich hören wollen. Rod hat ohnehin schon schlechte Laune wegen der Frau vom Maklerbüro. Sie meint nämlich, dass wir die Forderung von drei Millionen vergessen können und uns mit einem sehr viel bescheideneren Preis begnügen sollten.«

»Seine Stimmung wird sich wieder heben, wenn die Kinder da sind«, erwiderte Bruno.

»Da wäre ich mir nicht so sicher«, sagte sie. »Ihm setzt wohl unsere Trennung zu, auch wenn er sich einverstanden erklärt hat. Er mag es nicht, allein zu sein. Das war noch nie sein Fall. Zum Glück hat er zur Musik zurückgefunden. Darüber bin ich froh. Umso mehr wird ihm allerdings sein Aufnahmestudio fehlen, wenn das Château verkauft ist. Ich ahne, was er denkt, dass nämlich zurzeit alles für ihn schiefläuft und ich schuld daran bin. Ich habe ein schlechtes Gewissen deswegen, bin es mir aber doch auch schuldig, zur Abwechslung mein eigenes Leben zu leben und nicht nur für Rod und die Kinder da zu sein. Es war falsch, so früh zu heiraten.«

»Natürlich haben Sie ein Anrecht auf Ihr eigenes Leben, Meghan. Ich weiß von Rod, dass er das versteht.«

»Verstehen und Akzeptieren sind zweierlei«, entgegnete sie und klang müde dabei.

»Vielleicht kann er mit seiner Musik neu durchstarten«, sagte Bruno. »Er hat mir eine CD mit seinen jüngsten Songs mitgegeben. Ich finde sie großartig und würde ihn gern fragen, ob er Lust hat, bei einem unserer nächsten Uferkonzerte aufzutreten.«

»Das würde ihn aufmuntern. Wie wär's, Sie würden heute mit uns zu Abend essen und mit ihm reden? Jamie und Kirsty würden sich freuen, Sie zu sehen, und wie ich Rod kenne, wird es ihm guttun, wenn Sie ihm sagen, dass Ihnen die neuen Songs gefallen.«

»Insbesondere sein Duett mit Jamie, das Concerto. Wenn ich Rod richtig verstanden habe, will er mit Jamie im Sommer noch weitere Stücke proben und Jamies erste Solo-CD einspielen«, sagte Bruno. »Zu Ihrer Einladung: Ich tue mich mit Englisch schwer und würde Ihrer Unterhaltung kaum folgen können. Trotzdem, ich käme gern, aber wären damit auch die anderen Gäste einverstanden?«

»Mit Sicherheit. Und bringen Sie den kleinen Burschen mit.« Balzac bekam endlich den erhofften Happen von ihr. »Allein sein Anblick wird alle zum Lächeln bringen.«

»Na, dann werde ich kommen. Lassen Sie mich den Gazpacho machen, ich bringe ihn mit. Dann brauchen Sie hier auf dem Markt nur noch für den Rest zu sorgen.«

»Sie sind mein Retter, Bruno«, sagte sie und gab ihm einen Kuss auf die Wange. »Seltsam, selbst in dieser Uniform sehe ich Sie nicht als Polizisten.«

»Die trage ich heute Abend nicht. Ich will Jamie und seine Gäste nicht verunsichern«, erwiderte er grinsend.

»Auf die Gäste bin ich gespannt. Es wird auch das Mädchen mitkommen, auf das es Jamie abgesehen zu haben scheint. Ein zweites Mädchen, das er mitbringt, ist eine Kommilitonin vom Royal College. Die anderen studieren am Pariser Konservatorium, wo sie gerade für diese Sommerkonzerte proben, die hier überall gegeben werden.«

»Sie hatten doch bestimmt eine aufregende Zeit mit Rod und seiner Band.« Bruno brannte darauf, von Meghan endlich mehr über Rod zu erfahren. »Wann haben Sie sich kennengelernt? War er da schon ein Star?«

»Ich glaube, er hatte seinen Zenit schon überschritten, aber genau weiß ich das nicht. Er war immer noch berühmt, zumindest war es seine Band, und ich habe deren Musik geliebt. Ich war gerade sechzehn, habe mich aber ein paar Jahre älter gemacht, als ich mit Rod das erste Mal zusammentraf. Er sagte, er sei Mitte dreißig, tatsächlich war er fünfundvierzig. Ich hatte an einem Preisausschreiben der Zeitung meiner Stadt teilgenommen und den Hauptpreis gewonnen: ein Backstage-Treffen mit der Band nach ihrem Auftritt, zu dem ich auch meinen kleinen Bruder mitbringen durfte. Wir haben uns auf Anhieb supergut verstanden, und eins kam zum anderen.«

»Waren Sie noch auf der Schule?«

»Die hatte ich gerade verlassen und eine Ausbildung als Friseurin angefangen. Ich war total naiv. Ich und ein waschechter Rockstar! Und ich glaube, Rod wollte sich häuslich niederlassen und eine Familie gründen. Ständig auf Tournee zu sein ist ziemlich anstrengend, und die Band steckte in einer Phase der Auflösung. Sie hielt nur noch des Geldes wegen zusammen, worunter die Musik gelitten hat. Manche haben mir die Schuld gegeben, und es kam zu heftigen Streitereien. Dann wurde ich schwanger. Wir haben Tage im Bus verbracht, sind von einer Mucke zur anderen gefahren, und es wurde kaum ein Wort gewechselt, nur abgelästert, wenn ich den Bus angehalten habe, weil mir schlecht wurde und ich mich übergeben musste. Von wegen morgendliche Übelkeit – ich hatte den ganzen Tag damit zu tun.«

»Waren Sie noch schwanger mit Jamie, als Sie sich mit Rod bei uns niedergelassen haben?«, fragte Bruno.

»Ja, Rod ist, noch bevor wir uns kennengelernt haben, immer wieder ins Périgord gefahren, zu Freunden aus der

Musikbranche. Pink Floyd, Deep Purple, 10cc – viele von ihnen hatten Häuser hier, und darin ging es dann zweifellos hoch her. Rod hatte sich aber vor allem in die Landschaft verliebt, in das Essen und den Wein, und er war fasziniert von den Höhlen. Die ziehen ihn immer noch an; er liest Bücher zur Frühgeschichte und sammelt sogar Werkzeuge aus Flintstein. Nach starken Regenfällen geht er spazieren und sucht nach Steinen, die der Regen freigespült hat.«

»Schade, dass ich davon nicht früher erfahren habe«, sagte Bruno. »Ich habe dasselbe Hobby und bin immer wieder erstaunt, wie schön manche dieser Fundstücke sind, perfekt geformt wie Blätter.«

Meghan nickte höflich, schien aber auf ihre Geschichte zurückkommen zu wollen. »Als sich die Band aufgelöst hat, sind Rod und ich jedenfalls hierhergezogen, um ein neues Leben zu beginnen. Und es hat funktioniert. Wir waren glücklich und haben unsere Kinder großgezogen. Als die aber zum Studieren nach England gegangen sind, wurde alles anders, für uns beide. Wir hatten plötzlich ungeahnt viel Freizeit. Deshalb habe ich diese Englischkurse am *collège* gegeben. Aber miteinander haben wir nicht mehr viel anzufangen gewusst. Rod wurde zusehends älter, und für uns allein war das Château viel zu groß. Es wurde uns auch zu teuer im Unterhalt. Als ich dann ein Fernstudium aufnahm, wurde mir allmählich klar, dass ich eigentlich auch ganz gut auf eigenen Beinen würde stehen können. Klingt das sehr egoistisch?«

Bruno schüttelte den Kopf. »Wir haben nur dieses eine Leben.«

»Das sage ich mir auch, und wenn Kirsty uns mitteilt,

wozu sie sich entschieden hat, sage ich ihr dasselbe. Ich vermute, sie will in Frankreich bleiben und nicht zur Uni nach Edinburgh gehen. Sie ist hier verwurzelt.«

»Sie könnte auch hier zur Universität gehen, sie hat schließlich die französische Staatsbürgerschaft.«

»Warum eigentlich nicht? Daran habe ich noch gar nicht gedacht.«

Meghan richtete sich auf und sammelte ihre Einkaufstaschen zusammen. »Ich sollte jetzt lieber den Einkauf erledigen. Kartoffeln, Spargel, Erdbeeren und alles andere. Zum Glück haben wir dank der städtischen Winzer den Keller voll Wein. Danke für Ihr Angebot mit dem Gazpacho.«

Bruno war auf dem Weg in die *mairie,* als jemand seinen Namen rief. Er drehte sich um und sah Brosseil, der ihm vom Bio-Stand aus zuwinkte. Er trug eine Rose am Revers und Lacklederschuhe und war sonst so piekfein gekleidet, als wollte er an einem Tanzwettbewerb teilnehmen. Bruno ging auf ihn zu, gab ihm die Hand und wartete, während Brosseil sein Wechselgeld in ein kleines ledernes Portemonnaie gleiten ließ und dieses in die Gesäßtasche seiner Hose steckte.

»Der Kollege aus Périgueux hat mir Kopien von Driants letztgültigem Testament und das Testat der drei Gutachter zukommen lassen«, sagte er. »Sie sind heute Morgen eingetroffen. Ich dachte, Sie würden vielleicht gern einen Blick darauf werfen.«

»Danke«, erwiderte Bruno. »Steht irgendetwas Neues darin?«

»Nicht wirklich, außer dass Sarrail beides, die Nachlassverwaltung und den Verkauf, in der Hand hat, was zwar nicht gesetzwidrig, aber aus naheliegenden Gründen unüblich ist. Jedenfalls ist er jetzt verantwortlich für die Einhaltung der Tierschutzbestimmungen, und gegen die wird, wie wir wissen, verstoßen. Wir kennen inzwischen auch den Namen der involvierten Versicherungsgesellschaft. Außerdem wurde ich zu einem Besuch der Seniorenresidenz eingeladen. Morgen Nachmittag. Sie haben dort einen Tag der offenen Tür. Wahrscheinlich will man vor den *notaires* der Umgebung die Werbetrommel rühren.«

»Das haben sie auch schon bei der Ärzteschaft unserer Region versucht«, bemerkte Bruno. »Gelletreau hat dort umsonst zu Mittag gegessen.«

»Für uns Notare scheinen nur Erfrischungen vorgesehen zu sein, was immer das bedeuten mag. Von drei bis sechs. Anscheinend ist unsereins weniger wert als die Vertreter der Medizin.«

»Oder man hält Sie für absolut redlich und weniger bestechlich«, entgegnete Bruno lächelnd. »Werden Sie hingehen?«

»Nein. Aber wenn Sie glauben, dass es sich lohnt, die Sache weiterzuverfolgen, sollten Sie einen Blick in die Unterlagen werfen. Ich bin mir da nicht so sicher. Der Kollege aus Périgueux hat sich im Zusammenhang mit Driants neuem Testament rechtlich nichts zuschulden kommen lassen. Weil aber die Sache einen schlechten Beigeschmack hat, habe ich bei unserer Kammer Beschwerde bezüglich der vernachlässigten Tiere eingereicht. Eine Frage ist noch offen. Von einer Versicherungsgesellschaft namens Euro-Trans-Med habe ich noch nie gehört. Sie soll Niederlassungen auf Zypern und Malta, in Monaco und Luxemburg haben. Ich werde das bei Gelegenheit überprüfen.«

»Tun Sie das, und halten Sie mich bitte auf dem Laufenden! Gibt es eigentlich, von dem Gutachten und der Rechtmäßigkeit der Testamentsänderung abgesehen, irgendeine Möglichkeit, den ganzen Vorgang anzufechten?«

»Ja, wenn Hinweise auf betrügerische Absichten auftauchen. Deshalb sollten wir diese Versicherungsgesellschaft unter die Lupe nehmen. Es könnte auch sein, dass Driant unter Druck gesetzt beziehungsweise erpresst worden ist. Allerdings gibt es dafür bislang keine Anhaltspunkte.«

7

In der Absicht, die ungelösten Fragen im Fall Driant aufzugreifen, rief Bruno in der Klinik an und fragte, ob Dr. Gelletreau zu sprechen sei. Er behandelte gerade einen Patienten, würde aber gleich darauf seinen Schichtdienst beenden. Also machte sich Bruno auf den Weg über die Brücke zur Klinik, setzte sich ins Wartezimmer und blätterte durch abgegriffene Illustrierte. Die meisten waren voller Klatschgeschichten über Prominente und Fotos von Mitgliedern des britischen Königshauses oder weniger berühmten Vertretern des europäischen Adels, von Belgien über Schweden und Monaco bis hin zu deutschen Prinzlein, von denen er noch nie gehört hatte. Bruno fragte sich, ob die Ärzte solche Zeitschriften abonniert hatten oder ob sie von Patienten mitgebracht worden waren. Vielleicht kamen sie aber auch von Großhändlern, die überzählige und abgelaufene Exemplare auf Wartezimmer in ganz Frankreich verteilten. Unter den Illustrierten fand er eine alte Ausgabe von *Pèlerin,* einer christlichen Monatszeitschrift, von der er glaubte, dass sie längst eingestellt worden sei. Er hatte erst die Hälfte eines halbwegs interessanten Artikels über Wallfahrten nach Lourdes gelesen, als Gelletreau plötzlich im Türrahmen stand.

»Sie wollen mich sprechen, Bruno?«, fragte der älteste

Arzt von Saint-Denis und bat ihn ins Sprechzimmer, wo Bruno ihm die Bedenken der Kinder Driants auseinanderlegte und fragte, ob er, Gelletreau, sich in der Diagnose der Todesursache des Alten sicher sei.

»Ohne Autopsie kann man nie ganz sicher sein«, antwortete dieser. »Aber ich habe keinen Zweifel an meiner Diagnose. Driant war über viele Jahre mein Patient und hatte Probleme mit dem Herzen, Arrhythmien und Herzrasen. Er nahm Blutverdünner, dann Betablocker, und schließlich habe ich ihm einen Schrittmacher empfohlen. Die unmittelbare Gefahr eines Infarkts war zwar nicht gegeben, aber in Anbetracht seines Lebenswandels wollte ich kein Risiko eingehen.«

»Lebenswandel?«

Gelletreau grinste und beugte sich vor. »Unter uns, er war ein regelrechter *chaud lapin*, unersättlich und völlig untypisch für sein Alter.« Als *chaud lapin* – heißes Kaninchen – werden in Frankreich sexuell überaktive Männer bezeichnet.

»Deshalb ist er auch diesem Rentnerclub beigetreten, wo er Frauen kennenlernen konnte, meist Witwen, in der Hoffnung, sich von ihnen verwöhnen lassen zu können«, fuhr Gelletreau fort. »Von mir wollte er immer, dass ich ihm Viagra verschreibe, was ich aber wegen seiner Herzbeschwerden für kontraindiziert gehalten und abgelehnt habe. Möglich, dass er über das Internet herangekommen ist, wovon ich ihm allerdings dringend abgeraten habe. Als Arzt kann man für seine Patienten vieles tun, sie aber nicht zwingen, einen guten Rat zu befolgen. An Driants Tod überrascht mich eigentlich nur, dass er allein war und nicht im Bett.

Vermutlich wäre er am liebsten in den Armen einer Frau gestorben, auch wenn das seine Kinder nicht gern hören würden. Was beanstanden sie eigentlich?«

»Dass sich ihr Vater in der schicken neuen Seniorenresidenz bei Sarlat hat vormerken lassen.«

»Wirklich? Das Château? Das überrascht mich jetzt.«

»Ich dachte, Sie hätten ihm vielleicht davon erzählt«, sagte Bruno. »Soweit ich weiß, hat die Heimleitung Kontakt mit allen Ärzten der Region aufgenommen und ihnen ihre Dienste anempfohlen.«

»Eine sehr vornehme Adresse, ja, aber für die meisten unserer Mitbürger wohl doch jenseits ihrer finanziellen Möglichkeiten. Wie auch immer, Driant wusste von dem Heim bereits. Er zeigte mir eine Broschüre, die er in diesem Club entdeckt hatte, und fragte mich, was ich davon halte. Ich sagte, viel zu teuer, das Angebot der medizinischen Versorgung spricht allerdings für sich, und das gesellschaftliche Umfeld scheint ja auch sehr ansprechend zu sein. Man hat mich einmal durchs Haus geführt und mir ein Mittagessen vorgesetzt. Es war vorzüglich.«

»Es scheint, Driant hat sich ebenfalls dort umgesehen und eine Anmeldung unterschrieben.«

Wieder grinste Gelletreau. »Wahrscheinlich war die Verlockung durch all die Witwen zu groß.«

»Sie haben ihm das Haus also nicht empfohlen?«

»Nein, empfohlen habe ich ihm einzig und allein einen Schrittmacher, damit sein Herz wieder ruhig schlägt. Ich würde zwar nicht beschwören, dass er an einem Infarkt gestorben ist, kann aber kaum glauben, dass sein Tod eine andere Ursache hatte. Er ist offenbar von jetzt auf gleich eingetreten, sonst hätte Driant bestimmt noch versucht zu telefonieren. Für eine Autopsie gab es keinen Grund, keinerlei Verdachtsmomente. Da war nur der traurige Tod eines Mannes, der allein lebte.«

Bruno nickte und nahm sich im Stillen vor, einen Blick auf Driants Handy zu werfen. Er stand schon auf, um sich zu verabschieden, als Gelletreau fragte: »Was haben Sie in dieser Sache nun vor, Bruno?«

»Ich werde versuchen, Driants Kinder zu beruhigen. Sie haben mit einem Erbe gerechnet, doch er hat Haus und Hof an eine Versicherung verkauft, um sich die Seniorenresidenz leisten zu können. Für seine Kinder bleibt nicht viel übrig.«

Gelletreau schnaubte. »Das wusste ich nicht. Der Alte war wohl närrischer, als ich dachte. Ist der Verkauf nach Recht und Gesetz abgewickelt worden?«

»Es scheint so. Er hat ein neues Testament aufsetzen und sich von Gutachtern in Périgueux bescheinigen lassen, dass er im Vollbesitz seiner geistigen Kräfte ist.«

»Verstehe. Für die Kinder tut's mir leid. Ich kenne beide recht gut, habe sie behandelt, wenn sie krank waren. Übrigens, Claudette war einer der ersten Säuglinge, denen ich auf die Welt geholfen habe, nachdem ich hierhergezogen bin. Ein beeindruckendes Mädchen, sehr gescheit, eine Leseratte, die mehr in der öffentlichen Bibliothek gewohnt hat als zu Hause. Für den Vater war sie allerdings eine Enttäuschung.«

»Wie meinen Sie das?«

»Claudette hat in Paris studiert, wo ihr bewusst wurde, dass sie lesbisch ist. Sie wurde Feministin und sitzt inzwischen auf einem hohen Posten bei einer Beratungsfirma in Paris.« Gelletreau zuckte mit den Achseln und lehnte sich seufzend in seinem Sessel zurück, wobei er die Pose eines Geschichtenerzählers einnahm. »Sie konnte es kaum erwarten, den Hof zu verlassen, und ihr Vater nahm es ihr immer übel, dass sie ihm keine Enkel geschenkt hat. Gaston hatte ihn zwar schon mit seinen Kindern zum Großvater gemacht, aber er war ein sehr altmodischer Mann. Eine Frau sollte heiraten, sich um ihren Mann kümmern, zu Hause bleiben und jede Menge Kinder zur Welt bringen – das war seine Meinung, und daran hielt er fest.

Ich weiß, dass er darunter gelitten hat, sowohl unter Claudettes Lebensstil als auch unter der Entfremdung von ihr, aber zumindest ist sie zu seiner Beisetzungsfeier gekommen, das rechne ich ihr hoch an«, fuhr Gelletreau fort. »In gewisser Weise war er auch stolz auf sie, aber das konnte er ihr nicht zeigen. Für seine Ansichten habe ich durchaus Verständnis, denn ich bin wahrscheinlich ganz ähnlich erzogen worden wie er. Ich verstehe aber auch Claudette. Die Zeiten ändern sich, und wir müssen uns mit ihnen ändern. Driant hat das nicht so gesehen.«

»Die Vorteile der Pharmazie aber doch wohl, Viagra im Besonderen.«

»Das war aber dann auch schon der einzige positive Aspekt, den er dem modernen Leben abgewinnen konnte«, erwiderte Gelletreau und gluckste. »Ich glaube, ihm war klar, dass seine Art zu leben überholt ist. Da jetzt auch noch die Subventionen für Bergbauern gekürzt worden sind, hätte er sich ohnehin nicht mehr lange halten können, so sparsam er auch war. Er brauchte die Finanzspritze, um seine Telefon- und Stromrechnungen bezahlen und Diesel für seinen alten Lastwagen kaufen zu können. Gelebt hat er vom Erlös aus seinen Schafen und Hühnern und dem Gemüse aus seinem *potager*. Das Brennholz holte er sich aus seinem eigenen Stückchen Wald. Und mit seinem Feuerwasser hat er sich ein bisschen Taschengeld verdient.«

»Die beste *gnôle* weit und breit«, sagte Bruno.

»Ja, und ich bin froh, noch ein paar Flaschen zu haben, die mich an ihn erinnern. Immer wenn er zu mir in die Sprechstunde kam, hat er mir eine Flasche mitgebracht. Apropos …«

Gelletreau bückte sich und holte aus dem Schreibtischschränkchen zwei Gläser und eine unetikettierte Flasche, die zu zwei Dritteln mit einer klaren Flüssigkeit gefüllt war. Er zog den Korken aus dem Hals und schenkte großzügig ein.

»Ja, stoßen wir an auf den alten Knaben«, sagte er und reichte Bruno ein Glas, hob sein eigenes und murmelte: »Auf Driant.«

»Hah!«, krächzte Bruno, als er sich von dem Kratzen im Hals erholt hatte. »Darauf hat er sich wirklich verstanden.«

»Umso bedauerlicher, dass er von uns gegangen ist«, meinte der alte Arzt. Er leerte sein Glas und leckte sich mit der Zunge den buschigen weißen Schnauzbart ab.

»Eine Frage noch«, sagte Bruno. »Als Sie bei ihm waren und seinen Tod festgestellt haben, ist Ihnen da sein Handy zu Gesicht gekommen?«

Gelletreau zuckte wieder mit den Schultern und schenkte einen Schluck für sich nach. »Nein, ich glaube nicht, hab gar nicht daran gedacht, danach zu suchen.«

Bruno ging zurück in sein Büro und überlegte sich, was er Gaston Driant sagen sollte, bevor er dessen Nummer in Bordeaux wählte. Er fühlte sich verpflichtet zu berichten, dass das neue Testament wirksam und sein Vater für voll zurechnungsfähig erklärt worden sei. Und dass Dr. Gelletreau keinen Zweifel an den Todesumständen habe. Inwieweit sollte er, Bruno, falsche Hoffnungen wecken, was die Rechtmäßigkeit des Verkaufs anbelangte?

»Ich weiß nicht«, sagte er, als Gaston seinen Anruf entgegennahm, »ob Ihnen bekannt ist, dass Ihr Vater als Herzpatient in Behandlung war. Sein Hausarzt hat ihm dringend nahegelegt, sich einen Schrittmacher implantieren zu lassen. Für ihn steht außer Frage, dass er an einem Infarkt gestorben ist.«

»Das ist mir neu«, entgegnete Gaston. »Er hat kein Wort darüber verloren. Aber das ist typisch und überrascht mich nicht. Er hat eine Menge für sich behalten.«

»Ich bin unschlüssig, ob wir die Ermittlungen fortsetzen sollen, Gaston«, fuhr Bruno fort. »Tut mir leid, aber Ihr Vater war offenbar entschlossen, sich in diesem neuen Heim einzuquartieren. Er hat es in Augenschein genommen und Gelletreau, seinem Hausarzt, gesagt, dass es ihm sehr gefallen habe. Wenn ich richtig verstehe, hat er Ihnen und Ihrer Schwester in seinem Letzten Willen ein paar persönliche Gegenstände und den Familienschmuck zuerkannt. Er hat also an Sie gedacht.«

»Anscheinend. Danke, Bruno, dass Sie sich für uns eingesetzt haben. Was passiert jetzt mit den Schafen und den Lämmern?«

»Darum muss sich der neue Eigentümer kümmern. Der

notaire hat mir versichert, dass er dafür Sorge tragen will. Ich werde die Sache jedenfalls im Auge behalten. Vermutlich wird ein Großteil ins Schlachthaus gebracht. Übrigens, wenn Sie die Hühner haben wollen, werden Sie sie bestimmt abholen können. Dagegen wird niemand was haben.«

»Dafür ist mein Garten leider nicht groß genug, Bruno; außerdem könnte ich in meinem Wagen nicht alle transportieren. Ich schenke sie Ihnen. Nehmen Sie sich so viele, wie Sie wollen, und verteilen Sie den Rest auf andere, die bereit wären, sich um sie zu kümmern. Sie alle zu schlachten wäre doch zu schade. Sein Federvieh lag Papa immer sehr am Herzen, und die Eier sind wirklich gut.«

»Werden Sie einen Teil der Möbel abholen? Mehr hat er Ihnen und Claudette nicht hinterlassen, die Möbel und diverses Werkzeug.«

»Das Werkzeug habe ich mir schon geholt, auch ein paar kleine Erinnerungsstücke, Geschirr, das Besteck, Bücher und Fotoalben. Meine Frau hat einen Blick auf die Möbel geworfen und gesagt, wir sollten sie mitsamt den Teppichen an Ort und Stelle verbrennen. Ich konnte sie nicht einmal überreden, dass wir wenigstens die Hunde zu uns nehmen. Den Schaukelstuhl, den er selbst geschreinert hat, habe ich aber dann doch mitgenommen. Allerdings hat sie ihn in meinen Gartenschuppen verbannt.«

»Noch eins: Haben Sie das Handy Ihres Vaters gefunden?«

»Nein, ich habe nicht einmal danach gesucht. Haben Sie die Nummer?«

»Ja. Sie stand auf einer alten Rechnung. Wenn Sie das neue Testament Ihres Vaters lesen wollen, kann ich Ihnen eine Abschrift zukommen lassen. Wird wahrscheinlich nicht einfach für Sie sein, Kenntnis davon zu nehmen. Ihr Vater war nicht gut auf Ihre Schwester zu sprechen. Gelletreau meint, dass er sich mit ihrem Lebensstil nicht abfinden konnte.«

»Stimmt leider«, entgegnete Gaston kurz angebunden. Es schien, als wollte er den Anruf beenden. »Nun, das war's dann wohl. Danke für Ihre Bemühungen.«

Nach dem Telefonat mit Gaston glaubte Bruno, die Sache habe sich erledigt. Doch dann rief Jean-Jacques an und lud ihn zum Mittagessen nach Périgueux ein, an dem auch ein Freund vom *fisc* teilnehmen würde.

»Wie versprochen, habe ich mich mit ihm in Verbindung gesetzt, und wie sich herausstellt, interessiert er sich schon des Längeren für diesen *notaire* Sarrail. Er ist in einem anderen Zusammenhang auf seinen Namen gestoßen. Gibt es auf Ihrer Seite Neuigkeiten?«

»Eigentlich nicht. Ich habe vorhin mit dem Arzt gesprochen, der Driants Tod festgestellt und einen Infarkt attestiert hat. Er ist sich seiner Diagnose ziemlich sicher. Der alte Mann hatte Herzprobleme und sollte einen Schrittmacher bekommen. Ich kenne inzwischen den Namen der Versicherungsgesellschaft, die Driant auszahlen wollte, damit er sich einen Platz in der schicken Seniorenresidenz leisten konnte. Sie heißt Trans-Med-Euro und hat Niederlassungen auf Zypern und Malta, in Monaco und Luxemburg. Brosseil, unser Notar hier, hat noch nie davon gehört.«

»Ich auch nicht«, sagte Jean-Jacques. »Aber bei mir blinken alle Warnlichter, wenn ich von Geldgeschäften einer

Firma höre, die ihren Sitz in Monaco hat. Bin gespannt, was unser Mann vom *fisc* dazu zu sagen hat.«

»Wann wollten Sie mit uns zu Mittag essen?«, fragte Bruno. »Wie Sie wissen, haben wir dienstags unseren Markt; dann komme ich bis Mittag nicht weg aus Saint-Denis.«

»Ich weiß, deshalb habe ich unser Essen für Mittwoch vorgesehen. Mein Freund kommt mit dem Halb-zwölf-Uhr-Zug aus Bordeaux. Also habe ich einen Tisch für zwölf reservieren lassen.«

»Wo?«

»Na, wo könnten drei *flics* in Périgueux wohl essen? Wo bekäme ich meine *tête de veau*? Als wir das letzte Mal dort waren, haben Sie von dem Steinbutt geschwärmt, den sie mit Muscheln als *pot-au-feu* zubereiten.«

»Ah, Sie meinen das Hercule Poireau«, sagte Bruno. »Den gemütlichen alten Gastraum mit der Gewölbedecke, gleich gegenüber der Kathedrale. Was war es noch mal – 14. Jahrhundert oder so, stimmt's? Ist der Freund ein Fan von Agatha Christie?«

»In der Tat, und ob Sie's glauben oder nicht, er heißt Hercule, Hercule Goirau. Vielleicht haben Sie schon von ihm gehört. Er war derjenige, der vor ein paar Jahren den großen Weinskandal aufgedeckt und ein paar Händler ins Gefängnis geschickt hat. Sie erinnern sich, es ging um gefälschte Etiketten und Flaschen, die, angeblich mit Châteauneuf-du-Pape abgefüllt, nach China exportiert worden sind. Er leitet inzwischen das Amt in Bordeaux und ist jemand, den man lieber nicht in die eigenen Rechnungsbücher blicken lässt. Ich hoffe, Sie haben Ihre Steuern sauber abgeführt.«

»Soll ich mich auf das Mittagessen freuen oder es mit Magenschmerzen erwarten?«, fragte Bruno lachend. »Obwohl ich für Steuerprobleme eigentlich viel zu arm bin.«

»Im Ernst, Hercule ist in Ordnung. Er hat mir sogar schon ein paar gute Investmenttipps gegeben. Aber Sie wissen ja, die Leute vom *fisc* haben Gehirne wie Rechenmaschinen. Wie dem auch sei, Hercule liebt gutes Essen und gute Weine, und das beweist doch, dass er ein anständiger Kerl ist.«

8

An Gazpacho war Bruno mehr gelegen als an irgendeiner anderen Suppe, denn er markierte für ihn den Übergang vom Frühling zum Sommer, wenn er lieber unter freiem Himmel aß und das meiste, was er für sein Essen brauchte, direkt aus dem Garten kam. Im Hintergrund lief Macraes CD, als er das Gemüse putzte, häutete und entkernte. Für gewöhnlich bereitete er eine solche Suppe für sechs bis acht Personen zu. Mit der Menge, die er jetzt berechnet hatte, würde Meghan ihre jungen Gäste über drei Tage verköstigen können, und für ihn, Bruno, bliebe auch noch eine gute Portion übrig.

Eine geschälte Gurke, jeweils eine rote und eine gelbe Paprikaschote sowie ein halbes Kilo reifer Tomaten gingen mit fünf Esslöffeln Olivenöl, zwei Gläsern Bergerac Sec und einem Glas Wasser in den Mixer. Er würzte mit Salz, Pfeffer und drei kleingehackten Knoblauchzehen und gab zum Eindicken der Suppe ein zerkleinertes Drittel von einem der beiden *pains aux céréales* hinzu, den Vollkornbrötchen, die er frisch gekauft hatte. Er schmeckte das Resultat ab, würzte mit einer Prise Salz, einem Esslöffel Tomatenpüree und einem kleinen Glas Oloroso-Sherry nach und schaltete noch einmal kurz den Mixer ein.

Bruno füllte die Suppe daraufhin in einen großen Glaskrug und wiederholte die Prozedur weitere drei Male. Die vier gutgefüllten Krüge stellte er nun in den Kühlschrank, drei für Meghan und einen für sich selbst. In seine größte Pfanne gab er zwei Esslöffel Olivenöl, zerschnitt das letzte Brötchen in *croûton*-große Stücke und ließ sie im Backofen anrösten.

Die neuen Songs von Macrae gefielen ihm immer besser, besonders das Duett mit seinem Sohn und deren Interpretation von Rodrigos Concerto. Als es zu Ende war, schob Bruno das Original von Paco de Lucía in den Player. Er fand es besser, aber Macraes Adaption blieb ihm im Ohr, vielleicht weil ihm wie so vielen seiner Generation der Klang einer E-Gitarre vertrauter war. Wann waren E-Gitarren eigentlich populär geworden?, fragte er sich. Wahrscheinlich in den 1950er-Jahren. Ob Mozart oder Beethoven Stücke für sie komponiert hätten, wenn sie ihnen schon bekannt gewesen wären? Auch das Saxophon war ein relativ junges Instrument, ging es Bruno weiter durch den Kopf. Und was wäre der Jazz ohne Saxophon?

Weil das Wetter viel zu schön war, um im Haus zu bleiben, ging Bruno schließlich in den Garten und machte sich mit einer Hacke über das Unkraut zwischen den Gemüsereihen her, die er im Frühjahr gepflanzt hatte. Balzac sah ihm eine Weile dabei zu, trottete aber bald weg, um die Enten und Hühner zu begrüßen und auf dem Grundstück nach dem Rechten zu sehen. Bruno legte eine Pause ein und ließ den Blick über die Weide schweifen, die zu einer Felskante anstieg und sich jenseits dieser bis hinauf zum Hügelgrat fortsetzte. Auch in alle anderen Himmelsrichtungen hob und senkte sich die Landschaft, mal bewaldet, mal als kahles Moor, und über der höchsten Erhebung im Osten wölbte sich im scharfen Kontrast der hellblaue Himmel.

An diesem Ausblick konnte sich Bruno nicht sattsehen, doch jätete er schließlich weiter, bis ihm einfiel, dass er noch seine Wäsche aus der Maschine holen musste. In einem großen Weidenkorb trug er sie nach draußen und hängte sie mit Klammern auf die zwischen Bäume gespannte Leine. Als er damit fertig war, pfiff er Balzac zu sich und ging mit ihm über die Anhöhe, bis es Zeit wurde, zum Reiterhof zu fahren und wie an jedem Abend Hector zu bewegen. Er wollte sich gerade auf den Weg machen, als sein Handy klingelte.

Amélie rief aus Paris an. »Diese Songs von Rod Macrae sind toll«, sagte sie. »Wird er da sein, wenn ich zu euch runterkomme?«

»Ja, den ganzen Sommer über, und auch seine Kinder. Sein Sohn Jamie spielt die klassische Gitarre in dem Instrumentalstück.«

»Ob er wohl was dagegen hat, wenn ich sein *Watching you sleep* singe, wenn ich bei euch bin? Natürlich werde ich vorher sagen, dass es seins ist und er die Rechte daran hat. Ich finde den Song so schön, dass ich ihn liebend gern in mein Repertoire aufnehmen würde. Kennst du ihn gut genug, um ihn für mich zu bitten?«

»Ja, ich bin heute Abend bei ihm zum Essen eingeladen und kann ihn fragen.«

»Ich schicke dir zwei Versuche, die ich bei mir zu Hause aufgenommen habe, mit einer simplen Recording-App auf meinem Laptop. Vielleicht interessiert's Macrae, was andere aus seinen Stücken machen. Normalerweise bin ich nicht so direkt, aber –«

»Oh, doch, das bist du«, fiel ihr Bruno ins Wort und lachte. »Du bist herrlich direkt, und das auf die allernetteste Art.«

»Ich weiß nicht, ob ich das als Kompliment verstehen soll. Aber gut, ich schicke dir beide Versuche. In dem einen hab ich dem Original nur meine Stimme unterlegt, so als Backgroundchor. Der andere ist meine Version. Frag ihn, was er davon hält. Und vergiss nicht, ihm zu sagen, dass ich seine Songs super finde, auch seine Stimme. Es wird allerhöchste Zeit, dass er wieder auf die Bühne geht.«

»Ich werd's ausrichten«, sagte Bruno. »Dasselbe wollte ich ihm heute Abend übrigens ebenfalls empfehlen. Aber ob er meinen Rat annimmt? – Ich bin mir da nicht so sicher. Er ist sehr deprimiert, weil sich seine Frau von ihm scheiden lassen will. Immerhin denkt er daran, wieder Musik zu machen, und sein Sohn ist bereit, mit ihm zusammenzuarbeiten.«

Das Gespräch mit Amélie ging ihm noch durch den Kopf, als Bruno Stunden später nach Château Rock fuhr. Wie so oft, wenn er sich mit anderen über ein Problem unterhielt, gewann er einen neuen Blick darauf und fand Worte dafür. Ob Macrae seinen Ratschlag überhaupt in Erwägung zog oder nicht, blieb natürlich ihm überlassen, aber seine Reaktion hing wohl auch und nicht zuletzt davon ab, wie ein solcher Rat an ihn herangetragen wurde. Nach Brunos Erfahrung war es das Beste, es bei Andeutungen zu belassen. Wenn er Macrae zu verstehen geben würde, dass er mit einer Teilnahme an den Konzerten Saint-Denis einen Gefallen täte, wäre er vielleicht eher bereit, einen Versuch zu wagen.

Bruno verstand sich gut mit Rod und Meghan, seine größte Sympathie aber galt ihren Kindern. Er lächelte in sich hinein, als ihm bewusst wurde, wie sehr er sich auf das Wiedersehen mit ihnen freute und wie gespannt er darauf war, das Mädchen kennenzulernen, für das sich Jamie zu interessieren schien. Es war Kirsty, die als Erste herbeigestürmt kam und ihm um den Hals fiel, als er aus seinem Land Rover stieg. Nachdem sie auch Balzac nicht weniger herzlich begrüßt hatte, umarmte sie Bruno ein weiteres Mal. Sie kam wie ihr Bruder auf den Vater heraus, war ebenso lang und schlaksig. Nicht im herkömmlichen Sinne hübsch, hatte sie doch große Augen, einen schön geschwungenen Mund und volle braune Haare. Bruno fand, dass sie fraulicher geworden war.

»Du siehst toll aus«, sagte er. »Irgendwas macht dich glücklich. Wenn es Liebe ist, hat der oder die andere dich hoffentlich verdient.«

»Nein, das ist es nicht. Aber ich weiß endlich, was ich will, und das ist weder ein Jurastudium noch Edinburgh.«

»Spann mich nicht auf die Folter. Wissen deine Eltern schon von deinen Plänen?«

»Ich habe bislang nur mit Maman darüber gesprochen; sie scheint nichts dagegen zu haben. Papa sage ich es erst nach dem Abendessen. Ich hoffe, er ist dann ein bisschen entspannter. Du könntest mir helfen, ihn auf meine Spur zu bringen. Ich möchte in Bordeaux studieren, und zwar Weinbau und Önologie. In den Ferien könnte ich im Ausland arbeiten, in Australien, Kalifornien, Chile, Italien … Und auf längere Sicht möchte ich mich hier im Périgord niederlassen, wo ich geboren wurde.«

»Ich habe dich im Weinberg arbeiten sehen, sooft du hier warst, und bin nicht wirklich überrascht«, erwiderte Bruno. »Du weißt auch, worauf du dich einlässt, nämlich auf harte Arbeit und Abhängigkeit vom Wetter. Davon abgesehen, habe ich noch nie jemanden getroffen, der guten Wein produziert und nicht glücklich mit seinem Beruf wäre.«

»Wirst du das auch Papa sagen?«

»Natürlich. Ist Jamie hier?«

Kirsty schüttelte den Kopf. »Er ist noch unterwegs, in einem Bus mit seinen Freunden. Papa hängt in seinem Studio rum und feilt an Stücken, die er mit Jamie proben will. Maman ist in der Küche.«

»Von ihr weiß ich, dass Jamie eine junge Frau mitbringt, auf die er es abgesehen hat. Kennst du sie?«

»Ja, Galina. Sie kam mal von London für ein langes Wochenende zu Besuch. Wir haben in einem Gastropub gegessen; so was kannte sie noch nicht. Sie ist ein bisschen schüchtern, sehr hübsch und aus einer superreichen Familie. Sie hat im Ritz übernachtet, in einer Suite, die pro Nacht mehr kostet, als mir in einem Monat zur Verfügung steht. Jamie hält sie für eine großartige Musikerin.«

»Ist sie Französin?«, fragte Bruno.

»Nein, ich glaube, sie stammt aus Russland, lebt aber schon seit Jahren nicht mehr dort. Jamie sagt, sie hätte einen europäischen Pass, von Zypern, wenn ich mich richtig erinnere.«

Kirsty half Bruno, die drei Gazpacho-Krüge, die Dose mit den *croûtons* und die Riesenportion *aillou*, die Bruno am Marktstand von Stéphane gekauft hatte, ins Haus zu tragen. Zum Gazpacho gehörte unbedingt ein großzügiger

Löffel davon, wie Bruno fand. Die Crème bestand aus Sauerrahm, *fromage blanc,* Kräutern und Knoblauch und wurde von seinem Freund täglich frisch zubereitet. Sie fanden Meghan in der Küche vor einem Berg von geschälten Kartoffeln, Karotten und Zucchini, im Ungewissen darüber, ob sie den Käse in den Kühlschrank legen sollte oder nicht.

»Und soll ich das Gemüse schon in den Ofen tun, was meinen Sie?«, fragte sie Bruno nervös und mit halberhobenen Händen, als wüsste sie nicht, wohin damit. Ihr Gesicht war gerötet, und die Haare hingen in Strähnen herab. »Herrje, ich müsste duschen und mir was anderes anziehen. Gut, dass Sie hier sind, Bruno. Und tausend Dank für den Gazpacho.«

»Keine Hektik, Maman, die anderen sind noch unterwegs. Uns bleibt jede Menge Zeit«, beruhigte Kirsty, deutlich genervt.

»Ich glaube, wenn sie ankommen, wollen sie sofort unter die Dusche«, sagte Bruno. »Ich stelle jetzt erst einmal den Gazpacho weg und räume mit Kirsty ein bisschen auf, während Sie ins Bad gehen und sich umziehen. Kirsty hat recht, wir haben Zeit. Wenn sie früher eintreffen, kümmere ich mich um das Gemüse, und Kirsty gibt allen was zu trinken. Dann haben Sie Ihren großen Auftritt als *maîtresse du château.*«

Grinsend vollführte Bruno eine übertriebene Verbeugung und brachte Meghan damit zum Lachen. Kaum war sie nach oben verschwunden, trat Rod mit einem Mobiltelefon in der Hand durch die Küchentür. Jamie hatte angerufen und gesagt, dass sie soeben Niversac hinter sich gelassen hätten und noch eine halbe Stunde brauchen würden.

»Sie kommen zu sechst, nicht zu fünft, wie wir dachten. Der kleine Bus ist rappelvoll; sie mussten den Gitarren- und Cellokoffer zusammen mit ihrem Gepäck auf den Dachträger schnallen.«

»Wir erwarten also ein Sextett?«, fragte Bruno.

»Genauer gesagt ein Streichertrio. Geige, Bratsche, Cello, gespielt von Mitstudenten aus dem Royal College beziehungsweise dem Pariser Konservatorium. Jamie spielt, wie Sie wissen, Gitarre und auch ein bisschen Klavier, seine Freundin Flöte. Der sechste junge Mann ist ein arbeitsloser Cousin zweiten Grades von ihr und fährt den Kleinbus. Das Haus wird voller junger Leute sein, darauf freue ich mich.«

Zwischen den Musikschulen von Paris und London gebe es viele Kontakte, erklärte Rod. Von Jamie wusste er, dass die Dozenten die Studierenden ermutigten, ein oder zwei Semester im jeweils anderen Land zu verbringen und dort an Musikveranstaltungen teilzunehmen, was ihnen nicht nur musikalisch weiterhelfen, sondern auch ein bisschen Geld einbringen würde.

»Was ist mit Ihnen?«, fragte Bruno. »Werden Sie auch auftreten? Ihre neuen Stücke haben mir ausgesprochen gut gefallen, vor allem das Duett mit Jamie. Ich fände es prima, wenn Sie die neuen Songs bei einem unserer Uferkonzerte vorstellen würden. Es wird auch eine junge Jazzsängerin, eine Freundin von mir, teilnehmen. Sie mag Ihr *Watching you sleep* sehr und hat in Ihre Aufnahme eine Playback-Spur einmontiert. Hören Sie selbst.« Bruno holte sein Handy aus der Tasche.

»Die Kopie, die ich Ihnen gegeben habe, war eigentlich nur für Sie bestimmt.«

»Verzeihen Sie, das war mir nicht klar, und ich war so begeistert …«

»Ist schon gut. Ich bin gespannt, was sie draus gemacht hat.«

Bruno drückte auf Wiedergabe. Selbst aus den winzigen Lautsprechern war zu hören, wie gut Rods und Amélies Stimmen zusammenpassten. Sie begleitete ihn im Hintergrund, löste sich aber in manchen Passagen von der Melodie und ließ ihre Stimme wie ein zusätzliches Instrument erklingen.

»Schön«, sagte Rod und nickte. »Gefällt mir. Schicken Sie mir bitte eine Kopie per E-Mail, ich kann sie dann über meine Studioanlage laufen lassen und bekomme einen besseren Eindruck davon. Ihre Stimme ist großartig. Woher kommt die Frau?«

»Aus Guadalupe. Sie hat in Kanada studiert und dort in Clubs gesungen. Jetzt lebt sie in Paris. Sie wird für eine Woche herkommen und bei einem der Uferkonzerte auftreten. Außerdem wiederholt sie eine Show vom Vorjahr im Château des Milandes mit Songs von Josephine Baker. Das Konzert wird mitgeschnitten und vom Fernsehen übertragen. Wenn Sie wollen, besorge ich Ihnen ein Ticket.«

»Ja, gern.«

Im Rücken ihres Vaters versuchte Kirsty, Bruno ein Zeichen zu geben, und legte den Zeigefinger auf die Lippen. Es schien, dass er dem Vater noch nichts von ihrer Entscheidung sagen sollte. Er nickte kurz und fragte: »Was hat Meghan mit dem Berg von Gemüse vor?«

»Es mit Olivenöl besprenkeln und in den Ofen schieben«, antwortete Kirsty. »Nicht gerade einfallsreich, aber sättigend.«

»Dann sollten wir jetzt anfangen, die Kartoffeln und Karotten kleinzuschneiden. Sie brauchen länger als die Zucchini.«

Bruno und Kirsty machten sich an die Arbeit. Rod lehnte an der Spüle und schaute ihnen zu. Kirsty schlug ihm vor, schon mal den großen Tisch auf der Terrasse zu decken. Große und kleine Teller, Suppenschalen, Messer und Gabeln und jeweils zwei Löffel, zählte sie auf.

»Und trag nicht jedes Teil einzeln nach draußen. Nimm dir ein Tablett, Papa«, sagte sie mit kaum verhohlener Genervtheit in der Stimme, die Bruno daran erinnerte, dass es in der Beziehung zwischen Eltern und Kindern Aspekte gab, die ihm Angst machten, sosehr er sich auch wünschte, selbst eine Familie zu gründen. Nun war aber auch Rod so alt, dass er Kirstys Großvater hätte sein können, dachte er, ehe ihm klar wurde, dass er selbst kaum jünger war als Rod zum Zeitpunkt der Geburt seiner Kinder.

9

Kaum waren sie mit Gemüseschnippeln fertig, hupte in der Auffahrt ein Auto. Meghan kam die Treppe herunter und sah wirklich wie eine Schlossherrin aus mit einem prächtigen Kaftan aus schwerer Seide und hochgesteckten Haaren. Schwungvoll öffnete sie beide Flügel der Eingangstür und ließ sich von ihrem Sohn umarmen. Erst danach stellte Jamie die Mitreisenden vor.

»Ah, Balzac«, sagte er, als der Basset an ihm hochsprang, was er immer zur Begrüßung alter Freunde tat. Bruno hatte ihm diese Unart einfach nicht abgewöhnen können.

»Bertie hast du schon in London kennengelernt, Maman. Das sind Ippo, Pia und Galina, drei tolle Musiker und meine Freunde aus Paris. Und Sascha, der gerade den Cellokasten vom Autodach holt, ist Galinas Cousin. Wir müssen alle schnell aufs Klo und dann unter die Dusche. Außerdem haben wir einen Bärenhunger. Hi, Schwester«, sagte er und umarmte Kirsty, dann seinen Vater.

»Schön, dass du auch hier bist, Bruno«, sagte Jamie und umarmte auch ihn. »Da Balzac hier ist, konntest du nicht weit sein.«

Rod gab jedem der Gäste die Hand und fragte den jungen dicklichen Franzosen mit den krausen Haaren: »Heißen Sie wirklich Ippo?«

»Das ist eine Abkürzung für Hippolyte«, antwortete der in perfektem Englisch. »Ich bin nach Hippolyte Taine benannt, dem Historiker, einem entfernten Verwandten meiner Mutter. Danke für Ihre Einladung. Sehr freundlich von Ihnen, dass wir hier übernachten dürfen.«

»Was für ein tolles Haus«, sagte Pia, die junge Französin, zu Meghan. Sie war vom Typ BCBG – *bon chic bon genre*, schick und elegant –, der Kleidung, ihrer Frisur und dem Akzent nach eine modische junge *Parisienne* aus gutem Haus. Hippolyte war ihr männliches Pendant. Ganz anders Bertie. Er war großgewachsen und athletisch; seine Muskeln zeugten von regelmäßigen Besuchen im Fitnessstudio. Anscheinend hatte ihm bislang niemand beigebracht, auf die Auswahl seiner Kleidung achtzugeben. Er trug eine Jogginghose aus Nylon, die ihm nur bis zu den stattlichen Waden reichte, und ein billig aussehendes weißes Poloshirt mit rot-weiß-blau gestreiftem Kragen. Die Füße steckten in grellen Sneakers und sein Handy in einem Futteral am Gürtel, während Pia ihres lässig in der Gesäßtasche ihrer sehr engen Designer-Jeans trug.

Bertie war der Einzige, der zusammen mit Bruno Sascha half, den Kleinbus zu entladen. Sascha war schlank und sah aus, als lasse sich mit ihm nicht gut Kirschen essen. Trotz der hohen Temperaturen trug er ein Jeanshemd mit langen Ärmeln, unter denen etliche Tattoos zum Vorschein kamen, als er die Arme hob, um den Cellokoffer vom Gepäckträger zu nehmen. Er war zehn Jahre älter als die anderen. Die schwieligen Handkanten und Fingerknöchel ließen vermuten, dass er Karate betrieb. Das dunkle Haar trug er sehr kurz geschnitten. Seine Trainingshose sah neu und teuer aus, ebenso seine Rolex-Oyster-Armbanduhr. Wenn er jetzt arbeitslos war, so musste sein letzter Job sehr einträglich gewesen sein. Anders als Bertie ignorierte er Balzacs Zutraulichkeit, und sein Gesicht blieb auch während der Vorstellungsrunde völlig ausdruckslos.

Galina hatte Kirsty, Meghan, Rod und Bruno reihum die Hand gegeben, für jeden ein paar freundliche Worte gefunden und sich dann zu Balzac hinabgebeugt, wobei ihr die feinen blonden Haare das Gesicht verdeckten. Bruno, dem auffiel, dass sie eine Cartier-Tank-Uhr trug, war sich nicht sicher, ob sie den Hund wirklich mochte oder menschlichen Kontakt scheute. Balzac war natürlich hocherfreut, und zwar nicht nur, weil er generell alle Frauen liebte.

Kirsty und ihre Mutter zeigten den Gästen ihre Zimmer, während Rod und Bruno die Weinflaschen öffneten und sie zu einem Beistelltisch auf der Terrasse trugen. Mit Blick auf Pool und Tennisplatz, war sie vor der Sonne geschützt, die im Westen stand, aber noch ein paar Stunden scheinen würde. Bruno ging in die Küche, schob das Blech mit dem Gemüse in den Backofen und füllte einen Krug Gazpacho in eine Suppenterrine um, die er nach draußen brachte. Mit einem Glas Wein in der Hand genoss Rod den ihm vertrauten Ausblick.

»Ich werde diesen Ort vermissen«, sagte er. Sein Glas war leer, und er griff nach einer Flasche, um es zu füllen. »Auch Meghan wird mir fehlen. Weiß der Himmel, wohin es mich verschlägt.«

»Ich bin zwar kein Experte, aber Ihre neuen Songs sollten eigentlich dafür sorgen, dass Sie sich um Ihre Zukunft keine Gedanken machen müssen«, sagte Bruno. »Sie sind gut, das wissen Sie, anders als das, was man von Ihnen kennt, und besser, wie ich finde, reifer. Sie sollten eine Comeback-Tour starten. Ich würde als zahlender Zuhörer Schlange stehen.«

»Danke, Bruno.« Rod lachte unfroh. »Ich glaube Ihnen. Aber Tausende werden's nicht sein, mit denen Sie warten müssten. Was halten Sie von unseren Gästen?«

»Höfliche, gut erzogene junge Leute. Nur Galinas Cousin macht einen etwas seltsamen Eindruck und scheint nicht so recht zur Gruppe zu gehören.«

Rod nickte. »Das finde ich auch. Als Roadie hätte ich ihn nicht gern in meinem Team.« Leise, als wäre es nur für Brunos Ohren bestimmt, fügte er hinzu: »Ich würde ihm in einer dunklen Gasse lieber nicht begegnen.«

Die jungen Leute kamen lachend auf die Terrasse hinaus. Gläser klirrten, und Schalen mit Nüssen und Oliven wurden herumgereicht. Meghan plapperte vergnügt und schien ihre Rolle als Gastgeberin zu genießen.

Bruno ging in die Küche, gefolgt von Kirsty.

»Lieb von dir, dass du hilfst«, sagte sie. »Wo sind die Hähnchen?« Sie öffnete den Kühlschrank und holte sie heraus, noch in der Alufolie, in die Raoul sie eingepackt hatte. »O Mann, die sind ja noch nicht zerlegt.«

»Gib mir ein scharfes Messer, ich mach das«, bot sich Bruno an. Er testete das Messer, das sie ihm reichte; es war ein Solinger Messer. Das Brustfleisch ließ sich problemlos damit herausschneiden. Kirsty holte ein Dutzend weißer Leinenservietten aus einer Schublade und murmelte: »Daran denkt Papa nie.« Sie brachte sie nach draußen zum Tisch und rief, dass gleich serviert werde.

Bruno füllte seine *aillou* in eine Schale um, setzte den Kessel auf, um Wasser für den Spargel zum Kochen zu bringen, und warf einen Blick auf seine Uhr. Aus dem Kühlschrank holte er ein halbes Pfund Butter, würfelte sie und gab sie in eine kleine Pfanne, die er auf dem Herd neben dem Topf für den Spargel platzierte, damit die Butter nur angewärmt wurde, ohne zu zerfließen. Als er nach draußen ging, saß Rod bereits am Kopfende des Tisches. Bruno setzte sich ans andere Ende zwischen Kirsty und Galina. Rechts neben Galina nahm Sascha Platz. Die beiden unterhielten sich leise, fast im Flüsterton, auf Russisch, wie Bruno vermutete.

Die jungen Leute machten sich mit Heißhunger über das Essen her. Auch die Weinflaschen leerten sich schnell. Außenstehende, dachte Bruno, würden eine beneidenswert gesellige Runde sehen. Er selbst aber spürte die angespannte Atmosphäre bei Tisch. Er wusste, dass sich Kirsty Sorgen machte, wie sie ihre Pläne vor ihrem Vater rechtfertigen sollte, und der litt unter der bevorstehenden Scheidung und dem Verlust seines Zuhauses, das er liebte. Auch die gute Laune der jungen Musiker wirkte aufgesetzt. Bruno nahm an, dass Ippo und Pia ein Paar waren, doch die junge Frau beachtete ihren Gefährten kaum und war umso freundlicher zu Bertie. Vielleicht reagierte sie aber auch nur darauf, dass Ippo seine Aufmerksamkeit fast ausschließlich Kirsty widmete. Sascha schien dagegen einen Schatten über Galina zu werfen, die sich hinter ihren langen Haaren versteckte. Bruno fand das Schweigen an seinem Ende des Tisches fast beklemmend.

Unter dem Vorwand, auf die Toilette zu müssen, ging er

zu dem gemieteten Kleinbus hinaus, um einen Blick auf die Papiere zu werfen. Sie waren auf den Namen Alexander Kozak ausgestellt, fünfunddreißig, mit Malteser Reisepass und Führerschein. Das musste Sascha sein. Als Bruno auf die Terrasse zurückkehrte, stand Meghan sofort auf, bat Kirsty, ihr beim Einsammeln der Suppenschalen zu helfen, und forderte die Gäste auf, sich selbst mit Brot, Gemüse, Hummus und Tofu zu bedienen. Bertie war der einzige Gast, der die zusammengestellten Schalen nahm und in die Küche brachte. Bruno folgte und gab den Spargel ins kochende Wasser. Die Stangen waren schlank und sehr frisch. Nach fünf Minuten Garzeit schreckte er sie unter kaltem Wasser ab und schob die Pfanne mit der weich gewordenen Butter auf die Flamme.

»Sie kennen sich aus, nicht wahr?«, sagte Bertie, der ihm dabei zusah.

»Alles eine Frage der Übung«, erwiderte Bruno. »Ist Bertie die Kurzform von Albert?«

»Nein, so nennt man mich nur, weil ich aus Alberta in Kanada komme.« Er öffnete die Spülmaschine und sortierte das Geschirr ein. »Meinen richtigen Vornamen kann keiner richtig aussprechen.«

»Wie heißen Sie denn wirklich?«, fragte Bruno, dem erst jetzt am rechten Oberarm des jungen Mannes eine Tätowierung auffiel: ein Dreizack oder eine gelbe Hand mit drei Fingern vor blauem Hintergrund.

»Matwijenko – das ist ein ukrainischer Name«, antwortete Bertie. »Meine Vorfahren sind vor dem Ersten Weltkrieg nach Kanada ausgewandert. Heute leben dort über eine Million Ukrainer.« Er schien Brunos Interesse an seinem Tattoo bemerkt zu haben und erklärte: »Das Wappen der Ukraine.«

»Ein Freund von mir schreibt ein Buch über die Majdan-Revolution«, sagte Bruno. »Er war Journalist für *Paris Match,* als die Unruhen ausbrachen, und behauptet, es sei eine der erschreckendsten Geschichten gewesen, über die er je zu berichten hatte. Für Recherchen war er später noch ein paarmal in Kiew und auf der Krim.«

»Wirklich?« Bertie war ganz Ohr. »Ich würde ihn gern kennenlernen und seine Sicht der Vorgänge von damals hören. Ich kannte jemanden, der bei der Schießerei ums Leben gekommen ist. Es wurden so viele Falschinformationen verbreitet, dass sich eine Art Mythos um die Himmlischen Hundert bilden konnte, die Opfer der Unruhen.«

»Mal sehen, ob wir uns bei Gelegenheit mit ihm auf eine Tasse Kaffee verabreden können«, versprach Bruno und tauschte mit Bertie Handynummern aus. Dann füllte er den Spargel in eine große Schüssel um, an deren Rand er geviertelte Zitronen verteilte, die einen malerischen Kontrast zum hellen Grün bildeten. Der Spargel passte hervorragend zu den Hähnchen.

Das Käseangebot sorgte für lebhafte Unterhaltung, denn diejenigen, die zugriffen, schwärmten den Veganern vor, was sie sich durch den Verzicht auf Stéphanes Tomme d'Audrix, den Trappe d'Echourgnac aus einer Abtei in der Nähe und den frischen oder *demi-sec* Ziegenkäse entgehen ließen. Die Veganer konterten, dass der Salat aus dem Garten von Käse essenden Barbaren nicht angemessen gewürdigt werden könne. Alle aber machten sich über die köstlichen Erdbeeren her. Inzwischen waren etliche Flaschen

Wein geleert worden. Nur Bruno hatte sich zurückgehalten, weil er noch fahren musste. Keiner am Tisch fragte, ob der Wein von der städtischen Kooperative, den Rod servierte, vegan oder auch nur biologisch angebaut war. Als Kirsty Kaffee servierte, fand es Bruno an der Zeit zu gehen, doch holten nun Rod und Jamie ihre Gitarren, und Galina packte eine Querflöte aus.

»Maman, Papa und Kirsty haben das noch nicht gehört«, sagte Jamie. »Galina und ich haben Schuberts *Ständchen* für Flöte und Gitarre umgeschrieben. Es ist eigentlich für Klavier und Singstimme gedacht, funktioniert aber, wie ich glaube, auch in unserem Arrangement.«

Bruno kannte das Stück nicht, doch gefiel ihm auf Anhieb, wie gut die weichen Klänge der Gitarre mit den schärferen Flötentönen harmonierten. So konzentriert lauschte er den beiden, dass es eine Weile dauerte, ehe ihm auffiel, dass auch Rod zu seiner Gitarre gegriffen hatte und zur Melodie eine sanfte Basslinie spielte.

Als das Stück zu Ende war, applaudierte die Tischrunde stürmisch. Galina verbeugte sich und warf dann den Kopf zurück, wobei ihre blonden Haare ein Gesicht freigaben, das im Kerzenschein klassische, strenge Züge zeigte. Aber als sie lächelte, ging ein Strahlen darüber, und während noch immer applaudiert wurde, tauschte sie mit Jamie stolze Blicke.

»Wir spielen noch ein Schubert-Stück, sein berühmtes Opus einhundert, das eigentlich für Streicher und Klavier gesetzt ist«, sagte Jamie. »Ihr werdet an dem ganz anderen Charakter dieses Stücks erkennen, warum ich Galina für die beste Flötistin halte, die ich je gehört habe. Manche von euch kennen das Stück bestimmt aus Stanley Kubricks Film *Barry Lyndon.*«

Er beugte sich über seine Gitarre und schaute fast ehrfurchtsvoll zu dem Mädchen auf. »Das weiß ich von Galina. Sie kennt sich mit Kinofilmen fast ebenso gut aus wie mit Musik.«

Bruno sah, dass sowohl Kirsty als auch ihre Mutter auf die so deutlich zum Ausdruck gebrachten Gefühle Jamies der jungen Frau gegenüber stirnrunzelnd reagierten und sie mit scharfen Blicken taxierten. Jamie hatte zu spielen angefangen und zupfte Akkorde, die wie der Auftakt zu einem Militärmarsch klangen. Bald setzte die Flöte ein, zuerst im selben Rhythmus, löste sich aber dann aus der strengen Form wie auf der Suche nach Freiheit oder auch Führung. Diese Art von Musik war für Bruno etwas völlig Neues; sie wirkte ungemein intim auf ihn, zumal die Ausführenden in Reichweite waren und Blicke tauschten, deren Intensität geradezu greifbar war.

Bruno staunte darüber, wie sehr sich der Eindruck von Musik, die er im Radio oder über seinen CD-Player hörte, von dem klanglichen Erlebnis unterschied, das von räumlicher Nähe und dem innigen Austausch der Interpreten geprägt war. Musik war für ihn immer nur eine mehr oder weniger angenehme Klangkulisse gewesen, die, wenn sie ihm gefiel, zu seinem Wohlbefinden beitrug. Plötzlich aber wurde ihm bewusst, wie sie für diese beiden jungen Leute zu einer allumfassenden Leidenschaft werden konnte. Als sie das Stück beendet hatten, sprang er auf und klatschte Beifall, bis ihm die Hände weh taten, und er spürte, dass er Tränen in den Augen und einen Kloß im Hals hatte.

10

Als Bruno am nächsten Morgen kurz nach sieben mit Balzac durch den Wald lief, hatte er immer noch die Musik im Ohr. Nach seiner gewohnheitsmäßigen Runde kaufte er bei Fauquet für ein Frühstück bei Florence ein: ein Kilo Orangen, in einer Papiertüte zwei *pains au chocolat* für die Kinder und zwei noch ofenwarme Croissants. Kurz nach acht stand er vor ihrer Tür und klingelte. Balzac blickte wie gebannt zur Papiertüte auf, die verlockende Düfte verströmte.

Die Tür öffnete sich, und noch bevor Bruno oder Florence ein Wort sagen konnten, fielen die beiden Kinder über ihn her. Er hatte kaum Zeit, sie mit *bisous* zu begrüßen, denn Daniel und Dora klammerten sich um seine Beine und verlangten, hochgehoben zu werden. Bruno staunte wieder einmal, wie schnell sie wuchsen, und fragte sich, wie lange er ihnen diesen Gefallen noch würde tun können. Er reichte Florence die Tüte mit dem Gebäck und die Orangen, sagte, dass nichts über frischgepressten Saft gehe, und hob die beiden hoch. Sie schlangen ihm die Arme um den Hals und ließen sich in die Küche tragen. Der Tisch war für vier Personen gedeckt.

»Wir haben neue Badehosen«, sagte Dora. »Meine ist rot.«

»Und meine blau«, erklärte Daniel. »Ich wollte in meiner schlafen, aber Maman hat gesagt, wir sollen sie für heute aufsparen.«

»Habt ihr in der Badewanne geübt, wie ich es euch geraten habe?«, fragte er und setzte sie auf ihren Stühlen ab.

»Ja, und ich habe unter Wasser die Luft angehalten, während Maman bis zehn gezählt hat. Dann bin ich noch drei Sekunden länger unter Wasser geblieben«, sagte Daniel.

»Wir haben auch im Bett Luftanhalten geübt«, erklärte seine Schwester.

»Schön«, erwiderte Bruno. Er stand vor der Spüle, halbierte die Orangen und fing an, den Saft auszupressen. »Wie lange habt ihr es geschafft, die Luft anzuhalten?«

»Ich habe zweimal bis zehn gezählt«, antwortete Daniel. »Aber vielleicht war ich beim zweiten Mal ein bisschen schneller.«

»Übrigens, wenn ihr Balzac was geben wollt, seht zu, dass er von der Schokolade nichts abbekommt. Die ist nicht gut für Hunde«, sagte Bruno. »Umso mehr Schokolade bleibt für euch.«

Beide zupften ein winziges Stück von ihren Brötchen. Bruno setzte sich mit an den Tisch, schenkte Orangensaft aus und riss von seinem Croissant eine großzügigere Portion ab. Balzac troff, wie man sah, der Speichel aus den Lefzen. Schnell hatten die Kinder ihre Gläser geleert. Sie kletterten von den Stühlen und reichten Balzac feierlich ihre kleinen Gaben.

Es war neun, als sie mit dem Hund auf der flachen Seite des Pools am Beckenrand saßen und mit den Füßen im warmen Wasser planschten. Félix zeigte ihnen, wie gut er schwimmen konnte, und tauchte über die gesamte Länge hin und her. Florence trug einen so aufregenden grünen Bikini, dass Bruno kaum wusste, wohin mit den Augen. Zeit, mit dem Schwimmunterricht zu beginnen! Er stieg ins Wasser und kraulte über die Längsseite des Beckens, machte dann eine Wende und ließ sich, nur mit den Händen paddelnd, zurücktreiben.

»Seht ihr?«, rief er. »Ich schwebe im Wasser. Es trägt mich. Die Brust ist voller Luft und will nach oben. Setzt jetzt eure Schwimmbrillen auf, und taucht ins Wasser ein, mit geöffneten Augen, und lasst langsam den Atem ausströmen. Dann kommt mit dem Kopf wieder aus dem Wasser, und sagt mir, was ihr gesehen habt. Eins, zwei, drei – los!«

Die Kinder tauchten ab, kamen gleich darauf wieder hoch und kletterten die Stufen hinauf. »Luftblasen«, riefen beide unisono.

Balzac bellte freudig, als sie wieder im Trockenen waren, und leckte ihnen das Wasser von den Armen.

»Ich habe Luftblasen aufsteigen sehen«, erklärte Dora.

»Ja, so ist es mit der Brust, wenn sie voller Luft ist; sie will nach oben wie diese Blasen. Deshalb treibt man auf dem Wasser«, sagte Bruno. »Wenn ihr euch mit dem Rücken aufs Wasser legt, ein bisschen mit den Händen paddelt und die Füße langsam auf und ab bewegt, könnt ihr schwimmen, so wie ich es eben getan habe. Wollt ihr's mal versuchen?«

»Ich zuerst«, rief Daniel. »Es heißt zwar, man soll Mädchen vorlassen, aber jetzt bin ich erst mal dran.«

Dora erklärte sich einverstanden, wenn auch widerwillig.

Daniel sprang die Stufen hinab. Das Wasser bis zum

Hals, versuchte er, die Beine anzuheben, und paddelte mit den Händen. Bruno hatte die Hand unter seinem Rücken, ohne ihn zu berühren. Der Junge sollte das Vertrauen in sich nicht verlieren. Eine kleine Welle schlug ihm übers Gesicht. Er spuckte und prustete, ließ sich aber nicht beirren und trieb langsam weiter auf die tiefere Seite des Beckens zu. Bruno schwamm neben ihm her. Als er das andere Ende erreichte, half ihm Bruno dabei, sich am Beckenrand festzuhalten. Florence, die auf der anderen Seite im flachen Wasser stand, applaudierte. Hinter ihr tauchten plötzlich Fabiola und Gilles in Shorts und T-Shirts auf; auch sie klatschten Beifall.

»Gut gemacht, Daniel«, lobte Bruno. »Du kannst treiben und hast es ganz allein bis ins tiefe Wasser geschafft. Fürs erste Mal ist das wirklich toll. So, jetzt ist Dora an der Reihe. Félix, würdest du bitte neben ihr herschwimmen?«

Dora sprang übereifrig von der Stufe ab und geriet mit dem Kopf unter Wasser. Bruno erschrak und sah, dass Florence zu Hilfe eilte. Doch Dora kam allein zurecht und paddelte Bruno und ihrem Bruder mutig entgegen.

»Ich brauchte sie gar nicht zu stützen«, sagte Félix, der zu ihnen aufschloss, und an die Kinder gerichtet: »Mal sehen, ob ihr es auch wieder zurückschafft. Ich sage euch, wenn ihr die Stufen erreicht habt.«

Bruno folgte in Bauchlage und mit langsamen Schwimmbewegungen, während die Kinder, wieder auf dem Rücken liegend, durchs Becken paddelten, auf das flache Ende zu, wo Balzac und ihre Mutter vom Rand aus zuschauten.

»Wie schön ihr das macht, Kinder«, rief sie. »Ihr könnt ja schon schwimmen.«

Bruno stieg aus dem Becken, warf zwei längliche Rechtecke aus Schaumstoff ins Wasser, die er im Supermarkt gekauft hatte, und sprang hinterher. Er tauchte vor den Kindern wieder auf und fragte: »Wisst ihr, wie sich ein Frosch im Wasser bewegt?«

»Er strampelt mit den Beinen«, antwortete Daniel.

»Das könnt ihr auch. Legt eure Hände auf das Schwimmbrett und bewegt dann eure Beine, wie es ein Frosch tut. Wollt ihr's ausprobieren?«

Sie gingen mit Eifer zur Sache, schlugen die gegrätschten Beine zusammen und kamen diesmal viel schneller voran. Als sie das Poolende erreicht hatten, forderte Bruno sie auf, die Schwimmbretter beiseitezulegen und wieder auf dem Rücken zurückzutreiben, dabei aber diesmal die Beine wie Frösche einzusetzen.

»Bewegt euch langsam«, riet er. »Und vergesst nicht, mit den Händen zu paddeln.«

Mit entschlossener Miene machten sie sich auf den Weg zurück. Bruno hoffte, sie nicht zu überfordern. Er blieb ganz nah bei ihnen, ermunterte sie mit Lob und gab ihnen Bescheid, als sie die Stufen am flachen Ende erreicht hatten. Florence saß am Beckenrand und applaudierte wieder. Als sich die Kinder aufrichteten und voller Stolz übers ganze Gesicht strahlten, herzte sie die beiden und sprang dann selbst ins Wasser, um Bruno zu umarmen.

»Ich hätte im Leben nicht damit gerechnet, dass du ihnen schon am ersten Tag das Schwimmen beibringst«, sagte sie, die Arme immer noch um Bruno geschlungen. Er spürte den Druck ihrer Brüste auf der Haut. Dann löste sie sich von ihm und dankte auch Félix für seine Mithilfe. Inzwischen waren auch Mirandas Kinder aufgetaucht und in den Pool gesprungen. Bruno kraulte noch einmal auf und ab, musste nun aber aufpassen, niemandem in die Quere zu kommen, denn auch Gilles und Fabiola hatten ihre Badesachen angezogen und waren ins Wasser gestiegen.

Florence verabschiedete sich mit dem Hinweis, zur Chorprobe zu müssen. Sie ging ins Haus, um sich umzuziehen. Als sie sich angekleidet wieder blicken ließ, hielt sie Brunos Mobiltelefon in der Hand.

»Ich habe es klingeln hören, aber es hörte auf, als ich es endlich in deiner Hemdtasche gefunden habe«, sagte sie. »Vielleicht ist es dringend.«

Bruno stieg aus dem Wasser, trocknete sich ab und nahm das Handy entgegen. Der Bürgermeister hatte ihn von zu Hause aus zu erreichen versucht und eine Nachricht mit der Bitte um Rückruf hinterlassen. Was mochte Mangin an einem Sonntagvormittag von ihm wollen, zumal Bruno außer Dienst war?

Der Bürgermeister war sofort am Apparat.

»*Bonjour*, Bruno. Brosseil hat mich besucht und berichtet, was er über dieses Geschäft mit Driant und dessen Testament in Erfahrung bringen konnte. Er schlägt vor, dass Sie am Nachmittag zur Seniorenresidenz fahren. Heute ist dort Tag der offenen Tür. Wie wär's, Sie nehmen mich mit? Ich bin neugierig.«

Bruno erklärte sich einverstanden.

»Bevor wir losfahren, könnten wir bei mir einen Salat zu Mittag essen, und Sie bringen mich dabei auf den neuesten Stand. Brosseil sagt, Sie recherchieren in dieser Angelegenheit und gehen der Frage nach, ob Driant möglicherweise überredet wurde, die Kinder faktisch zu enterben. Außerdem, an einem so schönen Tag wie heute könnten wir uns doch auch ein Glas gekühlten Kir schmecken lassen, oder?«

Bruno erklärte, dass er noch eine Stunde auf Florence' Kinder würde aufpassen müssen, aber gleich danach zu ihm käme.

Wieder am Pool, fragte er Gilles, ob er bereit sei, einen jungen gebürtigen Ukrainer aus Kanada zu treffen, den sein Buch interessiere; er sei Teil einer Gruppe von Musikern, die sich derzeit im Château Rock aufhielten. Vielleicht habe er, Gilles, Zeit, eine Tasse Kaffee mit ihm zu trinken.

»Nicht heute, Bruno. Ich möchte hier am Pool bleiben. Vielleicht unter der Woche, zum Beispiel am Markttag, wenn ich einkaufen gehe. Gib ihm meine Telefonnummer. Was interessiert ihn denn im Besonderen?«

»Er sprach von den unterschiedlichen Versionen der Berichte dessen, was auf dem Majdan passiert ist, darüber zum Beispiel, wer zu schießen angefangen hat. Er sagt, es seien jede Menge Falschinformationen in Umlauf gebracht worden, und hofft, ein bisschen mehr Klarheit zu gewinnen.«

»Das würde ich mir auch wünschen«, erwiderte Gilles. »Genaueres weiß man immer noch nicht, trotz Hunderter Stunden von Videomaterial, jeder Menge forensischer Berichte und dreidimensionaler Modelle des Platzes, anhand deren festzustellen versucht wurde, aus welcher Richtung die Schüsse kamen. Anfangs wurde Berkut beschuldigt, eine paramilitärische Spezialeinheit der ukrainischen Polizei, auf die sich die prorussische Regierung stützte. Dann gab es ein Bekennerschreiben von Söldnertruppen aus Georgien, wonach beide Seiten beschossen wurden, um die

Aufstände eskalieren zu lassen. Die Desinformationsmaschine des Kreml lief auf Hochtouren, und der wiederum gab den USA die Schuld. Inzwischen hatte ein Großteil der Typen von Berkut an der russischen Annexion der Krim teilgenommen.«

»Bertie, so heißt dieser kanadische Musiker, sprach von den Himmlischen Hundert. Sind damals wirklich so viele ums Leben gekommen?«

»Mehr noch, und das innerhalb von sieben Tagen. Als ich am 31. Januar ins Leichenschauhaus von Kiew gegangen bin, lagen dort sechsundzwanzig nicht identifizierte Tote«, sagte Gilles leise. Er drehte sich um, um sicherzugehen, dass Fabiola außer Hörweite war.

»Ich habe ihr nicht alles gesagt«, fuhr er leise fort. »An den drei schlimmsten Tagen – zwischen dem 18. und 20. Februar – starben sechsundachtzig Menschen im Gewehrfeuer, weitere fünfzig bei dem vorsätzlich gelegten Brand im Haus der Gewerkschaft. Es herrschte Chaos pur. Die Polizei schoss auf Journalisten, ging mit Splittergranaten auf die Presse los. Ein Kollege von mir verbrannte bei lebendigem Leib, als er unter einem Auto Deckung suchte, dessen Tank plötzlich explodierte. Erinnerst du dich, was man uns in Sarajevo beigebracht hat? Nie unter einem Auto verstecken.«

»*Mon Dieu,* ich hatte keine Ahnung, wie schlimm das Ganze war.«

»Fabiola auch nicht. Komm, lass uns den Tag genießen und unseren Glückssternen danken, dass wir hier im friedlichen Périgord leben.«

11

Bruno traf den Bürgermeister auf seiner Terrasse an, wo er sich von der Sonne bescheinen ließ. Auf dem Tisch vor ihm lag die Sonntagszeitung, und im Radio, das danebenstand, diskutierten zwei Abgeordnete der Region.

»Wie es die beiden in die Nationalversammlung geschafft haben, ist mir ein Rätsel«, sagte der Bürgermeister. Er stand auf, um Bruno zu begrüßen, und schaltete das Radio aus. »Ich besorge uns was zu trinken.« Bruno folgte ihm in die Küche, wo er zwei Weingläser und eine Flasche *crème de cassis* aus dem Schrank holte, während Mangin eine Flasche Bergerac sec entkorkte. »Wie geht es Florence? Wissen Sie überhaupt schon, dass sie bei den nächsten Ratswahlen kandidiert? Dank des Erfolgs des von ihr gegründeten Computerclubs am *collège* genießt sie allseits Respekt. Sie hat gute Aussichten, gewählt zu werden.«

Er brachte die Gläser auf einem Tablett nach draußen und zog seine Pfeife und einen Tabaksbeutel aus der Tasche seiner Strickjacke.

»Ich dachte, Sie hätten Jacqueline zuliebe mit dem Rauchen aufgehört«, sagte Bruno, als sie miteinander anstießen. Jacqueline und der Bürgermeister schienen inzwischen fest liiert zu sein und wohnten in seinem Haus zusammen. In einem der Gästeschlafzimmer hatte er ein Arbeitszimmer für sie einrichten lassen. Er selbst arbeitete in seinem Büro immer noch an seinem Opus Magnum, der Geschichte von Saint-Denis. Jacqueline, die neben der französischen auch die amerikanische Staatsbürgerschaft besaß, lehrte Geschichte, ein Semester pro Jahr in New York, eines an der Sorbonne in Paris.

»Ja, aber ein Pfeifchen gönn ich mir noch, wenn ich allein bin«, erwiderte der Bürgermeister und hielt paffend eine Streichholzflamme an den Pfeifenkopf. Der Rauch mit seinem vertrauten Aroma wehte in Brunos Richtung. »Jacqueline ist noch bis nächsten Monat an der Columbia-Universität in New York. Wenn sie wieder hier ist, höre ich endgültig auf. Aber bis dahin macht es mir Spaß, mich wie ein unartiger Schuljunge aufzuführen. Sie werden doch hoffentlich nicht petzen«, sagte er augenzwinkernd.

Plötzlich dachte Bruno, dass Mangin ihn womöglich nur einbestellt hatte, weil er sich allein fühlte, und gar nicht, weil er darauf erpicht war, die Seniorenresidenz am Tag der offenen Tür zu besichtigen. Aber als sie das Château erreichten, stellte sich heraus, dass der Einladung nicht nur fast alle *notaires* der Region, sondern auch die meisten Bürgermeister gefolgt waren. Mangin hätte Brunos Begleitung gar nicht gebraucht.

»Ich glaube, ich habe ganz vergessen zu sagen, dass auch ich eingeladen worden bin«, sagte der Bürgermeister und grüßte kopfnickend nach links und rechts. »Nett von der Heimleitung, dass sie uns gewählten Dienern der Öffentlichkeit ihre Gastlichkeit angedeihen lässt.«

Sie schlenderten durch den Garten vor dem Château. Er bestand aus geometrisch angelegten Rasenflächen, die von

Kiespfaden gekreuzt wurden und mit Formschnittgewächsen bepflanzt waren, wie sie für französische Gärten seit Ludwig XIV. typisch waren. Der Flügel des Schlosses, um den sie dann herumgingen, stammte aus dem 19. Jahrhundert und hatte auf dem Dach dekorative Zinnen und Türme mit konisch zulaufenden Spitzen. Dahinter lagen mehrere gut gepflegte *potagers,* ein jeder von nur rund zehn Quadratmetern Fläche und mit einem Zaun umgeben. An den Toren zu den jeweiligen Parzellen waren Namen aufgemalt. In manchen arbeiteten ältere Leute. Der Bürgermeister blieb vor einem Tor mit der Aufschrift Drouon stehen, beobachtete einen weißhaarigen Mann, der mit einer Hacke Unkraut jätete, und fragte erstaunt: »Sind Sie es wirklich, *mon vieux*?«

»*Mon Dieu,* Mangin! Wollen Sie zu uns kommen?« Der alte Herr lehnte seine Hacke an eine Schubkarre und kam ans Tor. Ein älterer Mischlingshund, der daneben auf dem Boden lag, machte kurz die Augen auf, schlief aber dann weiter.

»Nein, ich bin nur zu Besuch. Ich wollte wissen, wie's hier aussieht. Darf ich vorstellen, das ist Bruno Courrèges, unser *Chef de police*. Bruno, das ist Pierre Drouon. Er war als ehemaliger Bürgermeister von Terrasson schon zehn Jahre im Ruhestand, als ich gewählt wurde. Er hat mir fast alles beigebracht, was ich über Politik weiß. Es freut mich, Sie zu sehen, alter Freund. Das letzte Mal haben wir uns auf der Beerdigung Ihrer Frau gesehen.«

»Danach ist es sehr einsam um mich geworden. Deshalb bin ich hier. Mein Hausarzt hat mir dieses Heim empfohlen. Ich bin seit seiner Eröffnung hier zu Hause. Wie Sie sehen, habe ich meinen eigenen kleinen Garten. Übrigens, mein herzliches Beileid nachträglich. Ich habe vom Tod Ihrer Frau gehört. Denken Sie daran, sich bei uns einzuquartieren?«, fragte er wieder.

»Noch nicht. Ich bin immer noch Bürgermeister von Saint-Denis.«

»Wenn es so weit ist, werden Sie sich hier bestimmt sehr wohl fühlen. Hier gibt es Lesezirkel, Filmabende, Ausflüge ins Theater, und eine wundervolle Masseurin haben wir auch.«

»Ich überleg's mir. Haben Sie ein Zimmer im Schloss?«

»Nein, weil ich einen Hund habe, bin ich in einem der Neubauten, da hinter den Bäumen, untergebracht. Im Château sind Haustiere nicht erlaubt. Da nehme ich aber meine Mahlzeiten ein.«

»Tja, ich will Sie dann mal nicht länger von Ihrer Arbeit abhalten, *mon vieux*.«

Der Bürgermeister ging weiter, begleitet von Bruno. Sie steuerten auf die Neubauten zu, eine in Hufeisenform angelegte Reihe aus gemauerten kleinen Häusern mit den für das Périgord typischen roten Ziegeldächern. Auf dem Hof dazwischen standen rustikale Tische und Stühle, auf denen mehrere Leute saßen, die Tee tranken, Schach spielten oder dem Treiben auf dem nahe gelegenen Spielplatz zusahen, der offenbar eigens für besuchende Enkel eingerichtet worden war. Zu hören waren nur die Stimmen der Kinder. Bruno zählte zwanzig Türen entlang der Terrassenstirnseite und zehn weitere in beiden Flügeln.

Der Bürgermeister führte sie zum Haupteingang zurück, hinter dem sie eine beeindruckende Vorhalle betraten. Der

Speisesaal dahinter machte eher den Eindruck eines Restaurants als den einer Kantine, wie Bruno sie vom Altenheim in Saint-Denis kannte. Eine prächtige Lounge, mit offenbar echt antiken Möbeln ausgestattet, ging in eine behagliche gutsortierte Bibliothek über.

»Hier könnte ich mich tatsächlich wohl fühlen«, murmelte der Bürgermeister, als sie in die Lounge zurückkehrten, wo sich die Besucher versammelten und der Heimleiter eine kleine Ansprache zur Begrüßung halten wollte. Anschließend sollten Erfrischungen gereicht und Fragen gestellt werden können. Der Raum füllte sich schnell, und es mussten zusätzliche Stühle herbeigeschafft werden. Im Flüsterton klärte Bruno den Bürgermeister darüber auf, was er vom Hotel Crillon über den Heimleiter in Erfahrung gebracht hatte.

Während Mangin über seine Worte noch leise kicherte, sah Bruno einen Mann und eine Frau die Lounge betreten, mit denen er nicht gerechnet hatte: Philippe Delaron von der *Sud Ouest* und Nathalie, die Immobilienmaklerin. Sie hielt ein Klemmbrett in der Hand und machte sich im Gehen Notizen. Philippe flüsterte ihr etwas ins Ohr. Ehe Bruno aufstehen und auf sie zugehen konnte, schlug jemand vom Personal des Hauses mit einer Gabel an ein Weinglas und bat darum, den Direktor zu begrüßen, der ein paar Worte zur Philosophie von Château Marmont sagen wolle.

Der Direktor war, wie Bruno schätzte, Mitte bis Ende dreißig und trug einen dunklen Anzug mit Fliege. Er begrüßte die Gäste und erklärte gleich zu Anfang, dass er sich für die Exklusivität des Hauses nicht zu entschuldigen habe, da es seinen Bewohnerinnen und Bewohnern eine Lebensqualität bieten könne, die für die Allgemeinheit unerschwinglich sei. Wer aber hart gearbeitet habe und in seinem Beruf erfolgreich gewesen sei, solle im Ruhestand auf nichts verzichten müssen. Die Fragen, die an ihn gerichtet wurden, waren vorhersehbar und drehten sich um Haustiere und Besuchsregelungen. Eine Frau aber brachte alle zum Lachen, als sie wissen wollte, ob es unter den Heimbewohnern auch schon zu Eheschließungen gekommen sei.

»Wir haben noch kein Jahr geöffnet, aber bereits zwei Hochzeiten gefeiert, und im nächsten Monat wird es eine mehr sein. Die Ehe wird in unserer kleinen Privatkapelle hier auf dem Gelände geschlossen«, antwortete der Direktor lächelnd und erntete verhaltenen Applaus. »Wir sind stolz darauf, unseren Bewohnern so viele Angebote, sich zu beschäftigen, machen zu können.«

»Wirksame Lockrufe«, murmelte der Bürgermeister Bruno ins Ohr.

Ein Mann mit langen weißen Haaren, Bart und Gelehrtenmiene fragte nun, ob es spezielle Einrichtungen für Mitbewohner gebe, die an Alzheimer litten.

»Wenn ich die Frage beantworten dürfte«, meldete sich ein Mann mittleren Alters zu Wort, der etwas abseitsstand. »Mein Name ist Dr. Jean-Michel Dumouriez, und ich bin hier der beratende Arzt. Ich halte jeden Tag Visite und bin für unser Pflegepersonal jederzeit ansprechbar. Selbstverständlich haben wir für unsere Gäste, die ernstlich erkrankt sind und einer intensiven Pflege bedürfen, entsprechende Vorkehrungen getroffen und modernste Therapiemöglichkeiten entwickelt. Zu meiner Überraschung haben wir aber noch keinen Fall wie den erwähnten zu verzeichnen. Was vielleicht an den gesundheitsfördernden Umständen liegt, in denen unsere Gäste leben. In dem Zusammenhang sei auf unseren Wellnessbereich, die Sporthalle und die Gärten hingewiesen, mit denen wir dafür sorgen, dass unsere Gäste in körperlich und geistig bester Verfassung bleiben.«

Neben Bruno hob der Bürgermeister die Hand und rief in den Raum: »Ich habe eine Frage, die vielleicht ein bisschen taktlos ist.« Es wurde etwas unruhig unter den Versammelten, da Mangin zu den Prominenten in der Region zählte.

»Viele von uns erinnern sich an die weltweite Finanzkrise von 2008 und daran, dass manche Sparer und Anleger erhebliche Einbußen erlitten haben. Ich stehe wohl nicht allein da mit der Prognose, dass sich Krisen dieser Art in nicht allzu ferner Zukunft wiederholen werden. Was erwartet diejenigen Bewohnerinnen und Bewohner dieses Hauses, die in einem solchen Fall die nicht geringen Kosten für ihre Unterkunft nicht mehr aufbringen können?«

»Vielen Dank für diese wichtige Frage, die wohl manche von uns bewegt«, antwortete der Direktor geschmeidig. »Wir haben mit einer führenden Versicherungsgruppe bereits an einer Lösung für unsere Gäste gearbeitet. Unsere Gäste können sich dagegen versichern und ihr Erspartes oder Vermögen dafür einsetzen. Die Kosten für Unterkunft, Versorgung sowie medizinische Betreuung wären damit bis zum Lebensende des Versicherten gedeckt.«

»Wie soll das konkret funktionieren?«, wollte der Bürgermeister wissen.

»Nun, jeder Fall wird auf den Versicherungsnehmer zugeschnitten, je nach Alter, gesundheitlicher Verfassung, Liquidität und dergleichen«, erklärte der Direktor. »Viele unserer Betreuten sind lebensversichert und erwarten demnächst die Auszahlung der vereinbarten Leistungen. Je nach Fälligkeitsdatum und Leistungsumfang kann dieses Kapital in den neuen Versicherungsvertrag einbezogen werden. Damit wären Bezugsberechtigte aller Sorgen ledig und können beruhigt ihren Lebensabend als unsere Gäste genießen.

Und jetzt«, fuhr der Direktor fort, »wollen wir Sie zu einem Glas Champagner und kleinen Kanapees einladen. Damit bedanken wir uns für Ihr Interesse und Ihren Besuch.«

Er hatte noch nicht ausgesprochen, als Kellnerinnen in langen schwarzen Röcken und weißen Hemden mit schwarzen Fliegen silberne Tabletts durch den Raum trugen und in bereits gefüllten Gläsern Champagner, Mineralwasser und Fruchtsäfte anboten. Ihnen folgten weitere Kellnerinnen mit Tabletts voller kleiner Blätterteigpastetchen, vietnamesischer *nems* und Sandwiches mit Räucherlachs oder *foie gras*. Hier wird nicht gespart, dachte Bruno. Er und der Bürgermeister bedienten sich, schlenderten umher, begrüßten Bekannte und Kollegen und hörten, wie beeindruckt alle waren.

Bruno durchquerte die Lounge, begrüßte Nathalie und Philippe und sagte: »Dass Sie sich, Philippe, für diesen Ort interessieren, kann nicht verwundern, aber was führt Sie hierher, Nathalie?«

»Die Lebenserwartung steigt stetig; in Anbetracht dessen erscheint mir das, was uns hier vorgestellt wird, zumindest dem Konzept nach hochinteressant. Brosseil hat mich auf die heutige Veranstaltung aufmerksam gemacht und vorgeschlagen, dass sich die Investoren, wenn sie hier erfolgreich sind, auch schon nach weiteren Châteaux umsehen sollten. Das hat mich neugierig gemacht. Und was tun Sie hier, Bruno?«

»Ich begleite Monsieur Mangin und glaube, dass ich ihm jetzt wieder Gesellschaft leisten sollte.«

Er drehte sich um und sah den Bürgermeister von Kollegen umringt. Man unterhielt sich über die Ausführungen des Direktors, bewertete dessen Antworten auf Fragen und spekulierte, ob die Seniorenresidenz auf Dauer Erfolg haben könne oder nicht.

»Ich war durchaus angetan von seiner Antwort auf Ihre Frage, Mangin«, sagte ein Bürgermeister außer Dienst. »War natürlich klar, dass Sie als ehemaliges Mitglied des Senats gleich auf den Punkt kommen: Wer kann sich eine solche Luxusherberge leisten und was, wenn das Ersparte aufgebraucht ist? Es wird uns noch alle teuer zu stehen kommen, wenn unsere Regierung weiter wirtschaftspolitisch Mist baut.«

»Danke«, erwiderte der Bürgermeister mit knapper Verbeugung. »Ich bedaure allerdings, dass der Direktor allzu schnell den Champagner servieren ließ. Ich wollte nämlich mit einer weiteren Frage nachhaken. Wie Sie wissen, alter Freund, kommen erst nachhakende Fragen auf den entscheidenden Punkt.«

»Und was wäre Ihre Frage?«

»Was bleibt unseren Erben, unseren Söhnen, Töchtern und Enkelkindern? Das hier vorgestellte Geschäftsmodell mag uns für den Rest unseres Lebens Bequemlichkeit sichern, aber es beraubt doch unsere Nachkommen der Art von Erbe, das den meisten von uns zugutekommt, sei es als Landbesitz, als Haus oder Lebensversicherung. Meine Eltern haben mir das Haus, in dem ich lebe, und eine hübsche Stange Geld hinterlassen. Gleiches gilt für Sie, mein lieber Kollege«, sagte der Bürgermeister und fixierte sein Gegenüber mit strengem Blick. »Was werden unsere Kinder über uns sagen, wenn wir ein mitunter über Generationen geschaffenes Familienvermögen aufzehren, um unseren Lebensabend in Luxus zu finanzieren? Und was, wenn wir schon nach wenigen Monaten in dieser Nobelresidenz abdanken? Meine Frage lautet also folgendermaßen: Wenn wir all unser Erspartes einem solchen Heim widmen, wie um alles in der Welt sollen wir dann ruhig schlafen können in dem Wissen, dass unsere Kinder uns womöglich nie verzeihen werden? Ich für meinen Teil möchte mir nicht vorstellen, dass sie dereinst an meinem Grab stehen und meinen Eigensinn verfluchen.«

12

Am nächsten Morgen schaltete Bruno nach seiner Rückkehr vom Morgenlauf mit Balzac gewohnheitsmäßig das Radio ein, beschickte den Toaster und setzte den Wasserkessel für Kaffee auf – in dieser Reihenfolge. Er fütterte Balzac mit zwei Stücken des von ihm selbst gemachten Hundekuchens, löffelte Kaffeepulver in seine *cafetière* und gab in seinen Becher einen Teelöffel Honig sowie die Hälfte einer zerbröselten Zimtstange. Als er den Stempel der *cafetière* herunterdrückte, kamen im Radio die Nachrichten, auf die er gewartet hatte. Im dritten Block zitierte der Sprecher Philippes Story in der *Sud Ouest*, in der es um die Anzeige gegen eine Versicherungsgruppe ging, der die Vernachlässigung von zweihundert Schafen und Lämmern auf einem der letzten Berghöfe der Region zur Last gelegt wurde. Vorausgegangen seien, so der Sprecher, »äußerst undurchsichtige Geschäfte, auf die sich der inzwischen verstorbene Landwirt eingelassen hatte, um in ein luxuriöses Seniorenheim umziehen zu können«.

»Zu diesem Problem kam es, weil Monsieur Driant allein lebte und erst Tage nach seinem unerwarteten Tod aufgefunden wurde«, erklärte Sarrail, der *notaire* aus Périgueux, den Bruno sofort an seiner Stimme wiedererkannte, in einschmeichelndem Ton. »Der Verkauf des Hofes war schon unter Dach und Fach, aber unglücklicherweise konnte aufgrund der zeitlichen Umstände nicht für das Vieh Sorge getragen werden. Das werden wir dem Gericht so darlegen. In der Zwischenzeit werden geeignete Maßnahmen getroffen.«

In dem kurzen Beitrag kam auch der *procureur* zu Wort und sagte, dass die Rechtmäßigkeit des Hofverkaufs überprüft werden müsse, da die Sorgfaltspflicht gegenüber dem Viehbestand offenbar verletzt worden sei. Bruno musste unwillkürlich grinsen, als er mit Balzac zum Transporter ging und sich auf den Weg zum Reitstall machte, um die Pferde zu bewegen. Er war gespannt darauf, wie Pamela auf die Nachricht in der *Sud Ouest* reagieren würde.

Was mochte Sarrail mit »geeigneten Maßnahmen« gemeint haben?, fragte er sich. Auf dem Reiterhof angekommen, nahm er sich Philippes Artikel vor, der zwei Seiten füllte und mit Fotos von Maurice illustriert war, der zwei kränklich aussehende Lämmer in den Armen hielt. Der Tierschutzverein verlangte einen Strafbefehl gegen die Versicherungsgesellschaft, und die Jeunes Agriculteurs warnten alle Landwirte der Region vor »räuberischen Spekulanten«. Zitiert wurde auch der Bürgermeister von Saint-Denis, der sich deutlich gegen »luxuriöse Seniorenheime« aussprach, »die an der Enterbung ganzer Familien verdienen«.

»Hinter alldem steckst doch du, oder?«, fragte Pamela, die ihm im Stall über die Schulter blickte und den Artikel überflog. »Im Radio war auch schon davon die Rede.«

»Ich?«, gab sich Bruno unschuldig. »Die freie Presse tut ihren Job.« Er spannte Hectors Sattelgurt nach und saß auf. Weil ihm plötzlich wieder Driants Hütehunde durch den

Kopf gingen, schlug er vor, von der üblichen Strecke abzuweichen und einen Abstecher zu Driants Hof zu unternehmen.

Eine halbe Stunde später stiegen sie aus dem Sattel und banden die Pferde an einem Zaunpfosten fest. Zwei Männer, die Bruno nicht kannte, versuchten, die Schafherde auf die Rampe eines Viehtransporters zu locken. Auf der Wagentür war das Logo eines Schlachthofes in Saint-Astier zu erkennen, einer fünfzig Kilometer entfernten Stadt. Die beiden Hütehunde Driants lagen auf der Veranda und beobachteten das hektische Treiben der Männer, denen die aufgebrachten Tiere immer wieder auswichen. Balzac, der Bruno und Pamela gefolgt war, lief auf die Veranda zu, um seine Bekanntschaft mit Driants Hunden aufzufrischen, legte sich zu ihnen und schaute ebenfalls zu.

»Ohne die Hütehunde geht's nicht«, rief Bruno und machte die Männer damit auf sich aufmerksam. Er trug zwar eine Reitkappe, war aber an seiner Uniform als Polizist zu erkennen.

»Die Hunde hören nicht auf uns«, sagte einer der Männer. Er kam auf Bruno und Pamela zu, gab beiden die Hand und stellte sich als Halter des Viehtransporters vor. Henri, so sein Name, präsentierte ihnen den Ausdruck einer E-Mail von Constant, dem Versicherungsagenten, mit der er beauftragt worden war, die Herde abzuholen und ins Schlachthaus zu bringen. »Ihr Hund scheint die beiden zu kennen. Können Sie uns helfen?«

»Ich habe keinen Draht zu den Hunden. Sie hören nur auf ihr Herrchen, das hier gelebt hat. Wollen Sie die auch mitnehmen? Und was ist mit den Hühnern?«, fragte Bruno.

»Von Hunden oder Hühnern war nicht die Rede«, antwortete Henri. »Normalerweise steht das Vieh zum Abtransport in einem Pferch für uns bereit; wir müssen es nur noch in den Wagen treiben. Mit frei laufenden Schafen kommen wir nicht zurecht. Und Zeit ist Geld für mich, ich habe heute noch drei weitere Termine.«

»Wenn ich einen Schäfer auftreiben kann, der mit seinen eigenen Hunden kommt, würden Sie ihm zwanzig Euro geben für seine Mühe?«, fragte Bruno und holte sein Handy aus der Tasche.

Der Mann war einverstanden. Bruno rief an, und zehn Minuten später traf Guillaumat mit seinen Hunden ein. Es dauerte nicht lange, und die Herde war verladen. Driants Hunde hatten aus freien Stücken mitgeholfen. Guillaumat steckte seinen Zwanziger ein, und der Viehtransporter fuhr los.

»Wollen Sie die Hunde nicht doch zu sich nehmen?«, fragte Bruno den alten Schäfer, doch der schüttelte den Kopf. »Ich fürchte, sie müssen ins Tierheim.«

Er wandte sich an Pamela, die auf der Veranda war und mit den beiden Hütehunden Freundschaft schloss. Dem Muttertier schien ihre Aufmerksamkeit zu gefallen, doch der jüngere Hund leckte ihr nur einmal freundlich über die Hand und sprang dann auf Balzac zu, der eines seiner Lieblingsspiele spielte und zwischen den Beinen der Pferde umherlief. Die Pferde ließen ihn geduldig gewähren. Hector senkte seinen großen Kopf und beschnüffelte den Kleinen, der immer dann bei ihm in der Box schlief, wenn Bruno bei Pamela übernachtete. Auch dem jungen Hütehund näherte er sich neugierig mit den Nüstern. Primrose, Pamelas Pferd, nahm sich ein Beispiel daran und tat es ihm gleich. Eine Idee nahm Gestalt an.

»Du hast doch mal davon gesprochen, dir eventuell einen Wachhund für den Stall zuzulegen«, sagte er zu Pamela. »Da hätten wir eine Mutter und ihren Sohn. Sie zu trennen oder, schlimmer noch, töten zu lassen möchte ich mir nicht vorstellen.«

»Es sind gute Hunde«, sagte Guillaumat. »Der junge scheint sich gut mit Pferden zu verstehen. Er hört auf Beau, seine Mutter heißt Bella.«

»Na schön, nehmen wir sie mit auf den Reiterhof«, beschloss Pamela. »Gib zu, das wolltest du doch von Anfang an. In Zukunft wirst du sehr viel mehr Hundekuchen machen müssen.«

»Mit Vergnügen.« Bruno wandte sich an Guillaumat. »Beau und Bella werden wahrscheinlich nicht freiwillig mit uns kommen. Könnten Sie mir einen Gefallen tun und die beiden mit Ihrem Wagen zum Reiterhof bringen? Dafür dürfen Sie sich auch ein paar der Hühner nehmen.«

»Wie schon gesagt, ich habe leider keine Verwendung dafür«, entgegnete Guillaumat. »Allenfalls für ein paar männliche Zwerghühner zur Mast. Driant hat viel Aufhebens um seine Hennen gemacht. Rhodeländer, Leghorns und vor allem Golden Comets, alles gute Legehennen. Sein Hahn ist ein junger *Gallus domestique,* ein prächtiger Vogel, ungefähr achtzehn Monate alt, also voll ausgewachsen. Die Hennen sind an ihn gewöhnt. Mit zehn bis zwölf von ihnen kommt er problemlos klar.«

»Wie wär's mit Hühnern?«, fragte er Pamela. »Du hast doch diese schöne Wiese, weit genug entfernt vom Haus und den *gîtes*, so dass der Hahn morgens niemanden stört. Und sie ist so groß, dass sich gut zwanzig Hühner darauf selbst versorgen können. Félix' Vater könnte einen Zaun ziehen, und abends würde ich helfen, einen Hühnerstall zu bauen. Mirandas Kinder wären begeistert und würden jeden Morgen Eier einsammeln können.«

Pamela verzog den Mund zu einem schiefen Lächeln. »Wie komme ich nur darauf, dass du auch das schon die ganze Zeit im Sinn hattest, Bruno?«, sagte sie. »Tja, warum eigentlich nicht? Ich schätze, unsere Feriengäste werden sich über frische Eier freuen. Nehmen wir die Hühner mit.«

Guillaumat sortierte die Zwerghühner aus und packte sie in einen Karton, den er auf den Beifahrersitz seines Pickups stellte. Zusammen mit Bruno trieb er alle anderen Hühner zusammen und hob sie auf die Ladefläche. Die beiden Hütehunde kamen auf die Rückbank.

»Noch eins, bevor Sie fahren«, sagte Bruno. »Sie haben mir doch von einer jungen Frau erzählt, die Sie hier mit Driant angetroffen haben, die mit dem ausländischen Akzent. Sie sagte, dass sie von der Versicherungsgesellschaft sei. Könnten Sie sie beschreiben – Alter, Größe, Haarfarbe und so weiter?«

»Ein bisschen kleiner als ich, sehr dunkle Haare, schlank, zumindest den langen Beinen nach zu urteilen, von denen viel zu sehen war«, antwortete Guillaumat, der sich offenbar mit Vergnügen erinnerte. »Sie war stark geschminkt und hatte tolle Augenbrauen, perfekt, wie gemalt. Auf den ersten Blick hätte ich sie für ein Model gehalten oder eine … Ehm …« Er unterbrach sich und warf einen verlegenen Blick auf Pamela.

»Sie wollten wohl sagen, dass Sie sie für eine Edelnutte gehalten haben«, sagte Pamela lächelnd.

»Tja, den Eindruck hatte ich«, erwiderte er. »Ich wusste schließlich um Driants Vorlieben.«

»War ihr Französisch denn gut, von dem ausländischen Akzent mal abgesehen?«, fragte Pamela.

»Fehlerfrei, grammatisch bestimmt besser als meins. Aber Wörter wie *chaque* oder *roc* hat sie regelrecht gehustet. Hat mich daran erinnert, wie Algerier sprechen.«

Interessant, dachte Bruno. Er bedankte sich bei Guillaumat und sagte: »Bis gleich auf dem Reiterhof.« Er und Pamela stiegen wieder in den Sattel und ritten im lockeren Arbeitstrab zurück, so dass Balzac mithalten konnte. Bruno war erleichtert, dass Pamela Driants Hunde zu sich nahm. Dass er ihr auch noch ganz spontan die Hühner hatte aufschwatzen können, verbuchte er als pures Glück.

Er überlegte, was sie für Hühnerstall und Gehege brauchten. Er hatte noch eine große Rolle Kaninchendraht zu Hause, würde aber zwei oder drei Säcke Zement und Metallstangen kaufen müssen. Den Kaninchendraht galt es im Boden zu versenken, was am leichtesten mit einem kleinen Schaufelbagger ginge, den er sich von Michel von den Stadtwerken ausleihen konnte. In seinem Schuppen lagerten etliche Schalbretter von einer ehemaligen Trockenscheune für Tabak, die sein Nachbar vor Jahren hatte abreißen lassen. Vier zehn mal zehn starke Kanthölzer, tief genug verankert in Zement und Kieselsteinen, müssten als Außenpfosten für den Stall reichen, überlegte er. Damit ließen sich auch die Rahmen für das Dach und die Wände zimmern. Und als Einstreu gab es im Stall reichlich Stroh. Für die Dacheindeckung eigneten sich Bitumenbahnen. Auch davon lag noch eine Rolle in der Abstellkammer von Pamelas Stall. Darüber kämen Wellkunststoffplatten. Natürlich müsste das Dach geneigt sein und das abfließende Regenwasser in einer Rinne aufgefangen werden.

Guillaumat war schon zur Stelle, als sie den Hof erreichten. Bruno sprach mit ihm unter vier Augen.

»Diese junge Araberin, die Driant besucht hat – wissen Sie noch, in was für einem Auto sie gekommen ist?«

»O ja, das war ein neues vw-Beetle-Cabrio in Blau. Das Verdeck war natürlich geschlossen, als ich ihn sah.«

Bruno dankte ihm noch einmal, verabschiedete sich und fuhr dann selbst nach Hause, um die Bretter und den Kaninchendraht zu holen. Auf dem Rückweg machte er zuerst am Sägewerk halt, um die Kanthölzer zu kaufen, und dann wieder beim Bricomarché, wo er sich mit Zement und einem zwei Meter großen Stück Wellkunststoff für das Dach versorgte. Zufällig traf er dort den Baron, der Glühbirnen brauchte und sich sofort bereit erklärte, beim Bau des Hühnerstalls zu helfen. Und nicht nur das, er packte auch gleich eine Verteilerdose, eine Kabelrolle und eine Außenlampe für den Stall mit in seinen Einkaufswagen. Félix' Vater schloss sich ihnen bereitwillig an, zumal ihm für seine Mithilfe ein halbes Dutzend Eier pro Woche in Aussicht gestellt wurde. Zuletzt rief er Michel an, der versprach, gegen Mittag mit dem Schaufelbagger zu kommen.

Bruno und Félix' Vater gruben Löcher für die Kanthölzer und stopften jeweils einen der großen Plastikeimer hinein, in denen Pamela Getreide für die Pferde kaufte. In die Eimer stellten sie die Hölzer, die sie mit großen Steinen und halben Ziegeln fixierten. Dann wurde die Zementmischung eingefüllt. Sie entrollten den Kaninchendraht, um zu sehen, ob genug davon da war. Er reichte für ein großzügiges Gehege von zehn mal zwanzig Metern. Der Baron hatte unterdessen schon die Schalbretter für die Stallwände auf Länge gesägt und nagelte sie nun auf Dachlatten. Zufrieden mit dem Verlauf der Arbeiten, fuhr Bruno in die Stadt zurück, um seiner täglichen Büroarbeit nachzugehen.

Als Erstes rief er das Büro des *procureur* an und erfuhr, dass man Sarrail und den Versicherungsagenten Constant zu einer Befragung vorgeladen hatte, Constant aber verreist war und erst in einer Woche zurückerwartet wurde. Sofort rief Bruno in dessen Büro an, um sich nach einer Nummer zu erkundigen, unter der er ihn würde erreichen können. Es antwortete eine Frauenstimme. Er nannte seinen Namen und sagte, dass er gute Nachrichten habe; die Schafe seien abgeholt worden, und auch für die Hunde gebe es einen neuen Besitzer.

»*Excellent,* vielen Dank für die Information«, ließ sich die Dame am anderen Ende vernehmen, wobei ihr *excellent* ein wenig kehlig klang. Bruno sah sich an Guillaumats Beschreibung erinnert.

»Ich habe seit der Nachricht von Driants Tod Monsieur Constant jeden Tag anzurufen versucht«, sagte Bruno.

»*Chaque jour?*«, wiederholte sie. Jeden Tag?

Der arabische Zungenschlag war nicht zu überhören. Sie hustete das Wort *chaque*.

»Wie war noch gleich Ihr Name?«, fragte Bruno. »Sind Sie eine Kollegin von Monsieur Constant?«

»Saatchi, Lara Saatchi«, antwortete sie. »Ich bin seine

Stellvertreterin und leite das Büro, solange sich Monsieur Constant in unserer Zweigstelle in Monaco aufhält. Übrigens habe ich dafür gesorgt, dass die Schafe ins Schlachthaus gebracht werden. Dass der Transport erfolgt ist, beruhigt mich. Wir hatten nach dem unerwarteten Tod von Monsieur Driant einige Unannehmlichkeiten.«

»Wenn ich richtig informiert bin, sind Sie bei Ihrem letzten Besuch bei Monsieur Driant einem Freund von ihm begegnet, einem gewissen Guillaumat, ebenfalls Schäfer«, sagte er.

Es entstand eine kurze Pause, bevor sie antwortete. »Ich habe mit dem Vorgang eigentlich nichts zu tun. Darum kümmert sich im Wesentlichen Monsieur Constant.«

»Verstehe«, erwiderte Bruno. Sie leugnete also nicht direkt. Er wollte ihr jetzt keinen Druck machen, konnte es sich aber nicht verkneifen, sie ein bisschen zu verunsichern. »Wir versuchen, eine junge Frau zu identifizieren, die sich als Vertreterin der Versicherungsgesellschaft ausgegeben hat und zu Besuch war bei Monsieur Driant, als zufällig dessen Freund, ein benachbarter Schäfer, auf seinem Hof vorbeigeschaut hat. Bislang scheint es, als sei sie die letzte Person, die Driant lebend gesehen hat. Sie werden verstehen, dass uns sehr daran liegt, mit ihr zu reden. Haben Sie eine Kollegin in Ihrem Büro?«

»Das müssen Sie Monsieur Constant fragen«, antwortete sie. »Er ist auch unser Personalchef.«

»Natürlich. Haben Sie eine Nummer, über die ich ihn erreichen kann? Es gibt noch ein paar rechtliche Details zu klären.«

Sie nannte ihm die Nummer, bedankte sich für seine

Hilfe und bat um Verständnis, dass sie jetzt einen Termin mit einem Mandanten wahrnehmen müsse. Das Gespräch war beendet. Bruno starrte auf den toten Hörer in seiner Hand. Er zweifelte keinen Augenblick daran, dass auf die Frau, mit der er gerade gesprochen hatte, Guillaumats Beschreibung zutraf. Wahrscheinlich war sie der letzte Mensch, der Driant lebend gesehen hatte. Aber was bedeutete das?

Machte er etwa aus einer Mücke einen Elefanten? Der vage Verdacht, dass Driant womöglich keines natürlichen Todes gestorben war, führte nicht weiter, denn es gab keine Beweismöglichkeiten. Seine Leiche war schließlich verbrannt worden. Außerdem fürchtete Bruno, dass er sich mit seinen Vorbehalten blasierten Großstädtern wie Sarrail gegenüber selbst im Weg stand. Und dass diese Lara das Wort *chaque* so merkwürdig aussprach, mochte Zufall sein und nichts weiter bedeuten.

Trotzdem nahm er sich vor, die Spur weiterzuverfolgen. Er würde Jean-Jacques bitten, vor dem Büro der Versicherung eine Zivilstreife zu platzieren, die ein Foto von ihr machte, das er Guillaumat zeigen könnte. Aber zuerst rief er die Zweigstelle in Monaco an. Es meldete sich jemand, der ihm sagte, dass Constant auf dem Weg in die Luxemburger Niederlassung sei. Bruno ließ sich die Nummer geben, meldete sich dort unter seinem Namen und bat darum, dass sich Constant gleich nach seiner Ankunft bei ihm melden möge; es gehe um eine dringliche Rechtsfrage. Der Mann am anderen Ende der Leitung war auf so haarsträubende Weise ausweichend, dass Bruno an sich halten musste, um nicht wütend zu werden.

Er versuchte, sich zu beruhigen. Dass Constant und Sarrail um lebendige Tiere, die sie zufällig erworben hatten, keinen Pfifferling gaben, machte sie noch nicht zu Kriminellen. Er hatte auch nichts in der Hand, um nachweisen zu können, dass Gaston Driant und seine Schwester tatsächlich Leidtragende eines unlauteren Geschäfts waren. Die einzige Möglichkeit, Sarrail und Constant einen Knüppel zwischen die Beine zu werfen, nämlich wegen Tierquälerei, hatte er ergriffen und sie damit öffentlich bloßgestellt. Nur wenn er handfeste Beweise finden würde, die den *procureur* veranlassten, die Rechtmäßigkeit des Hofverkaufs in Frage zu stellen, bliebe Hoffnung darauf, Driants Kindern Gerechtigkeit widerfahren zu lassen. Also hieß es für Bruno, weiter zu ermitteln. Wenn Guillaumat in Lara Saatchi Driants Besucherin wiedererkennen würde, wäre ein zwingender Grund für eine Befragung dieser Frau gegeben.

Zufrieden damit, einen Plan zu haben, arbeitete Bruno ein paar E-Mails ab und verabschiedete sich dann von der Sekretärin des Bürgermeisters mit dem Hinweis, dass er später am Nachmittag zurückkehren werde. Er fuhr nach Hause, um ein paar Werkzeuge einzupacken, und dann weiter zum Reiterhof, wo er helfen wollte, den Hühnerstall zu Ende zu bauen. Michel war mit einem kleinen Schaufelbagger dabei, einen Graben auszuheben, in dem der Kaninchendraht versenkt werden sollte. Vor dem Wohnhaus sah Bruno, wie Balzac die beiden Hütehunde mit der neuen Umgebung vertraut machte. Sie blieben an jeder Ecke, an jedem Zaunpfosten stehen und hoben ein Bein, um ihr Revier zu markieren. Das würde helfen, Füchse fernzuhalten.

Der Baron und Félix' Vater hatten schon die Wände für

den Stall vormontiert und das Pultdach gezimmert. Die Betonanker, in denen die vier aufrechten Kanthölzer steckten, waren getrocknet, so dass der Stall zusammengesetzt werden konnte. Die beiden Männer arbeiteten gerade am Boden. Bruno zog seine Jacke aus, nahm einen Vorschlaghammer zur Hand und rammte die Eisenstangen für das Gehege im Abstand von drei Metern in den Boden. Der Baron half dabei, den Kaninchendraht anzubringen. Bis zu einem halben Meter verschwand das Geflecht in Michels Graben. Pamela schleppte eine um die andere Schubkarrenladung Feldsteine und Bruchstücke von Ziegeln an, mit denen der Draht fixiert und das Gehege fuchssicher gemacht wurde.

Während Félix' Vater Zement auf der Schüttung verteilte, lud Michel den Bagger wieder auf und verabschiedete sich. Zum Dank für seine Mühen schenkte Pamela ihm eine Flasche Scotch. Bruno versenkte den letzten Metallstab im Boden, rund einen Meter von der Stallwand entfernt. Pamela rollte die letzte Fuhre Steine herbei und sah zu, wie auch die mit flüssigem Zement übergossen wurden.

»Ihr wart phantastisch. Ich kann kaum glauben, dass wir schon fast fertig sind«, sagte sie. »Aber wozu soll die Lücke zwischen Zaun und Stall gut sein?«

»Da kommt eine Holztür hinein«, erklärte Bruno. »Tagsüber kannst du sie offen stehen lassen, damit die Hühner frei umherlaufen können. Wenn sie sich an die neue Umgebung gewöhnt haben, werden sie, wenn's dunkel wird, von allein in den Stall zurückkehren.«

»Werden sie schon heute Nacht darin schlafen können?«, fragte sie.

»Nein, die Betonanker müssen erst richtig durchtrocknen. Dann werde ich noch eine Regenrinne anbringen und für den Ablauf in eine Tonne sorgen. Daraus können wir dann Wasser für die Tränke schöpfen. Ich glaube, für die nächste Nacht werden die Hühner im Pferdestall gut aufgehoben sein.«

Er schaute sich um. Die Hühner scharrten und pickten auf dem Hof in Stroh und Pferdemist, der zu einem kleinen Haufen zusammengefegt war. Manche wagten sich auch schon in den Stall. »Die Pferde werden wohl nichts dagegen haben.«

»Wirklich tolle Arbeit«, sagte sie. »Wie wär's, ich bereite etwas zum Mittagessen vor, während ihr noch die Tür baut?«

»À vos ordres, madame«, salutierte der Baron.

Eine halbe Stunde später war die Tür eingesetzt.

»Lasst uns essen«, sagte Bruno.

Pamela hatte aus Kartoffeln, Gemüse und Hackfleisch sowie einer Dose Tomaten einen einfachen Eintopf gekocht und eine große Flasche Rotwein der städtischen Kooperative auf den Tisch gestellt. Ebenso hungrig wie die drei Männer, langte sie selbst zu.

»Ob ich schon morgen frische Eier habe?«, fragte sie.

»Die Vögel müssen erst zur Ruhe kommen«, antwortete der Baron. »Kann aber sein, dass du eines oder zwei findest.«

Sie brachte ein Brett voller Käse und eine Schüssel mit frischem Kopfsalat und Rauke in einem Dressing aus Walnussöl und einem Spritzer Weißwein. Zum Nachtisch gab es *affogato,* ein Vanilleeis mit starkem Espresso.

»Herrlich«, schwärmte der Baron, lehnte sich zurück

und tätschelte sich den Bauch. »Wenn alle Arbeiter von ihren Chefs so verköstigt würden, gäb's keine Streiks.«

»Ihr werdet von mir so gut bekocht, weil ich euch nicht bezahlen kann«, entgegnete Pamela und spendierte eine Runde Cognac.

13

Wieder im Büro, stand Bruno nicht der Sinn nach Arbeit. Stattdessen suchte er nach einer Telefonnummer des *132e bataillon cynophile,* des Heeres-Diensthunde-Ausbildungsbataillons. In dieser bei Suippes gelegenen Militäranlage waren vier Spezialeinheiten und das mit zweitausend Hunden weltweit größte Aufgebot seiner Art stationiert. Zwei Kompanien bildeten Wach- und Patrouillehunde aus, eine dritte arbeitete mit Hunden, die Minen und Sprengstoffe aufspüren sollten, eine vierte spezialisierte Hunde auf Drogenfahndung.

Bruno hatte solche Diensthunde in Bosnien bei der Arbeit gesehen, als er in einem Corps der US-Friedensmission diente. Er war sehr beeindruckt gewesen von der Art, wie sie und ihre Führer Militäranlagen bewachten, Sicherheitspatrouillen durchführten, Minenfelder absuchten und Verdächtige bewachten. Von alten Freunden hatte er gehört, dass immer mehr solcher Hunde zum Einsatz kamen, vor allem unter den NATO-Streitkräften in Afghanistan. Sie hatten sich auf Nachtpatrouillen, in der Gefangenenbewachung und bei der Suche nach Autobomben als unersetzlich erwiesen. Ihre Hauptaufgabe bestand darin, Patrouillen und Konvois im Vorfeld abzusichern und IEDs, die von den Taliban verwendeten Straßenbomben, aufzuspüren.

Der Stützpunkt bei Suippes konnte dem wachsenden Bedarf an solchen speziell ausgebildeten Diensthunden kaum nachkommen, zumal sie auch an Flughäfen und Bahnhöfen zunehmend zum Einsatz kamen. Französische und britische Truppen folgten dem amerikanischen Beispiel und rüsteten ihre Hunde mit Kameras und Mikrofonen aus, um sie zum Beispiel nach Heckenschützen fahnden zu lassen. Die »alliierten Diensthunde« operierten so erfolgreich, dass die Taliban Jagd auf sie machten und mit eigenen Hunden zu bekämpfen versuchten. Um sie vor denen zu schützen, wurden ihnen Lederhalsbänder mit Metalldornen angelegt.

Bruno hatte davon gehört, dass die NATO-Streitkräfte in Afghanistan angehalten waren, die Rolle der Diensthunde den Medien gegenüber herunterzuspielen, da man negative Reaktionen seitens der Öffentlichkeit fürchten musste. Stattdessen fokussierten militärische PR-Teams die Aufmerksamkeit auf den Einsatz von Robotern und Drohnen. Dass sich die Truppen aber vor allem auf Hunde verließen, war für Bruno längst kein Geheimnis mehr. Staubstürme konnten ihnen ebenso wenig anhaben wie die kleinen, mit Kunststoff ummantelten Minen, die die Taliban um ihre IEDs legten, um Roboter auszuschalten. Bruno reagierte zwar ebenso sensibel wie andere auf die mutwillige Gefährdung von Tieren, hatte aber Verständnis dafür, dass der Schutz von Menschen Vorrang hatte. Immerhin wurden ausgemusterte Hunde vom französischen Militär nicht länger getötet; sie durften stattdessen mit ihren Führern in den Ruhestand gehen.

Als sein Anruf angenommen wurde, bat er darum, mit dem Büro des Adjutanten verbunden zu werden. Als altgedienter Soldat wusste er, dass, während Offiziere kamen und gingen, der unmittelbare Vorgesetzte eines Adjutanten immer die Person war, die in allen Belangen Bescheid wusste.

»Ja, ich erinnere mich. Sie sind der *flic* mit dem Basset«, antwortete jemand, nachdem sich Bruno vorgestellt hatte. »Ihr früherer Hund steht auf unserer Ehrenliste für Gefallene im Einsatz. Was kann ich für Sie tun?«

Bruno erklärte, dass, als ihm das *bataillon* einen Basset-Welpen hatte zukommen lassen, die Botschaft damit verbunden gewesen war, dass man Interesse an eventuellem Nachwuchs von ihm habe. Sein Hund sei jetzt alt genug, deshalb die Frage, ob dieses Interesse noch bestünde.

»Wir züchten hier keine Bassets, so leid mir das auch tut. Sie sind zu heikel. Ich habe Ihre Akte jetzt auf dem Bildschirm vor mir. Wie ich sehe, wurden Sie mit einem *Croix de Guerre* ausgezeichnet. Eine in Friedenszeiten sehr seltene Ehrung. Ihr Hund stammt aus einem Wurf von Jagdhunden, die in Cheverny gezogen wurden. Sie haben ihn Balzac genannt, stimmt's?«

»Richtig. Was meinten Sie mit ›zu heikel‹?«

»Bassets brauchen manchmal ein bisschen Hilfe, damit's passt. Deshalb sind die meisten Züchter dazu übergegangen, Inseminationen vorzunehmen. Ist auch wirtschaftlicher, da mit einem künstlichen Deckakt viele Schwangerschaften zu erzielen sind. Gute Zuchtrüden sind teuer. Wenn Sie wollen, gebe ich Ihnen die Telefonnummer des Hundemeisters von Cheverny durch. Mit dem könnten Sie dann sprechen. Halt, ich hätte da vielleicht noch eine bessere Idee.«

»Schießen Sie los.« Wenn ein *sergent-chef* eine bessere Idee anmeldete, lohnte es sich zuzuhören, wie Bruno wusste.

»Sie wohnen doch in der Dordogne, stimmt's? Wir haben dort einen *caporal-chef*, eine großartige Frau mit großartigen Hunden. Nach zwanzig Dienstjahren ist sie in den Ruhestand getreten; das war übrigens zu der Zeit, als Ihr Vorgängerhund getötet wurde. Wenn ich mich recht erinnere, war sie auch diejenige, die veranlasst hat, Ihnen den Welpen zu schenken. Sie ist ein wahrer Fan von Bassets und züchtet sie jetzt auf eigene Faust, in einem Zwinger in der Nähe von Excideuil. Ihr Name ist Claire Mornier. Sie würde sich bestimmt freuen, von Ihnen zu hören. Grüßen Sie sie herzlich von Sergent-Chef Plarin, und sagen Sie ihr, dass wir alle sie hier vermissen, nicht zuletzt auch ihre Hunde. Lassen Sie mich wissen, was Sie miteinander verabredet haben.«

»Versprochen«, sagte Bruno. »Übrigens, warum bilden Sie in Suippes eigentlich keine Bassets aus? Sie sind hervorragende Spürhunde.«

»Mir müssen Sie das nicht sagen«, erwiderte Plarin. »Ich habe sie selbst auf Sprengstoffe und Drogen angesetzt und mich auch auf Fährtensuche mit ihnen begeben. Das Problem ist, sie sind zu beliebt, zu freundlich für unsere Art von Arbeit. An Flughäfen oder Bahnhöfen kommen Kinder auf sie zugelaufen. Bei Schäferhunden ist das anders. Manche Soldaten lehnen Bassets ab, weil sie nicht bedrohlich wirken.«

»Aber Bassets jagen Wildschweine und Füchse«, entgegnete Bruno. »Sie sind mutig und lassen nicht locker.«

»Ich weiß, ich weiß. Claire sagte das auch immer. Aber so ist es nun mal. Sie waren lange genug in der Armee, um Bescheid zu wissen. Ich schicke Ihnen Claires Nummer per SMS zu.«

Bruno bedankte sich, legte den Hörer auf, lehnte sich zurück und schüttelte den Kopf über die Marotten des Militärs und darüber, wie viel Wert so manche Soldaten auf ein martialisches Äußeres legten. Er verstand, dass ein Basset dazu nicht recht passte. Aber das war ein Fehler. Wer schon einmal mit Bassets auf die Jagd gegangen war, wusste, dass sie neben Schweißhunden die beste Nase überhaupt hatten. Ihre langen, hängenden Ohren waren bestens geeignet, die an Gräsern haftenden Düfte in Bewegung zu bringen. Gigi, Balzacs Vorgänger, hatte einmal einen Einbrecher identifiziert und gestellt, nur anhand eines verschmierten Fingerabdrucks, den dieser einen Monat vorher auf einer Fensterscheibe hinterlassen hatte. Neugierig geworden, wie so etwas gehen konnte, hatte sich Bruno kundig gemacht und erfahren, dass, während Menschen nur über rund 20 Millionen Geruchszellen verfügen, Hunde mit mehr als 250 Millionen, Bassets sogar mit bis zu 300 Millionen ausgestattet sind.

Und erstaunlich war, wie er wusste, nicht nur ihr Geruchssinn. Das menschliche Ohr nimmt akustische Signale in einem Frequenzbereich zwischen 20 und 20000 Hertz wahr, Bassets dagegen erlauschen noch Schwingungen im Ultraschallbereich von bis zu 70 Kilohertz. Es kam vor, dass Balzac mitten in der Nacht anschlug und Bruno weckte, wenn ein Fuchs auf den Hühnerstall zuschlich. Bruno lächelte in Gedanken, worauf sich Balzac in geradezu telepathischer Reaktion erhob, sich gähnend reckte und dann Brunos Bein beschnupperte. Vielleicht hatte ihn auch nur etwas gejuckt, doch das glaubte Bruno nicht. Er bückte sich, streichelte dem Hund über den Kopf und tätschelte seine Flanke.

Bruno fragte sich, ob sich etwas an ihrer engen Beziehung ändern würde, wenn er Balzac als Deckrüden einsetzte. Ob er ein besonderes Verhältnis zu seiner Partnerin oder zu den gemeinsamen Welpen einginge? Bruno hatte keine Ahnung. Seltsam, dachte er, wie wenig man letztlich über diese doch gänzlich anderen Lebewesen wusste, mit denen Menschen seit 30 000 Jahren zusammenlebten.

Er hatte seinen Hund auf herkömmliche Weise erzogen, mit Belohnung und Leckereien, wenn er das Richtige tat. Geschlagen hatte er Balzac nie. Wenn er ihn daran hindern wollte, angesichts einer vertrauten Person in überschwenglicher Freude an Beinen hochzuspringen, hob Bruno nur die nach außen gewendete Hand, runzelte die Stirn und sagte *»Non«*. Häufig genug aber machte Balzacs fröhliches Temperament einen Strich durch die gute Erziehung.

»Wie wär's für dich, wenn du eine Basset-Dame kennenlernen und mit ihr Kinder bekommen würdest?«, fragte er seinen Hund. Balzac blickte zu ihm auf und versuchte, seinen Tonfall zu deuten. Bruno kraulte ihn liebevoll. »Könntest du dir vorstellen, Vater zu werden?«

»Sie glauben doch nicht etwa, dass er Sie versteht?«, meldete sich eine Stimme im Hintergrund. Bruno hatte nicht bemerkt, dass der Bürgermeister im Türrahmen stand. Balzacs Vorgänger Gigi war ein Sohn von Mangins Basset gewesen, den dieser nach Montaigne, dem Philosophen und berühmtesten Sohn des Périgord aus dem 16. Jahrhundert, benannt hatte. Bruno konnte sich noch gut daran erinnern, wie Gigi in Mangins Garten vor dem Grab des alten Hundes gestanden und der Bürgermeister behauptet hatte, er könne dessen Überreste wittern. Bruno hatte das damals nicht glauben können, aber dem Bürgermeister auch nicht widersprechen wollen.

»Ich überlege, ihm zu Nachwuchs zu verhelfen«, erklärte Bruno.

»Schön zu hören. Es wird auch Zeit«, erwiderte der Bürgermeister. »Sein Stammbaum ist so speziell, dass er weiter ausschlagen sollte. Anderes Thema – haben Sie was Neues von Macrae erfahren?«

»Er hofft, drei Millionen für sein Anwesen zu bekommen, aber die Maklerin meint, dass er sich glücklich schätzen könne, wenn ihm zweieinhalb dafür geboten würden. Seine Kinder wollen ein Standbein in der Gegend haben, weshalb er das Häuschen am Weinberg für sie einzurichten plant. Und er macht wieder Musik, schreibt Songs und studiert Duette mit seinem Sohn ein. Er hat mir eine CD mit neuen Aufnahmen gegeben. Ziemlich gut. Vielleicht versucht er ein Comeback auf einem unserer Konzerte.«

»Gut. Halten Sie mich auf dem Laufenden«, sagte der Bürgermeister. »Und sehen Sie zu, dass Balzac eine passende Partnerin findet. Er verdient die beste Wahl«, fügte er hinzu und verabschiedete sich.

Einem Impuls folgend, wandte sich Bruno dem Computer zu und googelte »Welpen von reinrassigen Bassets«. Er staunte nicht schlecht, als ihm Preise von bis zu fünfzehnhundert Euro ins Auge sprangen. Das war fast so viel wie sein Monatssalär. In Saint-Denis konnte man für eine solche Summe ein ganzes Haus drei bis vier Monate lang mieten. Aber würde er Welpen an Fremde verkaufen wollen? Balzac hätte womöglich keinerlei Kontakt zu ihnen. Dann dachte er an Miranda, Pamelas Geschäftspartnerin; sie hatte zwei Söhne, die ganz wild auf Balzac waren. Gleiches galt für Florence' Kinder. Sie würden allzu gern ihren eigenen Hund haben.

Er griff zum Hörer und wählte die Nummer von Claire Mornier. Als sie seinen Anruf entgegennahm, übermittelte er ihr die Grüße von Sergent Plarin, stellte sich vor und dankte ihr für ihren Beitrag an Balzacs Schenkung.

»*Chef de police* Bruno Courrèges«, sagte sie. »Es freut mich, dass Sie anrufen. Wie geht es Balzac? Ich habe in der *Sud Ouest* gelesen, dass er diesen irischen Terroristen gestellt hat. Er sah herrlich aus auf dem Foto.«

»Balzac geht es ausgezeichnet. Er sitzt hier neben mir.« Dass er seinen Namen hörte, veranlasste ihn, kurz aufzubellen; dann legte er seine Schnauze auf Brunos Fuß. »Als ich ihn bekam, wurde mir mitgeteilt, dass das Bataillon von Suippes gern Nachwuchs von ihm hätte, wenn es so weit ist.«

»Die Nachricht war von mir«, sagte sie. »Ich stand kurz vor der Pensionierung und hatte mir vorgenommen, Bassets zu züchten. Balzac hat ja einen ganz vorzüglichen Stammbaum mit Ablegern von der Stonewall-Farm. Entfernte Vorfahren waren die Bassets, die George Washington vom Marquis de La Fayette geschenkt bekommen hat, als dieser nach Amerika gekommen war, um sich dessen Kampf gegen England anzuschließen.«

»Finden Sie, dass Balzac jetzt alt genug für Nachwuchs ist?«

»Allerdings, mit fast zwei Jahren ist er im besten Alter. In einem Jahr könnte es schon fast zu spät sein, dann wissen Rüden manchmal nicht mehr, was zu tun ist. Ich habe eine prächtige braun-weiße Hündin. Carla, wie die Frau unseres Expräsidenten, weil ich ein Fan ihrer Musik bin – nicht so sehr von ihrem Mann. Vom Züchter hat sie den Namen Diane de Poitiers. Übrigens gefällt ihr Carla Brunis Musik genauso gut wie mir. Ich glaube, sie hat was Beruhigendes. Rock 'n' Roll oder pompöse Klassik kommt für uns nicht in Frage.«

»Balzac hört auch gern Musik. Ihm gefällt es sogar, wenn ich singe. Wenn wir Auto fahren, stimmt er manchmal heulend mit ein.«

»Es scheint, dass unsere Hunde füreinander bestimmt sind. Carla ist ein bisschen älter als Balzac. Vor kurzem ist sie zum dritten Mal heiß geworden.«

»Was verabreden wir jetzt miteinander?«

Claire erklärte, dass Carla noch drei Wochen heiß sein würde. Der Tag elf sei für einen Deckversuch am geeignetsten. Danach sollten die beiden noch für ein paar Tage zusammenbleiben. In einem Monat würde man schon die Herztöne der Welpen mit einem Stethoskop hören können. Die Schwangerschaft dauere normalerweise zwei Monate.

»Wenn Sie auf Deckgebühren verzichten«, fuhr sie fort, »dürfen Sie sich aus dem Wurf einen Welpen aussuchen, sogar zwei, wenn's über sieben sein sollten. Falls es nicht zur Befruchtung kommt, würde ich vorschlagen, dass Sie mit Balzac zu einem Tierarzt gehen. Wir könnten es dann in einem halben Jahr noch mal versuchen.«

»Einverstanden. Geld brauche ich nicht. Da komme ich also zu Ihnen. Wann genau?«

»Ich werfe mal eben einen Blick auf den Kalender ... Ja, der nächste Sonntag wäre perfekt. Sie können sich doch hoffentlich einen Tag freinehmen, oder? Bringen Sie Balzac schon Samstagnachmittag zu mir, damit er sich an die Umgebung gewöhnen kann. Für Sie hätte ich ein Gästeschlafzimmer mit Doppelbett und eigenem Bad. Sie können also auch jemanden mitbringen. Wir würden zusammen meine Hunde füttern und sie mit Balzac bekannt machen. Dann gönnen wir uns einen *p'tit apéro,* und ich koche uns ein Abendessen. Balzac wiederzusehen wird mir eine große Freude sein. Ich sehe ihn immer noch als Welpen, bin mir aber natürlich im Klaren darüber, dass er inzwischen voll ausgewachsen ist. Er war ein so süßer kleiner Kerl, immer freundlich und neugierig. Ich bin froh, dass er an Sie geraten ist.«

»Ich bringe eine Flasche Wein und etwas von unserer *foie gras* mit, vielleicht ein paar Eier von meinen Hühnern und Salat aus dem Garten«, sagte er, von ihrer herzlichen Art gerührt.

»Das wird ein Fest.«

Bruno legte auf und freute sich auf Balzacs bevorstehendes Rendezvous und auf Claire. Sie liebte Hunde offenbar und schien viel über sie zu wissen. Er warf einen Blick auf die Uhr. Da er Montagabend an der Reihe war, das Freundesdiner auszurichten, musste er rechtzeitig mit den Vorbereitungen beginnen.

14

Bruno nahm es mit dem Kochen immer ernst, die *dîners* mit den Freunden montagabends auf dem Reiterhof vorzubereiten aber war etwas Besonderes. Manchmal fragte er sich, ob die schon lange im Voraus verabredete Rotation der Verantwortlichen für die Zubereitung ihn anstiftete, in Konkurrenz zu den anderen zu treten und sie zu überbieten. Beim nächsten Treffen wollte er frischen Spargel aus seinem Garten auf den Tisch bringen, dann als Hauptspeise ein Gericht, mit dem Momu, der Mathelehrer des *collège,* ihn bekannt gemacht hatte. Trotz seiner algerischen Wurzeln war Momu französischer als die meisten Franzosen aus Brunos Bekanntschaft. Jeden Tag las er *Le Monde,* und er war in Saint-Denis immer der Erste, der sich über die Prix-Goncourt-Gewinner informierte. Normalerweise aßen Momu und seine Familie französische Kost, er war aber auch stolz auf sein nordafrikanisches Erbe. Die Mahlzeit, zu der er Bruno einmal eingeladen hatte, war ein Klassiker: Lammkeule mit Walnüssen und Granatapfel. Er behauptete, schon als kleiner Knirps von seiner Mutter gelernt zu haben, dieses Gericht zu kochen. Bruno hatte die Augen verdreht, so köstlich war es und gleichzeitig so anders.

Schon am Samstag hatte sich Bruno mit Mörser und Stößel ans Werk gemacht. Er hatte jeweils einen halben Teelöffel Zimt, Kurkuma, Kreuzkümmel und Kardamom zerstoßen und mit dieser Gewürzmischung dann zwei sauber parierte Lammkeulen eingerieben, eine von gut drei Kilo für die acht Erwachsenen, die kleinere für die Kinder. Das Fleisch hatte er schließlich für den Rest des Tages im Kühlschrank ruhen lassen.

Nach seiner Rückkehr von der Seniorenresidenz am Sonntag hatte Bruno die Keulen in Olivenöl bei mittlerer Hitze angebraten, sie mit Küchenpapier abgetrocknet und die Pfanne gereinigt, in der er dann drei in dünne Scheiben geschnittene Zwiebeln, mit Salz und Pfeffer gewürzt, hatte anschwitzen lassen, so dass sie am Ende weich und glasig waren.

Als Nächstes hatte er sechs Thymianzweiglein, sechs gequetschte Knoblauchzehen, ein gutes Maß Zitronenzesten und zwei Lorbeerblätter zu den Zwiebeln gegeben und zwei Minuten lang mitschmoren lassen. Dann hatte er zwei Teelöffel Mehl darübergestreut und eingerührt. Mit einem großen Glas rotem Bergerac hatte er das Ganze aufkochen und eindicken lassen, dann mit einem Liter Hühnerbrühe, einem Viertelliter Granatapfelsaft und gut hundert Gramm Granatapfelsirup aufgefüllt, den er auf Momus Rat hin in einem Reformhaus erstanden hatte. Nach fünf Minuten sanften Köchelns war die Sauce fertig.

Die Keulen hatte er anschließend in einen großen Bräter gegeben, sie mit der Soße übergossen und dann, mit einer Folie abgedeckt, in den Ofen geschoben, um sie hundert Minuten lang darin garen zu lassen. Zwischendurch hatte er sie einmal gewendet, und am Ende war das Fleisch so zart, dass es fast vom Knochen fiel.

Durch ein Sieb passierte er die abgekühlte Bratenflüssigkeit in einen Topf und ließ sie mit einem halben Pfund Walnüssen bei mittlerer Hitze auf ein Drittel reduzieren. Er schmeckte sie ab und würzte mit schwarzem Pfeffer etwas nach. Wäre das Gericht sofort auf den Tisch gekommen, hätte er das Fleisch auf einem vorgewärmten Servierteller angerichtet und mit den Walnüssen und der Soße beträufelt. Von Momu wusste Bruno aber, dass es einem solchen Braten guttat, wenn er am Vortag vorbereitet wurde. Außerdem war es leichter, das Fett nach dem Erkalten abzuschöpfen. Also ließ er die Keulen über Nacht ruhen.

Für den Nachtisch plante er eine besondere Leckerei für den Baron, die er am späten Montagnachmittag zubereitete. Er pflückte ein knappes Kilo Kirschen vom Baum in seinem Garten und dämpfte sie auf kleiner Flamme mit etwas Wasser und einem Esslöffel Honig. Das Kompott füllte er in einzelne Gläser ab und behielt sechs Esslöffel davon zurück, die er später zum Servieren gebrauchen würde. Dann gab er einen halben Liter Schlagsahne mit einem Töpfchen Crème fraîche in einen Topf und erhitzte sie auf kleiner Flamme. Zwei Esslöffel davon füllte er in eine separate Schale um, in die er außerdem zwei große Eigelb und ein ganzes Ei schlug. In den Topf kamen nun die Zesten einer Zitrone. Er brachte die Sahne bis kurz vors Kochen, drehte die Flamme dann sofort zurück und gab ein paar Löffel davon zu den Eiern, die er schnell verquirlte.

Vorsichtig gab er die Ei-Sahne-Mischung zurück in den Topf und schlug sie mit dem Schneebesen kräftig auf. Ein Esslöffel Zucker kam hinzu, und unter ständigem Rühren ließ er die Sahne bei mittlerer Hitze eindicken, wobei er darauf achtete, dass sie nicht zu kochen anfing. Als die Crème die richtige Konsistenz hatte, nahm er sie von der Flamme, ließ sie abkühlen und verteilte sie schließlich auf die Gläser mit den Kirschen. Die packte er in einen Karton mit getrennten Einzelfächern, in denen er normalerweise seine Weingläser aufbewahrte, und fuhr mit all seinen Vorbereitungen zum Reiterhof.

Nachdem er dort den Spargel serviert hatte, wärmte er die Lammkeulen in der Sauce auf und machte sich daran, Couscous zuzubereiten. Dafür brachte er einen halben Liter Entenfond mit fünfzig Gramm Butter zum Kochen, rührte den Hirsegrieß ein und ließ diesen unter aufgelegtem Deckel und bei abgedrehter Flamme fünf Minuten quellen, ehe er zwei Esslöffel Olivenöl und den Saft einer Zitrone hinzugab und mit Salz und Pfeffer würzte. Zu guter Letzt verrührte er schließlich fünfzig Gramm geriebenen Parmesankäse darin. Er war ein bisschen nervös, als er Braten und Couscous zum Tisch brachte.

»Das duftet ja herrlich«, sagte Pamela. »Rieche ich da eine fruchtige Note?«

»Ich glaube, die kommt von Granatäpfeln«, meinte der Baron. »Und wenn es sich um das Gericht handelt, das wir, Bruno und ich, einmal bei Momu gegessen haben, können wir uns freuen.«

Fabiola langte als Erste zu. »Himmlisch!«, schwärmte sie. »Probiert mal den Couscous mit der Sauce.«

Die Kinder, die soeben aus dem Bad gekommen waren und die Hühner über den Hof gescheucht hatten, waren ebenso begeistert. Jack Crimson fand, dass sich Bruno selbst übertroffen habe.

»Ein Glück, dass ich diese Cuvée l'Odyssée vom Clos du Breil gekauft habe«, sagte er. »Für diesen Braten braucht man schon einen so kräftigen Wein. Das Rezept ist von Momu? Ich sollte ihn näher kennenlernen.«

Vom Fleisch und dem Couscous wurde alles aufgegessen, nur die Knochen blieben übrig. Bruno wählte die drei größten aus und warf sie Balzac, Beau und Bella hin, die die ganze Zeit geduldig am Fußende des Tisches gehockt hatten.

»Ich bin froh, dass du mich mit diesem Kanadier, Bertie, in Kontakt gebracht hast«, sagte Gilles. »Wir haben uns heute Morgen auf einen Kaffee verabredet, und er hat mir ein paar E-Mails kopiert, die ihm sein Cousin aus Kiew geschickt hat, bevor er getötet wurde.«

»Getötet? Davon hat er mir nichts gesagt«, erwiderte Bruno.

»Ja, er kam im Mai bei Kämpfen in Odessa ums Leben«, erklärte Gilles. »Und Bertie nimmt seinen Eltern übel, verhindert zu haben, dass er nach Kiew fährt; dabei ging er damals noch zur Schule. Ich habe ihm gesagt, dass sie recht daran getan hätten. In diesem Jahr sind über sechstausend Menschen in der Ukraine getötet worden.«

»Das relativiert unsere politischen Probleme hier doch beträchtlich«, murmelte der Baron in die Stille, die sich am Tisch breitgemacht hatte.

»Zeit für den Nachtisch«, verkündete Bruno.

Das Kirschkompott fand ebenso großen Zuspruch wie die Lammkeulen. Bruno berichtete von seinem Besuch in der Seniorenresidenz am Vortag und bestätigte Gilles' Einschätzung, dass das Château hervorragend restauriert worden sei und die ganze Anlage einen positiven Eindruck mache. Als er aber auf die Fragerunde im Anschluss an den Vortrag zu sprechen kam und den Beitrag des Bürgermeisters aus der Erinnerung zitierte, wurde es wieder still am Tisch. Bruno verstand, warum.

Für den Baron, einen vermögenden Mann weit über siebzig, war die luxuriöse Seniorenresidenz wie geschaffen. Ebenso für Jack Crimson. Miranda musterte ihren Vater mit kritischem Blick. Das Thema Erbschaft war für sie und ihre Kinder wahrscheinlich von großer Bedeutung. Auch Pamela war von dieser Frage betroffen; sie hatte bis zum Tod ihrer Mutter für sie sorgen müssen. Ohne deren Hinterlassenschaft würden sie alle jetzt nicht hier auf dem Reiterhof sitzen und es sich gutgehen lassen. Fabiola, die sich für ein Gesundheitssystem engagierte, das allen zugutekam und nicht nur den Reichen, sah sich daran erinnert, dass die öffentliche Hand angeblich nicht einmal genug Geld für hinreichend gut ausgestattete Altenheime hatte. Und Florence, die trotz günstiger Miete mit ihrem Gehalt als Lehrerin gerade eben über die Runden kam, aber nichts ansparen konnte, mochte sich fragen, was sie ihren Kindern an Erbschaft hinterlassen würde.

Félix war am Morgen zum *lycée* nach Périgueux gefahren. Bruno konnte sich vorstellen, wie der junge Mann mit den Worten, dass ihn solche Probleme kaltließen, die gedrückte Stimmung aufgeheitert hätte. Seine Eltern lebten in einer Sozialwohnung; sein Vater würde ihm allenfalls ein Paar alte Stiefel und Kochgeschirr vererben können.

Er selbst, so dachte Bruno, hätte ein Haus und seine Anteile am städtischen Weinberg abzutreten, doch bislang gab es niemanden, den er wirklich beschenken wollte. Das einzige Testament, das er jemals formuliert hatte, war während seiner Militärzeit erforderlich gewesen. Darin hatte er alles seiner Tante in Bergerac vermacht, die ihn aus dem kirchlichen Waisenhaus zu sich genommen hatte. Bei ihr war er allerdings auch nie glücklich gewesen. Die arme Frau war zu ihrem Lebensunterhalt auf die Mildtätigkeit anderer angewiesen gewesen, die ebenso arm waren wie sie, und er, Bruno, hatte sich, kaum dass er volljährig war, zum Militärdienst verpflichtet, um der Misere zu entfliehen. Jetzt lebte seine Tante in einem staatlichen Altersheim. Was Bruno ihr zukommen ließe, würde an seine Cousins gehen, mit denen er selbst nichts zu tun hatte.

Er überlegte, ob es nicht an der Zeit sei, Brosseil aufzusuchen und ein neues Testament aufzusetzen. Darauf hatte er bislang verzichtet in der Hoffnung, eine Frau zu finden und mit ihr eine Familie zu gründen, an die er seine weltlichen Güter würde vererben können. Aber ob es jemals dazu käme, stand in den Sternen. Mit dem Thema Tod hatte er sich in den vergangenen Jahren immer wieder auseinandergesetzt. Eine Testamentsänderung wäre natürlich immer möglich, sobald ihm die richtige Frau über den Weg liefe. Zwischenzeitlich aber wollte er einen Letzten Willen aufsetzen, der seinen gegenwärtigen Wünschen und Prioritäten entspräche. Und wer käme als Erbberechtigte eher in Betracht als seine Freunde, die für ihn eine Art Familie waren? Sein Erspartes, was nicht viel war, könnte einer Wohlfahrtseinrichtung in der Stadt zugutekommen; sein Haus, der Land Rover und seine Anteile am Weinberg wären bei Florence' Kindern und Félix in guten Händen.

Am nächsten Morgen startete Bruno gleich um acht zu seinem Rundgang über den Markt. Wie immer erfreute er sich am Anblick der mit Obst und Gemüse beladenen Stände, der Produkte aus heimischen Gärten. Bei Fauquet bestellte er sich seinen üblichen Kaffee samt Croissant und blätterte, an der Theke stehend, durch die aktuelle Ausgabe der *Sud Ouest*. Zwischendurch grüßte er andere Stammgäste und Kollegen aus dem Bürgermeisteramt, die vor Dienstbeginn schnell noch einen Kaffee tranken. Als die Turmuhr der *mairie* neun schlug, stand er vor der Tür zu Brosseils Kanzlei. Eine halbe Stunde später war sein neues Testament notariell errichtet, unterschrieben, beglaubigt und auf den Weg ins Zentralregister gebracht.

Zurück auf dem Markt, traf er Kirsty und ein paar Schritte hinter ihr ihren Bruder, der die Einkaufstaschen trug. Neben ihm gingen Galina und Sascha, die sich heiße *nems* vom vietnamesischen Imbissstand in den Mund stopften. Pia, Ippo und Bertie saßen, wie Bruno erfuhr, in Fauquets Café und gönnten sich ein zweites Croissant, nachdem sie ihr erstes schon verschlungen hatten.

»Wie wär's mit einer Trainingseinheit, bevor unser Vereinsturnier beginnt?«, fragte Bruno Kirsty und Jamie. »Ich trainiere heute um halb fünf die Junioren. Die würden allzu gern ein paar Bälle mit euch wechseln, wenn ich ihnen sage, dass ihr vor ein paar Jahren unsere Stars wart.«

»Kann Galina mitkommen?«, fragte Kirsty. »Sie ist richtig gut. In ihrem Klub in Paris hat sie mit Jamie alle Gegner plattgemacht. Wir könnten nach dem Training ein Doppel spielen, Mädchen gegen Jungs.«

Bruno war einverstanden, und Galina nickte zustimmend. »Und es wäre toll, wenn Sie heute Abend, bitte, zu uns kommen, wo wir proben wieder das Concerto. Würde mich freuen. Sie können uns auch helfen mit dem Essen, für das Kirsty gerade eingekaufen hat.«

Galina sprach fließend, wenn auch noch nicht ganz fehlerfrei und mit einem fremd klingenden slawischen Akzent. Sie mochte Russin oder Polin sein. Ihr Französisch war mit umgangssprachlichen Wendungen gespickt. Bruno musste darüber lachen, dass sie das Château eine *baraque* nannte, was ursprünglich eine Holzhütte bezeichnete, mittlerweile aber für alle Arten von Wohnunterkünften gebräuchlich war. Ihre Slangausdrücke wie *blé* für Bargeld ließen darauf schließen, dass sie viel Zeit mit jungen Menschen verbrachte.

»Ich muss dich warnen, Bruno. Du wirst dein blaues Wunder erleben«, sagte Jamie. »Galina spielt supergut.«

Während er noch sprach, sah Bruno Florence über die Brücke herbeieilen. Sie kam wahrscheinlich vom *collège*. Wenn sie keinen Unterricht zu geben hatte, kaufte sie um diese Zeit für gewöhnlich ein. Er winkte sie zu sich und stellte sie den jungen Leuten als den ersten Sopran des Stadtchors vor.

»Sagen Sie Ihrem Vater bitte, dass mir seine neuen Songs richtig gut gefallen«, sagte Florence zu Jamie und Kirsty. »Bruno hat sie mich hören lassen, auch das Gitarrenduett, das er mit Ihnen, Jamie, spielt.«

»Von Zusammenspiel kann eigentlich nicht die Rede sein«, erwiderte Jamie. »Er hat meine Aufnahme genommen und seine Spuren darübergelegt. Nun ja, das Ergebnis ist ganz ordentlich.«

»Kommen Sie heute Abend doch auch, dann können

Sie's Papa selbst sagen«, schaltete sich Kirsty ein. »Die beiden proben das *Concierto de Aranjuez*. Bruno kommt auch.«

»Danke für die Einladung, aber ich muss mich um meine Kinder kümmern und sie zu Bett bringen …«

»Ach, Florence, komm doch mit, es wird dir gefallen«, sagte Bruno. »Die Kinder können auf dem Reiterhof übernachten, oder eine deiner Schülerinnen passt auf sie auf. Ich würde dich abholen.«

»Na dann. Wenn ich einen Babysitter auftreiben kann, komme ich gern. Um wie viel Uhr?«

Sie eilte weiter. Auch die anderen setzten ihre Einkäufe fort. Bruno ging in sein Büro, um E-Mails zu beantworten und Akten zu studieren. Als zur Mittagszeit auf dem Markt die Stände abgebaut wurden, drehte er eine letzte Runde, kaufte Brot, Käse, *pâté* und Erdbeeren und fuhr nach Les Eyzies, wo er sich mit seinen Kollegen, Louis von Montignac und Juliette, in deren Amtsbereich zum Lunch traf, zu dem sie sich regelmäßig verabredeten. Juliette machte sich gut auf ihrem Posten. Eine bessere Kollegin konnte sich Bruno kaum vorstellen. Louis war anders und bockig seit Brunos Beförderung; er trank zu viel, würde aber glücklicherweise bald pensioniert werden. Bruno erzählte ihnen die Geschichte von Driants Testament und der neuen Seniorenresidenz und bat die beiden, ihn zu informieren, falls sie auf Fälle stießen, in die Sarrail oder Constant verwickelt waren. Außerdem erinnerte er sie daran, mit Maurice, dem Inspektor des Veterinäramtes, in Kontakt zu bleiben und Bescheid zu geben, wenn irgendwelche Höfe zum Verkauf standen.

Bruno fragte sich wieder einmal, ob die neustrukturierte Polizeiverwaltung, die ihn zum Chef für das ganze Tal machte, wirklich Vorteile mit sich brachte. Die Zusammenarbeit mit Juliette funktionierte einwandfrei, aber sie hätten ohnehin miteinander kooperiert. Mit Louis war das etwas schwieriger, doch er kannte seinen Bezirk wie seine Westentasche und hatte sich schon häufig als wichtige Hilfe erwiesen. Immerhin war Brunos Antrag auf eine Gehaltserhöhung genehmigt worden, die aber seinen vermehrten Arbeitsaufwand eigentlich nicht wettmachen konnte. Dank der regelmäßigen Lunchtreffen hielt er sich über Vorkommnisse im Tal auf dem Laufenden. Falls Constant und Sarrail weiter nach potentiellen Bewohnern für die Seniorenresidenz suchten, würde er davon erfahren.

15

Bruno hatte am Nachmittag Büroarbeit zu erledigen, was für ihn das Leidigste an seinem Job war. Als die Uhr der *mairie* vier schlug, packte er seine Sachen zusammen und fuhr zum Tennisklub. Er wechselte in seinen weißen Sportdress und rief das Juniorteam zur wöchentlichen Trainingsstunde zusammen, vier Jungen und vier Mädchen unter sechzehn Jahren. Er kannte alle seit Jahren, abgesehen von dem neuen Mitglied Lotte, einem mit den Eltern aus Holland zugezogenen Mädchen, das in sportlicher Hinsicht schon sehr viel weiter war als die anderen. Bruno fürchtete, dass sie selbst ihn noch vor Saisonende vom Platz fegen würde.

Balzac saß am Spielfeldrand und folgte jedem Ballwechsel so eifrig mit den Augen, als wollte er sich daran beteiligen. Von Zeit zu Zeit warf er einen Blick auf das Vereinshaus und den Parkplatz. Vielleicht fragte er sich wie Bruno, was ihren Freund, den Baron, aufgehalten haben mochte, der normalerweise mithalf, die Jugendlichen zu trainieren. Einer der Jungen retournierte inzwischen sehr viel härter als noch im Vorjahr. Auf der anderen Seite spielte ihm Naomi, die Tochter des Apothekers, Bälle zu, die mit so viel Effet angeschnitten waren, dass sie jedes Mal höher vom Boden absprangen als erwartet. Bald aber hatte sich ihr

Spielpartner darauf eingestellt und forderte sie lachend auf, sich ein bisschen mehr anzustrengen.

In ihrem Kleinbus kamen Jamie, seine Schwester und Galina, alle drei im Tennisdress. Vom Lenkrad aus winkte Sascha Bruno flüchtig zu. Galina trug eine sehr profihaft aussehende Tasche, in der drei oder vier Schläger zu stecken schienen. Sie hatte die Haare im Nacken zusammengebunden und machte einen gutgelaunten Eindruck. Nachdem alle einander begrüßt hatten, inspizierten Jamie und Kirsty die Anlage. Galina blieb allein mit Bruno zurück.

»Sie sind *flic* und Tennistrainer in einer Person?«, bemerkte sie.

»Ja, und im Winter Rugbytrainer«, erwiderte Bruno grinsend. »Wenn sie nicht frühzeitig Sport getrieben hätten, wären Kirsty und Jamie heute vielleicht kriminell.« Als Galina ihn entsetzt anblickte, fügte er beschwichtigend hinzu: »Das sollte nur ein Witz sein.«

»Verstehe. War aber nicht sehr komisch. Jamie und Kirsty sind grundanständig, so wie ihre Eltern.«

»Glauben Sie, Kinder folgen dem Beispiel ihrer Eltern?«

Sie schien die Frage ernst zu nehmen. »Für gewöhnlich schon. Aber nicht immer. Sie können auch eine ganz andere Richtung einschlagen, wenn sie den einen oder anderen Elternteil nicht leiden können und versuchen, sich davon abzusetzen.«

»War das bei Ihnen so?«, fragte er leichthin. Sie erschrak, nickte spontan und zuckte dann mit den Achseln.

Als sie sich wieder mit ihren Freunden zusammengetan hatte, lud Bruno die drei dazu ein, sich in der Halle einzuspielen, bis die Jugendlichen ihr Training beendet haben würden. Die aber hatten ihre Einzel absolviert und wollten jetzt Doppel spielen, womit einer der Plätze für die Gäste frei wurde. Sie unterbrachen aber bald ihr Spiel, als sie hörten, wie hart Galina aufschlug, und das, obwohl sie sich nur aufwärmte. Bruno sah sofort, dass er gegen sie keine Chance haben würde.

Jamie und seine Schwester beschlossen zusammenzuspielen. Galina gewann den Losentscheid für sich und bot Bruno den Ball für den ersten Aufschlag an. Er schüttelte den Kopf. Er wollte, dass sie servierte. Der erste Aufschlag war bei weitem nicht so hart wie beim Aufwärmen, prallte aber so tückisch ab, dass sich Kirsty gehörig strecken musste, um ihn zu parieren. Sie brachte den Ball hoch zurück und gab Galina damit die Gelegenheit, ihn mittig und unerreichbar für die beiden zurückzuschmettern. Ihr nächster Service auf Jamie war enorm schnell. Er konnte dennoch retournieren, hart und knapp übers Netz. Doch Bruno stand günstig und brachte einen Vorhandflugball zurück ins gegnerische Feld. 30:0. Galinas dritter Aufschlag war geradezu sanft, aber so gut platziert und angeschnitten, dass Kirsty wieder alle Mühe hatte heranzukommen. Ihr gelang ein guter Cross, den Galina aber so schnell longline retournierte, dass Jamie gar nicht erst den Versuch machte, den Ball zu erreichen. Ihr vierter Aufschlag war ein Ass, genau auf der Mittellinie und unerhört hart geschlagen. Ein Zu-Null-Spiel.

Die Junioren klatschten Beifall, dem sich Bruno fast angeschlossen hätte. Er musste sich aber vor die Grundlinie begeben, um Kirstys ersten Aufschlag entgegenzunehmen. Das einzige Spiel, das in die Verlängerung ging, war das nach Brunos Aufschlag. Galina machte aber dann mit zwei wuchtigen Volleys ein Ende. Sie gewannen den Satz ohne Spielverlust. Von den insgesamt rund dreißig Punkten, die sie erzielten, konnte Bruno allenfalls drei für sich verbuchen.

»Mit einer besseren Spielerin habe ich noch nie auf dem Platz gestanden«, lobte er Galina und gab ihr die Hand. Während Jamie und Kirsty einen abgekämpften Eindruck machten, sah sie so frisch aus wie vor dem Spiel. Die Jugendlichen scharten sich um sie, manche mit Zetteln und Stiften, um sich ein Autogramm von ihr geben zu lassen.

»Es wäre für uns eine Ehre, wenn Sie an unserem Vereinsturnier im August teilnehmen würden«, sagte Bruno. »Wir haben zwar nur einen bescheidenen Preis zu vergeben, aber Ihnen zuzusehen würde dem Verein guttun.«

»Warum nicht?«, antwortete sie. »Hier zu spielen macht Spaß, mit allen Bäumen ringsum. Ein einfacher Club auf dem Land, ein harter Court, keine Menschenmassen und ganz ohne Druck. Das erinnert mich daran, warum ich diesen Sport als Kind so geliebt habe. Werden Sie bei dem Turnier mein Partner sein?«

»Ich finde, Sie haben einen besseren Partner verdient«, erwiderte er. »Oder einen unserer Junioren, der viel von Ihnen lernen könnte. Wo haben Sie eigentlich gelernt, so zu spielen?«

»Nach meinem ersten erfolgreichen Jugend-Championnat hat mich mein Vater auf eine Tennisakademie nach Florida geschickt«, antwortete sie, als Jamie und Kirsty über den Platz herbeigelaufen kamen. »Ich hatte es sehr schwer dort, und mir wurde das Spielen verleidet. Ein Freund sagte mir, das läge nicht am Tennis, sondern an der harten Konkurrenz. Jetzt spiele ich nur noch, wenn ich Lust darauf habe.«

»Na, wie war's für dich, Bruno?«, fragte Jamie und schüttelte den Siegern die Hand. »Jetzt kannst du dir vorstellen, wie schockiert ich war, als ich das erste Mal gegen Galina angetreten bin.«

»Sie ist spitze«, erwiderte er und wandte sich wieder Galina zu, als die Geschwister zu den Umkleideräumen gingen, um zu duschen. »Wo haben Sie in der Jugend gespielt?«

»Zuerst auf Zypern, dann in der Ukraine.«

»Wie kommt's? Warum ausgerechnet dort?«

»Ich habe jetzt die zypriotische Staatsbürgerschaft, bin aber in Donezk zur Welt gekommen und hatte früher die ukrainische Staatsbürgerschaft. Ich hätte Anspruch auf beide. Mein Vater wollte unbedingt, dass ich Tennisprofi werde. Meine Mutter ist Pianistin. Sie versteht, dass mir Musik über alles geht. Tennis ist nur zum Vergnügen.«

»Hatten Sie das im Hinterkopf, als Sie meinten, dass Sie nicht so sein wollten wie Ihr Vater?«

»Ja. Ich würde auch nie ein Kind so drillen, wie er mich gedrillt hat. Dass er hohe Ziele für mich gesteckt hat, ist ja verständlich. Ich versuche, ihm zu verzeihen. Hart ist er auch gegen sich selbst, deshalb hat er Erfolg. Er sagt, dass er stark sein musste, um sich in der Sowjetunion und der Wendezeit behaupten zu können. Er sagt auch, weil ich diese Jahre damals selbst nicht miterlebt hätte, würde ich das nicht verstehen. Ich glaube, er hat recht.«

»Sind Sie in der Ukraine groß geworden?«, fragte Bruno.

»Nein, meine ersten zwölf Jahre habe ich in Moskau

verbracht. Ich hatte Glück. Meine Mutter ließ mich in eine Schule gehen, die einen Schwerpunkt auf Musik legte. Erst als mein Vater sah, wie ich Tennis spielte, hat er sich für meine Zukunft interessiert. Putin spielt angeblich auch gern Tennis, deshalb war der Sport unter den *Silowiki,* den Leuten mit Einfluss im Kreml, schwer in Mode.«

»Ich habe das Gefühl, dass Sie von Ihrem Vater mehr haben, als Sie denken«, sagte Bruno. »So gut zu sein, sowohl im Tennis als auch in der Musik, erfordert ein hohes Maß an Selbstdisziplin.«

Galina starrte ihn verwundert an. In dem Moment kamen die beiden Macraes aus dem Clubhaus, die Haare noch nass vom Duschen.

»Wir müssen jetzt zurück nach Hause, Bruno«, sagte Kirsty. »Willst du nicht duschen, Galina?«

»Nein, ich habe kaum geschwitzt«, antwortete sie. »Ich komme gleich mit; ihr müsst nicht auf mich warten.«

»Okay, Bruno, du kommst dann mit Florence gegen sieben.«

Bruno hatte geduscht und zog sich wieder an, als sein Handy klingelte. Es war Albert, der Hauptmann der *pompiers* und einer der beiden hauptberuflichen Feuerwehrmänner in einem Team von mehrheitlich freiwilligen.

»Schlechte Nachrichten, Bruno. Es geht um den Baron«, sagte Albert und führte aus: Ein junger Raser war auf seinem Motorrad in den Wagen des Barons geschleudert. Der Airbag hatte seinen Kopf zurückgeworfen und, der ersten Diagnose zufolge, eine Gehirnerschütterung verursacht. Er war jetzt, von Fabiola begleitet, auf dem Weg ins Krankenhaus in Périgueux.

»Sie meint, er kommt wieder auf die Beine, will aber, dass er in die Röhre geschoben und beobachtet wird. Du sollst in Saint-Denis bleiben, sagt sie. Du würdest nur im Weg stehen. Sie wird dich später anrufen, wenn es was Neues gibt.«

»Was ist mit dem Motorradfahrer?«

»Hat sich ein Bein gebrochen. Wird im selben Krankenwagen transportiert. Es ist der junge Thibaudin, dessen Vater im Feriendorf arbeitet. Seine Mutter wurde schon verständigt und ist auf dem Weg zu ihm.«

»Danke, dass du mir Bescheid gegeben hast. Wo ist der Unfall passiert?«

»Fünfzig Meter vom Haus des Barons entfernt, vor einer Stunde. Raymond kam gerade vom Supermarkt. Er hat gesehen, wie's passiert ist, und uns sofort angerufen. Dem Baron lief Blut aus der Nase. Sah wohl schlimmer aus, als es ist.«

Bruno ging zu den Jugendlichen, die an der Bar eine Erfrischung tranken, und berichtete ihnen, was er gerade erfahren hatte. Sie mochten den Baron, der sie immer zu Auswärtsspielen chauffierte. Vielleicht, dachte Bruno, würden sie nach einem Ersatz für ihn suchen müssen.

Als er den Reiterhof erreichte, hörte er von Pamela, dass sie über den Unfall bereits informiert worden war.

»Übrigens, Gilles wird heute Abend mit uns essen. Komm doch auch«, sagte sie. »Es gibt eine Zwiebelsuppe, Lasagne und Salat. Außerdem Käse und Kirschen – direkt vom Baum. Davon gibt's dieses Jahr besonders viele; sie sind ausgesprochen lecker.«

Pamela hatte in diesen Tagen viel um die Ohren. Es war

die Zeit, in der die *gîtes* vor der Sommersaison ab Juni gründlich gereinigt, mit kleineren Reparaturen auf Vordermann gebracht und an manchen Stellen gestrichen werden mussten. Außerdem stand der Besuch des *maréchal* unmittelbar bevor, der die Pferde neu zu beschlagen hatte. In ein paar Tagen würde Jenny, eine amerikanische Quarter-Horse-Stute, die sie mit dem Stall übernommen hatte, ihr erstes Fohlen zur Welt bringen. Zwei weitere Fohlen wurden im Sommer erwartet.

»Ich kann leider nicht«, entschuldigte sich Bruno. »Florence und ich sind heute Abend ins Château Rock eingeladen. Sie proben für ihr Konzert, und ich fühle mich irgendwie verpflichtet, dabei zu sein.«

Pamela runzelte die Stirn. »Du warst doch erst am Samstag zum Abendessen da und hast sie gehört.«

»Sie proben für ein anderes Programm, Orchesterwerke, die sie für ein Streichquartett, Gitarre und Flöte arrangiert haben.«

»Und warum Florence?«, wollte sie wissen, die Stirn immer noch gerunzelt. Bruno sah, dass Pamela ein Problem hatte, und fragte sich, warum. Sie und Florence waren gute Freundinnen, und Pamela wusste, dass Florence leidenschaftlich gern sang.

»Weil sie als erste Sopranistin unseres Chors mit ihnen auftreten wird«, antwortete er ruhig. »Wie dem auch sei, ich bin nur vorbeigekommen, um dir zu sagen, was mit dem Baron passiert ist. Wir sehen uns morgen zum Ausritt.«

Sie nickte kurz, murmelte etwas von Vorbereitungen für das Abendessen und machte auf dem Absatz kehrt. Bruno fragte sich, was ihr zu schaffen machte. Die trächtige Stute vielleicht? Er ging ihr nach und schaute zur Küchentür hinein.

»Wär's dir recht, wenn ich nach der Probe wiederkommen und die Nacht mit dir bei der Stute sitzen würde?«, fragte er.

Pamela stand vor der Spüle und hatte ihm den Rücken zugekehrt. »Nein danke«, antwortete sie kurz angebunden. »Lieb gemeint, aber ich komme auch allein mit ihr klar.«

Bruno fuhr zurück nach Saint-Denis, um Florence abzuholen. Als sie zu ihm in den Wagen stieg, berichtete er ihr vom Unfall des Barons.

»Willst du nicht lieber ins Krankenhaus fahren?«, fragte sie.

»Fabiola meint, das sei nicht nötig. Ich werde ihn morgen besuchen, es sei denn, man hat ihn schon nach Hause geschickt.«

»Selbst eine milde Gehirnerschütterung kann in seinem Alter ziemlich gefährlich sein.«

»Er ist ein zäher Kerl«, sagte Bruno und versuchte, sich seine Besorgnis nicht anmerken zu lassen.

Der Abend begann wie bei seinem vorigen Besuch. Er half Kirsty in der Küche. Sie hatte einen grünen Salat vorbereitet und eine von seinen eingefrorenen Gazpacho-Suppen aufgetaut. Geplant seien einfache Spaghetti, sagte sie; auf dem Markt habe sie zwei Apfeltorten gekauft. Bruno warf einen Blick auf den Gemüsekorb, sah zwei Dosen Tomaten auf der Anrichte stehen und bot sich an, für eine Soße zu sorgen. Kirsty machte daraufhin Meghan und Florence miteinander bekannt.

Eine Nudelsoße ohne Fleisch hatte Bruno noch nie zubereitet. Sei's drum, dachte er und machte sich an die Arbeit. Er würfelte Zwiebeln, Knoblauch und Zucchini, putzte ein paar frische grüne Bohnen und schmorte alles in Olivenöl an, bevor er mit Salz und Pfeffer würzte. Dann schüttete er die Tomaten dazu und ließ das Ganze auf kleiner Flamme köcheln, worauf er sich zu den anderen gesellte. Während er mit Rod und Meghan plauderte, sah er die Sonne untergehen. Rod lud Bruno ein, nach dem Essen mit ihm in sein Studio zu gehen. Er wollte die Probe aufnehmen.

»Wenn's gut wird, brenne ich ein paar CDs, die sie auf ihren Konzerten verkaufen können«, sagte Rod, als Kirsty zurück in die Küche ging. »Wir haben Fotos von allen gemacht, die für das Cover in Frage kommen könnten. Sie wollen sich das ›Château Rock Ensemble‹ nennen, was ich sehr schön finde.«

Kirsty brachte den Gazpacho. Bruno schnitt die große *tourte* auf. Dank der gutgelaunten Musikerinnen und Musiker wurde der Abend sehr viel geselliger als tags zuvor. Selbst die Nichtvegetarier erklärten Brunos Spaghetti zum vollen Erfolg. Die Mahlzeit ging schnell zu Ende, weil man es eilig hatte, ins Aufnahmestudio zu kommen.

Bruno nahm neben Kirsty, Meghan und Florence Platz. Wenig später spielte Jamie auf seiner Gitarre die eröffnenden Akkorde, auf die Galinas Flöte mit schwungvoller Geste einsetzte. Beide schauten einander an, und ihr Blick verriet tiefes Verständnis. Es überraschte Bruno ein wenig, dass er angesichts dieser intimen Nähe zwischen zwei Menschen keinerlei Neid empfand, hatte er doch selbst Vergleichbares nie erfahren, außer im Liebesakt vielleicht.

16

Schon am frühen Morgen des nächsten Tages erreichte Bruno das Krankenhaus in Périgueux, um den Baron zu besuchen, doch wurde ihm dort, obwohl er Uniform trug, gesagt, er möge nach Mittag wiederkommen. Er fuhr in die Innenstadt, parkte auf dem Platz neben der Kathedrale und wechselte aus seiner Uniformjacke in einen roten Anorak. Nach ein paar Schritten entlang der Rue Taillefer erreichte er hinter dem Place Bugeaud die Rue du Président Wilson. Neben einer Kreditbank fand er das gesuchte Bürogebäude. Im zweiten Obergeschoss hatten Sarrail und Constant ihre Büros. Er zog sein Handy aus der Tasche, schaltete die Kamerafunktion ein und drückte die Klinke zu Constants Büro. Die Tür war verschlossen, und auf sein Klopfen hin meldete sich niemand.

Zurück auf der Straße, sah er einen Schönheitssalon, der mit perfektem Styling von Augenbrauen für sich warb. Unter »Waxing« konnte sich Bruno noch etwas vorstellen, aber was es mit »Sugaring« auf sich haben sollte, war ihm ein Rätsel. Er erinnerte sich, dass Guillaumat die Augenbrauen von Driants Besucherin aufgefallen waren, die er als »wie gemalt« bezeichnet hatte, also betrat er den Salon. Ihn begrüßte eine Frau in seinem Alter. Sie hatte sorgfältig gestylte Augenbrauen und übertrieben rote Haare. Sie klappte ein Geschäftsbuch zu und zeigte lächelnd zwei perfekte Zahnreihen. Bruno öffnete seinen Anorak, um ihr den Blick auf seine Polizeiplakette freizugeben, worauf ihr Lächeln prompt erstarrte. Immerhin schaffte sie ein höfliches *»Bonjour, monsieur.«*

»*Bonjour, madame*. Wenn ich mich nicht irre, gehört zu Ihren Kundinnen eine gewisse Lara Saatchi.«

»Ja, Lara von der Versicherungsgesellschaft hier im Haus. Mit ihr ist doch wohl alles in Ordnung, oder?«

»Das versuchen wir herauszufinden. Wissen Sie, wo sie wohnt, oder haben Sie vielleicht eine Telefonnummer, unter der ich sie erreichen kann?«

»Ja, ihre Handynummer.« Sie wandte sich dem Computerbildschirm zu, der auf dem Empfangstresen stand, tippte ein paar Tasten und las die Nummer laut vor. »Die Wohnadresse habe ich leider nicht, nur die des Büros.«

»Danke. Sie zahlt bei Ihnen doch bestimmt mit ihrer Kreditkarte, nicht wahr? Und darüber werden Sie Unterlagen haben. Darüber ließe sich ausfindig machen, wo sie wohnt.«

Aus einem Regal hinter ihr holte sie eine große Schachtel hervor, kramte darin herum und zeigte ihm den Ausdruck einer Kreditkartenabrechnung, die auf die Banque Nationale de Paris verwies. Er machte sich ein paar Notizen und reichte ihr seine Visitenkarte. »Falls Sie Erkundigungen über mich einholen möchten, wenden Sie sich bitte an Commissaire Prunier.«

Er wählte Laras Nummer, erreichte ihre Mailbox und bat um schnellstmöglichen Rückruf.

»Gibt es ein Problem mit ihr?«, fragte die Kosmetikerin.

»Ich hoffe nein, aber wir müssen sie in einer wichtigen Sache sprechen«, sagte er und lächelte wieder. »Ich werde von ihrer Bank erfahren, wo sie wohnt.«

»Oder auch nicht«, erwiderte sie. »Sie benutzt eine Firmenkreditkarte, von der Versicherungsgesellschaft.«

»Dann hat sie einen großzügigen Arbeitgeber«, bemerkte er. »Und Ihre Augenbrauen machen Ihnen, *madame,* alle Ehre. Übrigens, was ist eigentlich mit ›Sugaring‹ gemeint?«

»Das ist eine traditionelle Methode zum Entfernen unerwünschter Härchen, mit Zucker, Zitronensaft und Wasser. Meine Kundinnen halten viel davon; es ist ein ganz natürliches Verfahren.«

»Danke für die Auskunft, *madame.* Man lernt nie aus. *Au revoir.*«

Er kehrte in Richtung Kathedrale zur Rue Taillefer zurück und verbrachte eine glückliche halbe Stunde in der antiquarischen Buchhandlung von Henri Millescamps. Zwischen ledergebundenen Folianten, einer erstaunlichen Sammlung von Homilien und Kochbüchern aus dem 19. Jahrhundert, fand er zu seiner Überraschung das Reisetagebuch zweier Engländer, die am Vorabend des Ersten Weltkriegs eine Bootsfahrt auf der Vézère unternommen hatten. Es wäre ein ungewöhnliches Geburtstagsgeschenk für Pamela. Zufrieden damit, wie er den Vormittag verbracht hatte, ging er ins Restaurant Hercule Poireau, wo er sich mit Jean-Jacques und Goirau, dem Mann vom *fisc,* verabredet hatte.

Bruno blätterte durch das neu erworbene Buch, als die Tür aufging und Jean-Jacques seinen Begleiter vor sich eintreten ließ. Goirau war mittelgroß, auffallend hager und hatte kurz geschnittene graue Haare. Er trug einen dunklen Anzug und ein blaues Hemd mit *papillon*, einer Fliege, die diagonal rot, weiß und blau gestreift war. Als er ihm die Hand gab, fielen Bruno dessen manikürte Fingernägel auf. Der Mann wirkte selbstbeherrscht und hatte etwas Berechnendes in seinem Blick, was Bruno an manche der Unteroffiziere erinnerte, die er bei der Armee kennengelernt hatte, Männer, die sehr viel gefährlicher und tüchtiger waren, als es schien.

Goirau lächelte zufrieden, als sie auf einen Tisch unter einem Deckengewölbe zusteuerten, der offenbar der beste im Restaurant war. Er studierte sorgfältig die Speisekarte und wählte, wie Jean-Jacques und Bruno, *foie gras* als Vorspeise, gefolgt von *tête de veau*. Nachdem der wichtige Akt der Bestellung vollzogen war, kam Goirau gleich zur Sache.

»Gustave Sarrail ist Belgier aus Charleroi, hat aber in Lille und Paris studiert und ist in den neunziger Jahren nach Menton an die Côte d'Azur gezogen, zu einem Zeitpunkt, als neureiche Russen dort Immobilien kauften.« Er legte eine Pause ein, um von dem Wein zu probieren, den Jean-Jacques bestellt hatte, einem leichten roten Montravel vom Château Moulin Caresse, den auch Bruno sehr schätzte.

»Wie schön, einen so guten Wein zu finden, der auch noch einen so charmanten Namen hat«, sagte Goirau lächelnd.

Mit dieser Bemerkung gewann er bei Bruno, der aber dennoch vorsichtig blieb. Er hatte im Laufe seiner Berufsjahre nur wenige Mitarbeiter des *fisc* kennengelernt, aber legendäre Geschichten über deren Fähigkeiten erzählen hören; es waren anscheinend Leute, die im Kopf Schach spielten, ohne aufs Brett zu schauen, oder nach einem flüchtigen Blick auf ein Sudoku die Felder auszufüllen vermochten und über die fortlaufenden Notierungen des Aktienindex CAC bestens informiert waren.

»Sarrail belegte Intensivkurse für Russisch – er war der erste französische *notaire,* der sich für diese Sprache interessierte –, er stellte eine hübsche Russin als seine Assistentin ein und machte ein Vermögen«, fuhr Goirau fort. »Auf unseren Schirm kam er erst, als uns auffiel, dass er zu einer kleinen Gruppe von *notaires* gehörte, die eng mit Privatbanken zusammenarbeiteten, über die russische Devisengeschäfte abgewickelt wurden, wovon ein Großteil aus dubiosen Quellen stammte. Wir vermuteten, dass Geld von Banken und Investmentfirmen gewaschen wurde, die Russen auf Zypern gegründet hatten. Nach der Einführung des Euro war Sarrail fein raus, und er verdiente fleißig dazu, vor allem, nachdem er Bekanntschaft mit einem in Europa lebenden Oligarchen Namens Igor Iwanowitsch Stichkin schloss. Er, ein alter Weggefährte Putins, gehörte früher dem Militär an und machte dann als Geschäftsmann Karriere. Geboren wurde er im Osten der Ukraine, den Putin inzwischen so gut wie okkupiert hat. Stichkin unterstützt das Vorgehen der prorussischen Milizen mit Geld.«

Bruno hielt an sich, als er den Namen hörte, den Gilles erwähnt hatte, und sagte nichts.

Goirau erklärte, dass Stichkin auf diese Weise bei Putin wieder Gnade zu finden versucht hatte. »Clever, wie er ist, und weil er erkannt hatte, dass die Gunst des Kreml immer teurer wurde, hatte er nach Putins Wiederwahl 2007 Russland verlassen. Seine Frau blieb in Moskau zurück. Er aber nahm die gemeinsame Tochter mit und so viel Geld wie möglich. Er kaufte sich die zypriotische Staatsbürgerschaft, ein Haus in Limassol, ein Appartement in Monaco und eine Luxusjacht, auf der er hin und her schippern konnte. Ausländer brauchen in Monaco keine Einkommenssteuer zu bezahlen, wohl aber Körperschaftsteuer, und die ist ziemlich hoch. Darum operierte er als Investor von seinen Büros auf Zypern und in Luxemburg aus und kassierte sein Einkommen in Monaco.

Diese für ihn schöne Lösung war ihm von Monsieur Sarrail vorgeschlagen worden. Dabei spielt der europäische Kontext eine wichtige Rolle«, führte Goirau weiter aus und tippte mit dem Finger wie zum Nachdruck auf den Tisch. »Die kleineren EU-Mitglieder wie Malta, Zypern, Monaco und Luxemburg machen den größeren immer mehr Ärger, weil sie den Finanzsektor bedienen und das Leben für die Reichen leichter machen.

Dann fiel uns eine interessante PowerPoint-Präsentation in die Hände, die Sarrail auf einer Konferenz von Investoren in Luxemburg eingesetzt hat.« Goirau legte eine Pause ein, als die Vorspeise zusammen mit einem kleinen Glas Monbazillac serviert wurde. Man unterhielt sich jetzt über das Essen, und Goirau kam erst wieder auf Sarrails Präsentation zu sprechen, als das Geschirr abgeräumt wurde.

Sarrail hatte sich über die demographische Entwicklung in Europa ausgelassen und darauf verwiesen, dass die Bevölkerungszahlen zurückgingen. Nur die von Irland, Frankreich und Großbritannien blieben noch in etwa konstant. Aber auch dort bedeute die zunehmende Lebenserwartung, dass in naher Zukunft die am schnellsten wachsende Altersgruppe die der über Sechzigjährigen sein würde. Die der Jüngeren schrumpfe und somit auch das Steueraufkommen, aus dem die Renten und die Gesundheitsvorsorge für die Älteren finanziert werden müssten. Da europäische Sozialstaaten damit bald überfordert wären, käme für die Versorgung der Alten dem privaten Sektor wachsende Bedeutung zu. Erstklassige Altenheime, die Komfort, gutes Essen, medizinische Betreuung und ein interessantes gesellschaftliches Umfeld böten, wären eine ausgezeichnete Investition.

»Stichkin investierte in ein Pilotprojekt, dasjenige in der Nähe von Sarlat, für das Sie sich interessieren, Bruno«, sagte Goirau. »Er finanziert die Einrichtung, und Sarrail kann es sich nicht leisten, sie scheitern zu lassen. Stichkin würde ihm das schwer verübeln.«

»Klingt wie eine vernünftige Investition, an der rechtlich auch nicht zu deuteln ist«, meinte Bruno und schnitt ein Stück Fleisch ab, das um die Kalbszunge gewickelt und mit ihr, wie er wusste, über fünf Stunden im Ofen gegart worden war. Es war ein klassisches Gericht, das er nur selten genossen hatte, sich aber jetzt, da es auch von den anderen bestellt worden war, umso besser schmecken ließ. Statt der üblichen *sauce ravigote* wurde es hier mit der kräftigen Brühe serviert, in der das Fleisch gekocht worden war. Das gefiel ihm besonders.

»Ja, aber vielleicht haben sie sich im Timing geirrt«, sagte Goirau. Er legte Messer und Gabel ab und musterte Bruno mit scharfem Blick. »Das französische Gesundheits- und Rentensystem mag unter Druck stehen, ist aber weit von einem Kollaps entfernt. Und die anvisierte Zielgruppe vermögender, reicher Leute hat andere Vorstellungen. Viele besitzen Zweitwohnungen in Marokko oder in der Karibik, in der Nähe von Flughäfen, damit Kinder und Enkelkinder sie ohne großen Aufwand besuchen können. Auch Arztpraxen und Krankenhäuser stehen zur Verfügung, Golfplätze und etliche Restaurants. Und besonders wichtig ist, dass sie dort in ihren Kreisen verkehren können, statt mit Fremden in irgendeiner Seniorenresidenz vorliebnehmen zu müssen.«

»Wird das Projekt Ihrer Meinung nach scheitern?«, fragte Jean-Jacques und tunkte ein Stück Brot in die Brühe auf seinem Teller.

»Es läuft nicht wirklich gut an. Es ist nur zu rund sechzig Prozent belegt, und manche der bereits eingezogenen alten Leute haben nicht den kulturellen Hintergrund, den man sich erhofft hat.«

Was wohl auch auf Driant zugetroffen wäre, dachte Bruno. »Sind auch andere Anwärter auf einen Platz in dieser Residenz, die sich teuer versichert haben, vorzeitig oder überraschend verstorben?«, fragte er.

»Nicht, dass ich wüsste. Ich hoffe, dass Sie uns helfen. Ich sollte hinzufügen, dass Stichkin, wie Sie sich vorstellen können, im Ruf steht, ein harter, rücksichtsloser Geschäftsmann zu sein. Es heißt, dass Widersacher von ihm von der Bildschwäche verschwunden sind, womöglich von seiner Jacht aus.«

»Kennen Sie Namen?«, fragte Jean-Jacques.

»Nein, aber es gab wohl auf Zypern ein paar Dummköpfe, die während seiner Abwesenheit in sein Haus eingebrochen sind«, antwortete Goirau. »Es liegen allerdings keine Beweise vor, und die zypriotische Polizei scheint sich nicht weiter darum zu kümmern. Anscheinend handelte es sich um zwei von fünfzehntausend Flüchtlingen, die aus Syrien auf die Insel gekommen sind. Sie musste pro Kopf mehr Flüchtlinge aufnehmen als Italien oder Griechenland.«

Es wurde still am Tisch, und Bruno fragte sich, was aus diesem Europa werden würde, in das die Menschen mit so viel Hoffnung und Zuversicht gekommen waren. Schließlich fragte er: »Hat dieser Constant, der sein Büro mit Sarrail teilt, eine Zulassung? Er wird doch Steuern zahlen müssen, oder? Bieten seine Geschäftsunterlagen eine Spur, der Sie folgen könnten?«

»Ja und nein«, antwortete Goirau. »Er ist nur ein Agent, der an Provisionen verdient, und arbeitet für Versicherungsgesellschaften in ganz Europa, großen Unternehmen wie AXA oder Allianz, aber auch kleineren, regionalen. Davon gibt es allein in Luxemburg, wo Constant offiziell wohnt und seine Steuern bezahlt, mehr als hundert. Und über zweihundert haben ihren Sitz auf Zypern. Eine von ihnen gehört Stichkin oder genauer gesagt: Sein Investmentfonds besitzt Anteile, die ihm die Möglichkeit verschaffen, Kontrolle auszuüben.«

»Worin liegt das Problem mit Stichkin?«, wollte Jean-Jacques wissen. »Sie sagten, er habe Russland mit seinem Geld verlassen und eine europäische Staatsbürgerschaft erworben. Soweit ich weiß, steht er nicht auf unserer Sanktionsliste. Halten ihn unsere Behörden für sauber?«

»Das tue ich jedenfalls nicht«, erwiderte Goirau. Er erklärte, dass Stichkin noch eine Menge Geld auf russischen Banken zurückgelassen, aber nicht abgeschrieben hatte. So halte er noch beträchtliche Anteile an Banken und Versicherern und an einem Unternehmen, das Nickelmetall verarbeitete, sowie an mehreren großen Autohandelsfirmen.

»Er wird Milliardär sein. Der Kreml könnte ihn gehörig unter Druck setzen, was vielleicht seine entschiedene Parteinahme im Ukraine-Konflikt erklärt«, fuhr Goirau fort. »Außerdem hat er in Russland noch Familie, einen jüngeren Bruder, Nichten und Neffen. Auch darüber könnte er gefügig gemacht werden. Da er aber gebürtiger Ukrainer und kein Russe ist, war er für uns bislang kein Prüfungsfall. Er genießt in Europa alle Freiheiten, die der Kreml vielleicht zu nutzen versucht. Es würde mich wundern, wenn er ihm nicht weiter gefällig ist, und sei es nur, um sein in Russland verbliebenes Kapital zu schützen. So hält der Kreml seine Oligarchen bei der Stange. Dafür gibt es etliche Beispiele. Es sind nicht wenige ins Gefängnis gekommen oder gestorben, manchmal unter mysteriösen Umständen. Stichkin scheint Putin aber immer noch nahezustehen. Und wie die meisten Diktatoren vertraut der mit zunehmendem Alter nur noch Familienangehörigen oder alten Freunden.«

»Wenn ich richtig verstanden habe, geht es in dieser Stichkin-Angelegenheit um sehr viel mehr als um eine Seniorenresidenz«, sagte Bruno.

»Natürlich, und um sehr viel mehr als französische Steuern. Es gefällt uns nicht, dass kleine Länder wie Zypern und Malta Aufenthaltsvisa und Pässe meistbietend verkaufen. Aber wenn wir ein bisschen aufräumen und auf einheitliche Regelungen für Europa drängen wollen, brauchen wir handfeste Indizien, um unsere Partner zu überzeugen.«

»Und Sie rechnen damit, solche Indizien zu finden?«, fragte Jean-Jacques in einem Unterton, der in Bruno den

Verdacht aufkeimen ließ, dass Jean-Jacques und Goirau dieses Gespräch inszeniert hatten. Vielleicht wurden auch andere auf diese Weise gebrieft.

»Wir sehen da mehrere Möglichkeiten. Wenn sich Stichkin Sorgen machen muss, dass ihm der Kreml Schwierigkeiten bereitet, bittet er uns vielleicht um Schutz und erzählt uns alles, was er weiß. Oder wir finden hinreichende Beweise für Geldwäsche und andere Straftaten, mit denen wir ihn unter Druck setzen können. Ideal wäre, wenn jemand aus seinem Team dazu gebracht werden könnte, uns mit Hinweisen auf seine Aktivitäten zu versorgen. Ist vielleicht nicht ganz sauber und wahrscheinlich gefährlich, aber für uns perfekt.«

Goirau genoss einen Schluck aus seinem Glas und richtete seinen Blick von Jean-Jacques auf Bruno. »Schließlich gäbe es da noch einen persönlichen Ansatzpunkt. Er hat nur ein Kind, eine Tochter, die am Pariser Konservatorium Musik studiert. Und junge Leute scheinen dieser Tage ein ziemlich wildes, unangepasstes Leben zu führen.« Wieder legte er eine Pause ein, schüttelte den Kopf und setzte eine bedeutungsvolle Miene auf. »Sex und Drogen – so viele Risiken.«

Mon Dieu, dachte Bruno. Er ahnte, was nun kommen würde, und das gefiel ihm nicht. Goirau konnte nur Galina meinen. Aber statt ihren Namen zu nennen, sagte Bruno: »Wir leben in einem Rechtsstaat, der unbescholtene Bürgerinnen und Bürger vor Willkür und Übergriffen behördlicherseits schützt. Ich vermute also, Sie denken an diesen windigen *notaire,* an Sarrail. Aus dem wollen Sie einen Informanten machen?«

Goirau schnaubte. »Ich mag solche Ausdrücke nicht. Sprechen wir doch lieber davon, diesen Monsieur an seine bürgerlichen Pflichten zu erinnern und um Hilfe zu bitten.« Der auf Bruno gerichtete Blick seiner hellblauen Augen nahm an Intensität zu. »An dieser Stelle hätten Sie die Möglichkeit, uns zu helfen, Bruno«, sagte er. »Ihre Aufgabe wäre es, im Namen von Driants Kindern Erkundigungen einzuziehen und Kopien von relevanten Dokumenten zu verlangen. Ich will sachdienliche Hinweise, die erkennen lassen, inwieweit Sarrail in die Eigentumsverhältnisse der Seniorenresidenz eingebunden ist. Als *notaire*, der Driants Hofverkauf beurkundet hat, und als mutmaßlicher Anteilseigner an diesem Château stünde er in einem Interessenkonflikt, der Driants Kindern die Möglichkeit gäbe, ihn wegen Untreue vor Gericht zu bringen.«

Goirau beugte sich über den Tisch und ergriff Brunos Hand. »Übrigens hat mir sehr gefallen, wie Sie in dieser Sache unsere Tierschutzbestimmungen ins Spiel gebracht haben. Wirklich sehr einfallsreich von Ihnen. Aber Sie könnten noch weitergehen. Sie haben da einen ausgezeichneten Hebel, und ich hoffe, Sie werden ihn ansetzen.«

»Um einen Vergleich aus der Jagd heranzuziehen«, erwiderte Bruno, »Sie wollen, dass ich das Wild vor Ihre Büchse treibe. Habe ich Sie richtig verstanden?«

»Das ist etwas dramatisch ausgedrückt, Bruno, aber ja, so etwas in der Art erwarte ich von Ihnen. Und nicht nur ich erwarte das, sondern auch der Finanzminister. Auch das Innenministerium interessiert sich für Stichkin, und zwar aus Sicherheitsgründen. Und vergessen Sie nicht, welche Rolle er in der Ukraine spielt. Ihre Freunde von der *piscine* wären ebenfalls sehr interessiert«, fügte er hinzu und benutzte den umgangssprachlichen Begriff für den französischen Geheimdienst, der darauf zurückging, dass dessen Zentrale in der Nähe des Schwimmstadions der französischen Fédération Française de Natation gelegen war.

Goirau lehnte sich mit selbstgefälliger Miene zurück. »Wie sich herausgestellt hat, haben wir in General Lannes einen gemeinsamen Bekannten. Wir arbeiten seit einiger Zeit immer häufiger zusammen, da fiskalische Angelegenheiten häufig auch Fragen der nationalen Sicherheit betreffen.«

»Unser alter Freund, der Brigadier«, sagte Jean-Jacques und verdrehte mit Blick auf Bruno die Augen, als wollte er damit andeuten, dass ihn die Verbindung zu General Lannes überraschte.

»Rufen Sie ihn an, Bruno«, sagte Goirau. »Ich soll Ihnen von ihm ausrichten, dass er Ihrem Bürgermeister wieder einmal geschrieben hat und darum bittet, Sie für Aufgaben des Ministeriums freizustellen. Er lässt übrigens herzlich grüßen. Ihre Mitarbeit wird also von den Bestimmungen der Notstandsverordnung gedeckt. Das heißt, Sie brauchen mit Durchsuchungsanträgen keine Zeit zu verlieren.«

Bruno holte tief Luft, schaute von Jean-Jacques zurück auf Goirau und seufzte. Dann hob er sein Glas, nippte daran und überlegte, was er antworten sollte.

»Ihre Ausführungen haben mir bestätigt, dass ich mit meinem Verdacht gegen Sarrail und Constant nicht falschlag. Natürlich bin ich bereit zu helfen«, sagte er. »Aber dazu brauche ich noch etwas von Ihnen. Ich möchte, dass die Aufzeichnungen aller Überwachungskameras in der Rue du Président Wilson gesichtet werden und dabei nach einer jungen, großgewachsenen schlanken Frau mit dunklen Haaren gesucht wird. Sie ist wahrscheinlich arabischer Herkunft, nennt sich Lara Saatchi und arbeitet für Constant. Sie fährt ein blaues Beetle-Cabrio, und ich wette, dass sie es regelmäßig in der Tiefgarage an der Ecke abstellt. Dort befinden sich, wie ich weiß, ebenfalls Überwachungskameras. Ich habe einen Zeugen, der sie mit Driant auf dessen Hof gesehen haben will, und zwar kurz vor seinem Tod. Diesem Zeugen würde ich gern Bilder von ihr vorlegen. Und ich will, dass die Kriminaltechnik auf Driants Hof nach Spuren von ihr sucht.«

»Aber Driant ist doch eines natürlichen Todes gestorben, an Herzversagen«, sagte Jean-Jacques. »Und sein Leichnam wurde verbrannt.«

»Die Todesursache ist nicht eindeutig geklärt. Deshalb will ich, dass dieser Hof durchsucht wird.« Bruno riss eine Seite aus seinem Notizbuch, schrieb die Nummer von Driants Handy darauf und reichte sie Jean-Jacques. »Bitte beschaffen Sie mir eine Auflistung aller Verbindungen dieses Anschlusses während der letzten drei Monate bis zu seinem Tod. Ich habe bei einer Staatsanwältin aus Sarlat einen entsprechenden Antrag gestellt, aber offenbar reichen Verstöße gegen Tierschutzbestimmungen nicht, um eine Telefonabfrage zu rechtfertigen. Und was diesen Constant betrifft … Hier ist die Nummer seiner Firmenkreditkarte, ausgestellt auf Lara Saatchi.«

Als er auf die herausgerissene Seite auch ihren Namen, ihre Telefon- und Kreditkartennummer geschrieben hatte, sah er Goiraus Augen aufleuchten.

»Damit müssten Sie in der Lage sein, einen Blick auf Constants Konten zu werfen. Und eins noch …«, fügte Bruno hinzu. »Am Pariser Konservatorium studiert tatsächlich eine sehr talentierte Flötistin ukrainischer Herkunft. Ihr Name ist Galina. Sie hält sich zurzeit mit mehreren Kommilitonen in Saint-Denis auf. Sie wollen an Musikveranstaltungen in der Region teilnehmen. Angeblich begleitet die junge Frau ein Cousin, der für mich aber wie ein professioneller Bodyguard aussieht. Könnte es sein, dass sie im Zusammenhang mit Ihren Ermittlungen steht?«

»Sie ist Stichkins Tochter«, antwortete Goirau. »Interessant, dass Sie sie schon kennengelernt haben.«

»Ihr Freund ist mir seit langem bekannt, ein guter Musiker und anständiger Kerl. Wenn Sie wollen, dass ich Ihnen helfe, muss ich darauf drängen, dass Galina außen vor bleibt«, sagte Bruno. Er faltete seine Serviette und stand auf. »Vielen Dank für das Essen. Entschuldigen Sie mich bitte, ich muss jetzt einen Freund im Krankenhaus besuchen.«

17

Bruno nahm die Tasche mit frischer Wäsche, einem Trainingsanzug und Turnschuhen, die er vorher im Haus des Barons abgeholt hatte, und betrat damit das Krankenhaus, wo er seinen Freund in einem Morgenmantel auf dem Bett sitzend vorfand. Zwischen Augen und Nase waren seine Wangen blauschwarz unterlaufen, aber die Ärzte hatten ihm attestiert, dass er genesen sei. Das Mittagessen beschrieb er als »knapp genießbar«. Zu seinem Ärger war ihm verboten worden, sich zu rasieren, solange die Schwellungen nicht zurückgegangen waren – weiße Stoppeln verrieten sein Alter, wie er meinte. Bruno wartete, während sich der Baron im Bad umzog.

»Danke fürs Abholen«, sagte er auf der Rückfahrt, die sie durchs Stadtzentrum führte. »Ich habe stundenlang auf einen Krankenwagen gewartet, der mich endlich nach Hause bringen sollte.«

»Kein Problem, ich hatte sowieso in der Stadt zu tun.«

»Hast du einen neuen Fall? Im Zusammenhang mit Driants Tod?«

»Gewissermaßen, ja. Wie gut kanntet ihr euch eigentlich?«

»Wir sind zusammen zur Schule gegangen und waren im selben Rugbyteam. Von den Freunden aus meiner Jugend bleiben immer weniger übrig. Driant und ich waren zwar nicht eng befreundet, aber selbst solche, die einem nicht nahestanden, vermisst man, wenn sie tot sind.«

»Wusstest du, dass er den Kontakt zu seiner Tochter abgebrochen hatte?«

»Weil ihr Lebenswandel ihm nicht passte? Ich habe davon gehört. Er war in der Hinsicht ziemlich altmodisch. Hast du Zweifel an der Todesursache?«

»Ich bin mir nicht sicher. Klar, er hatte Herzprobleme. Aber es gibt ein paar offene Fragen, unter anderem, was seine Frauengeschichten betrifft. Er soll ziemlich umtriebig gewesen sein.«

»Dazu kann man ihn nachträglich nur beglückwünschen. Er verriet mir mal, dass Viagra sein Leben verändert habe.«

»Vielleicht hat es zu seinem Tod geführt«, erwiderte Bruno. »Gelletreau wollte ihm wegen seiner Herzbeschwerden keines verschreiben. Aber herangekommen an das Mittel ist Driant trotzdem. Ich habe einen kleinen Vorrat an diesen blauen Pillen in seiner Nachttischschublade entdeckt.«

»Die zu beschaffen ist nicht schwer. Im Internet werde ich ständig mit Werbung dafür konfrontiert. Offenbar kennt man mein Alter.« Nach kurzem Zögern meinte der Baron: »In Bergerac gibt es einen Massagesalon, von dem er gesprochen hat.« Und wieder entstand eine kleine Pause, bevor er weitersprach. »Du hast irgendeinen Verdacht, nicht wahr? Kannst du mir über den Fall etwas sagen?«

Bruno fasste vorsichtig zusammen, was er dem Freund darüber anvertrauen konnte. Den Mann vom *fisc* ließ er unerwähnt. Er berichtete von Gastons Besuch im Bürgermeisteramt, schilderte die Seniorenresidenz, kam auch kurz auf Sarrail und Constant zu sprechen und erklärte, dass die beiden nicht zu erreichen seien.

»Ich könnte es ja mal versuchen«, sagte der Baron. »Für deren Château Marmont wäre ich doch ein willkommener Kandidat. Ich bin alt und vermögend. Ich könnte mich persönlich und vor Ort um einen Heimplatz bewerben und eine versteckte Wanze tragen, wenn dir das recht ist. Das schulde ich dem Gedenken an Driant und an die mit ihm verbrachte Zeit.«

»Ich denk drüber nach«, sagte Bruno. »Wanzen kommen für uns eigentlich nicht mehr in Betracht. Sind zu auffällig, diese Dinger, und außerdem muss ihr Einsatz von der Staatsanwaltschaft abgesegnet werden.«

Als Bruno, nachdem er den Baron bei sich zu Hause abgesetzt hatte, in sein Büro in Saint-Denis kam, fand er eine E-Mail von Jean-Jacques vor, die die Verbindungsdaten von Driants Handy auflistete. Fast alle Nummern waren mit den Namen registrierter Teilnehmer versehen. Anonyme Anrufer mit Prepaid-Karten bildeten die Ausnahme, doch immerhin führte die Liste das Datum des Kartenkaufs auf. Die meisten Anrufe waren unauffällig; sie gingen an oder kamen von Driants Sohn, die Klinik von Saint-Denis, andere Landwirte, Futterlieferanten und Tierärzte. Mehrfach hatte es Verbindungen mit den Büros von Constant und Sarrail und der neuen Seniorenresidenz gegeben. Zwei Nummern aber schienen aus der Reihe zu fallen. Die eine war eine 08-Nummer, die einen hohen Gebührensatz verlangte. Bruno rief sie an und stellte fest, dass es sich um eine

Sex-Chatline handelte. Die andere gehörte einem Massagesalon in Bergerac und war insgesamt viermal angewählt worden. Bruno rief einen Kollegen von der Polizei in Bergerac an, der laut lachte, als Bruno sich nach dem Salon erkundigte.

»Die Behandlung, die man da erfährt, ist nicht gerade medizinisch indiziert. Es geht aber durchaus um Entspannung«, erklärte der Kollege. »Sie wissen sicher, was ich meine. Sagen Sie bloß, Sie sind selbst interessiert, Bruno.«

»Nein, ich ermittle im Fall einer Person, die unter noch ungeklärten Umständen verstorben ist und dieses Etablissement mehrfach angerufen hat. Haben Sie es auf dem Schirm?«

»Nicht direkt. Es ist bislang nicht weiter aufgefallen, jedenfalls nicht als Bordell. Es scheint gut geführt zu sein und macht keinen Ärger. War dieser Kunde ein älterer, alleinstehender Herr?«

»Genau.«

»Dann gehörte er zur üblichen Klientel. Die Chefin ist eine ehemalige Krankenschwester mittleren Alters. Sie kommt von hier und ist noch nicht straffällig geworden. Die meisten ihrer Mitarbeiterinnen scheinen ausländische Wurzeln zu haben.«

»Ich würde gern einmal vorbeischauen und den Damen ein paar Fragen zu dem verstorbenen Kunden stellen.«

»Das können Sie gerne tun. Brauchen Sie Unterstützung?«

»Nein danke, ich werde nicht viel Wind machen. Wenn ich etwas Interessantes erfahre, lasse ich es Sie wissen.«

Vierzig Minuten später parkte Bruno in einer heruntergekommenen Ladenzeile in der Nähe des Bahnhofs von Bergerac. Ohne Krawatte und mit seinem roten Anorak über der Uniformjacke betrat er das einzige gepflegter aussehende Geschäft in der Straße. Es lag zwischen einer kleinen Eisen- und Haushaltswarenhandlung und einer verschlafenen Boulangerie, die bessere Tage erlebt hatte. Ein handgeschriebener Zettel bot für zwei Euro einen Sack Altbackenes als Tierfutter an.

»*Bonjour, monsieur,* es freut mich immer, ein neues Gesicht zu sehen«, sagte die Frau an der Rezeption. Sie trug einen weißen Kittel, hatte blondgefärbte Haare und einen rotgeschminkten Mund in der Farbe ihrer Fingernägel. Die schwarzen Augenbrauen waren so scharf konturiert, wie Bruno es in dem Schönheitssalon in Périgueux gesehen hatte. Irgendwie kam ihm die Frau bekannt vor, doch vielleicht täuschte er sich auch bloß.

»*Bonjour, madame*«, grüßte er zurück und zeigte ihr seine Polizeiplakette unter dem Anorak.

Sie musterte ihn aufmerksam und sagte: »Ich kenne Sie doch. Augenblick, gleich fällt's mir wieder ein. Schule … Du bist Benoît. Erinnerst du dich nicht an mich? Cécile. Du hast damals immer auf meine Brüste gestarrt. Und nicht nur das.«

Bruno brach in schallendes Gelächter aus. »Cécile. *Mon Dieu,* deine Brüste waren die ersten, die ich gesehen und die ich gehalten und geküsst habe. Daran erinnere ich mich bis ans Ende meiner Tage. Wie alt waren wir? Fünfzehn?«

Sie bot ihm ihre Wange zum *bisou,* und er umarmte sie herzlich. Immer noch lächelnd, setzte sie sich. Ihr Blick wurde aber ein wenig härter, als sie sagte: »Du bist jetzt *flic.*

Manchmal sehe ich dein Foto in der Zeitung. Was führt dich hierher?«

»Tja, ich bin *flic.*« Er setzte sich auf eine Bank vor der Seitenwand und betrachtete ein Poster mit Angeboten für Thai-, Schwedische und Tiefengewebs-Massage. »Es geht um einen deiner Kunden, einen Mann über siebzig namens Driant, der vor kurzem gestorben ist.«

»Ich habe davon gelesen. Herzschlag. War allein auf seinem Hof. So stand es in der Zeitung. Wie kommst du darauf, dass ich ihn kennen könnte?«

»Er hat einem seiner Freunde von dir erzählt, und seine Handydaten zeigen, dass er viermal hier angerufen hat. Keine Sorge, Cécile, ich bin nicht dienstlich hier. Und auch nicht, um mich gratis behandeln zu lassen.«

»Neue Töne von einem *flic.* Ja, er war ein paarmal hier. Wollte immer ein anderes Mädchen.«

»Wie viele arbeiten denn für dich?«

»Das bleibt unter uns, Benoît, ja?«

»Ja, ich interessiere mich nur für Driants Hintergrund.« Er lächelte, nicht so sehr, um sie zu beruhigen, als vielmehr in Reaktion auf die Nennung des Vornamens, den ihm das kirchliche Waisenheim verpasst hatte.

»Ich habe eine Vietnamesin, die sich als Thai ausgibt, eine Blonde aus Albanien, die als Schwedin firmiert, eine Kongolesin und eine Neue aus Syrien. Zwei weitere arbeiten nur gelegentlich für mich, Französinnen, die tatsächlich ausgebildete Masseurinnen sind. Und dann wäre da noch ich, eine Krankenschwester mit Approbation.«

»Die Extradienste der Mädchen werden zwischen ihnen und den Kunden vereinbart, sehe ich das richtig?«

Sie zuckte mit den Schultern. »Die Kunden legen Wert auf Diskretion. Ich mische mich da nicht ein. Wenn ein Kerl für eine Handentspannung oder dergleichen ein paar Scheine drauflegt, ist das dessen Sache.«

»Wie ich sehe, verlangst du fünfzig Euro für eine Massage. Wie verrechnest du die mit deinen Mitarbeiterinnen?«

»Auch das bleibt unter uns, Benoît. Wir machen halbehalbe.«

Bruno ließ sich die Zahlen durch den Kopf gehen und stieß einen leisen Pfiff aus. »Wenn fünf Mädchen nur vier Kunden am Tag haben, springen für dich über zweitausend in der Woche heraus.«

»Davon gehen mehr als die Hälfte für Miete, Steuern und Sozialabgaben ab. Und du wirst kaum glauben, wie viel ich der Wäscherei zahle. Außerdem sind alle paar Monate neue Handtücher fällig. Was meinst du, wie teuer Massageöl ist.«

»Wie geht es dir privat, Cécile? Bist du verheiratet? Hast du Kinder?«

»Einmal verwitwet, einmal geschieden, eine Tochter, ein Sohn. Sie arbeitet für die Bahn und hat mich gerade zur Großmutter gemacht. Sie ist achtzehn. Er studiert Architektur in Bordeaux.«

»Hört sich gut an. Ich bin noch kinderlos. Habe bislang nicht die Frau gefunden, die sich mit mir häuslich niederlassen will.«

»Was schaust du mich an, Benoît?«, sagte sie und lächelte wieder. »Zugegeben, ich habe mich manchmal gefragt, was aus uns beiden hätte werden können. Aber von Männern habe ich ein für alle Mal genug.«

»Zurück zu Driant. Was kannst du mir über ihn erzählen?«

»Wie gesagt, er wollte immer ein anderes Mädchen. Ich vermute, es ging ihm vor allem um Handentspannung. Er war ein netter alter Kerl, sehr höflich und großzügig mit Trinkgeldern. Von den Mädchen kamen nie Beschwerden. Wenn er anrief, wollte er immer wissen, ob eine Neue anzutreffen ist. Was weißt du eigentlich über unser Gewerbe?«

»Nicht viel.«

»Ich könnte ein Buch darüber schreiben. Die Frauen kamen in den Neunzigern im Zuge der Jugoslawienkriege aus Bosnien und Serbien. Dann waren es Ukrainerinnen und Russinnen. Als die Amerikaner im Nahen Osten um sich schlugen, flohen viele aus Afghanistan und dem Irak. Jetzt sind es die aus Syrien. Nenn mir einen Krieg, und ich sage dir, welche neuen Frauen auftauchen und sich verkaufen, um am Leben zu bleiben. Wer, glaubst du, kommt als Nächstes? Vielleicht die armen Mädchen, die ihr Leben riskieren, um auf leckgeschlagenen Booten das Mittelmeer zu überqueren.«

Bruno seufzte und nickte. »Ich verstehe. Sag mir, hat Driant immer bar bezahlt?«

»Ja, wie die meisten. Ehefrauen können schließlich Kreditkartenabrechnungen lesen.«

»Hast du etwas über ihn erfahren? Hat er was gesagt, während er warten musste?«

»Nicht viel. Ich habe ihn mal gefragt, ob er Viagra nimmt, weil ich mir Sorgen machte, dass er auf dem Massagetisch zusammenklappen könnte. Aber darüber hat er sich ausgeschwiegen. Wir haben ihn über einen Monat lang nicht mehr gesehen. Sonst kam er regelmäßig, immer mitten in der Woche und tagsüber, wenn nicht viel los ist. Dann blieb er plötzlich weg. Ich wusste nicht, warum, bis ich von seinem Tod in der Zeitung gelesen habe.«

»Es war, als die Schafe gelammt haben. Er war Schafzüchter.« Sie verdrehte die Augen. Bruno fuhr fort: »Könnte ich mit den Frauen sprechen, die ihn bedient haben? Ich würde sie gern fragen, was er gewünscht und wie er reagiert hat.«

Wieder verdrehte sie die Augen. »Ist das wichtig, Benoît? Oder macht dich das etwa an?«

»Nein, Cécile. Der Arzt hat als Todesursache Herzversagen attestiert, aber es gibt Gründe, daran zu zweifeln, und ich möchte das überprüfen. Ich will wissen, ob er in letzter Zeit einen Schwächeanfall, Potenzprobleme gehabt oder sich mit Medikamenten beholfen hat.«

»Er nahm Viagra, wie viele Männer in seinem Alter. Wenn er einen Schwächeanfall gehabt hätte, wäre mir das gesagt worden. Manche Mädchen mochten ihn, er tat ihnen leid.«

»Es gab also nichts Ungewöhnliches?«

»Nein, es sei denn, du hältst eine Oben-ohne-Massage mit glücklichem Ende für ungewöhnlich«, erwiderte sie lächelnd. »Manche Kunden wünschen mehr, aber das geht bei uns nicht.«

Bruno lachte. Cécile richtete sich auf. »Du bist nach der Schule zur Armee gegangen? Wie war das für dich?«

»Eine gute Zeit, aber dann wurde ich angeschossen und bin ausgemustert worden. Nach dem Krankenhausaufenthalt bin ich zur Polizei. Ich bereu's nicht.«

»Du warst immer ein anständiger Kerl, Benoît. Wenn du auf der Schule geblieben und ich nicht von diesem Mistkerl Didier schwanger geworden wäre, wer weiß, vielleicht hätte es zwischen uns geklappt.«

»Didier?«, fragte er erstaunt. »Der Metzgerssohn mit den großen Ohren? Du warst das hübscheste Mädchen in der Schule. Wie konntest du ausgerechnet mit ihm was anfangen?«

Sie verzog das Gesicht. »Ganz einfach, er hatte sein eigenes Auto. Darin ist unsere Tochter gezeugt worden, und dann hat er sich auch noch darin totgefahren. Er ist auf der Straße nach Cadouin betrunken gegen einen Holzstoß gerast. War wohl am Steuer eingeschlafen. Hat mich mit dem kleinen Mädchen und dem noch ungeborenen Jungen allein zurückgelassen. Ich hab mich auf die Hinterbeine gestellt, mich zur Krankenschwester ausbilden lassen und gleichzeitig um die Kinder kümmern müssen. Von der Arbeit habe ich mir viel versprochen, war aber bald enttäuscht. Ich hatte nicht damit gerechnet, immer nur Hintern abwischen zu müssen. Nichts anderes habe ich zu Hause mit meinem kleinen Mo-Mo gemacht, Maurice, der mir inzwischen längst über den Kopf gewachsen ist. Also habe ich mich zur Physiotherapeutin weiterbilden lassen, einen Massagekurs absolviert und diesen Laden hier aufgemacht.«

Er nickte und schaute ihr lange in die Augen. Doch plötzlich ging die Tür auf. Ein Mann mittleren Alters trat ein. Die breite weiche Krempe seines Huts verdeckte das halbe Gesicht. Bruno stand auf, bedankte und verabschiedete sich von Cécile mit erhobener Hand und überließ sie ihrem Kunden. In seinem Land Rover holte er sein Handy hervor, das er auf stumm geschaltet hatte, und las eine SMS von Yves, dem Leiter der Kriminaltechnik, die an Jean-Jacques' Büro angeschlossen war. Yves war auf Driants Hof und hatte etwas gefunden. Bruno schrieb, dass er sich sofort auf den Weg machte.

In einem weißen Einweg-Overall, Kopfhaube und Schutzüberstiefeln kam ihm Yves aus dem Wohnhaus entgegen und sagte, sein Team sei noch bei der Arbeit; er, Bruno, möge vor der Tür warten. Jean-Jacques hatte Lara Saatchis Handy orten lassen und herausgefunden, dass sie dreimal mit dem Sendemast in der Nähe von Driants Hof verbunden gewesen war. Bruno öffnete den Kalender auf seinem Handy. Heute war Mittwoch. Driant war vorletzten Freitag von Patrice, dem Briefträger, tot aufgefunden und am darauffolgenden Donnerstag beigesetzt worden. Dr. Gelletreau hatte den genauen Todeszeitpunkt nicht mehr ermitteln können und vermutete, dass Driant irgendwann zwischen Samstagabend und Dienstag gestorben war.

»Die Ortungsdaten besagen, dass Saatchi das letzte Mal Sonntagabend vor zwei Wochen hier war, und zwar zwischen sechs und neun Uhr«, sagte Yves. »Sie könnte bei ihm gewesen sein, als er starb. Möglich, dass wir es mit einem Gewaltverbrechen zu tun haben. Aber das lässt sich nicht direkt nachweisen, weil der Leichnam verbrannt wurde. Wir bräuchten also ein Geständnis.«

»Wo ist sie jetzt?«, wollte Bruno wissen.

»Das letzte Funksignal kam heute Morgen aus der Innenstadt von Périgueux. Danach nichts mehr. Sie wird den Akku aus ihrem Gerät genommen haben. Sobald sie es neu einschaltet, fangen wir sie automatisch wieder ein.«

»Haben Sie was hier im Haus gefunden?«

»Spuren von Kosmetika im Badezimmer und ein paar lange schwarze Haare auf einem Handtuch. Jede Menge Fingerabdrücke, unter anderem an der Spülbrause, die offenbar jemand in die Hand genommen hat, um schmutziges Geschirr abzuwaschen.«

»Vielleicht Driants Sohn oder seine Tochter«, bemerkte Bruno. »Sie sind gekommen, um Erinnerungsstücke einzusammeln. Allerdings hat keiner der beiden schwarzes Haar.«

»Ich geh jetzt wieder rein«, sagte Yves.

»Würden Sie bitte auch nach Spuren von Kokain suchen?«, fragte Bruno. »Der Arzt schließt nicht aus, dass er daran gestorben sein könnte.«

Yves runzelte die Stirn, nickte aber und ging wieder ins Haus. Bruno rief Jean-Jacques an, der sich mit einer Stimme meldete, die so klang, als wäre er auf der Jagd und hätte Beute aufgestöbert.

»Wir können uns langsam ein Bild von dieser Lara Saatchi machen, wie mir scheint«, sagte er. »Die Frau aus dem Schönheitssalon konnte sie anhand der Aufzeichnungen aus der Tiefgarage und denen vom Eingang der Bank eindeutig identifizieren.«

»Die Ergebnisse der Handyortung liegen vor«, berichtete Bruno. »Danach könnte sie tatsächlich auf dem Hof und die Letzte gewesen sein, die Driant lebend gesehen hat. Ich soll Ihnen von Yves ausrichten, dass wir es möglicherweise mit einem Gewaltverbrechen zu tun haben. Schicken Sie mir bitte die besten Bilder von Saatchi auf mein Handy. Ich werde sie dem Schafzüchter zeigen, der eine Frau bei

Driant gesehen hat. Wenn er sie in Saatchi wiedererkennt, müssten wir sie vorladen können.«

»Davon gehe ich vorläufig nicht aus, Bruno«, entgegnete Jean-Jacques. »Wir müssten dafür die Staatsanwaltschaft einschalten, und das würde Goiraus Pläne durchkreuzen. Er ist hinter Sarrail und Stichkin her, nicht hinter einer Büroassistentin. Da Driant kremiert wurde, lassen sich ohnehin keine Beweise erbringen, die für ein Tötungsdelikt sprechen. Selbst wenn der alte Herr im Beisein dieser Saatchi gestorben ist, wäre sie allenfalls dafür zu belangen, dass sie seinen Tod nicht gemeldet hat.«

»Sie entscheiden«, sagte Bruno. »Ich finde es jedenfalls verdächtig, dass sie nicht zu erreichen ist. Yves meint, dass sie den Akku aus ihrem Handy genommen hat. Übrigens, ich war in dem Massagesalon, den Driant viermal besucht hat. Gesundheitliche Probleme hatte er dort nicht, und die Mädchen mochten ihn. Er war außerdem regelmäßiger Nutzer einer Sex-Chatline.«

»Wie alt war er noch mal? Vierundsiebzig – und immer noch wie ein Teenager unterwegs?«, kicherte Jean-Jacques. »Dann können wir ja auch noch hoffen. Was haben Sie als Nächstes vor?«

»Ich überlasse es Ihnen, Sarrail und Constant auf die Spur zu kommen. Sie haben die besseren Ressourcen. Ich könnte ihnen allenfalls ein bisschen auf den Zahn fühlen, wenn sie zurück in Périgueux sind. Ich werde jetzt erst einmal die Fotos, die wir von Saatchi haben, meinem Zeugen vorlegen.«

»Was ist mit dem anderen Typen, der mit Sarrail in Verbindung steht, diesem Buchhalter? Und gibt es da nicht auch Berater, die zu Investmentfragen von Sarrail und Constant herangezogen werden? Denen könnten Sie doch auch einmal einen Besuch abstatten.«

»Mit welcher Begründung?«, fragte Bruno leicht irritiert. »Zwischen denen und Driant beziehungsweise der Seniorenresidenz gibt es keinerlei Beziehung, soweit wir wissen. Vielleicht bietet sich eine Gelegenheit, Constant zu der Versicherungsgesellschaft und Sarrail über seine Arbeit als *notaire* zu befragen, aber die anderen ... Nein, da sehe ich jetzt noch keine Möglichkeit. Ich wüsste auch nicht, was ich sie fragen sollte. Das überlasse ich lieber Goirau und dem *fisc*. Sie können mich nicht völlig unvorbereitet auf sie loslassen.«

»Goirau will, dass ich Sie verkabele, wenn Sie sie aufsuchen.«

»Noch mal gefragt: Mit welcher Begründung, Jean-Jacques? Es wäre sogar rechtswidrig, solange die Staatsanwaltschaft den Fall nicht übernimmt. Mir gefällt es nicht, wie Goirau an die Sache herangeht und uns als Rammbock einzusetzen versucht, um Stichkin unter Druck zu setzen. So etwas kommt für uns nicht in Frage. Wir sind Vertreter des Rechts und keine Handlanger der Steuerbehörde.«

»*Merde,* Bruno. Du nervst!« Jean-Jacques brüllte fast in den Hörer und legte auf.

Bruno zuckte mit den Schultern und marschierte auf die Weide zu, auf der die Schafe gestanden hatten. Er schaute über das Tal, das er liebte und das zu seinem Zuständigkeitsbereich gehörte. Er mochte Goirau nicht, missbilligte seine Maßnahmen und die Arroganz, mit der er Jean-Jacques und ihn einzuspannen versuchte. Wenn etwas schiefginge, würden sie, Jean-Jacques und er, es ausbaden müssen.

Sein Handy vibrierte. Jean-Jacques hatte ihm die Videoausschnitte von Saatchi zugeschickt. Noch während er sie sich anschaute, klingelte das Handy. Es war wieder Jean-Jacques.

»Tut mir leid«, entschuldigte er sich. »Ich habe mich in der Wortwahl vergriffen. Mir gefällt Goiraus Plan ebenso wenig wie Ihnen. Aber wenn, wie Sie sagen, Saatchi tatsächlich auf Driants Hof war, als er starb, müssen wir ermitteln. Gleichzeitig möchte ich nicht, dass der Procureur schon jetzt ein strafrechtliches Ermittlungsverfahren einleitet.«

»Verstehe. Aber wir haben gegen sie noch keine Handhabe. Ich werde jetzt zu dem Nachbarn von Driant gehen und ihm die Bilder von Saatchi zeigen.«

»Gut, tun Sie das. Und dann? Wie ich Sie kenne, Bruno, haben Sie doch schon den nächsten Schritt geplant.«

»Dann werde ich einen Hühnerstall samt Gehege fertigbauen.«

18

Als Guillaumat die von den Überwachungskameras aufgezeichneten Bilder von Lara Saatchi sah, bestätigte er Bruno, diese Frau im Beisein Driants auf dessen Hof angetroffen zu haben. Trotzdem blieben Bruno vorläufig die Hände gebunden. Er musste warten, bis ihm Jean-Jacques meldete, dass Constant und Sarrail zurück in Périgueux seien. In der Zwischenzeit wollte er das Hühnergehege fertigstellen und Vorbereitungen für den kommenden Samstag treffen, an dem er mit Balzac einen Termin im Zuchtzwinger hatte.

Wie würde sich sein junger Hund freuen! Bruno hingegen war auch ein bisschen nervös. Er würde eine Reisetasche packen müssen und sollte vielleicht auch ein ordentliches Quantum an Hundekuchen backen, als Gastgeschenk für Claire Mornier. Oder wäre ein Blumenstrauß passender für die Besitzerin der Hundedame, die Balzac besteigen würde? Bruno sah sich vor ein Dilemma der Etikette gestellt und musste selbst darüber lachen. Zum Glück war er nach der Auseinandersetzung mit Jean-Jacques wieder gut gelaunt, zumal er sich klarmachte, dass es dem Kollegen auch nicht recht sein konnte, wie Goirau vom *fisc* sie für sich einzuspannen versuchte.

Was Bruno daran erinnerte, dass er Jean-Jacques eine

Freundin verdankte, der er unbedingt mitteilen musste, was Balzac am nächsten Wochenende bevorstand. Er fuhr an den Straßenrand und wählte ihre Nummer.

»Bruno, wie schön, dich zu hören«, meldete sich eine vertraute, geliebte Stimme, die ihm wieder einmal ins Gedächtnis rief, wie sehr er diese Frau vermisste. »Ich habe heute Morgen noch an dich gedacht. Hier in Paris ist zum ersten Mal richtig Sommer; ich bin zu Fuß zur Arbeit gegangen und habe einen Umweg durch die Tuilerien gemacht. Beim Blick über den Fluss auf das Musée d'Orsay kam mir die Erinnerung an unseren Besuch dort. Glückliche Zeiten. Wie geht es dir?«

»Mir geht's gut, danke, Isabelle. Dir hoffentlich auch. Ich rufe wegen Balzac an.«

»Ist was passiert?«, fragte sie besorgt.

»Nein, er ist wohlauf, besser denn je. Er hat ein großes Wochenende vor sich. Weißt du noch, wie du ihn mir als Welpen gebracht und von dem Armeezwinger bei Suippes erzählt hast? Der wollte ihn doch, wenn er erwachsen ist, als Deckrüden haben. Nun, am Sonntag hat er seinen großen Tag.«

»*Mon Dieu*. Wie schnell die Zeit vergeht. Eben noch ein Welpe, und jetzt wird er Vater. Wo bringst du ihn hin? Nach Suippes?«

»Nein, zu einem Zwinger an der Grenze zum Limousin. Er wird geführt von einer Frau namens Claire Mornier, die als *cabot* bei Suippes stationiert war, als Balzac zur Welt gekommen ist. Sie hat damals dafür gesorgt, dass er zu mir kommt. Nach zwanzig Jahren Dienstzeit ist sie in Pension gegangen und züchtet jetzt Hunde fürs Militär. Ich fahre am Samstag hin und bleibe über Nacht. Die beiden Hunde sollten sich erst einmal beschnuppern, bevor … es zur Sache geht.«

»Wie das Herrchen, so der Hund«, sagte sie mit dem hellen, warmen Lachen, das er so gut kannte. »Ob es Balzac gefallen würde, wenn ich dabei bin?«

»Das weißt du doch. Wie gesagt, er ist ebenso dein Hund wie meiner. Er würde sich riesig freuen, dich zu sehen.« Während er auf eine Erwiderung von ihr wartete, hörte Bruno Papiere rascheln und Computertasten klicken.

»Ja, Samstag könnte ich los, muss aber Montag zurück sein«, sagte sie. »Hast du für dich schon ein Hotelzimmer gebucht?«

»Nein, Madame Mornier hat mir ihr Gästezimmer angeboten«, antwortete er und dann, etwas zögernd: »Soll ich für dich ein Hotelzimmer in der Nähe buchen?«

»Ach was, ich will lieber bei euch sein, Bruno. Du weißt, wie sehr ihr mir fehlt, du, Balzac und das Périgord.«

»Ich freue mich«, sagte er. »Ich könnte dich am Bahnhof von Limoges oder Brive abholen.«

»Wie weit ist der Ort vom Flughafen von Brive entfernt? Fliegen wäre bequemer für mich. Oh, warte. Von Orly geht ein Flieger ab, der aber erst Samstagabend um sieben in Brive landet. Viel zu spät. Die Zugverbindungen sehen besser aus. Ich könnte um vierzehn Uhr da sein. Zurück geht's dann um sechzehn Uhr am Sonntag. Wie fändest du das?«

»Perfekt. Wir treffen uns am Samstag am Bahnhof von Brive. Claire will für ein Abendessen sorgen. Ich bringe Wein, *foie gras* und Salat und Kirschen aus dem Garten mit.«

»Kann ich was mitbringen? Wie sollen wir Balzacs erste Hochzeit feiern?«

»Mit dem Versprechen auf eine zweite«, antwortete er lachend.

»Bis Samstag, *je t'embrasse*«, verabschiedete sie sich.

Bruno war glücklich und pfiff fast den ganzen Weg zum Reiterhof vor sich hin. Als er am Round-Pen vorbeikam, winkte er Miranda zu, die Kinder auf Ponys im Kreis führte. Er begrüßte Balzac, der nach dem Ausritt am Morgen den ganzen Vormittag auf dem Hof verbracht hatte. Er folgte seinem Herrchen zum Hühnerstall. Die beiden Border Collies hielten respektvoll Abstand. Im Gehege vergewisserte sich Bruno, dass die vier aufrechten Pfosten des kleinen Stalls fest verankert waren. Aus seinem Land Rover holte er Säge und Akkuschrauber, schnitt die Querträger auf Länge und verschraubte sie mit den Eckpfosten. Dann baute er die vier vorgefertigten Wände ein.

Auch die Schalbretter für das Pultdach waren schnell montiert. Er rollte zwei auf Maß geschnittene Bitumenbahnen darüber und befestigte sie mit Breitkopfnägeln, die er zur besseren Abdichtung durch kleine Unterlegscheiben aus Gummi führte. Darauf legte er die beiden zurechtgeschnittenen Wellkunststoffplatten, die er mit Schlossschrauben befestigte. Dann montierte er Regenrinne und Fallrohr, das in den größten Eimer mündete, den er finden konnte. Später in der Woche würde er eine anständige Zisterne besorgen, die fünfhundert Liter fasste.

Zu guter Letzt zimmerte er auch noch eine kleine Rampe vor den Türausschnitt, damit die Hühner leichter in den Stall kamen, und baute die beiden Sitzstangen und Kotbretter ein, die der Baron und Félix schon vorbereitet hatten. Darunter stellte er alte, mit Stroh gefüllte Weinkisten und ging nach draußen, wo er sich von der Festigkeit des Zauns überzeugte und davon, dass das Gatter sicher verriegelt war. Dann wusch er sich die Hände über der Spüle im Pferdestall, gab Hector einen Apfel aus dem Vorratsfass und ging in Pamelas Büro, wo er sie in Jeans und Sweatshirt, mit hochgesteckten Haaren und mit einem Stift in der Hand über ihrem Rechnungsbuch antraf.

»Gute Neuigkeiten«, rief sie und sprang auf, um ihm einen Kuss zu geben. »Alle *gîtes* sind für die ganze Saison gebucht, das heißt, wir werden dieses Jahr schwarze Zahlen schreiben und so viel einnehmen, dass für mich und Miranda ein kleines Gehalt rausspringt, eines, das sogar ein wenig über dem Mindestlohn liegt.«

»Gratuliere«, sagte er und umarmte sie. »Nach deinem Geschäftsplan wärst du erst im dritten Jahr im Plus gewesen. Wunderbar. Du hast ja auch die neuen Pferde und Ponys gekauft und eine Kochschule ans Laufen gebracht. Damit bist du der Planung weit voraus.«

»Und ich habe ein herrliches Fohlen, das ohne Probleme zur Welt gekommen ist. Eine kleine Stute. Wenn die Schulkinder kommen, werden sie sich sofort in sie verlieben. So wie ich mich schon in sie verliebt habe. Und Jack und Miranda und ihre Jungs übrigens auch.«

»Ich habe eine Überraschung für dich«, sagte er. »Komm mit.« Er nahm sie bei der Hand und führte sie hinter den Pferdestall zum neuen Hühnergehege.

»Bleibt noch die Frage, wie wir es anstreichen sollen?«, sagte er. »Hättest du es gern blau wie deine Fensterläden und das Stalltor? Oder lieber anders? Ich könnte es auch einfach mit einer wasserfesten Lasur behandeln und im Holzton belassen, damit es zu den Stallwänden passt.«

»Blau, bitte. Und herzlichen Dank, es ist wunderschön. Übrigens hatte ich heute Morgen zwei Eier. Und jetzt komm und sieh dir das Fohlen an. Seine Mutter hat sich schon mit den Collies und Balzac angefreundet.«

»Ich werde übers Wochenende wegfahren«, sagte er und berichtete, dass er Balzac zu einem Zuchtzwinger zum Decken bringen werde.

»Das wird ein Ereignis für ihn sein. Wir sollten ihn demnächst von Bella fernhalten, wenn sie heiß ist. Ich will mir nicht vorstellen, wie die Kreuzung zwischen Basset und Border Collie aussieht.«

Bruno lachte. Als sie durch den Stall gingen, um das Fohlen zu bewundern, schlug er vor, am Abend zum Château Rock zu reiten. Er wolle sie dort mit den Musikern bekannt machen. Sie fragte, ob jemand von ihnen reiten könne. Bruno wusste, dass Jamie und Kirsty ziemlich fest im Sattel saßen. Er holte sein Handy hervor und rief im Château an. Kirsty antwortete. Sie würde liebend gern wieder einmal reiten, sagte sie und fragte die anderen. Wenig später war sie wieder am Apparat und erklärte, dass auch Jamie, Galina und Sascha Lust hätten. Pamela ging ins Haus, um ihre Reiterkluft anzuziehen, während Bruno sechs Pferde sattelte, seinen Hector zuletzt.

Eine halbe Stunde später erreichten sie Château Rock zusammen mit vier zusätzlichen Pferden, geführt an langer Leine. Der ganze Hausstand versammelte sich vor dem Eingang, um zum Abschied zu winken. Galina tanzte fast vor Begeisterung, als es endlich losging. Schnell zeigte sich, dass sie die mit Abstand beste Reiterin unter den jungen Leuten war, fast so gut wie Pamela. Jamie und Kirsty hielten sich auch recht gut im Sattel; sie hatten auf dem Reiterhof gelernt, bevor Pamela ihn übernommen hatte. Sascha war offenbar Anfänger, bestand aber darauf, sie zu begleiten.

Pamela legte auf Primrose einen zügigen Arbeitsschritt vor, vorbei am Weinberg und hinunter ins Tal nach Paunat, wo sie einen Feldweg einschlug, der dem Fluss und einer langen Baumreihe folgte. An einer Furt durchquerten sie den Fluss, der zu dieser Jahreszeit nur wenig Wasser führte. Dann ging es über einen Saumpfad bergauf durch den Wald auf Pezuls zu. Als sie den Hügelgrat erreichten, der nach Sainte-Alvère hin ausgerichtet war, verschärfte Pamela das Tempo. Galina nahm die Zügel auf und wechselte problemlos in einen leichten Galopp über. Sascha kam nicht mehr mit. Hector, der anderen Pferden nur ungern die Führung überließ, galoppierte bald Kopf an Kopf mit Galinas Warmblutwallach. Die anderen fielen zurück.

An einer Straße hielten sie an. Bruno stieg aus dem Sattel, um vorbeifahrende Autos zu warnen, als die anderen die Straße überquerten. Über Saint-Avit ritten sie schließlich zurück zum Château. Bruno schaute auf die Uhr, als das Schloss vor ihnen auftauchte, und wunderte sich, dass erst eine Stunde vergangen war. Rod, Meghan und die anderen standen auf der Terrasse und empfingen die Gruppe mit einer Flasche Champagner und Gläsern.

»Das war ein wunderbarer Abschluss eines tollen Tages«, begeisterte sich Galina. So strahlend hatte Bruno sie noch nicht gesehen, als sie von ihrem Pferd stieg und Pamela dankte. »Heute Morgen waren wir in Lascaux, dann haben wir in Domme zu Mittag gegessen, auf einem Platz mit der schönsten Aussicht der ganzen Welt. Anschließend hat uns Jamie durch einen Wald zu einer Schlossruine geführt, die wie aus einem Märchen entsprungen zu sein schien.«

»Die Burg von Commarque«, erklärte Jamie, der von hinten an Galina herangetreten war und die Arme um ihre Taille schlang. Mit glücklicher Miene schmiegte sie sich an ihn. »Wir wollten ihr ein bisschen die Umgebung zeigen.«

»Was für eine schöne Landschaft, und so romantisch«, schwärmte Galina. »Ich glaube, ich könnte für immer hierbleiben. Jamie und Kirsty sagen, es gäbe noch so viel zu sehen.«

»Sarlat zum Beispiel«, schlug Kirsty vor.

»Limeuil«, zählte Jamie weiter auf.

»Milandes«, empfahl Pamela, und Bruno fiel spontan »Monbazillac« ein.

»Das können wir uns alles ansehen«, sagte Jamie und küsste seine Freundin in den Nacken.

Rod und Meghan freuten sich offenbar, ihren Sohn so glücklich zu sehen. Bruno bemerkte allerdings, dass Kirsty skeptischer dreinblickte. Doch dann wurde er von Sascha abgelenkt, der, statt vom Pferd zu steigen, aus dem Sattel rutschte und langsam über die Flanke herabsank, was ungemein komisch aussah. Bertie lachte aus vollem Hals. Bruno aber war alarmiert, weil Saschas linker Fuß noch im Steigbügel steckte. Verzweifelt versuchte Sascha, sich an der Mähne der Stute festzuklammern, die, sonst ein sanftes Tier, unruhig und schreckhaft wurde. Sie sprang nach vorn, worauf Sascha rücklings zu Boden ging und hart mit dem Hinterkopf aufschlug.

Bruno rannte hin und hielt die Stute am Zaumzeug fest. Auch Pamela war sofort zur Stelle und versuchte, sie mit schnalzenden Lauten zu beruhigen. Pia eilte von der Terrasse herbei, um sich um Sascha zu kümmern, der benommen am Boden lag. Sie fühlte seinen Puls und schaute ihm in die Augen.

»Lach nicht so blöd, Idiot«, blaffte sie mit Blick auf Bertie, der neben den anderen auf der Terrasse stand. »Hol ein Handtuch und Wasser. Tu mal etwas Sinnvolles. Seine Pupillen sind winzig. Ich glaube, er hat eine Gehirnerschütterung.«

Mit rotem Gesicht eilte Bertie in die Küche, gefolgt von Kirsty. Das Pferd hatte sich beruhigt. Bruno reichte Pamela die Zügel und ging zu Pia. »Wie ist sein Puls?«, fragte er.

»Schnell, aber nicht rasend. Ich glaube, er berappelt sich wieder. Aber natürlich bin ich keine Expertin, ich habe nur einen Erste-Hilfe-Kurs absolviert.«

»Sie haben recht, die Pupillen sind winzig, aber es scheint auch die Sonne darauf.« Bruno schirmte Saschas Augen mit der Hand ab. »Sehen Sie, jetzt werden sie größer.«

Bertie kam mit bloßem Oberkörper angelaufen, stellte einen mit Wasser gefüllten Eimer ab und reichte Pia sein T-Shirt. »Was anderes konnte ich auf die Schnelle nicht finden«, murmelte er. Sie betupfte mit dem feuchten Shirt Saschas Gesicht und hielt ihn zurück, als er sich aufzurichten versuchte. Wenig später war Kirsty mit einem frischen Handtuch und Riechsalz zur Stelle.

»*Jaw pariadke*«, stöhnte Sascha. »*Pust minja. Wsja normalna.*«

»Er sagt, alles okay, und will aufstehen«, übersetzte Bertie.

»Nein, du bleibst schön liegen und ruhst dich erst mal aus, Sascha«, bestimmte Pia. Sie faltete Berties T-Shirt, schob es unter Saschas Kopf und legte ihm das angefeuchtete Handtuch auf die Stirn.

Bertie bückte sich, zog sein T-Shirt unter dem Kopf weg und murmelte etwas, wovon Bruno nur die Worte ›Russen‹ und ›Dickschädel‹ aufschnappte. Dann sagte er etwas auf Russisch, worauf Sascha blitzschnell die Hand ausstreckte, Bertie beim Fußgelenk packte und ihn ins Wanken brachte. Sekunden später war er aufgesprungen und stieß dem Jungen eine Faust vor den Solarplexus. Im Sturz bekam Bertie dessen Unterarm zu packen und versuchte, ihn mit sich zu reißen. Doch der wusste seinen Vorteil zu nutzen und ließ sich gezielt auf Bertie fallen, der rücklings am Boden lag. Bruno schritt ein, ehe Sascha dem Jungen die Knie in den Bauch rammen konnte. Stattdessen landete er im Gras. Sein hasserfüllter Blick galt nun Bruno.

»Aufhören!«, brüllte Bruno in seiner energischsten Kasernenhofstimme und hob die Hände, die Handflächen nach vorn. »Aufhören!«, wiederholte er. »Beide!«

Sascha taxierte Bruno immer noch, entspannte sich aber.

»Wenn ich Sie so höre …«, sagte er. »Sie waren Soldat, stimmt's?«

»Ja«, antwortete Bruno. »Wie Sie.«

Sascha nickte und ließ die Arme sinken. »Sie haben das Richtige getan. Danke. Vielleicht lade ich Sie demnächst auf einen Drink ein.« Und an Pia gewandt: »Auch dir danke, Pia. Du bist ein gutes Mädchen. Hast Besseres verdient als dieses ukrainische Arschloch.« Er warf Bertie einen verächtlichen Blick zu und verzog sich ins Château.

Bruno half Bertie auf die Beine. Am Rücken und an einem Arm war die Haut aufgeschürft, doch den größten Schaden hatte wohl sein Stolz genommen.

»Das war nicht besonders clever, Bertie«, sagte Bruno. »Sascha ist ein trainierter Soldat, und wenn Sie sich seine Hände ansehen, wird Ihnen auffallen, dass er Karate macht. Er hätte Ihnen sehr weh tun können. Außerdem war es sehr unhöflich Ihren Gastgebern gegenüber, hier einen Streit vom Zaun zu brechen.«

Bertie blickte betroffen drein. Pia kam und betupfte seine Schürfwunden mit dem feuchten Handtuch. »Bruno hat recht, Bertie«, sagte sie sanft. »Du hast angefangen. Am besten, du entschuldigst dich.«

»Okay«, erwiderte er und wandte sich an Rod und Meghan. »Es tut mir leid. Ich finde allerdings, auch Sascha sollte sich entschuldigen, nämlich bei dem Pferd.«

Alle lachten, mehr aus Erleichterung als der komischen Bemerkung wegen. Pamela nahm das Pferd beim Halfter und meinte, dass sie gleich zum Hof zurückkehren sollte.

»Reiten Sie jeden Tag?«, fragte Galina.

»Morgens und abends. Wir müssen mit den Pferden arbeiten«, antwortete Pamela lächelnd. »Zu dieser Jahreszeit geht es normalerweise um sieben in der Früh los. Im Winter später. Und abends um sechs, wenn es nicht mehr so heiß ist, reiten wir noch einmal aus. Sie sind eine gute Reiterin. Begleiten Sie uns, sooft Sie Lust dazu haben.«

»Es wartet ein Glas Champagner für alle«, meldete sich Rod. »Und Bertie, wir nehmen deine Entschuldigung an. Danke, Bruno, für die Schlichtung. Sie haben sich den Champagner redlich verdient.«

»Ich helfe Pamela, die Pferde anzubinden. Dann komme ich zu Ihnen«, sagte Bruno.

»Wollen Sie nicht zum Essen bleiben?«, fragte Meghan, als Rod den Champagner ausschenkte und die Gläser herumreichte.

»Danke für die Einladung, aber wir müssen die Pferde zurückbringen, solange es noch hell ist«, antwortete Pamela. »Wenn aber von Ihnen jemand morgen um sieben mit ausreiten möchte, ist er herzlich willkommen. Danach gäbe es ein Frühstück.«

»Ja, bitte«, sagte Galina. Sie drehte sich aus Jamies Armen und nahm ein Glas von seinem Vater entgegen. »Lass uns mitreiten, Jamie. Ich werde dich um halb sechs wecken.«

Bruno leerte sein Glas, bedankte sich und sagte: »Wir sehen uns alle spätestens am Freitagabend wieder, wenn Sie in der Kirche von Audrix für Ihr erstes Konzert proben.«

»Danach lade ich alle in die Auberge ein«, versprach Galina. »Ich möchte mich für die Gastfreundschaft von Jamies Eltern revanchieren. Kommen Sie doch bitte auch. Ihre Freundin Florence wird mit einigen Mitgliedern ihres Chors ebenfalls da sein.«

»Gern«, erwiderte Bruno. »Was ist mit dir, Pamela?«

»Ja, ich freue mich.«

»Das wäre also abgemacht«, sagte Bruno. Er band die Pferde los und legte die Hände zusammen, um Pamela in den Sattel zu helfen. »Und bis dahin wird Galina hoffentlich Monbazillac und seine Weinfelder besucht haben.«

»Und vergessen Sie nicht den Abstecher zum Château Milandes, seine Falknerei und das Josephine-Baker-Museum«, fügte Pamela hinzu, als sich Bruno auf Hectors Rücken schwang.

Der Weg war so breit, dass er neben Pamela reiten konnte, die die anderen Pferde am Strick hinter sich herführte.

»Ich schulde dir ein Abendessen«, sagte er. »Für das gestrige, das ich verpasst habe. Vielleicht bei Ivan?«

»Nein danke, nicht heute. Mir ist nicht danach, noch einmal auszugehen. Außerdem schuldest du mir nichts, du hast mich schon so oft zu dir zum Essen eingeladen. Fabiola will eine Pizza mitbringen, wenn sie nach Feierabend zu mir kommt. Gilles ist ja in Paris bei seinem Verleger. Leiste uns doch Gesellschaft. Du kannst mir dann von dieser mysteriösen Galina und ihrem noch mysteriöseren Begleiter erzählen, der kaum reiten kann, aber so aussieht, als wäre er im Dienst. Glaubst du, er ist ihr Bodyguard?«

»Ja, ich bin mir fast sicher.«

»Wie spannend. Sie muss Erbin oder Tochter irgendeiner wichtigen Person sein. Du sagtest, sie ist Ukrainerin?«

»Mit zypriotischem Pass«, antwortete Bruno und verzichtete darauf, Details über ihren Vater und sein Vermögen preiszugeben.

»Sie scheint ein Auge auf Jamie geworfen zu haben, der offenbar in sie vernarrt ist. Wie gut kennt er sie wohl?«

»Jamie war im Sommersemester Austauschstudent am Pariser Konservatorium. Sie kennen sich seit zwei oder drei Monaten. Als ich sie im Château Rock musizieren gehört habe, war ich sehr beeindruckt von ihrem Zusammenspiel. Es kam mir vor wie ein magischer Dialog zwischen den beiden, und es schien, als kommunizierten sie auf ungewöhnlich intensive Weise miteinander. Ihnen zuzuhören war zutiefst berührend.«

»Wie meinst du das?«

»Mir war, als fände zwischen ihnen ein geistiger Austausch statt, auf einem Niveau, von dem andere Sterbliche nur träumen können. Ich frage mich, ob nur hochtalentierte Musiker dazu fähig sind oder vielleicht brillante Mathematiker oder auch Dichter, Menschen, die eine höhere Ebene erreicht haben als gewöhnliche Sterbliche wie ich.«

»O Bruno, was dir manchmal so durch den Kopf geht!«, sagte sie lachend. »Komm, beeilen wir uns. Ich kann die Pizza fast schon schmecken.«

19

Als Bruno am nächsten Morgen nach einem wohltuenden Ausritt mit Galina und Jamie – aber ohne Sascha – in sein Büro kam, fand er eine Kopie von Yves' forensischem Bericht unter seinen E-Mails. Bei den blauen Pillen in Driants Nachttischschublade handelte es sich tatsächlich um Viagra; der auf der Packung ausgezeichnete Code ließ erkennen, dass das Medikament von einem holländischen Onlinehändler versandt worden war. Einen wichtigeren Hinweis lieferten die auf der geöffneten Kondomverpackung, die unter Driants Bett gefunden worden war, sichergestellten Fingerabdrücke, die eindeutig denjenigen in Lara Saatchis Büro entsprachen. Außerdem gab es Spuren von Kokain auf dieser Verpackung. Es war also im Todesfall Driant von einer schweren Straftat auszugehen. Yves wartete noch auf das Ergebnis der Untersuchung der langen schwarzen Haare von Driants Handtuch, war sich aber sicher, dass sie mit den auf Laras Bürste in ihrem Büro gefundenen Haaren übereinstimmten.

Jean-Jacques hatte auf den Bericht bislang offenbar nicht reagiert, geschweige denn einen Staatsanwalt eingeschaltet, der eine *mise en examen,* ein Ermittlungsverfahren, gegen Lara hätte einleiten können. Bruno warf einen Blick ins Intranet der Polizei und sah, dass Jean-Jacques nicht einmal eine Fallakte angelegt hatte. Hielten ihn Goirau und der *fisc* davor zurück?, fragte sich Bruno. Lara ließe sich allein schon deshalb vorladen, weil sie den Tod Driants nicht gemeldet hatte. Sie würde wenigstens Rechenschaft über ihren Besuch bei Driant ablegen und erklären müssen, in welchem Gesundheitszustand er sich befunden hatte. Es lagen außerdem eindeutige Indizien vor, die vermuten ließen, dass sie Geschlechtsverkehr mit dem alten Mann gehabt und gleichzeitig in geschäftlicher Beziehung zu ihm gestanden hatte. Allein dies weckte den Verdacht, dass der Vertrag mit der Versicherungsgesellschaft sittenwidrig zustande gekommen und Driants Kinder um ihr Erbe betrogen worden waren. Bruno hatte kaum Zweifel daran, dass eine Klage gegen die Versicherungsgesellschaft Erfolg haben würde. Warum also war Jean-Jacques so vorsichtig? Bruno griff zum Hörer und rief ihn an.

»Ich habe Prunier in Kenntnis gesetzt und einen Vorladungsbeschluss verlangt, worauf er meinte, ich solle nicht so voreilig sein«, erklärte Jean-Jacques mit Bezug auf seinen Vorgesetzten, den Polizeipräsidenten des Départements. »Ich habe den Eindruck, dass er unter Druck gesetzt wird, nicht nur von Goirau und dem *fisc*, sondern vor allem von unserem alten Freund, dem Brigadier. Sie kennen Prunier. Er ist ein anständiger Kerl; was da abläuft, schmeckt ihm bestimmt nicht. Mehr noch, er betont den Umstand, dass Sie jetzt dem Stab des Brigadiers zugeordnet sind und der Fall unsere Kompetenzen – seine, und meine sowieso –, übersteigt.«

Immerhin sei er befugt, die Büros von Constant und Sarrail zu observieren und Alarm zu schlagen, wenn die Herren wieder auf der Bildfläche erscheinen, fügte Jean-Jacques hinzu. Fürs Erste aber gebe es keinen offiziellen Fall, und man werde davon absehen, beim Procureur die Ernennung eines Ermittlungsrichters zu beantragen.

»Dann bin ich also auf mich allein gestellt und werde nicht einmal vom Brigadier informiert«, sagte Bruno. »Da ist doch was faul. Was soll ich jetzt tun?«

»Warten Sie, bis sich der Brigadier bei Ihnen meldet. Ihr Bürgermeister hat genehmigt, dass Sie jetzt seinen Befehlen zu folgen haben.«

»Wieder einmal.«

»Ja, wieder einmal«, bekräftigte Jean-Jacques mit einem kurzen, bitteren Lachen.

»Und der forensische Bericht und mein Augenzeuge sind ohne Bedeutung?«

»Scheint so. Überlegen Sie mal, Bruno. Der Brigadier wird sich bei Ihnen melden, wenn es ihm passt. Sie aber kennen Driants Sohn und Tochter. Sie haben, wenn ich das richtig sehe, allen Grund, gegen die Versicherungsgesellschaft und die Seniorenresidenz zivilrechtlich vorzugehen. Raten Sie ihnen, sich einen guten Anwalt zu nehmen. Der könnte beim Gericht beantragen, dass man ihm Einsicht in alle verfügbaren Polizeiakten in dieser Sache gewährt. Möglich, dass ein Richter uns anweist, Yves' Bericht und das von Ihnen aufgenommene Protokoll des Zeugen auszuhändigen, der Mademoiselle Saatchi identifiziert hat. An Ihrer Stelle würde ich dieses Protokoll meinem Büro so schnell wie möglich zukommen lassen.«

»Können Sie mir einen Anwalt in Bordeaux empfehlen?«, fragte Bruno. »Gaston, Driants Sohn, lebt dort.«

»Erinnern Sie sich an Maître Duhamel, den Anwalt, der die Mutter des amerikanischen Mädchens vertreten hat, das in den Brunnen gestoßen wurde? Er ist ein Berserker, aber so was brauchen Sie ja.«

Nach dem Telefonat mit Jean-Jacques rief Bruno den Baron an, fragte ihn, wie es ihm gehe, und bekam zur Auskunft, dass Fabiola ihn am Vormittag untersucht und gemeint habe, er sei bei bester Gesundheit. Bruno erinnerte daran, dass er ihn am Vorabend gebeten hatte, Sarrail aufzusuchen. Es könne hilfreich sein, sagte er. Dann ging er ins Büro des Bürgermeisters und erzählte ihm im Vertrauen von Driant und Lara, Goirau und dem *fisc*, Jean-Jacques und Prunier, Stichkin und dem Brigadier.

»Da Sie jetzt dem Befehl von General Lannes unterstehen, können wir davon ausgehen, dass dieser Fall die nationale Sicherheit berührt«, sagte der Bürgermeister. Er stopfte seine Pfeife, lehnte sich im Sessel zurück und rief nach Claire, seiner allzu neugierigen Sekretärin. Sie möge doch bitte die Grundsteuerunterlagen für Driants *ferme* heraussuchen, vom Zeitpunkt des Erwerbs bis heute.

»Das wird sie davon abhalten, an der Tür zu lauschen«, sagte der Bürgermeister und blinzelte verschwörerisch. »Ich finde, Jean-Jacques hat recht. Driants Erben sollten zivilrechtlich vorgehen. Wie ich die beiden kenne, halte ich es für das Sinnvollste, mit der Tochter zu reden. Sie ist eine gescheite Frau und verfügt wahrscheinlich über finanzielle Ressourcen. Diesen Duhamel, den Jean-Jacques vorschlägt, kenne ich auch. Ich könnte ihn anrufen und ihm versichern, dass sich dieses Mandat durchaus lohnt.«

Mangin legte die Pfeife ab, beugte sich vor und tippte mit

dem Zeigefinger auf die Schreibtischplatte. »Die Sache gefällt mir überhaupt nicht. Es ist eine Schweinerei, dass jemand um sein Erbe gebracht wird, weil eine junge Frau einen alten Mann verführt und unsere Polizei nicht ermitteln darf. Tun Sie's, Bruno. Der Brigadier hat Ihnen, wie Sie sagten, noch keine Befehle erteilt. Sie könnten sogar behaupten, auf meine Empfehlung hin tätig geworden zu sein.«

Der Bürgermeister legte wieder ein brennendes Streichholz an den Pfeifenkopf und musterte Bruno durch Schlieren von Rauch. Seine Augen funkelten kämpferisch, wie Bruno sah.

»Wenn es heikel wird – und damit ist zu rechnen –, könnte ich als ehemaliger Senator darauf drängen, dass der Senat einen Untersuchungsausschuss einrichtet, der der Frage nachgeht, welche Rolle ausländische Investoren in unserer Versicherungsindustrie spielen. Dazu wird es natürlich nicht kommen, aber es wird für Aufregung sorgen. Ich könnte auch das Gesundheitsministerium auffordern, die Lizenzvergabe an ein luxuriöses Seniorenheim zu überprüfen, das sich im Besitz zweifelhafter Investoren befindet. Das hätte einen ähnlichen Effekt. Und ich könnte ein paar Informationen an die Medien durchstechen. Vielleicht sollte ich ein verschwiegenes Wort mit Philippe Delaron wechseln. Der beschäftigt sich doch schon mit dieser Sache, nicht wahr? Oder wollen Sie mit ihm reden?«

»Ein Wort von Ihnen hätte größeres Gewicht«, meinte Bruno.

»Dann werde ich das tun«, erwiderte der Bürgermeister. »Es wird langsam Zeit, unsere Sicherheitsdienste daran zu erinnern, dass sie für einen demokratischen Rechtsstaat arbeiten, der von gewählten Abgeordneten in der Assemblée Nationale und dem Senat vertreten wird. Einverstanden, Bruno?«

»Durchaus, Monsieur le Maire, und vielen Dank.«

»Nichts zu danken, Bruno. Der Fall könnte interessant werden. Ich werde gleich diesen schlauen Anwalt anrufen. Eine Bitte noch: Fassen Sie die Ereignisse aus Ihrer Sicht in ein paar Sätzen für mich zusammen.«

Bruno ging in sein Büro, schrieb den gewünschten Bericht und ließ ihn dem Bürgermeister zukommen. An Jean-Jacques leitete er Guillaumats Zeugenaussage zu Lara Saatchi weiter und machte ihn noch einmal darauf aufmerksam, dass die Frau allen Hinweisen nach die letzte Person war, die Driant lebend gesehen hatte. Mit Bezug auf die Kokainspuren an der Kondomverpackung schlug er vor, Lara wegen dringenden Tatverdachts vorzuladen.

Im Schreibtischsessel zurückgelehnt, dachte Bruno nach. Über sein geschütztes Satellitenhandy, das der Brigadier ihm im Rahmen einer früheren Operation gegeben hatte, rief er kurze Zeit später in dessen Büro an. Dem diensthabenden Offizier nannte er seinen Namen und bat darum, gebrieft zu werden. Danach rief er Gaston Driant auf dessen Handy an und ließ ihn wissen, dass er und seine Schwester möglicherweise von einer Straftat betroffen seien; er wolle auch ihr das noch persönlich mitteilen. Gaston nannte ihm sowohl die Festnetz- als auch die Mobilfunknummer, unter der sie zu erreichen war. Bruno wählte Letztere, stellte sich vor und fragte, ob er in einer persönlichen Angelegenheit mit ihr sprechen könne.

»Nur zu«, antwortete sie.

Er glaube, erklärte Bruno vorsichtig, dass sie und ihr Bruder betrogen worden seien und die Polizei über Hinweise verfüge, die zwar möglicherweise nicht für ein Strafverfahren ausreichten, wohl aber eine zivilrechtliche Klage begründen könnten. Er wäre jedenfalls bereit, vor Gericht auszusagen. Er nannte ihr den Namen und die Telefonnummer von Duhamel und informierte sie darüber, dass der Bürgermeister persönlich mit dem Anwalt und der Presse in dieser Sache reden werde.

»Was würde dieser Anwalt als Honorar in Rechnung stellen?«, fragte sie.

»Wenn er mit unserem Bürgermeister, einem ehemaligen Senator mit besten Beziehungen, gesprochen hat, wird er wahrscheinlich mit einem Pauschbetrag von rund tausend Euro einverstanden sein. Sobald er Klage eingereicht hat, wird er Einblick in die Polizeiakte nehmen können. Vermutlich werden Sie aber unabhängig davon den forensischen Bericht schon vorab lesen können.«

»Was steht denn darin, Bruno?«

»Zum Beispiel, dass die Einnahme von Viagra und Kokain vor dem Geschlechtsverkehr zum Herzversagen Ihres Vaters geführt hat.«

»Jésu-Maria«, platzte es aus ihr heraus. »Ist das Ihr Ernst? Mein Vater – Kokain?«

»Eins nach dem anderen«, sagte Bruno. »Wir beide wissen, dass Ihr Bruder nicht die finanziellen Mittel hat, um den Anwalt zu bezahlen. Sie aber doch wohl, oder?«

»Richtig.«

»Sind Sie darüber unterrichtet, dass gegen den *notaire* und die Versicherungsgesellschaft rechtliche Schritte wegen der Vernachlässigung der Schafe Ihres Vaters eingeleitet wurden?«

»Ja, Gaston hat mir von dem Artikel in der *Sud Ouest* erzählt. Ich hatte schon befürchtet, dass die Sache damit erledigt ist.«

»Ich bleibe dran an dem Fall, Mademoiselle. Ich will, dass der Gerechtigkeit Genüge getan wird und Sie und Ihr Bruder erben, was Ihnen zusteht.«

»Danke, Bruno. Nennen Sie mich doch bitte Claudette und nicht Mademoiselle. Ich erinnere mich an Ihre ersten Wochen als Dorfpolizist. Ich hatte damals Urlaub und war mit meinem Papa im Rugbystadion, wo ich Sie habe spielen sehen. Er machte mich auf Sie aufmerksam und sagte, Sie seien die beste Nummer sechs, die seit seiner aktiven Zeit für Saint-Denis aufgelaufen ist. Wussten Sie, dass er auch auf dieser Position gespielt hat?«

»Nein. Ich bin gerührt. Würden Sie mir bitte Ihre private E-Mail-Adresse durchgeben?«

Sie buchstabierte sie ihm, worauf Bruno ihr seine Zusammenfassung des Falls einschließlich des Berichts der Spurensicherung zukommen ließ und sie noch am Telefon ermahnte, über die Quelle ihrer Informationen Stillschweigen zu bewahren.

»Was darf Gaston wissen?«

»Entscheiden Sie«, antwortete er. »Sie kennen ihn am besten und wissen, ob er Diskretion wahren kann oder nicht. Ihnen ist doch klar, wie heikel die Sache ist, oder?«

»Allerdings. Ich lese gerade, was Sie mir geschickt haben. *Mon Dieu,* Sie implizieren, mein Vater könnte getötet worden sein?«

»Nicht direkt, aber es liegen deutliche Hinweise darauf vor, dass er vonseiten der Versicherungsgesellschaft auf unlautere, wenn nicht betrügerische Weise manipuliert worden ist. Ob er das Kokain von der jungen Frau bekommen hat, wäre noch zu beweisen.«

»Wissen Sie, wo ich arbeite, Bruno?«

»Bei einer Beratungsfirma, sagte Gaston.«

»Ja, und einer unserer Klienten ist das Gesundheitsministerium. Wir sind beauftragt, uns mit den Herausforderungen der Langlebigkeit zu beschäftigen. Sie verstehen vielleicht, warum es mir lieber wäre, wenn Gaston unter seinem Namen die Klage führen würde. Das Anwaltshonorar zahle ich natürlich.«

»Das verstehe ich«, sagte Bruno, als auf seinem Spezialtelefon ein grünes Licht blinkte. Jemand aus dem Büro des Brigadiers versuchte ihn zu erreichen. »Ich muss jetzt Schluss machen. Wir sprechen uns wieder.«

Er nahm den Anruf entgegen und hörte die vertraute Stimme des Brigadiers: »Dass Sie gebrieft werden wollen, überrascht mich, Bruno. Ich kann mich gut entsinnen, dass Sie gern eigene Wege einschlagen, egal, was ich vorschlage.«

»Als ehemaliger Soldat weiß ich die Befehlskette zu respektieren, Monsieur«, entgegnete Bruno.

»Papperlapapp. Ich werde Ihnen beizeiten mitteilen, was Sie für uns tun sollen. Vorläufig können Sie weiter Druck auf die beiden Herren in Périgueux ausüben, den *notaire* und den Versicherungsagenten. So kommen wir vielleicht an Stichkin heran.«

»Wissen Sie, dass ich mit seiner Tochter heute Morgen ausgeritten bin?«

»Nein, dass Sie gestern Abend mit ihr ausgeritten sind, ist mir allerdings bekannt«, erwiderte der Brigadier unbekümmert. »Sie hat's ihrem Papa gesagt, und wir hören ihr Telefon ab. Außerdem hat sie ihm gebeichtet, dass sie verliebt ist. Bleiben Sie an ihr dran, Bruno. Vielleicht werden die junge Frau und dieser Versicherungsbetrug, an dem Sie arbeiten, noch eine wichtige Rolle für uns spielen. Oh, noch etwas, richten Sie Isabelle meine herzlichsten Grüße aus, wenn Sie sie am Samstag sehen, und geben Sie Balzac einen liebevollen Klaps von mir. Meine besten Wünsche für einen erfolgreichen ersten Deckversuch. Halten Sie sich für weitere Instruktionen zur Verfügung, und passen Sie auf den sogenannten Cousin Galinas auf. Er ist ein Handlanger Putins, ehemaliges Speznas-Mitglied und knochenhart.«

Der Anruf ließ Bruno völlig im Unklaren über seine Mission oder vielmehr über seinen kleinen Part in der sehr viel größeren Mission, die der Brigadier und die französischen Geheimdienste im Sinn hatten. Nun gut, er sollte mit Galina in Kontakt bleiben und Sascha im Auge behalten. Er wusste, dass die Speznas, die *Podrasdelenije spezialnowo nasnatschenija*, eine Spezialeinheit des russischen militärischen Nachrichtendienstes GRU war. *Mon Dieu,* dachte er, als ihm bewusst wurde, dass sich ein professioneller Killer im Périgord aufhielt und auf Galina aufpasste. Offenbar legte der Kreml großen Wert auf Stichkins Tochter, was unter anderem wohl bedeutete, dass Stichkin selbst sowohl für die französischen als auch russischen Dienste von größter Wichtigkeit war.

Nicht zum ersten Mal seit seiner Bekanntschaft mit dem Brigadier fühlte sich Bruno überfordert. Aber er hatte seine

Order: in der Nähe von Galina zu bleiben und der mutmaßlich betrügerischen Versicherungsgesellschaft auf die Schliche zu kommen. Für Letzteres musste er sich darauf verlassen, dass Jean-Jacques Lara Saatchi, Constant und Sarrail ausfindig machte; mit anderen Worten, er, Bruno, konnte nur warten. Er warf einen Blick auf die Uhr. Es war kurz vor Mittag. Draußen vor der *maternelle* würden sich jetzt die Mütter versammeln, um ihre Kinder abzuholen. Wenn es ihm zeitlich möglich war, machte er sich gern dort nützlich. Er setzte sein *képi* auf, zog die Uniformjacke an und machte sich auf den Weg, über den Rathausvorplatz, am Fremdenverkehrsbüro vorbei und die Straße nach Limeuil hinunter zum Kindergarten, wo er die Mütter begrüßte und als Verkehrslotse dafür sorgte, dass sie mit den Kindern gefahrlos die Straße überqueren konnten.

Als er zurückging und durch die enge Gasse an der Kirche kam, drang Orgelmusik aus dem Innern. Neugierig trat er durch die Pforte und hörte die Anfangstakte von Mozarts *Laudate Dominum*, das Bruno von den alljährlichen Uferkonzerten her kannte, die er selbst organisierte. Er nahm auf einer der hinteren Kirchenbänke Platz. In der Mitte des Chors stand Florence. Den Blick ins Deckengewölbe der alten Kirche gerichtet, setzte sie mit ihrem klaren Sopran ein, der sofort den großen Raum füllte.

»Laudate dominum omnes gentes«, sang sie – lobet den Herrn, alle Geschlechter und Völker …

Dann stimmte der zwanzigköpfige Chor mit dem in zartem Piano vorgetragenen *Gloria Patri et Filio et Spiritui Sancto* ein, den sie mit der wundervollen Amen-Kadenz zum Schluss hin überstrahlte.

Bruno spürte, wie ihn ein Gefühl von tiefem Frieden warm durchströmte, und es traten ihm Tränen in die Augen, teils der schlichten Schönheit der Musik wegen, teils der vertrauten Dorfkirche und dem Chor geschuldet, der aus Freunden und Nachbarn bestand, und weil er sich bewusst machte, dass Generationen vor ihm hier Trost und Zuspruch gefunden hatten. Das letzte Mal war er zum Trauergottesdienst für Driant hier gewesen. Unter dem Eindruck der verklungenen Musik fand er es jetzt vollkommen angemessen, dem alten Mann, der für die Stadt Rugby gespielt hatte, wie auch seinen Kindern Gerechtigkeit widerfahren zu lassen.

Plötzlich hörte er hinter sich das Kirchentor aufgehen. Er drehte sich um und sah Galina, Jamie und Rod hereinkommen und auf der Kirchenbank neben ihm Platz nehmen.

»Wird die Probe fortgesetzt?«, flüsterte Galina, ihm fast ins Ohr. Dann kniete sie nieder und bekreuzigte sich auf ungewöhnliche Weise, indem sie Daumen, Zeige- und Mittelfinger zusammenlegte und damit zuerst die Stirn, dann den Bauch und schließlich die rechte und linke Schulter berührte.

»Ja«, flüsterte er zurück. »Jetzt proben sie Tschaikowskys *Cherubim-Hymnus.*«

Erstaunt riss sie die Augen auf, murmelte *»Slawa Bogu«* und bekreuzigte sich ein weiteres Mal, als aus den Frauenreihen die ersten sphärischen Töne erklangen und nach zwei Takten die Männerstimmen einsetzten. Mucksmäuschenstill folgten die Zuhörer der Musik bis zum Schluss nach über sieben Minuten. Dann sprach der Chorleiter zu den Sängerinnen und Sängern. Bruno sah Tränen über Galinas Gesicht rinnen. Mit der einen Hand umklammerte sie ein feuchtes Taschentuch, mit der anderen Jamies Hand.

»Schön, dass ihr gekommen seid und den Rest der Probe noch miterleben konntet«, sagte er in Richtung Jamie. Rod war schon aufgestanden und ging den anderen voran nach draußen, wo sie alle ins grelle Sonnenlicht blinzelten. »Was hat euch hergeführt?«, fragte Bruno.

»Wir haben Galina die Umgebung gezeigt«, antwortete Jamie und legte seinen Arm um die Freundin, die, eng an ihn geschmiegt, das Kirchenportal betrachtete. »Wir waren in der Abtei von Cadouin, dann in Limeuil und in der Chapelle Saint-Martin, wo wir auftreten werden. Der Bau und die Fresken haben sie sehr beeindruckt, und auch die Akustik ist perfekt, wovon wir uns überzeugen konnten. Wir wollen bei Ivan zu Mittag essen und dann ins Museum von Les Eyzies fahren. Den Wagen haben wir neben der Gendarmerie abgestellt. Als wir hier an der Kirche vorbeigekommen sind, war der Chor zu hören. Also sind wir rein.«

»Dass ich hier russische Musik höre, ist wie ein Wink des Schicksals, eine Botschaft vom Himmel«, sagte Galina, den Blick auf das Kreuz auf dem Kirchturm gerichtet. »In jedem Dorf, das wir besucht haben, gibt es so schöne Kirchen! Das Périgord muss eine sehr spirituelle Gegend sein. Ich fühle mich hier willkommen. Die Vorstellung, hier einmal zu Hause zu sein, hat etwas sehr Beruhigendes.«

Bruno versuchte, sich seine Überraschung nicht anmerken zu lassen. Er und Rod tauschten flüchtige Blicke. Im Unterschied dazu nickte Jamie verständnisvoll. Rod räusperte sich, nahm seinen Tabaksbeutel aus der Westentasche und drehte sich eine Zigarette.

»Ein schöner Zufall, dass wir noch ein wenig von der Probe gehört haben«, sagte er, steckte die Zigarette an und stieß einen Schwall Rauch aus. »Jetzt wär's an der Zeit, Mittag zu essen. Sie kennen doch das Lokal von Ivan, Bruno. Vielleicht begleiten Sie uns. Welcher *plat du jour* erwartet uns heute?«

»Donnerstags gibt es für gewöhnlich *blanquette de veau*. Ivan hat aber auch ein vegetarisches Gericht. Wenn Sie schon länger nicht bei ihm waren, werden Sie eine Überraschung erleben.«

Unbemerkt war plötzlich Sascha zur Stelle. Bruno sah, dass er ein sehr teuer aussehendes Handy in die Tasche steckte. Als Sascha Brunos Blick bemerkte, nickte er bloß kühl.

Sie gingen die Rue de Paris entlang auf Ivans Lokal zu, als Brunos Handy vibrierte. Es war der Baron. Bruno signalisierte den anderen weiterzugehen.

»Wir haben ihn am Haken«, frohlockte der Baron.

»Was soll das heißen?«

»Ich treffe mich mit Constant, dem Versicherungsmann, um zwei im Bistro Glycines bei Les Eyzies.«

20

Bruno dachte schnell nach. Er sollte versuchen, dem Versicherungsagenten zu folgen, um herauszufinden, wo er wohnte. Er könnte ihm entgegentreten und ein paar Fragen zu Lara Saatchi stellen. Aber das zwischen dem Baron und Constant verabredete Treffen in Les Eyzies, der nur fünfzehn Fahrminuten von Saint-Denis entfernten Ortschaft, brachte ihn auf eine andere Idee. Er rief Juliette an, seine für den Nachbarbezirk zuständige Kollegin, und bat sie, Zivil anzulegen, vor Les Glycines nach Constant Ausschau zu halten und ihm gegebenenfalls auf dem Motorrad zu folgen. Den Baron würde sie ja wohl wiedererkennen, sie dürfte also den Versicherungsmann in dessen Begleitung problemlos ausmachen. Und sie möge bitte das Nummernschild seines Wagens notieren, fügte Bruno hinzu. Juliette war formell seine Untergebene; er hätte ihr auch Order geben können, scheute sich aber, ohne Not seinen höheren Dienstgrad herauszukehren. Wie er Juliette kannte, freute sie sich über die Gelegenheit, nicht bloß Routinearbeit leisten zu müssen.

»Ich habe bei dem Küchenchef einen Stein im Brett. Er wird mir vielleicht Constants Kreditkartennummer verraten«, sagte sie eifrig. »Ist das der Kerl, der die Schafe im Stich gelassen hat?«

»Genau. Und er scheint noch viel mehr Dreck am Stecken zu haben«, antwortete Bruno. »Ich komme mit meinem Land Rover und in Uniform, halte aber Abstand. Er soll nicht wissen, dass er unter Beobachtung steht. Wir können uns über Handy verständigen.«

Als Nächstes rief er Jean-Jaques an, um ihm zu sagen, dass der Gesuchte gesehen worden sei. Ob er ihn einfach nur beobachten solle? Oder in Gewahrsam nehmen und ihn verhören?

»Was sagt der Brigadier?«

»Er will, dass ich Constant und Sarrail unter Druck setze und mich in der Nähe von Stichkins Tochter aufhalte. Ich werde mit ihr zu Mittag essen. Soeben habe ich erfahren, dass Constant hier in der Nähe verabredet ist, und eine Kollegin auf ihn angesetzt.«

»Ich werde mich an meine vorgesetzte Stelle wenden und Ihnen dann mitteilen, was zu tun ist. Es eilt ja offenbar nicht, wenn Sie Zeit haben, mit einer jungen Frau essen zu gehen. Was steht denn auf dem Speisezettel?«

»Ivans Tagesgericht. *Blanquette de veau.*«

»Sie machen mich neidisch. Ich kann von Glück reden, wenn ich ein Schinken-Käse-Baguette in der Kantine bekomme.«

»Aber ich werde auf das Tagesgericht verzichten. Seit Ivan eine neue Freundin hat, gibt's immer auch ein Alternativmenü. Sie sollten vorbeikommen und es probieren.«

Die kulinarische Erziehung von Saint-Denis war von einer Belgierin initiiert worden, die Ivan auf einer Urlaubsreise kennengelernt und mitgebracht hatte. Ihr verdankte Saint-Denis ein paar glückliche Monate köstlicher Muschelgerichte, die sie auf unterschiedliche Weise zubereitet hatte. Dann lernte Ivan eine spanische *señorita* kennen, die Ivans Speisekarte um Paella und *cochinillo asado* ergänzte, ein komplettes Spanferkel auf dem Grill geröstet. Bruno erinnerte sich auch gern an die deutsche oder österreichische Freundin Ivans, die perfekte Wiener Schnitzel briet. Mandy, eine junge Australierin, die sich mit thailändischer und malaysischer Küche auskannte, hatte sich mit Pamela angefreundet und in deren Kochschule mitunter demonstriert, was ihr in den Weinkursen in Bordeaux beigebracht worden war. Die aktuelle Küchenchefin, die mit Ivan Bett und Herd teilte, war zufällig im Tal der Vézère aufgekreuzt, eines Mittags in Ivans Lokal eingekehrt, zum Abendessen wiedergekommen und kurz entschlossen bei ihm eingezogen.

Ihr Name war Miko; sie kam aus Osaka in Japan, wo sie Englisch und Französisch an einer Highschool unterrichtete. Mit einem von der französischen Regierung vergebenen Eiffel-Stipendium promovierte sie nun am Institut für Kulturwissenschaften der Universität von Bordeaux. Die Osterferien hatte sie im Périgord verbracht und, für das Sommersemester nach Bordeaux zurückgekehrt, ihrem Professor mitgeteilt, eine einzigartige Gelegenheit nutzen zu wollen, um die französische *cuisine* zu studieren – was sie zwingend damit begründete, dass ein tieferes Verständnis der französischen Kultur unmöglich sei ohne eine gründliche Wertschätzung ihrer Küche. Vielleicht kam ihr auch zugute, dass der Professor aus Bergerac stammte und nicht davon überzeugt werden musste, dass das Périgord die wahre Heimat der französischen Kochkunst war. Bis zum September wieder in Ivans Lokal und von seinen Kunden dazu gedrängt, servierte Miko ihnen nun Tag für Tag ein japanisches Gericht.

Bruno hatte während eines Paris-Aufenthaltes japanisches Essen probiert, war aber nicht besonders beeindruckt davon gewesen. Er fand die Miso-Suppe ein bisschen fad und meinte, dass es sehr viel interessantere Zubereitungen für Fisch gab, als ihn roh zu essen. Auf Mikos Empfehlung hin hatte er sich aber dann ihr *shogayaki* vorsetzen lassen, ein dünn geschnittenes Schweineschnitzel mit einer Soße aus Knoblauch, Ingwer und *mirin,* einem süßlichen Reiswein. Ebenso gut schmeckte ihm der in Silberfolie gedämpfte Lachs, wozu sie eine Würzsoße mit dem Namen *ponzu* servierte, zubereitet aus Sojasoße, Zitronen, Orangensaft und *mirin.* Dazu gab es *katsuobushi* – getrocknete Thunfischflocken – und *kombu* – Streifen einer getrockneten Seetang-Art.

Für Bruno, der die klassische Küche des Périgord über alles liebte, war es geradezu ein Wagnis, solche exotischen Gerichte zu probieren. Ohne Ivans Liebschaften hätte er wahrscheinlich nie etwas anderes kennengelernt als gelegentliche italienische Kost und Pamelas überraschend leckere englische Gerichte wie ihr *steak and kidney pie* oder das üppige schottische Frühstück aus Eiern, Speck, *black pudding,* gegrillten Tomaten, Champignons und Kartoffelküchlein.

Er ging in Ivans Bistro und sah, dass Rod einen Platz für ihn reserviert hatte. Miko stand mit einem Schreibblock am Tisch, um die Bestellungen entgegenzunehmen. Statt sich zu verbeugen, bot sie nun die Wange zur Begrüßung. Sie war über einen Kopf kleiner als Bruno, schlank und lässig.

Heute trug sie eine hellblaue Strumpfhose, einen kurzen rosafarbenen Tellerrock, der ihrer gegenwärtigen Haarfarbe entsprach, und einen Rollkragenpullover, auf dem in Frakturschrift *Hells Angels* geschrieben stand. Das sei, sagte sie, in Tokio topaktuell. Bruno grinste bei ihrem Anblick.

»Können Sie uns ein Tagesgericht empfehlen, Miko?«, fragte er.

»Eine Suppe aus Garnelen-Tempura mit Udon-Nudeln und Gurken, gekocht in einem *kombu*-Fond. Sie wird Ihnen schmecken. Für Sie würde ich extra einen Löffel Crème fraîche beigeben.«

»Sehr lecker, Bruno«, rief Roberte von einem Tisch in der Nähe der Tür. Sie war in der *mairie* verantwortlich für den Sozialdienst und saß mit Sylvie am Tisch, die die chemische Reinigung leitete.

»Dann hätte ich die gern«, beschloss er und setzte sich zu Rod. Jamie und Galina änderten ihre Bestellung und wollten auch die Suppe haben. Sascha ebenfalls.

»Für mich auch. Also fünfmal die Suppe, bitte«, sagte Rod, und zu Bruno: »Wir hatten uns, als Sie kamen, schon für das Kalbsgericht entschieden. Es wird doch hoffentlich kein Problem sein, das rückgängig zu machen, oder?«

Bruno ging zur Küchendurchreiche und sorgte für Klarheit.

»Japanisches Essen im Périgord – was für eine Überraschung!«, wunderte sich Galina.

Bruno erklärte, was es mit Ivans Inspirationen auf sich hatte. Jamie erinnerte sich, bei seinem letzten Bistrobesuch von einer Spanierin ein himmlisches Dessert serviert bekommen zu haben.

»*Leche frita*«, präzisierte Rod. »Ja, das werde ich auch nie vergessen. Sehr gut war auch das Wiener Schnitzel, so dünn geklopft, dass es eigentlich nicht mehr auf den Teller passte. Und der Wein, den es dazu gab, was war das noch für einer, Bruno?«

»Grüner Veltliner. Hubert hat immer noch einen Vorrat davon in seiner *cave*.«

»Wir sollten Ivan nach Kiew schicken«, meinte Galina und wandte sich mit strahlendem Gesicht an Jamie. »Da findet er bestimmt eine Frau, die Borschtsch und *gribi v smetane* kochen kann, das sind gebackene Pilze mit Sauerrahmsoße.«

»Kannst du sie zubereiten?«, fragte Jamie.

»Ja. Es ist allerdings ein typisches Wintergericht. Wenn du mich kommenden Winter noch liebst, bekommst du's von mir.«

»Ich habe vor, dich noch viel länger zu lieben«, erwiderte Jamie.

Galina fuhr ihm zärtlich mit der Hand übers Gesicht, worauf Jamies Vater Bruno einen Blick zuwarf und die Stirn runzelte. Bruno lächelte ihm aufmunternd zu. Es war kein Geheimnis mehr, dass die beiden einander liebten, und wer sie wie Bruno zusammen musizieren gesehen hatte, musste von der Attraktion zwischen ihnen tief beeindruckt gewesen sein. Selbst Sascha wirkte nicht überrascht.

Die Gurkensuppe war vorzüglich. Anschließend schenkte Miko in fünf kleinen Porzellantassen grünen Tee aus, der herrlich duftete. Ivan folgte ihr mit einer Karaffe seines weißen Hausweins und fünf Gläsern. Er stellte sie ab, gab allen am Tisch die Hand, hieß Galina und Sascha als neue Gäste willkommen und Rod und Jamie als alte Freunde. Der Weißwein sei von der städtischen Winzerei, erklärte er, und passe sehr gut zu Mikos Essen.

»Lasst es euch schmecken«, sagte er und kehrte in die Küche zurück, aus der nun Miko mit vier Tellern auf einem Arm und einem fünften in der anderen Hand herauskam. Auf jedem befanden sich drei Riesengarnelen in einem dünnen, knusprigen Teigmantel. Dazu reichte sie eine Schale mit dampfenden Udon-Nudeln und eine kleinere mit einer hellbraunen Soße, in die die Garnelen gedippt werden sollten.

»Bon appétit«, sagte sie und räumte die Suppenschalen ab.

Bruno nahm eine seiner Garnelen beim Schwanz, tauchte sie kurz in die Soße und probierte einen Bissen. Die anderen taten es ihm gleich, zeigten sich angetan und aßen schweigend mit Genuss. Zu hören waren nur ab und an Laute schwelgerischer Zustimmung und das Schlürfen von Wein.

»Wie schade, dass Sie das Château Rock verkaufen«, sagte Galina leise zu Rod, als sie ihren Teller geleert hatte. »Jamie und Kirsty finden es auch schade. Sie wahrscheinlich auch. Ist es nur Ihre Frau, der es nicht leidtut?«

»Tja, ihr tut es auch leid, aber sie möchte in England einen neuen Lebensabschnitt beginnen und als Lehrerin arbeiten«, erwiderte Rod. »Sie will ein eigenes Haus beziehen, und um das finanzieren zu können, müssen wir das Château verkaufen. Vielleicht ist es besser so. Ein so großes Anwesen instand zu halten ist schrecklich viel Arbeit. Und jetzt, da Jamie und Kirsty erwachsen sind, hat sie noch die Möglichkeit, neu anzufangen, was wahrhaftig verlockender ist als die Aussicht darauf, einen alten Mann zu pflegen.«

»Sie könnten mit Ihrer neuen Musik wieder groß rauskommen und mit dem Geld, das Sie einnehmen, auch das neue Leben Ihrer Frau mitfinanzieren«, entgegnete Galina. »Jamie hat mich ein paar Ihrer aktuellen Stücke hören lassen. Ich finde sie ganz toll. Sie werden bestimmt Erfolg haben.«

»Die laufenden Kosten für das Château blieben, und allein kann ich die anfallende Hausarbeit nicht stemmen, selbst wenn ich noch jünger wäre. Weil Jamie und Kirsty immer wieder gern hierher zurückkommen, werden sie die *cabane* nebenan beziehen, aber nicht mehr im Schloss wohnen.«

»Sie könnten doch eine Haushälterin und einen Gärtner anstellen, einen Teil des Châteaus oder auch das ganze Haus vermieten und die *cabane* für sich nutzen«, meinte Galina entschieden. »Wäre doch besser, als von hier wegzuziehen, wo Sie Wurzeln geschlagen und Freunde gefunden haben. Wohin würden Sie gehen? Allein zurück nach Schottland? Ich finde, Sie sollten sich das Ganze noch einmal durch den Kopf gehen lassen, Mr Macrae. Es gibt bestimmt eine andere Lösung. Ich könnte mir vorstellen, dass sich das Schloss auch in den Sommermonaten an Musiker vermieten ließe. Es gibt viele, die in der Umgebung auf Festivals auftreten. Dann könnten Sie nicht nur Ihre, sondern auch deren Musik in Ihrem Studio aufnehmen.«

»Meinen Sie wirklich?«, fragte Rod sichtlich interessiert.

»Drei von Ihnen würden Château Rock gern halten – Sie, Jamie und Kirsty«, fuhr Galina fort. »Dass eine Person drei überstimmt, davon habe ich noch nie gehört.«

Es wurde eine Weile still. Galina musterte Rod mit herausforderndem Blick, bis sich Jamie und Bruno gleichzeitig zu Wort meldeten. »Ich glaube nicht, dass wir jetzt …«, sagte Jamie, während Bruno sich zu verabschieden versuchte.

Er stand auf, legte fünfzehn Euro auf den Tisch und verbeugte sich vor Miko, als sie das Geld abholte. Er winkte Ivan zu, ging hinaus zu seinem Polizeitransporter und machte sich auf den Heimweg. Er wollte versuchen, sich auf seine Begegnung mit Constant zu konzentrieren. Die Szene mit Galina aber lenkte ihn ab, insbesondere ihre Bemerkung, dass sie hierhergehöre und bleiben wolle. Dachte sie schon an Ehe oder nur an einen dauerhaften Wohnsitz? Wie Jamie war sie erst Anfang zwanzig, was Bruno etwas jung für eine feste Bindung fand.

Zu Hause zog er seine Uniformjacke aus, legte sie mit dem *képi* auf die Rückbank des Land Rover und vergewisserte sich, dass der Feldstecher in seinem Futteral steckte. War es wirklich nur ein Jahr her, dass Balzac, noch ein Welpe, dort hineingepasst hatte, wenn er mit ihm ausgeritten war? Er streifte seine rote Windjacke über, um nicht als Polizist aufzufallen, und rief Juliette an.

»Ich stehe jetzt vor Les Glycines, bin in Zivil und habe einen zweiten Helm dabei«, meldete sie merklich aufgeregt. »Der Baron hat sich noch nicht blicken lassen, aber im Gastraum sitzt ein Mann um die dreißig allein an einem Tisch und blättert durch einen Stoß Papiere. Ich glaube, er könnte es sein.«

»Gut, Juliette. Bleib in Deckung«, sagte er und schlug die Nebenstrecke über Saint-Cirq ein, vorbei an dem Campingplatz zu einer Stelle, wo er unbemerkt parken und trotzdem

Les Glycines ins Auge fassen konnte. Kurz nach zwei sah er den altehrwürdigen Citroën DS des Barons vor der Eisenbahnstation auftauchen und in der Nähe des Hotels halten. Eine schlanke Gestalt mit Sturzhelm kam aus einem Seiteneingang und verschwand. Das musste Juliette gewesen sein.

21

Während der vierzig Minuten, die er warten musste, überlegte Bruno, wie er sich Constant gegenüber verhalten sollte. Der Brigadier hatte angeordnet, Druck auf ihn auszuüben. Ihm und Sarrail Angst zu machen war auch Goiraus Devise. Das konnte Bruno natürlich tun, war aber nicht nach seinem Geschmack. Andererseits gefielen ihm die Methoden von Constant, Sarrail und Lara noch weniger. Wahrscheinlich redeten sie sich ein, legitime Geschäftsinteressen zu verfolgen, doch Bruno war empört. Eine Herde von Schafen ohne Futter und Wasser sich selbst zu überlassen war unverzeihlich. Wenn doch nur Fabiola zu Driant gerufen worden wäre, dachte er. Ohne eine gründliche Untersuchung des Leichnams hätte sie den Totenschein bestimmt nicht ausgestellt.

Der Baron und Constant traten jetzt vor die Tür und gaben einander die Hand. Constant begleitete ihn noch ein paar Schritte und bewunderte den Oldtimer des Barons, bevor er in seinen eigenen Wagen stieg. Durch den Feldstecher sah Bruno einen etwas untersetzten Mann um die dreißig mit kurzgeschnittenen Haaren und sonnengebräuntem Gesicht. Er trug einen Geschäftsanzug und einen Aktenkoffer, der mehr gekostet haben musste, als Bruno im Monat verdiente. Als er zum Abschied die Hand hob, blitzte etwas Goldenes an seinem Handgelenk. Langsam fuhr er in seinem Audi davon. Juliette setzte ihm auf ihrem Motorrad in diskretem Abstand nach.

Bruno folgte den beiden durch Meyrals und an Saint-Cyprien vorbei hinunter ins Tal der Dordogne. Bald wurde klar, dass Constant auf Château Marmont, die Seniorenresidenz, zusteuerte. An einer Kreuzung, von der die Zufahrt zum Schloss abzweigte, hielt Juliette an. Bruno fuhr zu ihr auf und bedankte sich bei ihr.

»Nehmen wir ihn fest?«, fragte sie.

»Nein, wir sorgen dafür, dass er den Kopf verliert. Warte hier, und häng dich an ihn dran, wenn er wieder aufkreuzt. Er wird es eilig haben. Später werde ich dir alles erklären, versprochen.«

Er fuhr durch ein Wäldchen zum Château hinauf, zog seine Uniformjacke an, setzte sein *képi* auf und ging zur Rezeption. Wie die Empfangsdame eines teuren Hotels erhob sich hinter einem antiken Tisch eine junge Frau in einem schwarzem Kostüm. »Kann ich helfen, Monsieur?«

»Ich möchte Monsieur Constant sprechen, Mademoiselle.«

»Wen darf ich melden?«, fragte sie und griff zum Telefonhörer.

»Ich will ihn überraschen«, antwortete Bruno und legte seine Hand auf den Hörer. »Wo finde ich ihn?«

Sie erschrak, beruhigte sich aber sofort wieder. »Tut mir leid, Monsieur, das geht so nicht –«

»Doch, Mademoiselle«, entgegnete Bruno laut, als ein älteres, vornehm gekleidetes Paar das Foyer durchquerte und ihn anstarrte. »Wenn Sie mich aufhalten, ist gleich ein

Kommando bewaffneter Gendarmen zur Stelle, die das ganze Haus auf den Kopf stellen und nach ihm suchen. Sie haben die Wahl.« Er zog sein Handy aus der Tasche.

Die junge Frau warf einen Blick auf das Paar, das stehen geblieben war und fasziniert zuschaute. »Er hat die Diderot-Suite im dritten Stock, am Ende des Flurs, vom Fahrstuhl aus links.«

»Danke, Mademoiselle«, sagte Bruno höflich. »Wenn Sie ihn anrufen und warnen, muss ich Sie festnehmen.«

Er ging durchs Treppenhaus nach oben und klopfte an der Tür. Als sie sich öffnete, wuchtete er sich mit der Schulter gegen das Türblatt. Constant taumelte zurück, und noch ehe er sich gefangen hatte, führte ihn Bruno im Polizeigriff zu einem Sessel und stieß ihn hinein. Er selbst holte sich einen Stuhl, der neben dem Schreibtisch stand, rückte ihn mit der Lehne unmittelbar vor Constants Knie und nahm rittlings darauf Platz.

»Was fällt Ihnen ein –«

»Wo ist Lara Saatchi?«

»Keine Ahnung.«

»Sie arbeitet angeblich für Sie.«

»Nein, sie arbeitet für einen Kollegen, Monsieur Sarrail.«

»Warum sitzt sie dann in Ihrem Büro in Périgueux?«

»Weil es da einen Extraraum gibt. Ich überlasse ihn Sarrail aus Gefälligkeit.«

»Und wie kommt's, dass sie Ihnen hilft, Versicherungsverträge zu ergaunern, indem sie alte lüsterne Männer verführt?«

Constant fiel der Kiefer nach unten. »Ich kann Ihnen nicht folgen.«

»Sie werden Monsieur Driant doch nicht vergessen haben. Schließlich erwartet Sie ein saftiges Bußgeld, weil Sie seine Schafe ohne Wasser und Futter gelassen haben. Im Périgord wird Tierschutz großgeschrieben. Aber das ist jetzt nicht Ihr eigentliches Problem, Constant«, fuhr Bruno energisch fort. »Sie stecken in großen Schwierigkeiten. Lara Saatchi ist die letzte Person, die Driant lebend gesehen hat, und ich bezweifle, dass sie ihn in diesem Zustand verlassen hat. Ihre Fingerabdrücke konnten in seinem Haus sichergestellt werden, unter anderem auf der Verpackung eines Kondoms, das benutzt wurde. Vermutlich hat sie auch das Kokain besorgt, das wir dort gefunden haben. Wahrscheinlich ist Driant daran gestorben. Ich nehme an, Sie wussten von seinen Herzproblemen. Eine junge, aufreizende Versicherungsagentin vögelt einen alten Mann aus Habgier zu Tode, angestiftet von Ihnen als ihrem Zuhälter. Wenn das keine fette Schlagzeile ist ... Sie werden berühmt, Sie, Sarrail und Lara Saatchi. Sex, Drogen und Mord – und Tierquälerei.«

Constant schloss die Augen und schien in sich zusammenzusacken. Sein Gesicht war aschfahl geworden. Für einen Moment fürchtete Bruno, er würde sich übergeben.

Ohne ein Wort zu sagen, zog Constant eine Brieftasche aus seinem Jackett und reichte Bruno eine *carte d'identité*, die ihn als Benjamin Constant, geboren in Neuilly, einem wohlhabenden Vorort von Paris, auswies. Dem eingetragenen Geburtsdatum nach war er dreiunddreißig Jahre alt. Bruno steckte die Karte ein.

»Seit wann arbeitet Lara Saatchi für Sie?«

»Sie arbeitet in erster Linie für Monsieur Sarrail, und mit

mir arbeitet sie erst, seit wir im vergangenen Jahr das Büro in Périgueux eröffnet haben. Für ihn arbeitet sie schon länger, früher von Monaco aus.«

»Erzählen Sie mir von Trans-Med-Euro.«

»Das ist eine internationale Versicherungsgruppe, eine meiner Klienten. Ich bin ihr Agent.«

»Ich frage Sie noch mal: Wie kommt's, dass Lara Saatchi alte Männer verführt und dazu bringt, Verträge mit Ihnen zu unterschreiben?«

Constant ließ den Blick durch das Zimmer schweifen, von der Tür zum Fenster und schließlich auf seine Füße, bevor er sagte: »Ich weiß nur, dass sie manchmal als Sekretärin aushilft.«

»Wo hält sie sich zurzeit auf? Und warum ist ihr Handy ausgeschaltet?«

»Ich habe keine Ahnung, weiß auch nicht, wo sie ist. Ich möchte mit einem Anwalt reden.«

»Sie werden einen brauchen.« Bruno beugte sich vor. »Darf ich?« Er zog Constants Handy aus dessen Hemdtasche. Das Display leuchtete sofort auf. Mit zwei Wischern hatte er die Liste der ein- und ausgegangenen Anrufe aufgerufen.

»Das können Sie nicht …« Constants Protest klang matt, was er wahrscheinlich selbst bemerkte.

»Was kann ich nicht? Ich habe um Erlaubnis gebeten. Ihr Einwand kam erst, als Ihnen klar wurde, dass ich etwas finden könnte, was Sie lieber geheim halten würden. Wir fahren jetzt zur Gendarmerie, wo ich Sie wegen Behinderung der Justiz einsperren lasse, bis ein offizieller Beschluss vorliegt. Oder sollen Gendarmen hierherkommen und Sie abführen – durch den Speisesaal, die Bibliothek und die Lounge? Was wäre Ihnen lieber?«

»Das ist doch absurd. Ich bin Versicherungsagent.«

»Sie sind ein Lügner, Constant«, sagte Bruno wie beiläufig und ging die Listen durch. »Sie wissen nicht, wo Lara ist? Sie haben sie heute Morgen angerufen und wenig später einen Anruf von ihr entgegengenommen. Auch mit Sarrail haben Sie gesprochen und etliche Male eine Nummer in Monaco gewählt. Außerdem eine 357er-Nummer, die Vorwahl von Zypern. Sie kommen ja telefonisch ganz schön rum. Und wer ist dieser Stichkin, der über sein Satellitentelefon zu erreichen ist? Sie haben ihn gestern zweimal und heute wieder angerufen.«

»Er ist der Eigentümer der Versicherungsgruppe.«

»Und wo steckt Ihr Komplize, Sarrail?«

Constant schluckte. »In seinem Büro in Monaco.«

»Adresse?«

Bruno notierte die Angaben und rief dann über sein Handy Juliette an.

»Sind die Kollegen schon zur Stelle?«, fragte er und drückte den Hörer fest ans Ohr, damit Constant Juliettes verwunderte Erwiderung nicht hören konnte. »Wir haben nur einen kleinen Fisch, ich will einen internationalen Haftbefehl für Sarrail, der der Polizei in Monaco noch heute zugeleitet wird.« Er las die Adresse laut vor, die ihm genannt worden war, und fügte hinzu: »Vielleicht sollte auch gleich der Name Lara Saatchi mit auf den Beschluss. Ich glaube, sie hält sich da unten versteckt. Und frag auch bitte nach, ob Stichkins Jacht im Hafen ankert.«

Bruno steckte sein Handy wieder weg und riss eine Seite

aus seinem Notizbuch, auf die er eine Quittung für den Empfang von Constants Smartphone und Personalausweis ausstellte und unterschrieb. »Wenn wir bis morgen Mittag Saatchi und Sarrail nicht festgesetzt haben, müssen wir allein mit Ihnen vorliebnehmen.«

Auf dem Weg durch die Empfangshalle ignorierte er den Manager der Residenz, den ehemaligen Junior-Concierge des Hotels Crillon, ging zu seinem Wagen und fuhr hinunter zur Kreuzung, wo Juliette auf ihn wartete.

»Kannst du die Anruflisten, Textnachrichten und das Adressbuch runterladen?«, fragte er und hielt Constants Smartphone in die Höhe. »Es ist nicht passwortgeschützt. Ich hab schon einen Blick reingeworfen.«

»Das mache ich bei mir im Büro. Was sollte das mit dem Haftbefehl für Monaco?«

»Ich wollte ihm noch ein bisschen Angst machen. Ich glaube, ich schulde dir ein *dîner,* dir und dem Baron. Bist du heute Abend schon vergeben? Sonst schlage ich vor: bei mir zu Hause um sieben? Kopier mir bitte, was auf dem Ding zu finden ist. Okay? Vielen Dank.«

Sie nickte ernst und schaute Bruno nach, als er davonfuhr. Im Büro rief er den Baron an, bedankte sich auch bei ihm mit einer Einladung zum Abendessen und fragte, wie das Gespräch gelaufen sei.

»Das kann ich dir auch heute Abend erzählen«, antwortete der Baron. »Constant ist ein aalglatter kleiner Teufel. Ich würde ihm keinen Millimeter weit trauen. Er hat sich übrigens im Vorhinein ausführlich über mich informiert. Kommt noch jemand zum Essen?«

»Ja, Juliette, die junge Kollegin aus Les Eyzies. Ihr seid

euch schon mal kurz bei mir begegnet. Sie ist in den Fall mit eingebunden. Ich habe sie auf Constant angesetzt.«

Daraufhin rief Bruno Jean-Jacques an, berichtete ihm von seiner Begegnung mit Constant und gab ihm Mobilfunknummern durch, die von Constant (dessen Handy er kurzfristig konfisziert hatte) und Lara Saatchi. Yves würde nun in der Lage sein, Lara jederzeit zu lokalisieren oder zumindest die jeweiligen Funkmasten, in deren Nähe sie sich befand. Bruno versprach Jean-Jacques, ihm eine Kopie der Telefonlisten zu schicken, und kündigte ihm an, dass er wahrscheinlich einen Anruf von Maître Duhamel wegen einer von Driants Sohn angestrengten Zivilklage erhalten würde.

Bruno verließ sein Büro, um im Bio-Laden Hühnerschenkel zu kaufen und *pain campagnard* in der Moulin. Als er das Fleisch zum Kühlschrank in der *mairie* brachte, lief ihm der Bürgermeister über den Weg.

»Sie kochen heute Abend?«, fragte Mangin hoffnungsvoll.

»Ja. Möchten Sie uns Gesellschaft leisten?«, erwiderte Bruno, der den Wink seines Chefs wohl verstanden hatte. »Der Baron und Juliette werden ebenfalls da sein.«

»Mit Vergnügen«, sagte der Bürgermeister.

Bruno entschuldigte sich, als er sein Schreibtischtelefon klingeln hörte. Maître Duhamel war in der Leitung. Es schien, dass ihm die Aussicht auf ein Gerichtsverfahren gegen ein Versicherungsunternehmen gefiel, zumal es lukrativ zu werden versprach. Bruno informierte ihn über den Fall und empfahl dem Anwalt, sich mit Brosseil in Verbindung zu setzen, dessen Zeugenaussage gegen Sarrail ihm bestimmt nützlich sein konnte.

Zwanzig Minuten später galoppierte er auf Hector über den Hügelgrat hoch über dem Tal, während Balzac wacker versuchte, Anschluss zu halten. Der Wind, der ihm entgegenschlug, zerstreute Brunos Bedenken. In seiner Befragung Constants hatte er sich formal nichts zuschulden kommen lassen, aber so zu arbeiten gefiel ihm einfach nicht.

Wieder zu Hause, fütterte er die Hühner und erntete ein paar Zwiebeln und Salat aus seinem Garten. Aus der Vorratskammer holte er eine Dose *pâté* und deckte den Tisch. Dann duschte er und zog sich eine Jeans und ein Cordhemd an. Es war warm genug, um mit dem *p'tit apéro* auf der Terrasse anstoßen zu können. Also stellte er vier Gläser sowie eine Flasche Crème de cassis draußen auf den Tisch und staubte die Stühle ab. Aus dem Kühlschrank holte er eine Flasche Château du Rooy, einen trockenen Weißwein, damit er nicht allzu kalt sein würde. Dann ging er hinaus zum Kirschbaum und pflückte genug Früchte für vier.

In der Küche hackte er zwei Schalotten und drei Knoblauchzehen klein. Er würzte die Hühnerschenkel mit Salz und Pfeffer und holte seinen selbstgemachten Entenfond aus dem Kühlschrank. Im Garten pflückte er eine Handvoll frischen Estragon, wovon er einen Teil zur Dekoration beiseitelegte und den Rest zerkleinerte. In einer Kasserolle dünstete er die Schalottenwürfel vorsichtig in Butter. Als sie glasig waren, gab er Knoblauch und Estragon dazu, ein großzügiges Glas Entenfond und ein etwas kleineres Quantum Weißwein. Das Ganze ließ er auf kleiner Flamme köcheln. Dann gab er die Hühnerschenkel in die Kasserolle, legte einen Deckel auf und schob sie in den auf volle Leistung vorgeheizten Backofen. Nach fünfzehn Minuten drehte er die Hitze auf ein mittleres Maß zurück. In vierzig Minuten würde das Fleisch genau richtig sein.

Er fütterte Balzac, füllte seinen Wassernapf auf und setzte sich auf die Terrasse, wo er die heraufziehende Dämmerung genoss, während er auf seine Gäste wartete. Zu dieser Jahreszeit schwand das Tageslicht nur sehr langsam und allmählich. Es kam manchmal vor, dass er hier draußen saß und las und erst merkte, dass es dunkel geworden war, wenn er die Worte im Buch nicht mehr entziffern konnte.

Wie immer hörte Balzac schon lange vor Bruno das ferne Motorengeräusch. So stand er in der Auffahrt, als Juliette auf ihrem Motorrad heranknatterte. Sie stellte es ab, nahm den Helm vom Kopf, tätschelte Balzac und ließ eine schwarze Lederjacke von den Schultern gleiten, unter der sie ein pinkfarbenes T-Shirt trug. Sie reichte Bruno einen großen, dicken Briefumschlag.

»Ausdrucke von Constants Anrufen, des Adressbuchs, der Textnachrichten und seiner Fotogalerie«, sagte sie. »Manche der Bilder lassen darauf schließen, dass er eine sehr enge Beziehung zu einer jungen Frau unterhält. Vermutlich ist es Lara Saatchi, mit der er ziemlich pikante Texte austauscht. Ich habe Jean-Jacques das ganze Material schon zukommen lassen, wie du es gewünscht hast.«

Bruno schenkte ihr einen Kir ein und blätterte durch die Ausdrucke, als Balzac wieder anschlug und die Ankunft des Barons in seinem Citroën ankündigte. Auf dem Beifahrersitz saß der Bürgermeister. Er hatte eine Flasche Monbazillac von Château Bélingard mitgebracht, der Baron eine gekühlte Flasche Weißwein von Les Verdots, auf deren Etikett einfach bloß das Wort *Vin* geschrieben stand. Die Männer gaben Bruno zur Begrüßung die Hand und Juliette *bisous* auf beide Wangen.

»Ich dekantiere schon mal den Wein«, sagte der Baron und ging in die Küche.

Bruno verteilte Cassis auf die restlichen Gläser und füllte mit Weißwein auf. Er habe noch etwas zu tun, murmelte er und ging in sein Arbeitszimmer, wo er sich die Textnachrichten von jenem Sonntag ansah, an dem Lara Saatchis Handy auf Driants Hof geortet worden war. Als er sie las, riss er unwillkürlich die Augen auf.

Er rief Jean-Jacques an und sagte: »Es ist jetzt nicht mehr nur damit getan, Sarrail und Constant Angst zu machen. Wir haben sie. Lara Saatchi hat Constant abends um zwanzig nach acht eine SMS geschrieben und ihm mitgeteilt, dass Driant den Versicherungsvertrag zurückdatiert und unterschrieben hat. Und er solle sich keine Sorgen machen – sie habe ein Kondom benutzt. Um siebzehn nach neun schrieb sie: ›Er ist kollabiert. Ich verschwinde jetzt.‹ Constant textete zurück: ›Hinterlass keine Spuren.‹«

»Wo ist Constant jetzt?«, fragte Jean-Jacques.

»Vor drei Stunden war er noch im Château Marmont. Ich habe sein Handy und seinen Personalausweis. Nehmen wir ihn fest? Oder müssen wir vorher den Brigadier informieren?«

»Ich werde ihn anrufen. Und auch Prunier. Was vereinbart wird, sage ich Ihnen dann. Welche ist die nächste Gendarmerie, falls wir ihn festnehmen lassen?«

»Saint-Cyprien«, antwortete Bruno. »Rechtlich ist die Sache klar. Sie müssen ihn festnehmen, und zwar unter dem dringenden Tatverdacht der Verschwörung zum Betrug und zur Vertuschung eines Gewaltdelikts. Jetzt, da Yves Kokainspuren sichergestellt hat, tippe ich auf vorsätzlichen Mord.«

»Ich rufe Sie zurück.« Jean-Jacques beendete den Anruf, worauf Bruno frustriert auf sein Handy starrte.

»Wenn ich das richtig mitbekommen habe, hat sie dem Alten einen amourösen Abgang verschafft und ihn tot zurückgelassen«, sagte der Baron, der in der Tür stand. »Tut mir leid, ich war in der Küche und konnte nicht anders als mithören. Willst du, dass ich Stillschweigen bewahre?«

Bruno zuckte mit den Achseln und führte ihn zum Tisch, wo Juliette und der Bürgermeister miteinander plauderten. »Ich glaube, im jetzigen Fall sind vier Köpfe besser als einer.«

Er las die wichtigsten Details aus dem Ausdruck vor und erklärte, welche Rolle der *fisc* und der Brigadier spielten und warum es doch fraglich sei, ob er beziehungsweise die Gendarmerie Constant in Kürze würde festnehmen können.

»Nicht zu fassen!«, empörte sich Juliette kopfschüttelnd.

»Wir wissen nicht, worauf General Lannes und das Innenministerium aus sind. Jedenfalls scheint deren Anliegen von übergeordneter Bedeutung zu sein«, sagte der Bürgermeister. »Sehen Sie's von der positiven Seite, Bruno. Driants Kinder werden ihre Zivilklage mit Sicherheit durchbringen und wahrscheinlich auch entschädigt werden.«

Bruno toastete Brot, brachte Wasser für den Reis zum Kochen und bat die Gäste ins Esszimmer, wo er sie mit *foie gras* und dem von Mangin mitgebrachten Monbazillac bewirtete. Für Juliette und den Baron schilderte Bruno den Fall von Anfang an. Er berichtete von dem Mittagessen mit Jean-Jacques und Goirau vom *fisc,* nannte den Namen des russischen Oligarchen, der hinter der Versicherungsgesellschaft steckte, erwähnte, dass sich die französische Regierung Sorgen mache hinsichtlich des Verkaufs von Reisepässen und betrügerischer Versicherungsverträge, und sagte, dass er vorübergehend wieder dem Stab des Brigadiers zugeteilt worden sei.

»Wenn sich der Brigadier einschaltet, haben wir es bestimmt mit einem Fall zu tun, der die nationale Sicherheit und unsere Geheimdienste betrifft«, schlussfolgerte Bruno.

»Dieser Oligarch Stichkin, Russland und Putin – womöglich geht es darum«, sagte der Baron, als Bruno die Teller einsammelte und in die Küche ging, um den Hauptgang vorzubereiten.

In einem Topf verrührte er Reis in heißem Olivenöl, bis alle Körner vom Öl benetzt waren. Dann goss er kochendes Wasser dazu und legte den Deckel auf. Er holte die Kasserolle aus dem Backofen, entnahm ihr die Hühnerschenkel, legte sie auf einen vorgewärmten Servierteller und deckte sie mit Alufolie ab. Das Reiswasser kochte, also drehte er die Flamme kleiner. Daraufhin ließ er den Bratensaft aus der Kasserolle durch ein Sieb in eine Pfanne laufen, rührte ein Weinglas Crème fraîche und ein paar Zitronenzesten darunter und reduzierte die Flüssigkeit bei mittlerer Hitze über fünf Minuten. Mit einer Gabel lockerte er den Reis auf und füllte ihn in eine Schale um. Damit und mit den Hühnerschenkeln in der Estragonsauce, die er in eine zweite Schale gegeben hatte, ging er zum Tisch, wo der Baron gerade dabei war, den Verdot in frische Weingläser einzuschenken.

»Ganz vorzüglich«, erklärte der Bürgermeister nach einer ersten Kostprobe. In diesem Moment rief Jean-Jacques zurück und gab eine Beschwerde von Commissaire Prunier weiter: Bruno habe Constants Handy unrechtmäßig konfisziert, weshalb seine Inhalte vor Gericht nicht verwertbar seien.

»Sie haben's vermasselt, Bruno«, sagte Jean-Jacques. »Nicht nur, dass wir uns die Ermittlungsergebnisse an den Hut stecken können ... Jetzt wird er Lara, Sarrail und wer weiß wen sonst noch vor Ihnen warnen. Sie hatten den Auftrag, den Kerl nervös zu machen, nicht ihn in Panik zu versetzen.«

22

Bruno hatte eine schlimme Nacht hinter sich. Er hatte lange wachgelegen, war dann irgendwann doch weggedöst, aber immer wieder geweckt worden von dem im Innern nagenden Vorwurf, die Strafverfolgung mutmaßlicher Täter vereitelt zu haben, weil er sich unzulässigerweise in den Besitz von Beweismitteln gebracht hatte. Doch dann stellte er diesen Vorwurf in Frage. Es war nicht unzulässig, wie er gehandelt hatte. Jeder Kollege hätte an seiner Stelle Ähnliches getan. Das eigentliche Problem, dachte er in einem Anflug von Selbstmitleid, lag in den haarsträubend unkonkreten Anordnungen des Brigadiers. Der hatte ihn gewissermaßen wie einen Terrier in den Kaninchenbau geschickt, um den auflauernden Jägern Beute zuzutreiben. Halbwegs beruhigt schlief er wieder ein, wachte aber bald mit dem nagenden Gefühl wieder auf, sich auf eine Weise verhalten zu haben, auf die er nicht stolz sein konnte und für die es keine Entschuldigung gab. Es half auch nichts, die schmutzigen Tricks von Constant und Lara in die Waagschale zu werfen.

Er richtete sich im Bett auf und dachte daran, wie er quälende Selbstzweifel zu bewältigen gelernt hatte. Wenn er im Unreinen mit sich selbst war, half ihm Aktivität. Draußen war es noch dunkel, obwohl es Ende Mai früh hell wurde.

Noch bevor sein Hahn krähte, hatte Bruno den Trainingsanzug angezogen. Er pfiff Balzac herbei und lief mit ihm die gewohnte Runde durch den Wald. Wie um sich selbst zu bestrafen, legte er ein scharfes Tempo vor, das er auch auf dem fünf Kilometer langen Höhenzug beibehielt, von dem aus er die Sonne über dem Massif Central in der Ferne aufgehen sah. Als er den Felsvorsprung erreichte, der ins Tal ragte, zwang er sich zu zehn schnellen Liegestützen, sprang dann wieder auf und lief zurück.

Balzac, den er weit hinter sich gelassen hatte, kam ihm bald entgegen, mit hängender Zunge und flappenden Ohren, was Bruno jedes Mal zum Lachen brachte. Er bewunderte die Unverdrossenheit, mit der der Hund trotz seiner kurzen Beine Anschluss an seinen menschlichen Begleiter zu halten versuchte. Als er sich im Gras ausstreckte, sprang Balzac auf seinen Bauch, fuhr ihm mit der Zunge übers Gesicht und schmiegte die Schnauze zwischen Kopf und Schulter. Bruno umarmte ihn, erfreute sich an dem vertrauten Duft und lauschte dem sonoren Knurren der Zufriedenheit tief in der Brust des Hundes. Wenn einem so viel Liebe entgegengebracht wurde, dachte Bruno, war es kaum noch möglich, mit dem Schicksal zu hadern. Er stand auf und setzte sich wieder in Bewegung, diesmal so, dass Balzac Schritt halten konnte.

Wieder zu Hause duschte und rasierte er sich, zog sich an und schaltete das Radio ein, um Nachrichten zu hören, während er Kaffee machte, ein Ei kochte und den Rest des Brotes vom Vorabend röstete. Vom Abendessen am Vortag waren nur noch ein paar Löffel Reis übriggeblieben, die er Balzac in den Napf gab. Eine halbe Stunde später war er auf dem Reiterhof. Er lockte Hector mit einer Möhre und beobachtete das Begrüßungsritual zwischen Pferd und Hund, die einander beschnüffelten. Während Balzac mit dem Schwanz wedelte, stupste Hector ihn mit den Nüstern an.

Pamelas Hunde Beau und Bella kamen jetzt auch in den Stall und warteten auf ein Willkommenssignal von Balzac, ehe sie sich der Box von Hector näherten. Bruno schmunzelte noch über die feine Etikette der Hunde, als er sein und Pamelas Pferd sattelte, obwohl er noch nicht wusste, ob ihn jemand begleiten würde. An diesem Wochenende würden die ersten Urlauber die *gîtes* beziehen, und vielleicht gäbe es den einen oder anderen Fremden, der am Ausritt teilnehmen wollte.

»Du bist früh dran«, sagte Pamela, die ein Gähnen unterdrückte und fest mit dem Fuß aufstampfte, um in die engen Reitstiefel zu kommen. »Jamie und seine Freundin sind noch nicht hier. Wir werden es langsam angehen lassen, weil Miko, die uns begleiten will, Anfängerin ist.«

»Hat sie denn schon mal auf einem Pferd gesessen?«

»Bislang nur auf Ponys. Miranda gibt ihr Unterricht. Sie ist eine sehr zarte Person, hat aber viel Mumm. Ich mag sie. Sie ist immer gut gelaunt, und die Pferde mögen sie auch. Wir werden sie auf den Andalusier setzen und uns nur im Schritt bewegen. Wenn du galoppieren willst, nur zu. Wie kommst du in der Driant-Sache voran?«

»Sie ist komplizierter als erwartet«, antwortete er und zäumte den Andalusier auf. Als er ihn gesattelt hinaus in den Hof führte, kam Ivans verbeulter Renault Clio die Auffahrt herauf, gefolgt von Jamies Kleinbus.

»*Bonjour,* Pamela, *bonjour,* Bruno«, grüßte Miko. Bruno

musste sich tief herunterbeugen, um ihr einen Kuss auf die Wangen zu geben, und half ihr in den Sattel. Unter ihrem neuen Reithelm traten lila gefärbte Haarsträhnen wie die Tentakel einer exotischen Seeanemone hervor. Sie winkte Jamie und Galina zu.

Pamela führte auf Primrose die kleine Gruppe durch den Paddock und zum Tor hinaus. Dann setzte sich Bruno ab, trabte ein paar Meter und gab dann Hector freien Lauf. Selbst Galina blieb schnell zurück. Den Wind im Gesicht zu spüren war genau das, was Bruno jetzt wollte, und er jubelte vor Freude, als er im fliegenden Galopp auf den steil bergan führenden Saumpfad zusteuerte, wo Hector schließlich, von Bruno dazu aufgefordert, langsamer wurde und stehen blieb. Mit hoch erhobenem Kopf drehte er sich um und wieherte den Pferden zu, die im gemächlichen Schritt folgten, als wollte er ihnen zeigen, wozu ein Pferd in der Lage war.

Eine halbe Stunde später saß Bruno in seinem Büro und ging Zeile für Zeile der Ausdrucke von Constants Handydaten durch, wobei er sich zu den relevanten Textnachrichten und E-Mails Notizen machte. Constant, Sarrail und Lara hatten genau gewusst, was sie taten, und dafür mussten sie zur Rechenschaft gezogen werden. Er schrieb auch einen kurzen Bericht für Jean-Jacques von seiner Befragung Constants und wie er an sein Handy gekommen war. Dabei formulierte er, wie es jeder junge Polizeianwärter in seiner Ausbildung lernte: »Ich bat ihn um die Aushändigung seines Handys und sagte, wenn er meiner Bitte nicht Folge leiste, würde ich das als Behinderung der Justiz werten und die zwangsweise Sicherstellung bei der Staatsanwaltschaft beantragen. Er weigerte sich daraufhin nicht mehr, worauf ich ihm eine Quittung für das Gerät ausstellte. Es wurde ihm heute Morgen im Austausch gegen einen datierten und unterschriebenen Beleg persönlich zurückgegeben.«

Juliette, die sich telefonisch noch einmal für das Abendessen bedanken wollte, hatte ihm mitgeteilt, dass sie das Handy noch vor ihrem Dienstantritt Constant in der Seniorenresidenz ausgehändigt und sich das mit einer Quittung hatte bestätigen lassen. Bruno fasste nun seine bisherigen Ermittlungsergebnisse schriftlich zusammen, ließ ein paar vielsagende Zitate aus den SMS-Texten einfließen und mailte den Bericht an das Büro des Brigadiers, worin er deutlich machte, dass eindeutige Beweise für eine Verschwörung zum Betrug vorlägen. In der Erwartung einer Antwort von Jean-Jacques machte er sich über liegengebliebene Büroarbeit her.

Kurz nach zehn rief Jean-Jacques an. »Ihr Bürgermeister hat's faustdick hinter den Ohren«, sagte er. »Er will den Finanzminister drängen, Versicherungsgesellschaften auf die Finger zu klopfen, und in einem Brief an ihn wörtlich zitierte Textnachrichten von Constant verwenden. Das weiß ich von Prunier, mit dem Mangin gesprochen hat. Er hat ihn auch noch mal daran erinnert, dass er als ehemaliger Senator enge Kontakte zu allen Ministerien unterhält. Auf Pruniers Frage, wie er denn an diese Textnachrichten gekommen sei, hat er angeblich geantwortet, dass er sich als Ihr Dienstherr von Ihnen über Ihre Arbeit umfassend informieren lasse. Als wäre das nicht genug, hat sich auch General Lannes an Prunier gewandt und ihm nachdrücklich erklärt, dass Sie seinem Stab zugeordnet wurden und von den

Vorschriften für Gefahrensituationen gedeckt sind. Wahrscheinlich wird ihn auch noch Goirau anrufen. Kurzum, Ihnen wird niemand was anhaben. Ich würde sagen, Sie sind ein Glückspilz, es sei denn, Sie haben das alles genau so geplant.«

»Ja, mein Bürgermeister ist ein guter Mensch«, erwiderte Bruno und legte den Hörer auf. Hinter sich hörte er jemanden kichern. Er drehte sich um und sah den, von dem gerade die Rede gewesen war. Ob ihn Brunos Bemerkung über ihn am Telefon amüsierte oder Balzac, der unter dem Schreibtisch hervorgesprungen war und ihn herzlich begrüßte, war nicht ganz klar.

»Danke, dass Sie mit Prunier gesprochen haben«, sagte Bruno.

»Wir in Saint-Denis nehmen es mit der Gerechtigkeit sehr ernst«, entgegnete der Bürgermeister augenzwinkernd und richtete sich auf, nachdem er Balzac getätschelt hatte. »Es hat mir gestern Abend bei Ihnen wirklich gut geschmeckt. Woher haben Sie das Rezept für dieses Huhngericht?«

»Von Florence. Es ist das Lieblingsessen ihrer Kinder.«

»Schön, dass Ihnen endlich aufgeht, was für eine tolle junge Frau sie ist«, sagte Mangin und verzog sich, bevor Bruno klarstellen konnte, dass er es gewesen war, der Florence nach Saint-Denis geholt und ihr eine Stellung als Lehrerin verschafft hatte. Noch konnte er Mangin daran erinnern, dass er heute außer Dienst war.

Der Elan, den er nach dem morgendlichen Lauf und dem Ausritt auf Hector verspürt hatte, war verflogen. Bruno fühlte sich müde. Er beendete seine Büroarbeit und verließ

Schlag zehn mit Balzac die *mairie*. Die unruhige Nacht holte ihn wieder ein. Seit langem war er überzeugt davon, dass eines der wichtigsten Dinge, die er beim Militär gelernt hatte, die Fähigkeit war, wo, wann und unter welchen Umständen auch immer schlafen zu können.

Um sich etwas Gutes zu tun, kaufte er bei Fauquet ein Stück Apfeltorte, auf die er zu Hause eine Scheibe Cantal-Käse legte. Er presste den Saft von zwei Zitronen über einem Glas aus und füllte es mit Wasser auf. Durch den Garten schlendernd, schaute er nach den Hühnern und Gänsen und aß dabei den Kuchen, trank den Saft und genoss den Tag. Dann ging er ins Schlafzimmer, zog sich aus, schloss die Vorhänge und legte sich ins Bett. In Gedanken schon beim nächsten Tag, an dem Balzac seine Unschuld verlieren und er Isabelle wiedersehen würde, schlief er lächelnd ein.

Um zwei am Nachmittag wachte er auf und fühlte sich wunderbar erfrischt. Er zog zivile Kleider an und warf einen Blick auf sein Handy, das er auf stumm geschaltet hatte. Es waren drei Anrufe eingegangen, einer von Jean-Jacques, den er sofort zurückrief. Von ihm erfuhr er, dass Commissaire Prunier den Fall an den Procureur weitergegeben hatte, den obersten Staatsanwalt im Département. Der hatte sich mit seinen Magistraten beraten und versprach, vor Gericht für eine Anerkennung der Beweise zu plädieren, vorausgesetzt, sie würden von Orange bestätigt. Der zweite Anruf war von Annette, der befreundeten Magistratin aus Sarlat, die ihm mitteilte, dass der Fall unter allen Mitarbeitern des Procureurs diskutiert worden sei und sie mehrere Präzedenzfälle in Sachen verschwörerischen Betrugs ausgegraben habe, bei denen Telefonaufzeichnungen vor Gericht zulässig waren. Davon habe sie auch ihren Vorgesetzten in Kenntnis gesetzt. Der dritte Anruf war von Rod Macrae.

»Bruno, schön, dass Sie zurückrufen. Château Rock hat eine Kaufinteressentin. Wir werden die Übertragung ohne Makler abwickeln, um uns die Provision zu sparen. Und jetzt die gute Nachricht: Das Schloss bleibt gewissermaßen in der Familie. Galina ist die Interessentin, und sie und Jamie werden heiraten. Ich wusste, dass sie Geld im Rücken hat, aber nicht, dass es so viel ist. Wir vereinbaren einen Kauf *en viager*. Heute Abend wird nach der Probe gefeiert. Sie sind herzlich eingeladen.«

Bruno war so verblüfft, dass er sich setzen musste. *En viager* bedeutete, dass der Verkäufer bis an sein Lebensende ein Wohnrecht in der veräußerten Immobilie hatte. Er war sich nicht sicher, was er von einer solchen Vereinbarung halten sollte, hatte aber trotzdem etwas dazu zu sagen. »Herzlichen Glückwunsch, Ihnen und den zukünftigen Eigentümern und natürlich auch Meghan. Es scheint, dass alle davon profitieren.«

»Ja, Meghan wird genug Geld haben, um sich ein schönes Haus in England kaufen zu können, und ich kann in die *cabane* umziehen. Sie reicht mir vollauf, und mein Studio kann ich ja auch noch nutzen. Jamie und Galina wollen hier eine Musikschule gründen, sobald sie ihr Studium beendet haben, und Studentinnen und Studenten aus London und Paris beherbergen, die auf hiesigen Sommerkonzerten auftreten. Mein Londoner Agent hat mich angerufen und gesagt, dass mit meinem Comeback-Album wohl alles klargeht. Und noch etwas: Kirsty will in den Weinhandel und sich an der Uni in Bordeaux darauf vorbereiten. Das finde ich großartig. Wir haben uns schon darauf verständigt, den Wein, den sie produzieren wird, Château Rock zu nennen. Auf dem Etikett wird eine Abbildung von mir in meinen wilden Tagen sein.«

»*Mon Dieu,* geht das nicht alles etwas schnell?«, fragte Bruno.

»Das hat Meghan auch gesagt. Jamie musste sie daran erinnern, dass sie viel jünger war, als sie mich geheiratet hat. Wir sehen uns heute Abend. Der Champagner geht auf mich.«

»Weiß Nathalie schon Bescheid? Es wird ihr nicht gefallen, dass keine Provision für sie abfällt.«

»Ich habe sie noch nicht erreicht, werde aber dafür sorgen, dass sie nicht ganz leer ausgeht. Ich muss jetzt gehen, Bruno. Brosseil erwartet uns in seiner Kanzlei, wo wir den *compromis de vente* unterzeichnen wollen. Wir sehen uns bei der Probe.«

Bruno rief den Bürgermeister an, um ihn zu informieren und zu fragen, ob Jamie und Galina wegen möglicher Komplikationen hinsichtlich des *bail agricole* gewarnt werden sollten. Da Brosseil den Pachtvertrag für den Weinberg aufgesetzt habe, erklärte der Bürgermeister, werde er am besten wissen, wie sich die Übertragung reibungslos gestalten lasse.

Als Bruno drei Stunden später mit Pamela, Fabiola und Gilles, der von Paris zurückgekehrt war, die Pferde sattelte, weihte er sie in die Neuigkeiten ein. Die beiden Frauen freuten sich, meinten aber, dass Jamie und Galina noch zu jung zum Heiraten seien. Gilles, der schon seit langem Fabiola bekniete, ihn zu ehelichen, hatte überhaupt keine Bedenken. Er bat Bruno um Unterstützung, doch der drückte sich wie immer in solchen Angelegenheiten und fand, dass jeder darüber selbst zu befinden habe.

»Es ist ja nicht so, als hätten sie viel miteinander gemein«, sagte Pamela.

»O doch, zum Beispiel die Leidenschaft für Musik«, entgegnete Bruno.

»Ja, aber sie ist Russin, und Jamie hat schottische Vorfahren und wurde in Frankreich großgezogen.«

»Das stimmt so nicht ganz«, wandte Fabiola ein. »Als Meghan und ich ihre Krankengeschichte durchgegangen sind, hat sie mir gesagt, dass ihre Großmutter, die fünfundneunzig Jahre alt geworden ist, aus der Ukraine stammte. Während des Krieges hat sie angeblich als Küchenhilfe für eine deutsche Familie gearbeitet, die sich in Polen niederlassen wollte. Als das nicht klappte, ist sie mit ihr nach Deutschland zurückgekehrt und hat nach dem Krieg einen schottischen Soldaten geheiratet, der sie nach Glasgow geholt hat. Meghan ist also zu einem Viertel Ukrainerin.«

»Aber sie geht doch hier zur Kirche, scheint also katholisch zu sein und nicht orthodox«, sagte Pamela.

»Es gibt in der Ukraine eine griechisch-katholische Kirche, die zwar dem orthodoxen Ritus folgt, aber dem Papst in Rom untersteht«, sagte Gilles. »Ich habe einmal vor Jahren einen Artikel darüber geschrieben.«

»Obwohl ihre Eltern aus der Ukraine und aus Russland sind, ist Galina, zumindest ihrem Pass nach, zypriotische Staatsbürgerin«, erinnerte Bruno.

»Was wir in diesen Tagen für ein Durcheinander erleben«, lachte Pamela.

»Das ist gut so, der Genpool wird ordentlich durchmischt«, erwiderte Fabiola.

Bruno dachte an die Vielzahl der ukrainischen Verbindungen, die plötzlich in Château Rock zusammenzulaufen schienen. Da waren Meghan, Galina und ihr Vater sowie Bertie und das Buch, das Gilles geschrieben hatte. Er lächelte in Erinnerung an Pamelas Vergleich zwischen Zufällen und den Bussen in London – man musste manchmal Stunden auf sie warten, und dann kamen drei oder vier gleichzeitig.

Eine Stunde später saßen sie auf spillrigen Holzstühlen in einer kleinen, achthundertjährigen Kirche in dem Hügeldorf Audrix, die mit dem Chor von Saint-Denis und den Musikern von Château Rock schon zu einem Drittel gefüllt war. Hinter ihnen hatten Bewohner des Ortes und Angehörige der Choristen Platz genommen. Pater Sentout sagte ein paar Worte über die Geschichte der Kirche, die während des Hundertjährigen Krieges sowohl von Franzosen als auch von Engländern als Stützpunkt genutzt worden war, und kündigte den Chor mit Mozarts *Laudate Dominum* an.

Als die letzten Töne verklungen waren, spielte Jamie die ersten vier Akkorde des *Concierto de Aranjuez,* worauf Galina mit der Flöte einsetzte. Dann kamen auch die Streicher hinzu. Die Akustik war perfekt, die Zuhörer dämpften den Hall der Kirche. Bruno schloss die Augen und ließ sich von der Musik mitreißen.

Als Nächstes sang der Chor Tschaikowskys *Cherubim-Hymnus*. In Galinas Augen zeigten sich Tränen, als sie mit Jamie das *Trio op. 100* von Schubert spielte, wobei sie mit ihrer Flöte den Teil des obligaten Cellos übernahm. Dabei hielt sie den Blick auf Jamie gerichtet, der sie seinerseits nicht aus den Augen ließ. Ein gelungener Abschluss des Konzerts, dachte Bruno, denn das Stück war so bewegend und so eindrücklich, dass die Zuhörer das Thema noch nachsummen würden, wenn sie die Kirche längst verlassen hatten.

Und dann kam eine Überraschung. Jamie stand auf, lehnte die Gitarre an seinen Stuhl und trat vor ein Instrument, das Bruno bislang noch gar nicht bemerkt hatte, ein Keyboard. Wie Fanfaren klang es, als er die ersten Takte der *Marseillaise* hören ließ, und der Chor stimmte ein mit *Love, love, love*. Die Streicher nahmen das Motiv auf, und schließlich sangen alle den Beatles-Song *All You Need Is Love*.

Pater Sentout stand als Erster auf und sang aus voller Kehle mit. Ein Großteil des Publikums machte es ihm nach. Bruno drehte sich um und sah die Bewohner von Audrix, darunter Nathalie, Arm in Arm mit Philippe Delaron. Beide sangen mit. Nathalie hauchte ihm einen Kuss zu, den Bruno erwiderte, worauf Philippe seine Freundin noch enger an sich zog.

Rod trat nun aus der hinteren Reihe des Chors mit seiner elektrischen Gitarre hervor und spielte George Harrisons berühmt gewordenen Ohrwurm-Riff. Die Resonanzen von Stimmen, Instrumenten und Chor, die von den alten Gemäuern ausgingen, weckten den Eindruck, als rockte die Kirche mit.

»*Mon Dieu,* das war fantastisch«, schwärmte Bruno und umarmte Pamela, Fabiola und sogar Pater Sentout. Es schien, dass sich die ganze Gemeinde umarmte, und alle klatschten und jubelten, als man sich auf den Weg nach draußen machte. Plötzlich war von Rods Gitarre ein weiterer Riff zu hören, der, für die meisten sofort erkennbar, von seinem größten Hit stammte. Er wiederholte ihn ein paarmal, worauf die Menge verstummte.

»Euch allen Dank dafür, dass ihr an diesem wundervollen Abend teilgenommen habt. Er ist noch nicht vorbei«, rief er in seinem einfachen Französisch. *»Non, c'est pas fini.* Wir feiern heute nicht nur die Musik, sondern auch die Liebe, denn mein Sohn Jamie, dieser großartige Gitarrist, und Galina, die schöne junge Frau mit der Flöte, haben beschlossen zu heiraten. Ihr seid alle eingeladen, mit uns in der Auberge nebenan auf sie anzustoßen. Ich habe die ganze Terrasse für uns reservieren und Champagner kaltstellen lassen. Zu essen gibt's auch. *Bon appétit, et vive la musique, vive l'amour.*«

23

Bruno lächelte noch in Erinnerung an die Musik und die Feier nach dem Konzert, als er am nächsten Morgen kurz vor acht mit Balzac bei Fuß seine Runde über den Markt drehte. Die meisten Besucher und auch manche Händler, die jetzt ihre Stände aufbauten, schienen beim Konzert in der Kirche von Audrix gewesen zu sein oder zumindest davon gehört zu haben. Die Bude, vor der Karten für die Sommerkonzerte der Studenten vom Konservatorium vorverkauft wurden, erlebte einen regelrechten Ansturm.

»Das war ein toller Abend«, sagte Fauquet, der Bruno seinen Kaffee und ein Croissant brachte und sich bückte, um Balzac ein Stück Donut zu geben. »Und heute hat, wie man hört, der kleine Kerl seinen großen Tag.«

»Woher weißt du das?«, fragte Bruno. Fauquet zeigte in eine Ecke des Cafés, wo der Bürgermeister frühstückte und die *Sud Ouest* las. Er winkte Bruno zu und legte seine Ausgaben von *Le Monde, Nouvel Observateur* und *Figaro* beiseite.

»Philippe hat mir mitgeteilt, dass er einen Artikel über das Konzert gestern Abend schreiben will, der morgen in der Zeitung erscheint«, sagte der Bürgermeister. Er schaute auf Balzac herab, der gierig auf Brunos Croissant starrte.

»Glauben Sie, dass er ahnt, was ihm heute bevorsteht? Sie fahren doch heute mit ihm zum Decken, nicht wahr?«

»Ja, sobald der Markt schließt, machen wir uns auf den Weg. Und nein, es wird wohl eine große Überraschung für ihn sein. Er ist jetzt alt genug und in bester Verfassung. Und so besonders ist das Ganze ja nun auch wieder nicht. Millionen von Rüden haben's vorgemacht.«

»Aber das erste Mal für den eigenen Hund ist schon was anderes. Erzählen Sie mir von der jungen Frau, die zu uns zieht. Galina. Sie soll ja eine sehr talentierte Musikerin sein und hübsch dazu. Aber wieso hat sie einen zypriotischen Pass?«

»Ihr Vater ist sehr reich und hat ihr die zypriotische Staatsbürgerschaft gekauft, damit sie in Europa leben und arbeiten kann, vielleicht auch aus Vorsicht, falls in Russland etwas für sie schiefläuft. Über ihre Mutter hat sie auch die ukrainische Staatsbürgerschaft. Aufgewachsen ist sie jedenfalls in Moskau.«

»Woher hat er sein Geld?«

»Aus Rohstoff- und Autohandel, soweit ich weiß. Zudem soll er seit Jahren mit Putin befreundet sein.«

»Das macht mir Sorgen.«

»Mir auch. Ich sagte Ihnen ja schon, dass sich der *fisc* für ihn interessiert. Unser alter Freund, der Brigadier, ebenfalls. Mich hat er allerdings nur beauftragt, weiterhin Druck auf Constant und Sarrail auszuüben.«

»Klingt vielversprechend. Nun, alles Gute für Balzac, und hoffen wir, dass sich dieser große Tag viele Male wiederholt.«

»Großer Tag?«, fragte Yveline, die Kommandantin der

örtlichen Gendarmerie. Sie war gerade zur Tür hereingekommen.

»Heute Nachmittag wird Balzac in eines der größten Mysterien des Lebens eingeweiht«, erklärte der Bürgermeister. »Er wird zum ersten Mal als Deckrüde eingesetzt.«

»Oh, der liebe kleine Bursche«, freute sich Yveline mit strahlendem Lächeln. »Ich hätte gern eine seiner Töchter, egal, was sie kostet.«

»Lassen Sie sich auf die Bewerberliste setzen«, entgegnete der Bürgermeister.

Gegen Mittag wurden die Marktstände abgebaut. Bruno fuhr nach Hause und wechselte seine Uniform gegen Jeans und ein Polohemd. In eine Kühlbox packte er ein Stück selbstgemachte *pâté de foie gras* und eine Flasche Monbazillac von Clos l'Envège, und zwar aus der Charge, die von der Jury, der er selbst angehört hatte, als Jahrgangsbeste prämiert worden war. Er gab noch einen Tomme d'Audrix von seinem Freund Stéphane dazu, eine Tüte Kirschen aus dem Garten und ein Dutzend Eier von seinen Hühnern. In einen Pappkarton steckte er eine große Tüte seiner selbstgemachten Hundekuchen, eine Flasche Grand Millésime 2011 Château de Tiregand und ein Glas mit *confits de canard,* die er im vorigen Winter eingemacht und mit einer Fettschicht versiegelt hatte.

Er versorgte die Gänse und Hühner mit Futter und Wasser und vergewisserte sich, dass seine Jagdgewehre ordentlich weggeschlossen waren. Seine Dienstpistole legte er in den kleinen Tresor, den er in sein Fahrzeug hatte einbauen müssen, und entfernte vom Dach das Blaulicht, da er nicht als Polizist unterwegs sein würde. Schließlich verstaute er auch noch seine gepackte Reisetasche, half Balzac auf den Beifahrersitz und machte sich auf den Weg. Im CD-Player lief die von Rod Macrae kopierte Scheibe mit seiner Musik, als Bruno durch die jetzt voll erblühte Landschaft fuhr. Die Rosen schienen über Nacht aufgesprungen zu sein, und das Grün der jungen Blätter war fast blendend hell. In der frischen klaren Luft konnte er im Osten die erloschenen Vulkane des Massif Central ausmachen, im Norden die weiten Wälder des Limousin.

Er ließ sich Zeit und genoss die angenehme Fahrt, die ihn durch Montignac und Terrasson führte. Statt auf die Autobahn abzubiegen, wählte er die alte Straße nach Brive, und die ganze Zeit fragte er sich, wie wohl das Wiedersehen mit Isabelle ausfallen würde. Die Rückfahrt, so viel wusste er jedenfalls, drohte umso trauriger für ihn zu werden, je leidenschaftlicher und schöner das Beisammensein war. Denn dann wäre die Ahnung wieder lebendig, was zwischen ihnen hätte sein können, vielleicht sein sollen. Aber Isabelle war mit ihrem Job verheiratet und behauptete, er hinge allzu sehr an Saint-Denis. So oder so, für Bruno war klar, dass, solange weder er noch sie der Chance auf ein gemeinsames Wochenende widerstehen konnte, er keiner anderen Frau sein Herz würde schenken können. Vermutlich erging es ihr ebenso. Brächten sie es eines Tages tatsächlich fertig, einen klaren Schnitt zu machen, um dem anderen die Möglichkeit zu geben, eine neue Liebe zu finden? Würde der Klang ihrer Stimme am Telefon oder der überraschende Empfang einer Postkarte von ihr einmal nicht mehr die Wirkung tun wie bisher, nämlich seinen Puls zu beschleunigen?

Als Basset hat man es bestimmt leichter, dachte Bruno

und warf einen Blick auf Balzac, der aufrecht auf dem Polster hockte und gespannt nach draußen auf die Silhouette von Brive schaute, der wohl größten Stadt, die er bislang gesehen hatte. In zwanzig Minuten würde Isabelle eintreffen. Bruno parkte vor dem Bahnhof und spazierte mit Balzac über die Avenue Jean-Jaurès. Im Park gegenüber der Post konnte Balzac sein Bein heben. Dann zollten sie dem Monument aux Morts ihren Respekt. Brive war während des Zweiten Weltkriegs ein wichtiger Stützpunkt der Résistance gewesen und hatte sich als eine der ersten französischen Städte 1944 aus eigener Kraft von der deutschen Besatzung befreien können. Hier hatte der Widerstand seinen Ausgang genommen, am 17. Juni 1940, einen Tag vor der berühmt gewordenen Rede De Gaulles in London.. Edmond Michelet hatte einen Aufruf dazu in alle Briefkästen der Stadt gesteckt. Er war nach Dachau verschleppt worden, hatte aber überlebt und wurde 1959 zum Justizminister gewählt. Heute sah man rings um das Denkmal alte Männer *pétanque* spielen.

Pünktlich rollte der Zug ein. Isabelle stieg aus und sah wunderschön aus in einer schwarzen Hose und einem roten Rollkragenpullover. Sie hatte einen Weekender über die Schulter geworfen, kniete auf dem Bahnsteig nieder und streckte beide Arme aus. Noch bevor sie seinen Namen rief, kam Balzac herbeigeflogen und kläffte vor Freude. Bruno schaute lächelnd zu und wartete, bis er an die Reihe kam und fast ebenso innig und lange begrüßt wurde. Wohl keiner der Anwesenden auf dem Bahnsteig ahnte, dass diese bezaubernde junge Frau ein Team leitete, das für die Europäische Union Antiterror-Operationen koordinierte. Er nahm ihr die Tasche ab, und Arm in Arm gingen sie hinaus zum Land Rover. Isabelle bestand darauf, neben dem Hund auf der Rückbank Platz zu nehmen.

»Wir fahren jetzt an einen Ort, an den du dich bestimmt erinnerst«, sagte er, als sie die Stadt in nordöstlicher Richtung verließen und nachdem Isabelle bemerkt hatte, dass sie diesen Teil des Périgord noch nicht kannte. Sie plauderten eine Weile über dies und das, bis die Rede auf ihre jeweilige Arbeit kam und Isabelles kühle, messerscharfe Analysen Bruno erneut klarmachten, dass seine Freundin in erster Linie Karrierefrau war, die es schaffte, in der Hierarchie der französischen Sicherheitsbehörden immer weiter aufzusteigen.

Sie berichtete, dass sie am Vortag an einem Treffen ihrer Gruppe mit General Lannes teilgenommen hatte und von ihm über die jüngsten russischen Versuche der Einmischung in europäische Angelegenheiten informiert worden war.

»Vielleicht weißt du von den IT-Spezialisten des niederländischen Geheimdienstes, die Cyberangriffen russischer Hackergruppen nachgehen und immer wieder Alarm geschlagen haben?«, sagte sie. »Das war kurz nachdem in England der Nervengiftanschlag auf den russischen Überläufer verübt wurde. Lannes hat uns einen ukrainischen Offizier der Gegenspionage vorgestellt, der eine Menge Details über russische Maßnahmen zur Umgehung der Sanktionen zu erzählen wusste. Die Ukrainer wollen, dass Europa härter dagegen vorgeht, und das wollen wir auch. Der interessanteste Name, der in diesem Zusammenhang fiel, war der von Stichkin.«

»Aber Stichkin ist durch seine Geschäfte auf Zypern, Malta und in Luxemburg geschützt«, erwiderte Bruno. »Das sind drei EU-Stimmen zu seinen Gunsten.«

»Genau. Wir müssen uns also etwas anderes einfallen lassen. Wie hat Jean-Jacques immer wieder gesagt? Folge der Spur von der anderen Seite, in diesem Fall von der ukrainischen. Besonders gut mit der Ukraine kennen sich die Polen aus, die zu den meisten ihrer Nachbarn eine Hassliebe unterhalten. So auch zur Ukraine. Aber sie lieben uns Franzosen und verraten uns einiges.«

»Wieso sollten sie uns lieben?«

»Dafür gibt es geschichtliche Gründe«, antwortete sie. »Wusstest du, dass in der polnischen Nationalhymne Napoleon erwähnt wird? Er hat das Herzogtum Warschau gegründet und damit Teile Polens wieder unabhängig gemacht, die von Preußen, Österreich und Russland annektiert worden waren. Polnische Kompanien kämpften für Frankreich, sogar bei Waterloo. Und wie die Briten zogen auch Franzosen in den Krieg gegen Hitler, um Polen zu schützen.«

»Und was verraten uns die Polen?«

»Sie warnen uns vor extremistischen Nationalisten aus der Ukraine. Manche von ihnen erfahren diskrete Rückendeckung vom Militär, eine andere Gruppe setzt sich aus Auswanderern zusammen, denen Russland zuwider ist. Wir haben etliche von ihnen in Frankreich, die wir im Auge behalten. Du kennst wenigstens zwei: zum einen die Immobilienmaklerin Nathalie de Villiers, geborene Natalja Verschigora, deren älterer Bruder im Februar 2014 während der Majdan-Aufstände erschossen wurde; zum anderen Matwijeno Bondarschuk, unter seinen Freunden am Londoner College of Music bekannt als Kanadier namens Bertie. Von den Briten wissen wir, wann er als Austauschstudent ans Conservatoire gekommen ist. Unter den Toten auf dem Majdan-Platz war ein Cousin von ihm. Für die Ukrainer sind sie Märtyrer, die ›Himmlischen Hundert‹.«

Bruno versuchte, die Informationen zu verdauen, und dachte an Berties Rangelei mit Sascha. »Ist euch was über Meghan Macrae bekannt, die Frau des alten Rockstars?«, fragte er. »Sie hat eine ukrainische Großmutter.«

»Noch nicht, aber gib mir einen Familiennamen, den ich den Briten geben kann, damit sie in ihren Unterlagen nachschauen.«

»Und Galina, Stichkins Tochter? Ist sie nun Ukrainerin, Russin, Zypriotin oder was?«

»Sowohl als auch. Stichkin ist russischer Herkunft, wurde aber wie Galina in Donezk geboren. Die Stadt in der Ostukraine hieß früher Stalino nach Stalin. Seit sich die Region für unabhängig von der Ukraine erklärt hat und der Krieg begann, hängen wieder überall Plakate von Stalin in den Straßen, und russische Soldaten in Zivil sind allgegenwärtig. Stichkin hat seiner Tochter einen zypriotischen Pass verschafft, damit sie eine europäische Staatsbürgerschaft erhält.«

Isabelle legte eine kurze Pause ein. »Unsere Informationen stammen nicht nur aus Polen. Die verlässlichsten Quellen sind in den Niederlanden. Sie beobachten die Ereignisse in der Ukraine sehr genau seit Juli 2014, als prorussische Separatisten das in Amsterdam gestartete Flugzeug der Malaysia Airlines abgeschossen und den Tod von fast dreihundert Passagieren, darunter zwei Drittel Holländer, verschuldet haben.«

Bruno nickte; er erinnerte sich. »Was ist von den Holländern zu erfahren?«

»Von ihnen wissen wir, dass Galinas Mutter Bohdana eine Katholikin aus Lwiw ist, einer Stadt in der Westukraine. Ihr Neffe, Galinas Cousin, zählt ebenfalls zu den ›Himmlischen Hundert‹. Laut Auskunft unserer polnischen Gewährsleute hat sich Bohdana von Galinas Vater getrennt, weil sie die Ukraine unterstützt und er Russland gegenüber loyal ist. Er ist so alt wie Putin, ist wie dieser in Leningrad aufgewachsen und war mit ihm im selben Judoverein. Putin ist dem KGB beigetreten, Stichkin hat sich den Luftstreitkräften angeschlossen und war als Jagdflieger in Afghanistan. Nach dem Zusammenbruch der Sowjetunion versuchte Stichkin sein Glück als Geschäftsmann, wobei ihn Putin unterstützte. Seitdem stehen sie einander sehr nahe.«

»Ein Mitarbeiter des *fisc* vermutet, wie er mir sagte, dass Stichkin nach der Wiederwahl Putins Russland verlassen hat.«

»So ist es, aber er hat dafür gesorgt, dass Putin ihm die Stange hält. Er kehrt häufig nach Moskau zurück. Wir glauben, dass die beiden immer noch in engem Kontakt zueinander stehen, dass er Putins Mann im Westen ist und all die Oligarchen im Blick hat, die tatsächlich ins Exil gegangen sind. Putin hat dafür gesorgt, dass er am Wiederaufbau von Aeroflot und der staatlichen Nickelproduktion mitwirken konnte. Am meisten hat er aber am Autohandel verdient, ehe er ins Geschäft für Lebensversicherungen umgestiegen ist.«

»Auf dem Tennisplatz hat mir Galina gesagt, dass sie nicht so aufwachsen wolle wie ihr Vater«, berichtete Bruno. »Er hat einen Tennisstar aus ihr machen wollen, wogegen sie sich aufgelehnt hat.«

»Nach allem, was wir wissen, ist Galina weder für noch gegen einen ukrainischen Sonderweg. Sie hält zu beiden Elternteilen Kontakt, ruft sie regelmäßig an. Weil sie für uns eine Person von Interesse ist, hören wir sie ab. Deshalb weiß ich, dass sie dieses Château bei dir in der Nähe kaufen möchte. Sie hat ihren Eltern auch mitgeteilt, dass sie heiraten wird, und versprochen, mit ihrem Zukünftigen nach der Konzertsaison nach Monaco zu reisen, um ihn ihrem Papa auf dessen Jacht vorzustellen.

Wir vermuten, dass sich Stichkin um Putins Vermögenswerte außerhalb Russlands kümmert«, fuhr Isabelle fort. »Es scheint, dass er uns gegenüber aufgeschlossen und einigermaßen freundlich ist. Vor dem Hintergrund, dass Russland die größte geopolitische Bedrohung für Europa ist, pflegen wir die relativ gute Beziehung zu ihm. Wenn uns jemand Auskunft darüber geben kann, was auf Putin folgt, wird er es sein.«

Bruno fuhr langsamer, als sie eine Anhöhe erreichten, und zeigte auf ein Schloss mit barocken Rundtürmen. »Erinnerst du dich?«

»Wir waren in dem wunderschönen Sommer dort, als wir frisch verliebt waren«, sagte sie und legte ihm von hinten eine Hand an die Wange. »Hautefort.«

Das prächtige Château, dessen Ursprünge bis ins 9. Jahrhundert zurückreichten, sah aus, als hätte es besser ans Ufer der Loire gepasst. Für Bruno war Hautefort eine Art persönlicher Schrein. Er konnte sich noch gut an das magische Gefühl seiner just entflammten Verliebtheit erinnern, als er Hand in Hand mit Isabelle durch die Parkanlage und die alten, prunkvoll eingerichteten Säle geschlendert war. Sie hatten sich kaum voneinander lösen können.

»Lass uns hier haltmachen«, sagte sie. »Ich habe was zum Picknicken dabei.«

Bruno bog in einen Weg ab, der auf ein Wäldchen zuführte, und parkte außer Sichtweite der Straße. Er holte eine Decke aus dem Heck, während Isabelle aus ihrer Tasche ein Baguette, Schinken, Käse, Äpfel und eine Flasche Viognier holte. Balzac beschnupperte die auf dem Boden ausgebreitete Decke, auf die Bruno nun auch seinen Picknickkorb stellte.

»Du bist ja richtig häuslich«, bemerkte er lächelnd.

»Ich wollte, dass wir ein bisschen Zeit für uns haben, bevor wir den Zwinger erreichen«, erwiderte sie fast schüchtern. Den Kopf gesenkt, machte sie sich daran, den Käse aufzuschneiden.

Bruno führte eine Hand unter ihr Kinn und hob den Kopf ein wenig, um ihr in die Augen schauen zu können.

»Und in der Zeit, die wir für uns haben, willst du essen?«, fragte er.

»Nicht nur«, antwortete sie, erwiderte seinen Kuss und schob Brot und Käse beiseite.

24

Als die hübsche Silhouette von Hautefort im Rückspiegel kleiner wurde und verschwand, fragte sich Bruno, ob es auch für Balzac solche Momente der Zärtlichkeit geben mochte und ob er sein bevorstehendes Rendezvous in schöner Erinnerung behalten würde. Er wusste, dass Balzac auf seine Stimmungen reagierte, und fühlte sich mit ihm auf herzliche Weise verbunden, nicht zuletzt, weil sie perfekt aufeinander eingespielt waren, insbesondere auf der Jagd. Aber abgesehen davon, dass er spürte, wenn Balzac Hunger hatte oder müde war, spielen oder einfach nur Vögel beobachten wollte, blieb ihm die Innenwelt hinter den dunklen, tiefen Augen seines Hundes verschlossen.

… Ebenso wie die von Isabelle, dachte er, hob ihre Hand von seinem Schenkel und presste sie an seine Lippen. Sie saß jetzt neben ihm, Balzac allein auf der Rückbank. Es gab Augenblicke, glaubte er, in denen etwas so Intensives und Intimes zwischen ihnen vorging wie bei Jamie und Galina, als sie zusammen musizierten. Dann aber schien Isabelle so etwas wie eine mentale Tür zu schließen und sich wieder ihrer anderen Seite, der offiziellen, zuzuwenden. Vielleicht war es bei ihm ähnlich, dachte er, so wie bei altgedienten Soldaten, die von jetzt auf gleich zwischen Dienst und Freizeit umschalten konnten.

Sie näherten sich einem kleinen Fluss, der Auvézère, von der der Baron behauptete, dass sie das beste Fliegenfischerrevier der ganzen Region war. Als sie das Flussufer bei Cubas erreichten, bog er nach Osten ab und folgte Claires Wegbeschreibung. Nach wenigen Kilometern entdeckte er das handgemalte Schild »Chenils Mornier« und fuhr in einen Schotterweg, der zu einem alten zweigeschossigen Steinhaus führte. Die Fenster hatten blaugestrichene Läden, und die Eingangstür stand offen. Zwei große Scheunen flankierten das Haus und bildeten mit ihm einen geschotterten Innenhof. In mehreren alten aufgeschnittenen Weinfässern blühten scharlachrote Geranien. Ein Taubenturm überragte die Einfahrt zum Hof, und hinter den Scheunen befanden sich noch einige Außengebäude, die früher vielleicht einmal als Kuh- oder Schweineställe genutzt worden waren. Im Windschatten einer kleinen Anhöhe gelegen, schien fast den ganzen Tag über die Sonne auf das Wohnhaus, von dem sich ein schöner Blick auf den Fluss in der Tiefe bot. Vor einem der Außengebäude parkte ein zerbeulter Renault Kangoo. Bruno stellte sich mit seinem Land Rover daneben. Isabelle nahm Balzac an die Leine und stieg aus.

Es begrüßte sie ein Chor vertrauter Basset-Stimmen, dem sich Balzac sofort anschloss, gefolgt von einem sehr viel tieferen Gebell, das wahrscheinlich, wie Bruno vermutete, von den Malinois herrührte, den belgischen Schäferhunden. Balzac, der sich sonst immer brav an der Leine führen ließ, zerrte Isabelle plötzlich hinter sich her zu einem kleinen Flachbau, von dem Bruno glaubte, dass er ursprünglich ein Schweinestall gewesen war. Sie musste ihre ganze Kraft aufwenden, um ihn zurückzuhalten. An einem herkömmlichen Halsband hätte sich Balzac womöglich erdrosselt, so entschieden drängte er voran. Aber er trug ein Geschirr mit einem Ring über der Schulter, an dem die Leine befestigt war. So konnte er sich den Hals nicht zuschnüren.

»Das wird Balzac sein, und er zieht so heftig, weil er riechen kann, dass seine Herzensdame heiß ist«, meldete sich eine fröhliche Stimme.

Bruno drehte sich um und entdeckte eine mollige Frau mit raspelkurzem Haar, hellwachen, großen dunklen Augen, vollen Lippen und einem breiten Lächeln im Gesicht, im Arm einen Weidenkorb voller Gemüse. Sie trug grüne Gummistiefel, abgewetzte Jeans und ein kariertes Flanellhemd mit bis über die Ellbogen hochgekrempelten Ärmeln.

»Willkommen, Bruno, und schön, Sie wiederzusehen, Isabelle. Balzac ist ja tüchtig gewachsen, seit ich ihn das letzte Mal gesehen habe. Was für ein hübscher Bursche.« Sie bückte sich, setzte den Korb ab, nahm Balzacs Kopf in beide Hände und kraulte ihn da, wo er es am liebsten hatte, hinter den Ohren. Sie schaute ihm ins Maul, in die Ohren, begutachtete auch alles andere an ihm mit Kennerblick und sagte: »Er hat sich besser entwickelt, als zu erwarten war.«

»Danke. Ihr *potager* scheint sehr ergiebig zu sein.« Bruno deutete auf den überladenen Korb und reichte ihr dann seine Hand.

»Wo unsere Hunde gleich intim miteinander werden, wär's doch wohl angebracht, Sie würden mir eine *bise* ge-

Capri lockt – mit dem Duft von Zitronen und dunklen Geheimnissen.
Luca Ventura
Bittersüße Zitronen
Der Capri-Krimi
Roman · Diogenes
Jetzt reinlesen: diogenes.ch/lucaventura
Foto: © Unsplash

ben«, sagte sie und hielt ihm zuerst die eine, dann die andere Wange hin. Genauso begrüßte sie auch Isabelle.

»Der Schuppen drüben, auf den Balzac zugelaufen ist, ist unser Brautgemach. Diane de Poitiers wartet schon auf ihren neuen Verehrer. Die beiden scheinen ja schon Feuer und Flamme zu sein. Aber zuerst will ich das Gemüse in die Küche bringen. Kommen Sie doch mit.«

Claire ging ins Wohnhaus und führte sie durch einen gefliesten Flur in eine große Bauernküche mit einem uralten Herd, der buchstäblich zu glühen schien. Im Winter, dachte Bruno, würde er wahrscheinlich für angenehme Temperaturen sorgen und noch einen Großteil des Hauses mitheizen. An diesem Nachmittag Ende Mai war die Hitze allerdings kaum zu ertragen, obwohl alle Fenster und die Tür nach draußen offen standen. Auf der blankgewienerten Kochfläche dampfte ein großer *fait-tout*. Linker Hand befand sich ein Backofen, rechts daneben eine schwere Eisentür, die sie nun öffnete, um ein weiteres Holzscheit nachzulegen.

»Ich muss das ganze Jahr über Feuer machen«, erklärte sie. »Nur so komme ich an heißes Wasser, und bei Hunden, die alle paar Tage Junge zur Welt bringen, brauche ich davon jede Menge.«

Bruno nickte verständnisvoll und schaute sich um. In der Mitte des Raumes stand ein großer Tisch, geschützt mit einer Wachstuchdecke. Darauf verteilten sich ein Stoß Zeitungen, eine halbvolle Flasche Wein mit einem Korken im Hals und eine Keramikschale voller Äpfel. Es blieb genug Platz für den mit Lebensmitteln und Wein gefüllten Karton, den er mitgebracht hatte. Eine altehrwürdige Anrichte beherrschte die eine Längswand. Darüber waren in einem

Regal schöne alte Teller ausgestellt. Überall hingen Fotos von Hunden an den Wänden. Auf vielen waren Muttertiere mit ihren trinkenden Welpen abgebildet. Links neben dem Spülbecken stand der älteste Kühlschrank, den Bruno je gesehen hatte; auf der anderen Seite schloss sich eine verzinkte Arbeitsplatte an, die auf mehreren kleinen Schränken lag. Darüber hing an zwei Haken ein guterhaltenes Gewehr von Manufrance mit poliertem Holzkolben und geöltem Doppellauf an der Wand.

»Die Munition ist sicher weggeschlossen«, sagte sie zur Beruhigung ihrer Gäste, die sich in der Küche umschauten.

»Gut so«, erwiderte Isabelle.

»Wenn Sie wollen, zeige ich Ihnen meine Anlage. Balzac sollte wohl besser wieder an die Leine genommen werden, denn sonst läuft er zu Diane de Poitiers und heult vor ihrer Tür.«

»Ein ungewöhnlicher Name«, bemerkte Isabelle. »Benennen Sie all Ihre Hündinnen nach königlichen Mätressen?«

»Nein, der Name muss einfach irgendwie zum Stammbaum passen«, antwortete Claire und führte die beiden auf die rückwärtige Terrasse hinaus. »Ich habe auch eine Margaret Thatcher, weil sie aus einer englischen Linie stammt. Und dann wäre da Ingrid wie Ingrid Bergman, weil sie vom Swede Sun's Kennel zu mir gekommen ist. Ihr Balzac wird den Genpool meiner alten Big Bones auffrischen. Deshalb bin ich so froh, ihn hier zu haben.«

Sie gingen um die Ecke einer der beiden Scheunen und blickten auf eine Wiese mit Büschen hinaus, die von einem Drahtzaun umgrenzt wurde. Bruno und Isabelle mussten unwillkürlich lachen beim Anblick der großen Meute von Bassets, die dort umherliefen, sich im Gras fläzten, herumsprangen oder einander beschnüffelten. Manche waren schwarz, weiß und braun wie Balzac, andere nur schwarz und weiß. Obwohl Welpen bis zur Impfung von der Meute getrennt gehalten wurden, waren auch junge Bassets neben älteren Tieren und alle Altersstufen dazwischen auf der Wiese zu sehen. Bruno zählte insgesamt dreißig Tiere. In die Scheunenwand war ein Dutzend kleiner Türen eingelassen, von denen sich jede in einen kleinen Auslauf öffnete, der zwei Meter breit und fünf Meter lang sein mochte. Sie waren voneinander durch Zäune getrennt und hatten einen verschließbaren Durchlass zur Wiese.

»Sind das alles Ihre Bassets?«, fragte er.

»Ja, bis auf die mit den roten Halsbändern. Die sind hier vorübergehend in Pension, während ihre Besitzer Urlaub machen.«

»Ihre Kosten für Futter werden nicht gering sein«, sagte er. »Deshalb habe ich Ihnen einen Sack von meinen selbstgemachten Hundekuchen mitgebracht. Balzac könnte Carla etwas davon abgeben, ich meine Diane de Poitiers, als Brautgeschenk sozusagen.«

»Danke, das ist sehr lieb von Ihnen, und danke auch für die leckeren Sachen, die Sie mitgebracht haben«, erwiderte sie. »Übrigens, die andere Scheune ist ähnlich eingerichtet. Da halten wir die Malinois. Deren Feld ist allerdings größer, sie brauchen mehr Auslauf. Von hier aus können Sie es nicht sehen. Es ist mit einem über einen Kilometer langen Zaun umgeben. Die Pfosten dafür habe ich selbst eingeschlagen.«

»*Mon Dieu*«, staunte Bruno. »Wie lange haben Sie dafür gebraucht?«

»Zwei Monate. Die Scheune auszubauen hat noch länger gedauert. Zum Glück hatte ich Hilfe von Lehrlingen der Berufsschule in Excideuil. Einer der Lehrer ist ein Cousin von mir. Er hat den Direktor davon überzeugt, dass sie Facharbeit bei mir leisten können.«

»Haben Sie das Anwesen gekauft?«, fragte Isabelle.

»Nein, ich habe es von meiner Mutter als ihr einziges Kind geerbt. Mit meiner Pension vom Militär kann ich jetzt bescheiden leben. So habe ich es mir immer gewünscht.«

Claire zeigte ihnen die einzelnen Zwinger in der Scheune, die ungefähr zwei Quadratmeter groß waren. »Hunde fühlen sich wohl, wenn sie das Gefühl haben, in einer Höhle zu sein. Das gibt ihnen Sicherheit, insbesondere dann, wenn sie einen Wurf zu versorgen haben.«

»Arbeiten Sie hier ganz allein?«, fragte Bruno.

»Einmal in der Woche kommen zwei angehende Veterinärsassistenten. Nächstes Jahr werden es hoffentlich vier sein, und wenn ich sie erst einmal eingearbeitet habe, ist mir hoffentlich sehr geholfen.«

»*Chapeau,* Claire«, sagte er. »Sie leisten hier tolle Arbeit. Ich hoffe, Balzac enttäuscht uns nicht.«

»Er macht einen guten Eindruck auf mich.« Sie beugte sich zu ihm hinab und streichelte ihn. »Haben Sie gesehen, wie er seinen Penis ausgefahren hat, als er Diane de Poitiers gewittert hat? Ich glaube, er ist bereit, willens und in der Lage. Sollen wir ihn jetzt in ihr Boudoir führen?«

»Sollen wir es nicht lieber Honeymoon-Suite nennen?«, schlug Isabelle vor.

»Sie erwarten dort hoffentlich nicht Kerzenlicht und romantische Musik«, sagte Claire lachend.

»Warum nicht?«, meinte Bruno. »Für Balzac nur das Beste. Als wir telefoniert haben, haben Sie doch auch Musik versprochen, von Carla Bruni, wenn ich mich richtig erinnere.«

Das von Claire so genannte Boudoir war ein kleines Außengebäude, das, wie sie erklärte, tatsächlich zur Zeit ihrer Großeltern als Schweinestall genutzt worden war. Von ihm ging der betörende Duft aus, der Balzac sofort angelockt hatte. Er zerrte wieder an der Leine, als sie darauf zugingen. Claire öffnete die Tür, und zu seiner Überraschung sah Bruno, dass das Innere wahrhaftig in ein weiches, durchaus romantisches Licht getaucht war. Als Quelle stellte sich eine Infrarotlampe heraus, die Claire installiert hatte, damit sie neugeborenen Welpen Wärme spendete. Brautgemach und Wöchnerinnenstation in einem, dachte Bruno.

»Oh, sie ist wunderschön«, rief Isabelle beim Anblick des Basset-Weibchens aus, das aufgesprungen war, um sie zu begrüßen.

»Nicht anfassen. Sie könnte zuschnappen. Sie will jetzt einen Rüden und keinen Menschen«, sagte Claire mit Nachdruck.

Diane de Poitiers war eine prächtige Hündin, im Wesentlichen rötlich braun und weiß gefleckt. Lange schwarze Fellstreifen verliefen von den Ohren, die noch länger waren als Balzacs, bis zu den Lenden. Gemeinsam waren beiden Hunden die noble Kopfform und die lange Schnauze, die, wie Bruno fand, Bassets einen geradezu aristokratischen Ausdruck verliehen. Der Östrusgeruch war jetzt überdeutlich wahrzunehmen, und als Balzac zu heulen und mit den Pfoten zu scharren anfing, kehrte sie ihm bereitwillig ihr Hinterteil zu und hob den Schwanz.

»Diane kennt sich aus«, sagte Claire. »Sie hat schon einen Wurf zur Welt gebracht. Balzac scheint sehr erregt zu sein. Sie müssen eventuell mit der Hand nachhelfen, Bruno, um sicherzugehen, dass er trifft. Isabelle, bleiben Sie bitte an der Tür.«

Claire kniete sich vor Diane auf den Boden, flüsterte ihr ins Ohr und streichelte Kopf und Schultern, als Bruno Balzac von der Leine ließ. Der hechelte heftig und war merklich eifrig darauf aus zu tun, was von ihm erwartet wurde. Mit Schwung fiel er über Diane her, tat, wie Bruno sah, genau das Richtige und fing aus Leibeskräften zu stoßen an. Anfangs hatte er den Kopf in die Luft gestreckt wie bei der Jagd, wenn er heulte. Aber dann senkte er ihn auf Dianes Rücken wie in zärtlicher Zuneigung.

»Oh, er ist ein Naturtalent«, sagte Claire und hielt Diane fest, als sie leise zu winseln anfing. »Sie haben ihm gar nicht helfen müssen. Bleiben Sie da, wo Sie sind.«

Balzac reckte den Kopf wieder nach oben und heulte so laut, dass er jeden Fuchs und Dachs im Umkreis von Meilen in Angst und Schrecken versetzen musste. Dann sackte er auf Dianes Rücken zusammen und rührte sich nicht mehr.

»Nehmen Sie ihn jetzt vorsichtig auf, und gehen Sie mit ihm nach draußen«, sagte Claire leise. »Manchmal bleiben sie stecken. Ich glaube allerdings, hier geht alles in Ordnung.«

Bruno tat, wozu sie ihn aufgefordert hatte, und trennte die Hunde. Balzac sah geradezu verdutzt aus, als er noch einmal Dianes Hinterteil beschnupperte, auf das sich wieder der Schwanz gelegt hatte. Claire bedeutete Bruno, Balzac wieder an die Leine zu nehmen und ihn hinauszuführen.

Balzac schüttelte den Kopf, beschnupperte seine eigenen Genitalien und schaute dann zu Bruno und Isabelle auf, als fragte er sich, was um alles in der Welt mit ihm geschehen sei. Draußen blickte er auf die Tür zum Brautgemach zurück, warf den Kopf in den Nacken und heulte, bis Bruno seinen Rücken streichelte und ihm tröstende Worte zuflüsterte.

»Glaubst du, er braucht Trost?«, fragte Isabelle und kraulte Balzacs Ohren. »Oder will er vielleicht nur ein Rückspiel?«

»Vielleicht beides«, antwortete Bruno und fuhr zärtlich mit der freien Hand über ihren Rücken.

25

Nach einem gemeinsamen Abendessen und einer zweiten erfolgreichen Begegnung zwischen Balzac und Diane de Poitiers war Bruno am Telefon. Er kritzelte etwas auf einen Notizzettel, als Isabelle aus der Dusche kam. Sie trug einen Morgenmantel und hatte ein Handtuch um den Kopf gewickelt. Ihr Gesicht und die Augen leuchteten, und Bruno hatte plötzlich das Bild einer jungen Frau auf einer Kostümparty vor Augen. Er murmelte ein paar Worte des Dankes, beendete den Anruf und genoss den Anblick Isabelles.

»Ich habe etwas für dich«, sagte er. »Meghans persönliche Daten. Ich musste daran denken, dass sie mir erzählt hatte, im letzten Jahr wegen Geschwindigkeitsüberschreitung erwischt worden zu sein, als sie zum Flughafen von Bergerac gefahren ist, um ihre Kinder abzuholen. Jean-Jacques hat in der Bußgelddatei eine Kopie ihres französischen Führerscheins ausfindig gemacht. Darauf steht, wann und wo sie geboren wurde, nämlich im schottischen Glasgow. Mit diesen Daten können deine britischen Kollegen den Namen ihrer Großmutter ermitteln.«

»Merde«, erwiderte sie. »Wir haben Samstagabend.«

Sie holte ihr Handy hervor, scrollte durch die Kontakte und rief an. Bruno hörte eine englischsprechende Männerstimme. Isabelle entschuldigte sich für die späte Störung, sagte, es sei dringend, und nannte die Details.

»Dieser Ukrainer, den du erwähnt hast …«, sagte Bruno, nachdem sie ihr Handy wieder weggesteckt hatte. »Glaubst du, er könnte helfen, wenn du versuchst, der Großmutter auf die Spur zu kommen?«

»Wie soll das möglich sein? Sie war ein junges Mädchen, als sie für die deutschen Besatzer arbeiten musste, in einem Krieg, dem Millionen von Ukrainern zum Opfer gefallen sind, nicht nur Juden. Weiß der Himmel, was es noch an Unterlagen aus dieser Zeit gibt.«

»Die Familie, für die sie gearbeitet hat, soll sie mit nach Deutschland genommen haben. Anscheinend hat man sie gerngehabt und beschützt. Wer waren diese Leute? Woher kamen sie? Sie werden besseren Kreisen angehört haben und wahrscheinlich 1944 geflohen sein, als die Rote Armee Polen überrannt hat. Wo und wann hat sie diesen schottischen Soldaten kennengelernt? In Berlin oder sonstwo? Das wird aus der Heiratsurkunde und britischen Militärarchiven zu erfahren sein.«

»Ich glaube nicht, dass es sinnvoll ist, einer ukrainischen Großmutter nachzuspüren.«

»Viele Ukrainer, die Stalin verachtet haben, waren mehr als nur Mitläufer der Deutschen. Sie haben am Betrieb der Konzentrationslager mitgewirkt, an Massenermordungen teilgenommen und in vielen Fällen auch freiwillig aufseiten der Deutschen gekämpft. Es gab sogar eine Art Marionettenregierung unter der Fuchtel der Nazis. Ein Mädchen, das von einer deutschen Familie gewissermaßen adoptiert und mit nach Deutschland genommen wurde, wird in der

Folgezeit wahrscheinlich gute Verbindungen unterhalten und als deutschfreundlich gegolten haben. Noch Jahre nach dem Krieg leisteten viele Ukrainer Widerstand gegen die Sowjets. Ich erinnere mich, von einem führenden Widerständler gelesen zu haben – ich glaube, er hieß Bandera –, der Ende der fünfziger Jahre vom KGB mit Blausäure getötet wurde, abgefeuert aus einer Gaspistole. So wurden damals viele Gegner liquidiert.«

»Du holst ziemlich weit aus«, sagte sie nachdenklich. »Was soll das bringen?«

»Es war Meghan, die Nathalie engagiert hat, die Immobilienmaklerin, deren Bruder bei den Demonstrationen auf dem Majdan in Kiew erschossen wurde. Vielleicht ist das nur ein Zufall, aber warum hat sich Meghan keinen Immobilienmakler hier aus der Gegend ausgesucht? Und wie gerät sie ausgerechnet an jemanden mit ukrainischen Wurzeln und einem Märtyrer als Bruder?«

»Solange Scotland Yard nicht zurückruft, können wir nicht viel tun.«

»O doch.« Er holte sein Notizbuch hervor, blätterte darin herum und fand die Karte mit der Nummer von Nathalies Drohnenlizenz. »Die zivile Luftfahrtbehörde müsste selbst um diese Uhrzeit zu erreichen sein. Ruf an, und lass die Lizenz überprüfen. Darin sind bestimmt ihre Personaldaten eingetragen. Damit ließen sich ihre Eltern finden. Nathalies Vater war Franzose. Wo und wie hat er ihre Mutter kennengelernt? Woher stammt die Mutter? Hat sie einen französischen Pass? Wurde sie eventuell eingebürgert? Wie kommt sie mit dem Tod ihres Sohnes zurecht? Was wissen wir über ihn? Wann ist er in die Ukraine zurückgekehrt?«

Isabelle setzte sich ans Fußende des Bettes, rief den diensthabenden Offizier im Innenministerium an, stellte sich vor und erklärte, worum es ging.

Sie schaute zu Bruno auf. »Soll ich Lannes anrufen, oder tust du das?«

»Besser du«, antwortete er. »Ich weiß nicht, inwieweit ich mit dieser Ukraine-Geschichte überhaupt vertraut sein darf. Der Brigadier lässt mich im Unklaren, obwohl er weiß, dass und warum wir dieses Wochenende gemeinsam verbringen. Er hat sogar Balzac seine besten Wünsche durch mich übermitteln lassen.«

»Er glaubt wohl immer noch, dass ich dich dazu bringen kann, mich zu heiraten und mit mir nach Paris zu kommen, damit du für ihn arbeitest«, sagte sie fast beiläufig.

Er starrte sie an. »Das würdest du wollen?«

Fast ein bisschen trotzig erwiderte sie seinen Blick. »Ja, aber nicht für ihn. Für mich, für uns.«

»Aber das hatten wir doch schon«, erwiderte er. »In Paris wäre ich nicht der Mann, den du hier antriffst. Da gibt es kein Pferd, keine Hühner, und ein winziges Appartement in Paris würde ich Balzac nicht zumuten wollen. Und stell dir vor, wir bekämen Kinder. Wie könntest du das mit deinem Beruf vereinbaren?«

»*Merde,* Bruno. Es läuft immer wieder auf dasselbe hinaus. Angenommen, ich würde ins Périgord zurückkehren und Jean-Jacques' Nachfolge antreten – wozu es nicht käme, wenn ich schwanger werden würde. Ich würde verkümmern und dir die Schuld daran geben, dass ich meine Karriere aufgegeben habe.«

Er nickte, warf dann die Arme in die Höhe und lachte.

»Ich liebe dich, aber nüchtern betrachtet, sind wir chancenlos.«

Auch sie lachte und schüttelte den Kopf. »Ich liebe dich, aber wir haben keine Zukunft.«

»Aber die Gegenwart«, sagte er und löste den Gürtel ihres Morgenmantels.

Am nächsten Morgen wurden sie von einem Klopfen an der Tür geweckt. Claire rief sie zum Frühstück. Bruno warf einen Blick auf seine Uhr: halb acht. »Wir kommen«, rief er zurück. Sie duschten und zogen sich schnell an. Vor dem Spiegel fuhr Isabelle mit den Fingern durch ihre kurzen Haare. Balzac musste kurz nach draußen gelassen werden. Im letzten Augenblick fiel Bruno ein, dass er den Hund besser an die Leine nahm. In der Küche hatte Claire heißen Kaffee, warmes Brot und Croissants sowie eiskalten Orangensaft für sie bereitgestellt.

»Waren Sie schon extra für uns einkaufen?«, fragte er. »Sehr freundlich von Ihnen.«

Claire schüttelte den Kopf. »Ich wechsle mich mit einem Nachbarn täglich ab. Mal geht er ins Dorf einkaufen, mal gehe ich. Nach dem Frühstück muss ich mich um die Hunde kümmern. Dann werde ich mit den Pensionstieren einen Spaziergang machen. Sie könnten mich mit Balzac begleiten. Wenn wir wieder zurück sind, bringen wir ihn ein letztes Mal mit Diane zusammen. Übrigens, nochmals vielen Dank für den tollen Wein zum gestrigen Abendessen. Ich habe davon wunderbar schlafen können. Hoffentlich haben auch Sie gut geschlafen.«

»Bestens«, sagte Isabelle, »wie ein Murmeltier.«

Nach den Croissants gab es Baguette, hausgemachte Aprikosenmarmelade, Käse und hartgekochte Eier. Bruno aß mit Appetit und trank eine zweite Tasse Kaffee, während Isabelle zum Packen nach oben ging. Mit Claire führten sie anschließend die Hunde aus – für jeden waren es vier Bassets. Sie gingen ans Flussufer hinunter und über einen sanften Anstieg zurück zum Zwinger. Was ein ruhiger Spaziergang hätte sein können, gestaltete sich ziemlich schwierig mit der Vielzahl der Hunde, die sich in den Leinen verfingen, weil alle mit Balzac Freundschaft schließen wollten, verlockenden Düften zu folgen versuchten oder sich im Gras wälzten. Isabelle setzte sich irgendwann und machte sich lachend daran, einen gordischen Knoten zu lösen, während die Hunde um sie herumtanzten und um Aufmerksamkeit buhlten.

Als sie wieder auf den Hof zurückgekehrt waren und die Hunde auf ihrem eingezäunten Feld laufen gelassen hatten, schenkte Claire ihnen noch eine Tasse Kaffee ein. Danach gingen sie noch einmal zur Braut. Balzac brauchte auch diesmal keine Anleitung oder Aufforderung. Höflich beschnupperte er Diane, die auf der Seite lag, sich dann erhob und ihm ihr Hinterteil mit erhobenem Schwanz darbot, als wäre es das Natürlichste von der Welt. Was es ja, wie Bruno fand, auch war. Anschließend war es Diane, die Balzac anmutig beschnüffelte, als wollte sie seine Komplimente erwidern. Schließlich lagen sie noch eine Weile eng an eng und entspannt in der Streu, bis Claire sagte, dass sie sich jetzt um die Malinois kümmern müsse.

»Vielen Dank für Ihre Gastlichkeit. Es war wunderschön bei Ihnen«, sagte Isabelle. »Wenn mir dann und wann Paris zu hektisch werden sollte, würde ich gern bei Ihnen ausspannen und helfen, die Hunde auszuführen. Besser kann man sich gar nicht erholen. Vielleicht sollten Sie Wochenendurlaube anbieten. Damit lässt sich Geld verdienen.«

»Sie sind mir beide jederzeit herzlich willkommen«, erwiderte Claire. »Wenn mit Dianes Wurf alles klargeht, woran ich keinen Zweifel habe, würde ich Balzac gern ein weiteres Mal als Deckrüden einsetzen und Sie hier bei mir begrüßen. Ob ich aber dann Kaninchen auftischen kann, weiß ich noch nicht.«

»Wenn es so weit ist, werde ich kochen«, versprach Bruno und umarmte Claire zum Abschied. *»À bientôt.«*

Sie zogen das Bett ab und legten einen Zwanzigeuroschein aufs Kopfkissen mit der Nachricht, ein Geschenk für Diane zu kaufen. Dann verstauten sie das Gepäck im Wagen und fuhren zurück nach Hautefort, wo sie mit Balzac durch den geometrisch angelegten Barockgarten und die kleine Stadt unterhalb der Schlossmauern schlenderten.

»Ich bedaure nur, dass ich heute Morgen nicht zeitig genug aufgewacht bin, um mich von dir lieben zu lassen«, sagte sie und schmiegte sich in seinen Arm. »Bald bin ich wieder in Paris und versuche, einer ukrainischen Großmutter auf die Spur zu kommen und herauszufinden, was die Enkelin und ihre Freunde vorhaben.«

»Mir ist der Gedanke gekommen, dass sie Galina als Geisel nehmen könnten, aber ich kann mir nicht vorstellen, dass Meghan ihrer zukünftigen Schwiegertochter so etwas antun würde«, entgegnete Bruno. »Dann habe ich mich gefragt, ob es vielleicht einen Plan gibt, Stichkin zu töten, bezweifle aber, dass er sich hierherlocken lässt. Er wird wahrscheinlich wollen, dass die Hochzeit auf Zypern oder in Monaco stattfindet, vielleicht auf seiner Jacht.«

»Aber warum sollten sie ihn töten wollen? Außerdem kämen sie doch sofort als Hauptverdächtige in Betracht«, erwiderte Isabelle.

»Welche Rolle hat er während der Unruhen in der Ukraine gespielt?«

Sie erklärte, dass Stichkin Janukowytsch, dem prorussischen Präsidenten, nahegestanden habe. Dieser hatte sich gegen ein Assoziationsabkommen seines Landes mit der EU ausgesprochen und war dann während der Proteste, die auf die gewalttätigen Ausschreitungen auf dem Majdan folgten, nach Russland geflohen. Stichkin und Janukowytsch stammten beide aus Donezk. Mit Hilfe des Kreml beteiligte sich Stichkin an der Finanzierung und Koordinierung der ostukrainischen Separatisten und deckte die heimliche Unterstützung Russlands. Nachdem ein Waffenstillstand verabredet worden war, kehrte er nach Zypern zurück und brachte seine Vermögenswerte dort in Sicherheit.

»Warum sollten es die Ukrainer jetzt auf Stichkin abgesehen haben?«, fragte Bruno. »Er scheint aus dem Spiel zu sein.«

»Das weiß ich nicht. Aus den Niederlanden ist zu hören, dass er Gerüchten nach hinter den Scharfschützen der Geheimpolizei stand, die auf die Demonstranten auf dem Majdan geschossen haben. Aber das sind nur Spekulationen. Und Kiew ist voll davon. Falls es Lannes gelingen sollte, Stichkin zu rekrutieren, werden wir mehr erfahren, ob es uns guttut oder nicht.«

»Du klingst bitter.«

»Lannes ist ein guter Mann, aber er gehört zur Generation des Kalten Krieges, wie Putin, wie Stichkin, die immer noch in den alten Kategorien denken.« Sie schaute ihn an. »Sieh dir das heutige Europa an, mit Rumänien und Bulgarien, und jetzt kommen wahrscheinlich noch weitere Balkanstaaten dazu. Findest du, dass das gut für uns ist, für uns, die traditionellen Europäer? Und jetzt fordern auch manche, dass die Ukraine eingegliedert wird. Es gibt schon genug Schwierigkeiten mit Italien und Griechenland, von den Briten gar nicht erst zu reden. Du müsstest mal die Eurokraten in Brüssel hören, wie sie großspurig von den Vereinigten Staaten von Europa reden, der neuen Supermacht. Mir macht das manchmal Angst; es ist so unwirklich. Ich glaube an Europa, aber es wird Jahre, womöglich Generationen dauern, ehe eine echte Einheit zustande kommt.«

»Du warst also nicht nur höflich, als du zu Claire sagtest, wie gut du dich auf ihrem Hof entspannt hast.«

»Nein, ich habe es ernst gemeint. Aber über längere Zeit würde ich durchdrehen. Tag für Tag immer dieselbe Ruhe und Zufriedenheit ist dann doch nicht nach meinem Geschmack. Ich brauche ein Ziel und die Auseinandersetzung mit heiklen Problemen.«

»Was für ein Ziel hast du vor Augen? Lannes' Posten?«

»Nein, das nicht. Aber ich spiele lieber im europäischen Stadion als auf einem kleinen französischen Rasenplatz. Warum auch nicht? Leute wie mich muss es auch geben. Ich hake ein Kästchen nach dem anderen ab – Polizei, Staatssekretariat, EU-Justizkommission, Terrorismusbekämpfung.«

»Ja, du machst dich gut.«

»Deshalb mache ich da weiter. Wann geht mein Zug?«

»In fünf Stunden. Wäre noch Zeit für ein ausgiebiges Mittagessen.«

»Nach unserem Bauernfrühstück habe ich noch keinen Hunger.« Sie reckte den Hals, gab ihm einen Kuss auf die Wange und flüsterte: »Lieber wäre mir noch so ein Picknick wie gestern, und das am selben Ort.«

»Ich kenne dich.« Er umarmte sie. »Dir gibt das Risiko, erwischt zu werden, einen zusätzlichen Kick, nicht wahr?«

»Na klar«, antwortete sie lachend, nahm Balzacs Leine und lief zum Wagen. »Und nicht nur das«, rief sie über die Schulter zurück.

Auf der Fahrt zum Bahnhof von Brive holte sie ihr Handy hervor und meldete sich bei denen, die sie vergeblich zu erreichen versucht hatten. Dabei machte sie sich Notizen. Während des ersten Anrufs sprach sie Englisch, beim zweiten und dritten Französisch, beim vierten Deutsch.

»Wir haben Meghans Großmutter«, sagte sie. »Elsaveta Tereschuk. 1946 heiratete sie in Glasgow Sergeant Major James Angus McPherson von den Scots Guards. Aus der Verbindung gingen fünf Kinder hervor, die wir jetzt alle überprüfen. Nach seinem Wehrdienst wurde McPherson Lehrer. Seine Frau arbeitete als Sekretärin in der Glasgower Niederlassung der Association of Ukrainians in Great Britain, gegründet 1946. Außerdem schrieb sie für deren Zeitung, die *Ukrayinska Dumka*.

Wir haben auch Nathalies Mutter ausfindig gemacht, die nach dem Tod ihres Sohnes aus Kanada nach Frankreich zurückgekehrt ist. Sie kam 1958 in Kiew zur Welt, studierte in Krakau polnische Literatur und setzte sich 1980 während der Aufstände von Solidarność in den Westen ab. Sie kam an ein französisches Studentenvisum und heiratete einen frankokanadischen Studenten mit französischer Staatsbürgerschaft. Als die Ukraine 1991 unabhängig wurde, besuchte sie ihre Angehörigen in Kiew und kam dort mit ihrer Tochter nieder. Ein Jahr später wanderte die Familie nach Kanada aus.«

Bruno geriet ins Grübeln angesichts so vieler Menschen, die ihre Heimat verließen, um woanders ein neues Leben zu beginnen und Familien zu gründen, und dennoch mit ihren Wurzeln in Verbindung blieben. Daraus ist wohl Geschichte gemacht, dachte er, aus zahllosen kleinen persönlichen Entscheidungen, die, von Angst oder der Hoffnung auf eine bessere Zukunft motiviert, in ihrer Summe zu großen gesellschaftlichen Veränderungen führen. Historiker richteten ihr Augenmerk zumeist auf das große Ganze; dabei ging im Wesentlichen fast alles von einzelnen Männern und Frauen aus, die ihr Leben zu gestalten versuchten und dabei mitunter in alle Himmelsrichtungen zerstreut wurden.

»Im Fall Lara Saatchi kommen wir nicht weiter«, fuhr Isabelle fort. »Sie wurde an keiner europäischen Außengrenze registriert. Und dank Schengen kann sie sich hier frei bewegen, ohne einen Pass vorlegen zu müssen.«

»Käme sie auch per Schiff nach Monaco?«, fragte Bruno.

»Ja. Sie ist also entweder in Westeuropa geboren worden, oder ihr Pass wurde in einem westeuropäischen Land ausgestellt, und sie war nie außer Landes.«

»Dann erweitert die Suche auf Verkehrsämter, Schulbehörden und Krankenversicherungen«, schlug er vor.

»Haben wir schon. Nichts. So etwas kennen wir von Geflüchteten, besonders von solchen, die Angst davor haben, dass ihre Familien in ihren Heimatländern Repressalien erleiden könnten. Sie füllen ihren ersten Meldeantrag mit einem falschen Namen aus oder kaufen sich einen neuen. Vielleicht hat diese Saatchi sogar zwei Pässe auf verschiedene Namen. Unterdessen lassen wir auch im deutschen Militärarchiv in Karlsruhe nach Elsavetas Arbeitgebern suchen«, fügte Isabelle hinzu. »Das kann allerdings noch eine Weile dauern, wie man uns sagte. So, und jetzt muss ich noch jemanden zurückrufen.« Sie wandte sich ab und holte ihr Handy hervor.

»*Bonjour,* Jean-Jacques. Ich bin's, Isabelle«, hörte er sie sagen. »Was ist mit diesem Constant? Redet er?« Pause. »Tatsächlich? Gut.« Pause. »Er rückt also mit den Dokumenten heraus und gibt seine Aussagen zu Protokoll. Ausgezeichnet.«

Sie tauschten noch ein paar Nettigkeiten. Dann steckte Isabelle ihr Handy weg und sagte: »Constant singt wie ein Vogel, hat Jean-Jacques' Leuten Zutritt zu seinem Büro gewährt und Einblick in seinen Computer und die Akten nehmen lassen. Er behauptet, einfach nur den Anordnungen Sarrails entsprochen zu haben. Stichkin will er nur einmal getroffen haben, in Monaco, bei einer Cocktailparty auf dessen Jacht.«

»Wird es gegen ihn zur Anklage kommen?«, fragte Bruno und bog auf den Parkplatz neben dem Bahnhof ein.

»Ja, aber Jean-Jacques will, dass er als kooperierender Zeuge vor Gericht geladen wird.«

Sie sprang aus dem Land Rover, beugte sich von außen über die Rückbank, um Balzac zu tätscheln, sagte ihm, was für ein feiner Hund er doch sei, und schnappte sich ihr Gepäck.

»Du musst nicht mit auf den Bahnsteig kommen«, sagte sie, als Bruno sie umarmte. »Ich hasse solche Abschiede. Sie erinnern mich immer an Kriegsfilme und bringen mich zum Weinen. Danke, dass ich Balzacs großen Moment miterleben durfte, danke für die fünfundzwanzig wunderschönen Stunden und alles. Wir halten Kontakt wegen dieser Ukraine-Geschichte. *À la prochaine, mon cœur.*«

Bruno fuhr nach Hause. Er war glücklich, mit ihr zusammen gewesen zu sein, aber auch traurig, weil er sie wieder hatte ziehen lassen müssen. Aber seine gute Stimmung überwog, zumal mit Balzac alles so gut verlaufen war und Claire sie so freundlich aufgenommen hatte. Es hatte ihm auch gefallen, Isabelle bei der Arbeit zuzusehen. Schwer beeindruckt war er von der Reichweite ihrer Kontakte und von ihrer Fähigkeit, Unmengen von geheimdienstlichen Daten zusammenzutragen und zu verarbeiten. Aber konnte man sich auf diese Daten wirklich verlassen?, fragte er sich. Wo blieben in der Rechnung der menschliche Faktor, das persönliche Urteil und die Menschenkenntnis? Bruno wusste, dass er in seiner Arbeit als Polizist in hohem Maße darauf angewiesen war, die Bewohner von Saint-Denis gut zu kennen und deren Vertrauen zu genießen.

Im Hinterkopf spürte er einen kleinen nagenden Zweifel, was die ukrainischen Verbindungen anging, die Isabelle aufgedeckt hatte. Gab es wirklich einen Zusammenhang, oder war alles nur Zufall? Bertie schien ein anständiger junger Mann zu sein, auch wenn er etwas hitzköpfig sein mochte. Keinem der jungen Leute traute er zu, dass er oder sie gewalttätig werden konnte wie ein fanatisierter Terrorist.

Zu Hause sah er nach den Hühnern und Gänsen, füllte die Wassernäpfe auf, streute Körner und fütterte Balzac. Anschließend verbrachte er eine angenehme Stunde in seinem *potager,* wo er Unkraut jätete und seinen Gedanken nachhing. An seinem Laptop suchte er nach der Association of Ukrainians in Great Britain, von der Isabelle gesprochen hatte. Sie war von einem Offizier der kanadischen Armee zur Unterstützung der rund dreißigtausend ukrainischen Kriegsgefangenen, Flüchtlinge und Vertriebenen gegründet worden, die aus dem einen oder anderen Grund am Ende des Zweiten Weltkriegs in Großbritannien gelandet waren.

Eine Einrichtung des Vereins, die sich Patriot Defence nannte, sammelte Spenden für den Ankauf von Verbandskästen und zur Förderung von Trainingskursen für junge Ukrainer, die lernen sollten, in Gefechten erlittene Verletzungen zu versorgen. Unter gewissen Umständen keine schlechte Idee, dachte Bruno. Auf der Site fand er auch einen Hinweis auf den *Holodomor,* die schwere Hungersnot, die Stalin Anfang der 1930er-Jahre über die Ukraine gebracht hatte, als er die Landwirtschaft zwangskollektivieren ließ. Bruno wusste aus Geschichtsbüchern genug darüber, um einschätzen zu können, dass die Darstellung auf diesem Portal nicht übertrieben war.

Er konnte verstehen, was die Initiatoren bewogen hatte, eine solche Organisation zu gründen, und dass sie Verbindungen zwischen Familienangehörigen in einer weltweiten Diaspora herzustellen versuchte. Sie hatte wohl auch junge Idealisten motiviert, aus Frankreich, Großbritannien und

Kanada in die Heimat zurückzukehren und an den Demonstrationen auf dem Majdan gegen eine korrupte, moskauhörige Regierung teilzunehmen, die versuchte, Bestrebungen für eine engere Anbindung an Westeuropa zu unterdrücken. Bruno sah auch, wie aus einer solchen Organisation Gewalt erwachsen und sogar militante Extremisten hervorgehen konnten, die die Geheimdienste des Kreml auf den Plan riefen. Die jungen Leute, die er kennengelernt hatte, passten aber überhaupt nicht in dieses Bild. War Isabelle mit ihren Recherchen auf dem Holzweg?

Er ging zu Bett und schlief trotz seiner grüblerischen Gedanken bald tief und fest. Ob er geträumt hatte, wusste er nicht, als ihn sein Telefon noch vor Sonnenaufgang weckte. Albert, der Hauptmann der *pompiers,* versuchte mit lauter, aufgeregter Stimme, die Sirene seines Einsatzfahrzeugs zu übertönen, und berichtete von einem schlimmen Autounfall mit Toten auf der Umgehungsstraße von Saint-Cyprien. Er, Bruno, solle schnellstmöglich kommen.

26

Bruno hatte schon schlimmere Verkehrsunfälle gesehen. Massenkarambolagen waren die grausamsten und folgenreichsten. Aber noch nie zu Gesicht gekommen waren ihm die Schäden, die hier ein einzelnes Fahrzeug angerichtet hatte. Immerhin, so dachte er, war es nicht ausgebrannt, obwohl es an der Unfallstelle scharf nach Öl und Benzin stank.

Frisch geschlagene und geschälte Baumstämme, die am Straßenrand gelagert hatten, lagen kreuz und quer wie gigantische Mikadostäbchen auf der Fahrbahn und in der Böschung. Der Wagen schien in dem Moment auf die Stämme aufgefahren zu sein, als der Holzstoß ins Rollen geraten war, oder unmittelbar danach. Auf dem Asphalt waren keine Bremsspuren zu sehen, zumindest nicht im harschen Licht der Scheinwerfer, die die *pompiers* aufgestellt hatten.

Der größte Teil des Wracks, die zerquetschte Fahrgastzelle, lag über hundert Meter weit entfernt im Straßengraben. Andere Teile wie das Heck, ein Rad sowie eine Tür verteilten sich in fast regelmäßigen Abständen davor auf einem Teppich aus Glassplittern, die im Scheinwerferlicht wie Diamanten funkelten.

Bruno versuchte, aus den Trümmern schlau zu werden. Es sah alles danach aus, dass das Auto vor den einen oder anderen der Baumstämme, die die Straße blockierten, gekracht, im hohen Bogen darüber hinweggeflogen und mehrmals aufgeprallt war, ehe es noch ein paar Meter weitergerutscht und schließlich im Graben zu liegen gekommen war.

Die *pompiers* zerschnitten mit riesigen Schneidwerkzeugen das Wrack. Weiter oben, an der Stelle, wo Bruno den ersten Aufprall vermutete, hatte Fabiola schon eine Decke über ein sehr kleines Bündel gelegt. Er hob sie an und schreckte zurück. Was er sah, hätte am Haken einer Metzgerei hängen können. Nicht weit davon entfernt lag der Körper einer jungen Frau inmitten der Gegenstände aus einem geplatzten Koffer – Wäsche, eine Zahnbürste, ein zersplitterter Fön, ein einzelner Herrenschuh. Unwillkürlich zog es Bruno zu Fabiola hin. Dass sie Dienst hatte, hatte er nicht gewusst. Sie beugte sich gerade über eine andere verrenkte Gestalt am Boden.

Es war ein Mann, dem ein Bein fehlte. An seinen Schultern klebten die Reste eines Hemdes, und das verbliebene Bein steckte in Jeans; ansonsten war er nackt. Der Torso war voller Blut, der Hals grotesk verdreht. An seinem linken Handgelenk hing, mit Kette und Schloss gesichert, ein teuer aussehender Aktenkoffer. Bruno machte mit seinem Handy ein Foto davon, ehe Fabiola sich anschickte, den Leichnam zuzudecken. Sie hielt inne, wischte Blut von der eingedrückten Brust des Toten und zeigte auf eine großflächige Tätowierung.

»Hast du so was schon mal gesehen?«, fragte sie.

Es war ein Kruzifix, darüber der Kopf eines Heiligen und daneben eine Kirche mit Zwiebelturm. An dem Arm, an dem der Aktenkoffer hing, waren weitere Tattoos zu sehen, ein großer Stern auf der Schulter und am Handgelenk fünf Punkte, angeordnet wie auf einem Würfel. Unter der Kirche standen die Buchstaben CEBEP.

Verblüfft machte Bruno weitere Fotos.

»Ich muss jetzt zu dem Wagen hin, zu dem, was davon übriggeblieben ist«, sagte Fabiola. »Die *pompiers* meinen, der Fahrer steckt noch drin.«

»Es waren also drei Personen in dem Wagen«, sagte Bruno. »Da drüben hast du eben noch etwas zugedeckt. Was ist das?«

»Ein Kleinkind, weiblich. Mehr kann ich dazu noch nicht sagen«, antwortete sie.

Bruno schüttelte den Kopf und schwieg. Auf dem Weg zur Unfallstelle hatte er vorsorglich die Straße gesperrt, Umleitungsschilder aufgestellt und die Verkehrspolizei verständigt. Dann hatte er Lespinasse aus dem Bett geklingelt und ihn gebeten, mit seinem Abschleppwagen zu kommen und die Straße freizuräumen. Jetzt rief er den Bestatter an und sagte, dass es mindestens drei Tote gebe.

»Da ist noch der Fahrer drin, tot«, sagte Albert, als Bruno auf ihn und Fabiola zukam. »Beim Aufprall des Wagens hat ihn der Motor beinahe in zwei Teile geschnitten.«

»Ich habe bisher nur einen kurzen Blick drauf werfen können«, sagte Fabiola. »Männlich, weiß. Von einer Hand ist genug übrig geblieben, um erkennen zu können, dass er seine Nägel professionell hat maniküren lassen.«

»Gibt es Hinweise auf weitere Insassen?«, fragte Bruno. »Sind Ausweise gefunden worden?«

»Nein«, antwortete Albert. »Aber vielleicht suchst du

mal die Gepäckstücke durch. Unter dem Beifahrersitz lag eine teure Damenhandtasche von Gucci mit Bambusgriff. Wir haben sie noch nicht geöffnet. Könnte sein, dass da irgendein Ausweis drin ist. Während du suchst, machen wir noch ein paar Fotos. Übrigens, das EU-Kürzel auf dem Kennzeichen ist ein M. Könnte für Monaco oder Malta stehen. Das Modell ist jedenfalls ein Maserati. Hat bestimmt weit über hunderttausend gekostet.«

Bruno schrieb sich das Kennzeichen auf, während Albert weiter ausführte: »Der Tacho stand bei fast hundertvierzig Stundenkilometern, als er kaputtging. Selbst wenn der Fahrer die Baumstämme gesehen hätte, wäre ihm nicht mehr die Zeit geblieben abzubremsen, geschweige denn zu stoppen.«

»Und es gibt weder Brems- noch Schleuderspuren?«, vergewisserte sich Bruno. »Vielleicht sind die Stämme erst unmittelbar vor dem Unglück ins Rollen gekommen. Wäre ein verrückter Zufall.«

Noch einmal rief er die Einsatzleitung der Verkehrspolizei an und gab das Kennzeichen durch. Dann ging er langsam auf der Straße zurück und suchte nach Gepäckstücken. Innerhalb der nächsten halben Stunde fand er zwischen den Baumstämmen eingeklemmt die Kadaver von einer Bache und zwei Frischlingen, zwei Koffer und einen großen Seesack aus festem Segeltuch, der voller hochhackiger Damenschuhe unterschiedlicher Größe war. Die Handtasche, die aus dem Wrack geborgen worden war, führte er bei sich. War es möglich, dass eine zweite Frau im Wagen gesessen hatte?

Er suchte weiter und fand eine zweite Handtasche im

Graben, zusammen mit einem Hühnerkopf. Was hatte ein Huhn hier unter hungrigen Wildschweinen zu suchen? Die Handtasche bestand aus schwarzem Leder; auf der Lasche stand in kleinen goldenen Großbuchstaben der Name Michael Kors. Bruno konnte damit nichts anfangen, aber eine zweite Handtasche sprach dafür, dass eine weitere Frau im Wagen gesessen hatte. Also setzte er seine Suche fort.

Er ging zwischen den Baumstämmen und dem Autowrack zuerst auf der einen, dann auf der anderen Straßenseite am Graben entlang und leuchtete mit seiner Taschenlampe das Gebüsch und den Boden zwischen jungen Bäumen ab. Vorsichtig stieg er über Baumstämme, die, mindestens drei Meter lang und bis zu dreißig Zentimeter im Durchmesser, prekär ineinander verkeilt waren. Ein falscher Schritt, und er würde sich womöglich die Knochen brechen. Außer Glassplittern sah er nichts.

Schließlich erreichte er die Böschung, auf der die Stämme aufgestapelt gewesen waren. Im Hellen würde er festzustellen haben, warum sie ins Rollen geraten waren. Mehrere Möglichkeiten gingen ihm durch den Kopf. Unter dem Gewicht des Holzes mochte ein Kaninchenbau eingesackt sein; vielleicht hatten Wildschweine die Erde in unmittelbarer Umgebung durchwühlt; es konnte auch sein, dass jemand Holz zu stehlen versucht und dabei den Stoß gelockert hatte. Vor allem aber ging es ihm jetzt darum festzustellen, ob der Unfall ein weiteres Opfer gefordert hatte. Ihm war allerdings klar, dass eine Frau, die in einem Maserati reiste, durchaus zwei Handtaschen besitzen mochte.

Vom Rand der Böschung blickte er auf das abgerissene Heckteil hinunter, in dessen Nähe der Mann mit dem Aktenkoffer gefunden worden war. Bruno versuchte, den Unfallhergang zu rekonstruieren, und stellte sich vor, wie der Wagen auf die Holzstämme traf, durch die Luft katapultiert wurde und bei der Landung auf der Straße das Heckteil verlor. Wahrscheinlich war der Mann mit dem Aktenkoffer in dem Moment von der Rückbank nach draußen geschleudert worden. Wenn eine Frau neben ihm gesessen hatte und ebenfalls herausgeschleudert worden war, würde die Fliehkraft sie nach vorn getragen haben. Bruno zwängte sich durch das Gesträuch am oberen Rand der Böschung und schwenkte den Strahl seiner Taschenlampe hin und her. Plötzlich fiel ihm auf, dass einige Zweige, die ihm über den Kopf strichen, frisch geknickt waren. Im Schein der Taschenlampe entdeckte er eine kleine Schneise solcher Knickspuren. Er folgte ihr und sah in einiger Entfernung etwas Weißes aufschimmern. Ungeachtet der Kratzer, die er sich im Gestrüpp an Gesicht und Händen einhandelte, schlug er sich durchs Unterholz.

»Fabiola«, rief er, »hier ist noch jemand!«

Er beugte sich über eine halbnackte Frau mit offenbar gebrochenen Beinen. Das Gesicht und Teile des Körpers waren blutüberströmt, an den Füßen steckte nur ein einzelner Schuh mit hohem Absatz. Der weiße Schimmer, der ihn aufmerksam gemacht hatte, entpuppte sich als BH, er war von der Art, die vorn geschlossen wurde. Er legte seine Finger auf ihren Hals und erspürte einen schwachen Puls.

»Sie lebt«, brüllte er und beugte sich über sie, um sie zu beatmen, bis Albert angelaufen kam und Fabiola hinter sich herzog. Er solle weitermachen, sagte sie zu Bruno und drückte ein Stethoskop auf die Brust der jungen Frau. Dann stieß sie Bruno zur Seite, öffnete die Augenlider der Bewusstlosen und schaute ihr in die Augen.

»Wir brauchen eine Trage. Der Krankenwagen soll möglichst nahe parken«, ordnete sie an. »Bruno, beatme sie weiter, bis wir ihr Sauerstoff geben können. Albert, rufen Sie Dr. Gelletreau an. Er soll sich in der Klinik bereit halten. Und alarmieren Sie auch Mireille; sie ist die beste Schwester, die wir haben. Danach rufen Sie bitte das Krankenhaus in Périgueux an. Man soll uns einen Hubschrauber zur Klinik schicken, weil die Straße blockiert ist. Wir haben hier ein Unfallopfer mit schwerer Gehirnerschütterung, mehreren Knochenbrüchen und eventuell inneren Verletzungen. Ich werde die Frau in der Klinik röntgen und die Kollegen informieren. Am liebsten wäre mir, wenn Decoursy sich um sie kümmert; er ist der beste Mann bei Thoraxverletzungen. Wenn wir Glück haben, können wir sie retten.«

Bruno ließ sich von einem *pompier* ablösen, der die Mund-zu-Mund-Beatmung fortsetzte. Bruno und Albert trampelten auf Fabiolas Bitte hin das Unterholz nieder, bis die Trage von zwei Feuerwehrleuten gebracht und auf dem flachgetretenen Untergrund abgestellt wurde. Sie legten die Frau vorsichtig darauf, platzierten eine Sauerstoffmaske auf Mund und Nase und trugen sie, von Fabiola gefolgt, zur Straße. Als der Krankenwagen kam, stieg sie mit ein. Sekunden später fuhr er mit heulender Sirene davon.

»*Merde*, was für ein Glück, dass du sie gefunden hast!«, sagte Albert und trocknete sich mit einem Taschentuch die Stirn. »Was hat dich veranlasst, dort nach ihr zu suchen?«

»Eine zweite Handtasche, die einer zweiten Frau gehören musste.«

»Wenn man sie erst in einem oder zwei Tagen gefunden hätte, wäre sie wahrscheinlich tot gewesen, und wir hätten jede Menge Ärger am Hals.«

Brunos Handy vibrierte in seinem am Gürtel befestigten Futteral. Die Einsatzleitung der Verkehrspolizei meldete, dass der Maserati in Monaco auf einen Malteser Staatsbürger namens Alexander Dimitrowitsch Fallin registriert sei. Die Polizei von Monaco werde informiert.

Bruno berichtete, dass ein vierter Wageninsasse gefunden worden sei, eine junge Frau, schwer verletzt, aber noch lebend und auf dem Weg in die Klinik, von wo sie mit einem Hubschrauber ins Krankenhaus nach Périgueux gebracht werden würde. Um wen es sich im Einzelnen bei den anderen Unfallopfern handele, sei noch fraglich; er müsse erst verschiedene Gepäckstücke nach Ausweisen durchsuchen. Wenn es hell werde, wolle er den Unfallort noch einmal gründlich in Augenschein nehmen, insbesondere die Stelle, an der die Baumstämme gestapelt lagen. Wenn sich herausstelle, dass der Stoß nicht ausreichend gesichert gewesen sei, müsse sich der Eigentümer auf Schwierigkeiten gefasst machen.

Bruno legte beide Handtaschen in seinen Transporter, borgte sich von den *pompiers* das schwere Schneidgerät und durchtrennte die Kette, an der der Aktenkoffer am Arm des Toten hing. Er hatte ein Kombinationsschloss, weshalb es sich erübrigte, nach einem Schlüssel zu suchen. Er brachte ihn zu seinem Wagen und dachte daran, ihn eventuell aufbrechen zu müssen. Werkzeug dafür hatte er zu Hause. Dann ging er zu den einzelnen Koffern, die zerplatzt auf der Straße lagen, sammelte von deren Inhalt ein, was er finden konnte, und verstaute auch das in seinem Wagen. Die Mitarbeiter des Bestattungsunternehmens würden die Toten entkleiden und alles, was ihnen dabei in die Hände fiel, für ihn hinterlegen. Als er auf der Straße nichts weiter als Baumstämme und Trümmerteile des Maseratis entdecken konnte, suchte er Albert und fragte ihn, wann der Einsatz abgeschlossen sei und Lespinasse anfangen könne, die Straße freizuräumen.

»In etwa einer halben Stunde«, antwortete Albert. »Die Leichen müssen jetzt erst einmal ins Bestattungsinstitut gebracht werden, und dann machen wir einen letzten Suchdurchgang. Würdest du dich bitte um die Ausweispapiere und die Habseligkeiten kümmern?«

Bruno nickte. »Ich stelle eine Liste zusammen und lass dir eine Kopie zukommen. Der Wagen ist in Monaco registriert, hat aber einen maltesischen Besitzer mit russischem Namen.«

»Noch so einer«, grummelte Albert.

»Wie meinst du das?«

»Das Fernsehen brachte letztens einen Bericht über europäische Ermittlungen in Ländern, die Pässe und EU-Staatsbürgerschaften an reiche Ausländer verkaufen, vor allem an Russen. Von Malta und Zypern war auch die Rede.«

Bruno kräuselte die Lippen. »Und mit einem solchen Pass kann man überall in Europa leben und arbeiten?«

»Genau. Da sieht man mal wieder: Wer Geld hat, hat auch das Recht auf seiner Seite. Ich wette, von denen, die einen solchen schicken Pass besitzen, wird keiner Nachtschicht schieben wie wir.«

»Wahrscheinlich nicht, aber immerhin sind wir noch am Leben«, sagte Bruno, der es im Osten dämmern sah. »Und jetzt beginnt ein neuer Tag für uns.«

Bruno fuhr nach Hause. Die Sonne ging auf, und die Vögel zwitscherten, als er mit Balzac seine übliche Runde durch den Wald lief. Anschließend fütterte er die Enten und Hühner, setzte den Kessel für Kaffee auf, duschte auf die Schnelle und kochte zwei Eier. Er röstete das vom Vortag übriggebliebene halbe Baguette, hörte sich Nachrichten aus dem In- und Ausland an und schaltete dann den Lokalsender ein. Der berichtete von dem Verkehrsunfall gleich nach einem Beitrag über mehrere Bürgermeister, die sich darüber beklagten, von der Zentralregierung weiterer Vorrechte beschnitten worden zu sein.

Bruno ließ sich das ins weiche Eidotter getunkte Brot schmecken und gab auch Balzac eine Kostprobe davon, bevor er dessen Näpfe mit frischem Wasser und Hundekuchen füllte. Für sich presste er zwei Orangen aus und rührte einen Löffel Honig in seinen Morgenkaffee. Nach dem Frühstück ging er zu seinem Transporter und schaute sich den Verschluss des Aktenkoffers an.

Er hatte zwei Zahlenschlösser mit jeweils vier Rädchen. Bruno streifte sich ein paar Gummihandschuhe über und versuchte es auf gut Glück, indem er alle Rädchen auf null stellte, dann auf neun, dann auf eins bis acht. Daraufhin probierte er einen Trick aus, der ihm von einem Bekannten gezeigt worden war. Er setzte den Verschluss unter Spannung und drehte die Rädchen, bis er einen kleinen Widerstand zu spüren glaubte. So etwas funktionierte normalerweise mit billigen Schlössern, bei denen nur drei Ziffern einzustellen waren. Jetzt aber blieb er damit erfolglos. Als Nächstes folgte er einer dritten Methode, fädelte ein Stück feste Angelschnur durch den Riegel, zog ihn daran zur Seite und versuchte wieder, die Rädchen einrasten zu lassen. Vergeblich.

Für die letzte Vorgehensweise, die er kannte, brauchte er helles Licht. Mit einer Heftklammer drückte er das erste Rädchen nach rechts und sah links etwas Metallisches aufleuchten. Das war die Zuhaltung. Er drehte das Rädchen Zahl für Zahl, bis er eine winzige Delle in der ansonsten glatten Zuhaltung erkannte. Es war bei der Vier. Beim nächsten Rädchen war es die Sieben, dann die Zwei und schließlich die Drei. Das Schloss öffnete sich jedoch nicht. Er wusste allerdings, dass die Zuhaltung jetzt in der richtigen Position war. Er drehte die Rädchen um eine Stelle weiter, dann um zwei, und tatsächlich sprang das Schloss bei sechs-neun-vier-fünf auf. Das zweite Schloss hatte dieselbe Kombination. Er öffnete den Deckel und fand in dem Koffer mehrere Aktenordner voller Dokumente.

Obenauf lag eine Klarsichthülle, die einen Barscheck über dreihunderttausend Euro von einer monegassischen Bank enthielt, ausgestellt auf ein von Brosseil geführtes Treuhandkonto. In dem Aktenordner darunter fand Bruno den Ausdruck eines Briefs von Brosseil, einen Vertragsentwurf für den Kauf von Château Rock *en viager* sowie die Kopie der einschlägigen Liegenschaftskarte aus dem Katasteramt.

Andere Dokumente bezogen sich auf weitere Immobilien, die Seniorenresidenz, Versicherungsverträge, Vermögensteuererklärungen und dergleichen. Das, was Bruno ganz unten in dem Aktenkoffer fand, hätte so manchen in Versuchung gebracht: sorgfältig gebündelte grüne Hundert- und braune Fünfzigeuroscheine. So viel Bargeld auf einmal war ihm noch nie zu Gesicht gekommen. Die Bündel wurden von Banderolen mit dem Aufdruck 100 × 100 beziehungsweise 100 × 50 zusammengehalten und schienen frisch gedruckt zu sein. Jedes Hunderterbündel hatte demnach den Wert von zehntausend Euro, jedes Fünfzigerbündel von fünftausend. Jeweils vier davon lagen nebeneinander. Die Summe belief sich also auf sechzigtausend Euro. Vorsichtig hob er eines der Bündel aus dem Koffer und fand darunter eine weitere Lage gebündelter Geldscheine. Insgesamt hundertzwanzigtausend Euro in bar!

Kurz dachte er darüber nach, was mit einem solchen Vermögen anzufangen wäre. Vielleicht ein Haus kaufen, aber er hatte ja eins. Ein Auto, aber er hatte sein Dienstfahrzeug und einen alten Land Rover. Reisen? Aber warum sollte er sein geliebtes Périgord verlassen? Bruno erinnerte sich an seinen Freund und Jagdgefährten Stéphane, mit dem er allwöchentlich einen Lottoschein ausfüllte. Sie hatten sich eines Abends darüber unterhalten, was wäre, wenn ihnen ein großer Gewinn ins Haus flatterte, und sie waren übereingekommen, dass sich für sie nicht viel ändern würde. Bruno klappte den Deckel des Aktenkoffers zu, verschloss ihn wieder und rief Jean-Jacques an.

»*Bonjour,* Jean-Jacques«, grüßte er munter, als sich eine verschlafene Stimme meldete. »Sie haben wahrscheinlich noch nicht von dem Verkehrsunfall gehört. Vergangene Nacht ist ein Maserati in der Nähe von Saint-Denis verunglückt. Es gab drei Tote und eine schwerverletzte junge

Frau. Einer der Toten, ein Mann mit russischem Namen, Malteser Pass und einem in Monaco gemeldeten Fahrzeug, hatte einen Aktenkoffer bei sich, angekettet an sein Handgelenk. Ich habe ihn eben geöffnet und jede Menge Bargeld darin gefunden. Sollen wir nach Monte Carlo fliegen, oder kommen Sie hierher und helfen mir, die anderen Fundstücke zu sortieren?«

Bruno hörte am anderen Ende der Leitung ein Schnaufen und Ächzen. »Geben Sie mir ein bisschen Zeit«, knarzte Jean-Jacques, der nun offenbar Wasser laufen ließ und trank. Dann hatte er zu seiner gewohnten Stimme zurückgefunden. »Sagen Sie das noch einmal.«

Bruno wiederholte und glaubte, hören zu können, wie Jean-Jacques' Gehirn zu arbeiten anfing.

»Waren Sie die ganze Nacht auf?«

»Ich wurde um zwei aus dem Bett geklingelt«, antwortete Bruno.

»Wie viel Geld ist es denn?«, fragte Jean-Jacques und stieß einen Pfiff aus, als Bruno die Summe nannte, einen zweiten, als dieser den Barscheck erwähnte. »Ich mache mich gleich mit Yves und der Spurensicherung auf den Weg. Haben Sie die Fundstücke katalogisiert? Ausweise der Toten gefunden?«

»Nein und nein. Die drei Toten sind jetzt im Bestattungsinstitut. Die verletzte Frau wurde per Hubschrauber ins Krankenhaus von Périgueux gebracht.«

»Fangen Sie schon mal an, den Bestand von den Fundstücken aufzunehmen. Wir werden in circa einer Stunde zur Stelle sein. Wo treffen wir Sie an?«

»Ich brauche einen großen Tisch und dachte daran, in

den Ratssaal der *mairie* zu gehen. Fauquet wird geöffnet haben, wenn Sie ankommen. Vielleicht sollten wir bei ihm frühstücken. Ich schicke Ihnen schon mal einige Fotos auf Ihr Handy. Einer der Toten hat ein paar interessante Tattoos.«

27

Bruno musste fünfmal die Treppe in der *mairie* hinauf- und hinabsteigen, um alle Fundstücke vom Unfallort in den Ratssaal zu tragen. Mit der Kunststofffolie von einer Rolle, die er im Lager gefunden hatte, deckte er den Tisch ab. Er öffnete alle Fenster, damit sich der Gestank von Benzin verflüchtigte, streifte sich ein paar frische Latexhandschuhe über und machte sich an die Arbeit. Als er Jean-Jacques' Stimme unten auf dem Parkplatz hörte, hatte er schon die meisten Gegenstände sortiert. Auf der einen Seite lagen der Aktenkoffer, die beiden schwerlädierten Reisekoffer, ein großer Seesack und die beiden Handtaschen. An anderer Stelle hatte er Kleidungsstücke zusammengelegt, die wahrscheinlich in den Koffern gesteckt hatten – die von Männern und Frauen getrennt. Eine zerrissene Lederjacke, die unter dem Beifahrersitz hervorgezogen worden war, platzierte Bruno gesondert. Darauf legte er den Malteser Reisepass, den er in der Innentasche gefunden hatte, ausgestellt auf einen gewissen Alexander Dimitrowitsch Fallin, der den Angaben nach fünfunddreißig Jahre alt und in Odessa geboren worden war, also zu einer Zeit, als die Ukraine noch zur Sowjetunion gehört hatte.

Daneben legte er die blutverschmierte Jeans, in deren Taschen eine Montblanc-Brieftasche mit vierhundert Euro und Kreditkarten von der Deutschen Bank und der Bank of Cyprus gesteckt hatten, beide ebenfalls auf den Namen Alexander Dimitrowitsch Fallin ausgestellt. Aus dem Smartphone von Samsung mit zersprungenem Display würden die Techniker wahrscheinlich noch einige Informationen bergen können.

Neben die Gucci-Handtasche, in der er das Smartphone gefunden hatte, legte er ein zerfleddertes Dokument in Griechisch, Französisch und Englisch, das die Besitzerin als Leilah Soliman identifizierte, der auf der griechischen Insel Lesbos Flüchtlingsstatus zuerkannt worden war. Das Dokument war achtzehn Monate zuvor abgestempelt worden und wies sie als in Aleppo geborene achtzehnjährige Syrerin aus. Bruno besorgte sich eine Lupe, um die beiden Stempel zu untersuchen. Der eine schien von der griechischen Polizei zu stammen, der andere von Médecins Sans Frontières, wahrscheinlich aus dem Flüchtlingslager. Mit seinem Handy machte er ein Foto von dem Schreiben.

Zudem hatte Bruno eine Aufenthaltserlaubnis für Zypern, mit denselben Personalangaben vor sieben Monaten ausgestellt, und eine Visa-Kreditkarte geborgen, ebenfalls mit diesem Namen und von der maltesischen Bank von Valletta. In der Handtasche lagen des Weiteren ein intaktes iPhone und ein Armreif mit Diamanten, wie es schien. Aus einem versteckten Fach am Boden zog er einen Umschlag, der tausendfünfhundert US-Dollar in Hunderterscheinen und zweitausend Euro in Fünfzigern enthielt. Der restliche Inhalt waren ein angebrochener Pillen-Blister, Kosmetik, ein Mundwasser, ein Taschentuch mit Spitzenborte sowie ein Seidenschal von Hermès.

Die Michael-Kors-Handtasche enthielt keinerlei Ausweise, nur Papiertaschentücher, Kosmetik, einen roten Stringtanga in einer kleinen Plastiktüte, ein Päckchen Dunhill-Zigaretten und ein goldenes Dunhill-Feuerzeug.

Bruno war mit der Bestandsaufnahme fast fertig, als Jean-Jacques die Tür mit der Schulter aufstieß und mit einem Tablett hereinkam, auf dem sich ein Dutzend Pappbecher mit dampfendem Kaffee und mehrere Croissants und *pains au chocolat* befanden. Yves, der Chef der Spurensicherung, folgte mit einem weiteren Tablett voller Gläser und verschiedenen Fruchtsäften in Flaschen. Er nickte anerkennend in Richtung der Beweisstücke, die Bruno sichergestellt und sortiert hatte. Zwei weitere Mitglieder aus Jean-Jacques' Team betraten ebenfalls den Ratsaal. Sie brachten Beweismitteltüten und zwei Laptops mit.

»Ziehen Sie die Handschuhe aus, Bruno. Jetzt gibt's erst einmal Frühstück«, sagte Jean-Jacques. »Verraten Sie mir vorher noch, wo das Geld ist?«

Bruno zeigte auf den Aktenkoffer. »Der Verrechnungsscheck ist auf einen hiesigen *notaire* ausgestellt. Stichkins Tochter kauft ein Château, oder vielleicht eher: Der Papa kauft es für sie.«

»Solche Väter wünschen wir uns alle«, erwiderte Jean-Jacques und warf einen Blick auf das Geld. »Übrigens, danke für die Fotos von den Tattoos. Ich habe sie der Kontrollabteilung des Innenministeriums zukommen lassen, die sie einem organisierten Verbrecherring zuordnen konnte. Er besteht ausschließlich aus Russen und nennt sich *Vory v Zakone* oder so ähnlich. Soll wohl bedeuten ›Diebe im Gesetz‹. Solche Tattoos werden im Gefängnis oder in

Lagern gestochen. Die Buchstaben, die Sie fotografiert haben, setzen sich zu dem russischen Wort *sever* zusammen und lassen vermuten, dass der Träger in einem sibirischen Gefangenenlager eingesessen hat. Dort werden für die Tinte Ruß und Urin zusammengerührt. In der Organisation herrscht ein sehr strenger Verhaltenskodex: null Kooperation mit staatlichen Behörden. Ein Mitglied würde nicht einmal einen Lichtschalter betätigen, wenn man es dazu aufforderte. Unsere OK-Experten haben sich bereits angemeldet und wollen sich bei uns umschauen. Ist das hier auf dem Tisch restlos alles, was Sie gefunden haben?«

Bruno spülte den letzten Bissen von seinem Croissant mit einem Schluck Kaffee herunter und schüttelte den Kopf. »Die Toten sind mit dem, was sie auf dem Leib getragen haben, ins Bestattungsinstitut gefahren worden. Fabiola hat die Totenscheine ausgefüllt und klargestellt, dass die Leichen nicht angerührt werden dürfen, bis die Spurensicherung eintrifft. Vielleicht könnte Yves gleich hin und sie sich ansehen. Ich fahre noch mal zur Unfallstelle für den Fall, dass ich was übersehen habe. Außerdem will ich herausfinden, warum der Holzstoß ins Rutschen geraten ist. Und dann muss ich noch meine Notizen abtippen. Haben Sie schon eine Falldatei angelegt?«

»Dazu hatte ich noch keine Zeit«, antwortete Jean-Jacques mit vollem Mund. »Das mache ich später. Sie können dann Ihren Bericht sofort einspeisen. Dass mir über die Hintergründe nichts an die Presse gelangt! Für die Medien war es nur ein Verkehrsunfall mit unbekannten Opfern. Wenn Sie gefragt werden, antworten Sie einfach, dass wir versuchen, über das Kennzeichen etwas herauszubekommen, aber davon ausgehen, dass der Wagen gestohlen wurde.«

»Das wird einen scharfen Reporter nicht aufhalten«, wandte Bruno ein. »Und im Radio ist schon von dem Unfall berichtet worden. Man weiß von dem Maserati, und allein der Preis eines solchen Wagens ist schon eine Nachricht wert. Auch, dass ein Rettungshubschrauber bei uns gelandet ist, wird nicht unbemerkt geblieben sein. Ich habe eine Voicemail von Philippe Delaron von der *Sud Ouest*, und Sie wissen ja, wie er ist.«

»Verweisen Sie ihn an unsere Presseabteilung, und bitte keine Vertraulichkeiten! Die Sache muss geheim bleiben. Weiß sonst noch jemand von dem Geld?«

»Nein, nur Sie und ich. Fabiola hat allerdings die Tattoos gesehen und wird aus reiner Neugier recherchieren. Sie wissen, dass ihr Partner Gilles immer noch für die *Paris Match* schreibt.«

»Putain!«, murrte Jean-Jacques müde und schüttelte den Kopf. »Ich gebe nur weiter, was mir der Polizeipräsident aufgetragen hat, und der bezieht seine Anweisungen aus Paris. Die ganze Sache ist eine Nummer zu groß für uns.«

»Wahrscheinlich auch für Goirau«, sagte Bruno. »Ich glaube, General Lannes hält die Fäden in der Hand. Aber der *fisc* wird ein Wort mitreden wollen. Ein in Monaco registrierter Luxuswagen, russische Kriminelle, ein Haufen Bargeld – das schreit doch zum Himmel. Und noch etwas: Eine der Frauen ist ein Flüchtling aus Syrien. Ich weiß nicht, ob es die Tote ist oder diejenige, die jetzt auf der Intensivstation liegt. Lara Saatchi hat jedenfalls einen leichten arabischen Akzent.«

Jean-Jacques schüttelte den Kopf. »Das geht uns nichts an. Wir tun nur unsere übliche Arbeit als Polizisten. Also werde ich Handys und Kreditkarten auswerten lassen und auch das Navi aus dem Wagen, sofern noch etwas davon übriggeblieben ist. Vielleicht erfahren wir darüber, woher sie gekommen sind, wie schnell sie unterwegs waren und wo sie getankt haben. Wir haben es mit vier Leuten zu tun, aber ich sehe hier nur zwei Handys. Suchen Sie nach weiteren, wenn Sie wieder am Unfallort sind.«

»Vielleicht hat Lespinasse was gefunden, als er die Straße aufgeräumt hat«, erwiderte Bruno. »Ich hoffe, ihm oder dem Bestatter ist auch ein Ausweis des Fahrers untergekommen. Den hat der Motor, soweit ich gesehen hab, völlig zerquetscht.«

Wieder zuckte Jean-Jacques mit den Achseln. »Armes Schwein.« Er sah sich um. »Wie lange können wir den Saal hier nutzen?«

»Ich frage den Bürgermeister. Vor Donnerstag werden hier keine Sitzungen stattfinden.«

»Jetzt ist Montag, bis dahin müssten wir fertig sein. Kommen Sie hierher zurück, wenn Sie am Unfallort waren. Brauchen Sie Verstärkung?«

»Wir sollten nach Fingerabdrücken suchen. Vielleicht fragen Sie Yveline, ob sie ein paar Kollegen entbehren kann.«

»Wo ist das tote Wildschwein geblieben, das Sie gefunden haben?«, fragte Jean-Jacques. »Könnte es den Holzstoß in Bewegung versetzt haben?«

»Genau das will ich an Ort und Stelle untersuchen«, antwortete Bruno. Er machte sich auf den Weg, blieb jedoch in der Tür noch einmal stehen. »Aber dass ein Wildschwein zufällig in dem Moment die Stämme ins Rollen gebracht hat, als der Wagen darauf zuraste, halte ich für ziemlich unwahrscheinlich.«

»Aber was könnte sonst dahinterstecken?«

»Wenn ich mehr weiß, lasse ich's Sie wissen.«

Die Straße war geräumt und wieder passierbar. Die Baumstämme hatte man in den Graben geschoben. Ein Mann, den Bruno nicht kannte, stand davor und machte sich Notizen. Er war gekleidet wie ein Jäger – erdfarbene Hose und Hemd, Gummistiefel und eine ärmellose hellrote Jacke. Bruno meinte, ihn schon einmal gesehen zu haben, vielleicht auf einem Fest des Jagdvereins. Er stellte sich ihm vor und erfuhr, dass sein Gegenüber Henri Contamine hieß. Sie gaben sich die Hand. Bruno fragte, ob die Stämme ihm gehörten.

»Ja, so wie der Wald, von der Straße bis zum Höhenkamm. Ich habe eine Erlaubnis, die Stämme hier zu stapeln. Der Forstinspektor hat den Stoß geprüft und für stabil befunden. Auch das habe ich schriftlich.«

»Wie erklären Sie sich, dass die Stämme ins Rollen geraten sind?«

»Das versuche ich gerade herauszufinden. Die untere Lage ist beidseitig vorn und hinten mit Eisenpflöcken gesichert. Die hinteren stecken noch im Boden, die vorderen fehlen seltsamerweise. Die Löcher, in denen sie gesteckt haben, sind noch zu sehen. Vielleicht liegen sie jetzt unter den Stämmen hier.«

»Könnte auch sein, dass der Räumdienst sie mit den Wrackteilen weggeschafft hat«, meinte Bruno. »Halten Sie es für möglich, dass ein Wildschwein den Schaden angerichtet hat? Letzte Nacht lagen eine Bache und Frischlinge tot zwischen den Stämmen.«

»Sie waren also schon hier?«, fragte Contamine. »Muss ein schrecklicher Anblick gewesen sein. Drei Tote, wie ich gehört habe. Ja, Wildschweine könnten so was anrichten, aber eins allein? Das glaube ich nicht. Es müsste schon eine ganze Rotte gewesen sein, die den Boden vor den Pflöcken aufgewühlt hätte.«

»Zeigen Sie mir noch einmal die Stelle, wo das Holz gestapelt war?«

Sie stiegen die Böschung hinauf und hangelten sich dabei an zwei Stämmen entlang, die im rechten Winkel zum Graben zu liegen gekommen waren. Contamine deutete auf zwei tiefe Löcher im Waldboden und sagte, dass darin die Pflöcke gesteckt hätten. Bruno bückte sich und schnüffelte, konnte jedoch keine Sprengstoffrückstände wahrnehmen. Auch Schmauch- oder Brandspuren waren nirgends zu sehen. Es gab in der Nähe alte Kaninchenbauten, aber keine frische Losung.

»Wir haben sie mit Hunden verjagt, bevor die Stämme hier gestapelt wurden«, erklärte Contamine. »Der Untergrund ist stabil genug.«

»Aber ein Teil ist abgesackt«, stellte Bruno fest. »Und der Rest wurde aufgerissen. Also vielleicht doch eine Wildschweinrotte, die vor einem herankommenden Fahrzeug über die Böschung Reißaus genommen und den Boden dabei so aufgewühlt hat, dass es zu dieser Katastrophe gekommen ist.«

Contamine lüftete seine Schlägermütze und kratzte sich

am Hinterkopf. »Vielleicht, möglich ist das, aber dann hätte jemand noch die Stämme ins Rollen bringen müssen. Wie sollen Wildschweine so etwas schaffen?«

Eine Polizeisirene ertönte. Es näherte sich ein Kleinbus mit Sergent Jules am Steuer, begleitet von vier Gendarmen. Sie hielten neben Bruno an, der ihnen die Stellen zeigte, die er nach Fingerabdrücken abgesucht haben wollte. Dann wandte er sich wieder Contamine zu, der einen der lotrecht zum Graben liegenden Stämme zu bewegen versuchte.

»Wenn Sie mir bitte helfen würden ... Allein schaffe ich's nicht«, ächzte er.

Als der Stamm zur Seite rollte, öffnete sich unter ihm ein Loch voll loser Erde, wo einer der Pfosten gesteckt hatte. Bruno entfernte etwas Erde und inspizierte das Loch. Die Wände waren auffällig glatt.

»Sieht aus wie mit einem Spaten ausgehoben, meinen Sie nicht auch?« Contamine nickte, worauf ihn Bruno bat, sich auch den anderen aufrechten Stamm anzusehen, der wie der erste aus der Böschung ragte.

Bruno machte Fotos von dem Loch, als er Contamine rufen hörte: »Auch hier hat jemand den Pfosten entfernt. *Putain*, das war Absicht!«

»Angenommen, Sie wollten einen solchen Sabotageakt vornehmen. Wie würden Sie eine Rotte Wildschweine herlocken?«

»Mit Köderfutter im Graben und auf der Straße – Pilze, Eicheln, Hühner, Eier. Stampfkartoffeln mögen sie besonders gern. Wildschweine haben immer Hunger. Sie verbrauchen täglich das Doppelte bis Dreifache an Kalorien wie unsereins. Schieben Sie noch ein bisschen von der Erde beiseite. Mal sehen, ob sich Hühnerknochen darunter finden lassen.«

Tatsächlich fanden sie nicht nur Knochen, sondern auch Hühnerfüße, -köpfe und Eierschalen. Sie nahmen noch einmal die Reste des Holzstoßes in den Blick und entdeckten an dem zuoberst liegenden Stamm zwei tiefe Einkerbungen.

»Ich schätze, hier hat man Hebel angesetzt«, sagte Contamine. »Verdammte Vandalen. Es scheint fast, sie haben gewartet, bis ein Auto vorbeikommt, und dann zugeschlagen. Das wäre vorsätzlicher Mord.«

»So sieht es aus«, erwiderte Bruno. »Allerdings bin ich mir nicht sicher, ob wirklich Hebel zum Einsatz gekommen sind.« Er deutete auf mehrere quadratische Vertiefungen am Boden unterhalb der Einkerbungen, die darauf schließen ließen, dass dort schweres Gerät gestanden hatte. Er machte mit seinem Handy Fotos davon und fragte Contamine: »Sie kennen doch bestimmt hydraulische Wagenheber, die aussehen wie Gabelstapler *en miniature*.«

»Ja, damit könnte man Baumstämme ins Rollen bringen. Das würde auch die Kerben erklären«, sagte Contamine. »Fragt sich nur, ob es den Tätern egal war, welches Auto sie treffen, oder ob sie es auf ein ganz bestimmtes abgesehen hatten. In dem Fall hätten sie einen Vorposten gebraucht, jemanden, der ihnen meldet, wer oder was herangefahren kommt.«

»Stimmt«, bestätigte Bruno, der aber sogleich an Apps dachte, die über die Bewegungen eines Fahrzeugs Auskunft geben konnten. Er zog wieder sein Handy hervor, nahm Contamines Aussage über die Wildschweine, die Sicherung des Holzstoßes und seine Mutmaßungen über den Tathergang auf und lud ihn dann in sein Büro ein, um die Abschrift der Aussage zu unterschreiben.

Telefonisch brachte Bruno dann Jean-Jacques auf den aktuellen Stand und erfuhr von ihm, dass von der manikürten Hand des Fahrers, den der Motor zerquetscht hatte, Fingerabdrücke genommen worden seien, die mit denen an den Schreibtischschubladen und Telefonen im Büro von *notaire* Sarrail in Périgueux übereinstimmten. Man werde noch einen DNA-Check der Haare des Toten und derer aus einem Kamm aus dem Büro Sarrails vornehmen müssen, doch bestehe, wie Jean-Jacques meinte, eigentlich kein Zweifel an der Identität des Toten.

»Es saßen also wohl ein russischer Gangster und Sarrail sowie zwei Frauen mit teuren Handtaschen und Diamanten in dem Maserati«, fasste Jean-Jacques zusammen. »Eine von ihnen ist aus Syrien geflohen, die andere kämpft ums Überleben. Wer wer ist, werden wir erst erfahren, wenn die Schwerverletzte aus der Intensivstation entlassen wird – vorausgesetzt, sie kommt durch.«

»Jemand sollte sich ihre Augenbrauen ansehen«, schlug Bruno vor. »Eine Kollegin oder eine Krankenschwester, die sich auskennt mit Threading. Lara Saatchi hat sorgfältig fassonierte Augenbrauen. Lassen Sie Fotos davon machen, in Nahaufnahme. Die könnten wir der Frau aus dem Schönheitssalon neben Sarrails Büro zeigen. Selbst wenn das Gesicht unkenntlich ist, wird sie ihre Arbeit wiedererkennen.«

»Gute Idee. Ich setze Yves darauf an. Er kann auch Fotos von der Toten und deren Augenbrauen im Bestattungsinstitut machen. Bleibt die Frage, wer Sarrail töten wollte und was der mit dem Geld vorhatte«, erwiderte Jean-Jacques.

»Ich melde mich wieder«, verabschiedete sich Bruno und beendete das Gespräch. Unter den Kontakten in seinem Handy suchte er nach Brosseil, dem *notaire* aus Saint-Denis, rief ihn an und bat ihn, in seiner Kanzlei zu bleiben; er werde gleich zu ihm kommen.

Dann telefonierte er mit Juliette in Les Eyzies und bat sie, in der Mietwerkstatt vor Ort nachzufragen, ob jemand in letzter Zeit hydraulische Wagenheber ausgeliehen hatte. Bei Orange beantragte er daraufhin eine genaue Ortung seines Handys. Seit den Terroranschlägen, die in Frankreich zu einer Art Ausnahmezustand geführt hatten, waren solche sofort abrufbaren Ortungssysteme ein wichtiges Werkzeug der Polizeiarbeit. Als man seinen Standort ermittelt hatte, verlangte er nach der Telefonnummer und dem eingetragenen Besitzer eines jeden Mobilfunkgerätes, das in der vergangenen Nacht über mehrere Minuten in der Nähe eingeloggt gewesen war. Er brauchte nur eine knappe Minute lang zu warten, bis ihm Auskunft erteilt wurde. Es hatte eine Nummer ermittelt werden können, und zwar die einer anonymen SIM-Karte, die auf Zypern gekauft worden war.

»Können Sie mir sagen, wo genau diese SIM-Karte zurzeit ist?«

»Klar, wenn sie eingeschaltet ist«, bekam er zur Antwort. »Wir rufen Sie zurück.«

Er ließ Sergent Jules und die Gendarmen ihre Arbeit tun und fuhr mit hohem Tempo zurück in die Stadt. Halb auf dem Bürgersteig vor der Kanzlei des *notaire* hielt er an und eilte ins Haus. »Hatten Sie heute Morgen eine Verabredung wegen des Verkaufs von Château Rock?«, fragte er Brosseil, den sein stürmischer Auftritt merklich überraschte.

»Ja, um neun. Monsieur Macrae, seine Frau, sein Sohn und dessen Verlobte waren hier und warteten über eine halbe Stunde auf den Kurier, der einen Verrechnungsscheck als Anzahlung bringen sollte. Sie waren sehr verärgert, dass er nicht kam.«

»Musste es ein Scheck sein?«

»Nein, aber der ist in solchen Fällen die Regel.«

»Hätte es auch Bargeld getan?«

»Im Prinzip ja, aber nach den neuen Vorschriften für Transaktionen über zehntausend Euro hätte ich erst eine Prüfung der Herkunft des Geldes veranlassen müssen.«

»Auf welche Summe belief sich die Anzahlung?«

»Dreihunderttausend, zehn Prozent des Verkaufspreises.«

»Angenommen, Ihnen wäre Bargeld auf den Tisch gelegt worden.«

»Ich hätte es natürlich entgegengenommen, auf ein Treuhandkonto eingezahlt und mich darauf verlassen, dass die Bank die notwendigen Schritte einleitet, um Geldwäsche auszuschließen.«

»Wann sind Ihre Mandanten gegangen?«

»Vor zwanzig, dreißig Minuten. Sie wollten aber in der Stadt bleiben für den Fall, dass dieser Kurier doch noch aufkreuzt. Wahrscheinlich sind sie ins Café gegangen und warten dort auf meinen Anruf. Warum fragen Sie eigentlich? Was soll das alles, Bruno?«

»Haben Sie von dem Verkehrsunfall auf der Straße nach Saint-Cyprien gehört? Ich glaube, der Kurier könnte darin verwickelt gewesen sein. Im Fahrzeug befand sich jede Menge Bargeld und ein Verrechnungsscheck, der auf Ihren

Mandanten ausgestellt ist. Davon dürfen Sie eigentlich nichts wissen. Beides, das Geld und der Scheck, sind jetzt in der Hand des Chefermittlers der *Police nationale*.«

Brosseil blieb völlig ungerührt. »Verstehe. Was soll ich meinen Mandanten jetzt sagen?«

»Dass es leider zu einer Verzögerung kommt. Da aber Mademoiselle Galina die Käuferin ist, werden sich ihre finanziellen Mittel letztlich als ausreichend erweisen.«

Auf der Straße vor Brosseils Kanzlei rief Bruno die Zentrale der Médecins Sans Frontières in Paris an und bat darum, mit Mathilde Condorçel, der Pressesprecherin, verbunden zu werden, mit der er schon einmal zusammengearbeitet hatte. Sie begrüßte ihn herzlich, worauf er ihr den Unfall schilderte, die beiden Frauen erwähnte und auf den im Flüchtlingslager auf Lesbos ausgestellten Ausweis zu sprechen kam. Ob sie ihm weiterhelfen könne? Mathilde antwortete, dass sie ihn zu einer Kollegin, die auf Lesbos gearbeitet hatte, durchstellen und ihr sagen werde, dass er ein Freund sei.

»Monsieur Bruno, *bonjour.* Hier Sandrine Ducannet. Wie kann ich Ihnen helfen?«, meldete sich kurz darauf eine andere Stimme. Bruno nannte ihr den Namen und das Datum der Aufnahme von Leilah Soliman.

»Im Lager von Moria auf Lesbos herrschen chaotische Zustände. Zurzeit sind dort an die zehntausend Menschen untergebracht, obwohl eigentlich nur Platz für dreitausend ist. Immerhin hat sich einiges verbessert seit 2016, als über eine halbe Million Flüchtlinge, vor allem aus Syrien, von der Türkei nach Griechenland übergesetzt sind. Weiß der Himmel, wie viele unterwegs gestorben sind.«

»Ich erinnere mich an das Foto eines kleinen Jungen, der tot am Strand liegt«, sagte Bruno. »Keine Ahnung, wie die Griechen mit der Situation fertigwerden wollen, zumal sie in großen wirtschaftlichen Schwierigkeiten stecken.«

»So ist es, und jetzt ermittelt auch noch die EU gegen die Regierung wegen Betruges. Griechenland hat zwischen einer halben und einer ganzen Milliarde Euro an Hilfsgeldern erhalten, wovon aber kaum etwas Lesbos erreicht hat. Viele Flüchtlinge haben sich das Leben genommen, als ich dort war; viele junge Leute sind einfach verschwunden, manche jungen Frauen auf Jachten, die vorbeikamen. Wir haben die griechische Polizei dringend gebeten, in Fällen zu ermitteln, die uns sehr nach Menschenhandel ausgesehen haben. Aber die ist mit der Lage vor Ort ohnehin schon völlig überfordert. Warten Sie bitte einen Augenblick, ich schau mal nach, ob dieser Name in unserer Datenbank registriert ist. Geboren in Aleppo, sagten Sie?«

»Ja«, antwortete Bruno und nannte Sandrine das in dem Ausweis eingetragene Geburtsdatum.

»Das ist sie. Wir haben sie im Computer. Sie verschwand kurz nach ihrer Aufnahme, zusammen mit sieben anderen Frauen. Ich erinnere mich genau, weil uns da einiges verdächtig vorkam. Im Hafen lag eine riesige russische Jacht, und es gab Zeugen, die gesehen haben, wie die Frauen an Bord geführt wurden, nachdem man ihnen ein Essen an einer der Strandbars spendiert hatte.«

»Erinnern Sie sich auch an den Namen der Jacht und an den Tag, als das passiert ist?«

»Ja, es war der 7. Juni, eine Woche nach Leilahs Aufnahme im Lager. Die Jacht hieß *Galina*.«

Bruno schloss die Augen, als er den Namen hörte. Das konnte kein Zufall sein.

»Wir haben uns erkundigt und erfahren, dass sie auf Zypern registriert ist und einem steinreichen Russen gehört«, fuhr Sandrine fort. »Die zypriotische Polizei hat nichts unternommen. Wir vermuten, dass Schmiergelder geflossen sind. So etwas passiert ständig. Attraktive junge Frauen und Männer werden aus diesen scheußlichen Lagern gelockt, bekommen zu essen und zu trinken, neue Kleider und das Versprechen auf ein angenehmes Leben in Europa. An deren Stelle würde auch ich eine solche Chance ergreifen, selbst wenn ich dafür mit einem alten geilen Bock ins Bett steigen müsste.«

Bruno notierte sich die Namen der anderen jungen Frauen, die mit an Bord der *Galina* gegangen waren. Der Name Lara Saatchi aber war nicht darunter, noch konnte Sandrine ihn in ihrem Computer finden.

»Saatchi ist ein ziemlich gängiger Name, aus osmanischer Zeit, er bedeutet Uhrmacher«, erklärte sie.

»Vielen Dank für Ihre Hilfe. Dürfte ich Sie noch einmal anrufen, wenn weitere Fragen auftauchen?«

»Tun Sie das. Tut mir leid um die tote Frau, und wenn es sich um Leilah handelt, tut es mir leid, dass sie nur ein Name für mich war. Sie hat unter all den Elendsgestalten, die dem Krieg entflohen und vom Regen in die Traufe geraten sind, nicht gerade herausgestanden. Ich schäme mich dafür, Europäerin zu sein, dafür, dass wir nicht mehr tun und unsere Politiker kaum etwas unternehmen.«

»Mit Ausnahme von Angela Merkel«, sagte Bruno.

»Ja, ausgenommen sie.«

Orange rief zurück. Die SIM-Karte, nach der sich Bruno erkundigt hatte, war momentan am Flughafen von Bergerac eingeloggt.

28

Bruno traf die Macraes und Galina im Chez Monique an, der Weinbar an der Rue de Paris. Das Lokal war erst vor kurzem eröffnet worden, und Monique ließ es sich nicht nehmen, persönlich auszuschenken. Rod, Jamie und Kirsty tranken Les Verdots, Meghan und Galina Kaffee.

»Glückwunsch zu Ihrer Verlobung, Galina«, sagte Bruno und zog einen Stuhl herbei, um mit am Tisch Platz zu nehmen. »Ich suche Sascha. Wissen Sie, wo er ist?«

»Moi málenki selonji tschelawetschek«, antwortete sie spöttisch und zuckte mit den Achseln. *»Ja ne snaju.* Ich weiß nicht. Ich dachte, er wäre mit uns gekommen.«

»Mein kleiner grüner Mann?«, fragte Meghan. »So nennst du ihn? Gehörte Sascha zu Putins Sondertruppen in der Ukraine?« Sie zeigte sich alarmiert.

»Sascha hat für meinen Vater in Donezk gearbeitet. Vorher war er auf der Krim, als sie von Putin annektiert wurde.« Wieder zuckte Galina mit den Achseln. »Kleine grüne Männer hat man seine Soldaten genannt, wegen der Uniformen, die allerdings ohne Rangabzeichen oder Personenkennung waren, einfach nur grün. Aber natürlich trugen sie russische Waffen und spezielle Splitterschutzwesten, die nur an die Speznas, das Spezialeinsatzkommando, ausgegeben werden.«

»Hast du nicht gesagt, er sei ein Cousin zweiten oder dritten Grades?«, fragte Jamie.

»Das hat mein Vater gesagt, und vielleicht ist er es. In Wirklichkeit fungiert er als mein Wachhund, mein Bodyguard«, erklärte Galina leichthin, als wäre das nichts Besonderes. »Mein Vater macht sich Sorgen um mich. Er hat am Freitag eine Maschine für Sascha einfliegen lassen. Heute würde er wieder zurück sein, hieß es. Ich dachte, er sollte die Vorauszahlung für den Kauf holen, aber dann hörte ich von meinem Vater, dass andere aus seiner Firma mit dem Auto kommen und das Geld mitbringen würden.«

»Von welcher Maschine sprechen Sie?«, wollte Bruno wissen.

»Mein Vater hat einen Firmenjet. Eigentlich steht er auf Zypern. Meine Mutter meint aber, dass er wahrscheinlich von Nizza nach Bergerac fliegt. Auch sie war überrascht zu erfahren, dass das Geld per Auto gebracht wird.«

»Wer will da noch den Überblick bewahren?«, kommentierte Rod trocken.

»Hat sich Sascha heute oder gestern gemeldet?«

Galina schüttelte den Kopf und schaute Jamie an. »Es tut mir so leid. Ich bin sicher, es kommt alles in Ordnung. Ich habe Sascha vom *notaire* aus anzurufen versucht, ihn aber nicht erreicht. Vielleicht hat er sein Handy stummgeschaltet. Ich werd's noch einmal versuchen oder meinen Vater anrufen.«

»Er wird bestimmt wieder auftauchen«, meinte Bruno. »Vielleicht bringt der andere Mann, der für Ihren Vater arbeitet, ein gewisser Alexander Fallin, das Geld. Kennen Sie ihn?«

»Ja, das ist der andere Sascha. Sascha ist die Kurzform von Alexander. Normalerweise hält er sich auf Malta auf, deshalb nenne ich ihn Malta-Sascha. Der, der uns hierherbegleitet hat, ist für mich der Zypern-Sascha. Wie kommen Sie auf diesen Fallin?«

»Und Leilah, Leilah Soliman?«, hakte Bruno nach. »Kennen Sie die Frau?«

Galina zeigte sich gleichgültig, als hätten alle genannten Personen nichts mit ihr zu tun. »Ja, ich glaube, ihr schon einmal auf der Jacht begegnet zu sein. Sie ist wohl die Freundin von Malta-Sascha.«

»Was sollen die Fragen, Bruno? All diese Namen. Was hat das zu bedeuten?«, schaltete sich Jamie ein.

»Es gab letzte Nacht in der Nähe einen schweren Verkehrsunfall mit mehreren Opfern. Zwei von ihnen sind Alexander Fallin und eine Frau, von der wir glauben, dass sie Leilah Soliman ist. Sie hatten einen Aktenkoffer dabei, der einen Verrechnungsscheck für Ihre Anzahlung enthielt.«

Galina klatschte wie ein Kind in die Hände, streckte den Arm aus und drückte Jamies Hand. »Siehst du, Jamie, ich sagte doch, es kommt alles in Ordnung.«

»Zwei Leute sind tot, Galina«, entgegnete Jamie kühl, und in diesem Moment hatte Bruno ernste Zweifel, ob die Hochzeit tatsächlich stattfinden würde. Oder, wenn ja, ob sie von Bestand wäre.

»Ich sollte meinen Vater anrufen«, sagte sie verlegen. »Doch, es tut mir leid. Ich habe einfach nicht nachgedacht. Schrecklich traurig das alles.« Sie holte ihr Handy hervor.

»Nicht jetzt«, sagte Bruno. »Ich fürchte, Sie werden mich in die *mairie* begleiten müssen. Da wartet ein leitender

Kriminalbeamter, der mit Ihnen sprechen möchte und Sie bitten wird, die Toten zu identifizieren. Tut mir leid, aber unsere Gesetze verlangen, dass dies so schnell wie möglich zu erfolgen hat.«

»Das kann ich nicht«, sagte sie und schüttelte den Kopf. »Ich ertrage es nicht, Tote zu sehen. Sie werden bestimmt schreckliche Verletzungen haben.«

»Keine Sorge, ich komme mit dir«, sagte Jamie und nahm ihre Hand. »Bruno hat recht. Du musst sie identifizieren.«

Bruno führte sie in die *mairie*, ließ sie in seinem Büro Platz nehmen und ging in den Ratssaal, um Jean-Jacques über seine mit Contamines Hilfe geführten Ermittlungen zu unterrichten. Er erklärte ihm, warum von einer vorsätzlichen Straftat auszugehen war, in die Stichkin verwickelt zu sein schien.

»Es gibt keinen Grund, Galina festzunehmen, aber ich habe ihr gesagt, dass Sie sie brauchen, um die Toten zu identifizieren. Es scheint, dass sie beide kennt, Fallin und die Frau, von der wir glauben, dass es sich um Leilah Soliman handelt, eine Geflüchtete aus Syrien, die in einem scheußlichen Lager auf Lesbos gelandet und dann auf Stichkins Jacht verschwunden ist. Galina ist mit ihrem Freund in meinem Büro.«

»Sie kann die Leichen jetzt nicht sehen«, sagte Jean-Jacques und stand auf. »Yves ist im Bestattungsinstitut und untersucht sie noch, zusammen mit Fabiola. Ich würde mich allerdings gern mit der jungen Frau unterhalten und Einzelheiten über Fallin und diese Leilah erfahren. Haben wir Beweise für eine vorsätzliche Straftat?«

»Ich habe Juliette gebeten, sich in Geschäften umzuhören, die hydraulische Wagenheber vermieten oder verkaufen. Ich werde mich jetzt am Flughafen erkundigen, ob und wann ein Privatjet gelandet ist, der womöglich Sascha an Bord hatte. Er ist ein Bodyguard und ehemaliger Kämpfer der Speznas. Wenn jemandem ein Mord zuzutrauen ist, dann am ehesten ihm.«

»Sie und Ihre Bauchgefühle.« Jean-Jacques seufzte. »Wo sind Sie zu erreichen?«

»Ich bleibe hier. Soll ich Galina zu Ihnen in den Saal bringen? Vielleicht erkennt sie irgendwelche Kleidungsstücke wieder. Sie könnten ihr Fragen stellen, zum Beispiel bezüglich des Verrechnungsschecks oder wo sie sich in den letzten vierundzwanzig Stunden aufgehalten hat. Wir sollten jedenfalls schnellstens dafür sorgen, dass sie die Leichen in Augenschein nimmt.«

Als Jean-Jacques Galina und Jamie aus seinem Büro abgeholt hatte, suchte Bruno in seinem Computer die Geheimnummer der Luftfahrtkontrolle heraus. Über den Festnetzanschluss rief er an, nannte seinen Namen und gab seinen Erkennungscode an. Er möge warten, hieß es, seine Angaben würden überprüft. Wenig später wollte eine forsche Stimme sein Geburtsdatum und seine Personenkennziffer beim Militär wissen. Bruno erteilte Auskunft und wurde daraufhin gefragt, was er wünsche. Ob in den letzten drei oder vier Tagen ein auf Zypern gemeldeter Privatjet von Malta oder Zypern über Nizza nach Bergerac geflogen sei?

»Zypern? Dann hätte die Maschine eine VQ-C-Kennung. Mal sehen.«

Bruno hörte das Klappern einer Tastatur. Nach weniger als einer Minute meldete sich die Stimme zurück.

»Freitagnachmittag ist eine Embraer Phenom neueren Typs in Nizza zwischengelandet, wo sie betankt wurde und wieder gestartet ist. Um neunzehn Uhr kam sie in Bergerac an und ist vierzig Minuten später nach Nizza zurückgeflogen. Gestern Abend war sie wieder in Bergerac, und da steht sie immer noch.«

»Können Sie dafür sorgen, dass sie sich nicht von der Stelle rührt? Wir ermitteln in einem Tötungsdelikt, und ich vermute, der Tatverdächtige versucht, mit dieser Maschine zu fliehen.«

»Sollen wir sie aufhalten? Ist Ihr Ersuchen als polizeiliche Anordnung zu verstehen?«

»Ja, die Vollmacht dazu habe ich als Mitglied des vom Innenministerium gestellten Sondereinsatzkommandos. Sie können im Ministerium anrufen und sich mit General Lannes verbinden lassen.«

»Natürlich können wir jeden geplanten Flug blockieren und den Flughafenleiter auffordern, die Maschine festzuhalten. Aber er wird wahrscheinlich einen richterlichen Beschluss sehen wollen, es sei denn, die Regelungen für den Notstand werden in Kraft gesetzt.«

»Genau das werde ich veranlassen, danke.«

Bruno rief Jean-Max an, einen befreundeten Geschäftsmann, der ein halbes Dutzend prähistorischer Fundorte sein Eigentum nannte und kommerziell als Touristenattraktion nutzte. Mit seinem eigenen Hubschrauber flog Jean-Max von Höhle zu Höhle.

»Jean-Max, ich bin in Saint-Denis und muss so schnell wie möglich zum Flughafen von Bergerac. Der Tatverdächtige einer schweren Strafsache geht an Bord eines Privatjets.«

»Okay, Bruno«, antwortete er. »Ich bin am Roque Saint-Christophe und könnte Sie in fünfzehn Minuten auf dem Landeplatz hinter der Klinik abholen. Eine Viertelstunde später wären wir in Bergerac. Passt das?«

»Perfekt. Ich erwarte Sie. Danke.«

Bruno rief Yveline in der Gendarmerie an, erklärte kurz, was Sache war, und bat sie, ihn zu begleiten – bewaffnet. Sergent Jules möge dem Sicherheitschef des Flughafens bitte Bescheid geben, dass sie kommen und den Privatjet aus Zypern durchsuchen würden. Gegebenenfalls werde auch die Unterstützung der für die Sicherheit des Flughafens abgestellten Soldaten nötig sein, von denen neuerdings auf allen kommerziellen Flughäfen Einheiten stationiert waren.

Bruno steckte seine Dienstwaffe und zwei Extramagazine ein, rief Jean-Jacques aus dem Ratssaal und brachte ihn auf den aktuellen Stand.

»*Putain,* Bruno! Sie bewegen sich auf dünnem Eis. Wenn was schiefgeht, geht das auf Ihre Kappe.«

»Bitte tun Sie mir einen Gefallen, Jean-Jacques, und rufen Sie den Brigadier an. Erklären Sie ihm alles. Kommandantin Yveline von der Gendarmerie begleitet mich. Wir sind beide bewaffnet. Wir haben es mit dem Veteran einer Spezialtruppe zu tun.«

»*Merde,* Bruno, passen Sie auf sich auf. Ich hoffe, Sie sind sich Ihrer Sache sicher.«

»Das hoffe ich auch«, rief Bruno über die Schulter zurück. Er lief bereits die Treppe hinunter, überquerte den Platz und die Brücke und erreichte wenig später die Klinik und den dahinter gelegenen Landeplatz. Die Augen all derer, die sich in der Nähe aufhielten, waren auf den Hubschrauber gerichtet, der langsam niederging und mit seinem Motorenlärm die Sirene des Kleinbusses der Gendarmerie übertönte. Bruno und Yveline waren fast gleichzeitig zur Stelle. Beide hielten ihre Kappen fest, die der böige Abwind des Rotors wegzublasen drohte.

»Im Cockpit ist eigentlich nur Platz für zwei«, rief Jean-Max, als die Maschine gelandet war. Dann sah er Yvelines Sturmgewehr und winkte beide zu sich. Sie trug eine Schutzweste und hielt eine zweite in der Hand, die sie Bruno zuwarf. Er zog sie an, stieg ein und hockte sich hinter die beiden Sitze, während Yveline neben dem Piloten Platz nahm. Bruno griff nach dem zweiten Headset, um sich mit Jean-Max verständigen zu können.

»Vielen Dank für Ihre Hilfe, Jean-Max. Setzen Sie uns bitte möglichst nah vor der Embraer ab, und zwar so, dass sie nicht wegrollen kann.«

»Mann, Bruno«, kam dessen dünne Stimme knisternd durch den Kopfhörer. »Es wird doch wohl nicht zum Schusswechsel kommen, oder?«

»Hoffentlich nicht«, erwiderte Bruno. Jean-Max stieß einen leisen Pfiff aus und ließ die Maschine abheben, wobei er Steuerknüppel und Collective so trimmte, dass sie schnell nach oben stieg und die Nase nach unten senkte. In weniger als einer Minute flogen sie mit hundertzwanzig Knoten über Limeuil in westlicher Richtung über die Schleifen der Dordogne. Die Weinfelder des Pécharmant dehnten sich rechter Hand aus.

Yveline bat Jean-Max mit Handzeichen um sein Headset und fragte Bruno: »Wie wollen wir eigentlich vorgehen?«

»Ich wurde wieder dem Stab von General Lannes zugewiesen, das heißt, wir folgen den Regeln für Notfälle. Wir fahnden nach einem bei der Speznas ausgebildeten Russen, den ich im Verdacht habe, dass er für den Autounfall in der vergangenen Nacht verantwortlich ist. Ich will ihn in *garde à vue* nehmen und dafür sorgen, dass er kriminaltechnisch unter die Lupe genommen wird, während wir ihn verhören. Zwar wird er wahrscheinlich auf stumm schalten, aber von eindeutigen Indizien überführt werden können.«

Yveline nickte und wollte das Headset gerade wieder an Jean-Max zurückgeben, als Bruno mit dem Finger winkte und sagte: »Er ist vielleicht nicht allein. Ich habe Jean-Max gebeten, die Maschine so zu landen, dass der Privatjet, mit dem der Kerl wahrscheinlich zu fliehen versucht, sich nicht vom Fleck bewegen kann. Der Tower wurde bereits angewiesen, den Flug aufzuschieben.«

»Ist der Typ – sind sie – bewaffnet?«, fragte sie.

»Davon müssen wir ausgehen.«

Sie flogen über die Poudrérie hinweg, die riesige alte Munitionsfabrik, die 1916 errichtet worden war, um die hungrigen Kanonen an der Westfront zu füttern. Jetzt wurde die Anlage als Gewerbegebiet genutzt. Sie hatten ihr Ziel fast erreicht. Jean-Max ließ sich das Headset zurückgeben. Bruno hörte, dass er sich beim Tower meldete und mitteilte, zwei bewaffnete Polizisten in einem Notfallauftrag an Bord zu haben.

»Landeerlaubnis erteilt. Wir wissen Bescheid. Wiederhole: Wir wissen Bescheid«, antwortete der Tower. »Sicherheitskräfte stehen bereit.«

Merde, dachte Bruno und hoffte inständig, dass der

Funkverkehr nicht abgehört werden konnte. Sascha durfte auf keinen Fall vorgewarnt sein. Im Sinkflug steuerte Jean-Max auf den Privatjet zu, der neben dem Hangar der Flugschule parkte. Bruno sah, wie sich die Treppe in den Rumpf zurückzog.

»Beeilung! Die wollen abhauen«, drängte er Jean-Max und zeigte mit dem Finger nach unten. Jean-Max ließ sich nicht beirren und senkte seine Maschine langsam und kontrolliert vor der Embraer ab. Die hatte sich schon in Bewegung gesetzt, obwohl die Luke noch gar nicht richtig geschlossen war. Die Nase drehte sich weg von dem herbeischwebenden Hubschrauber. Drei bewaffnete Soldaten in Uniform, die in der Nähe standen, machten keine Anstalten einzugreifen. Anscheinend warten sie auf Befehle, dachte Bruno.

»Springen Sie raus, sobald Sie können«, brüllte er in Yvelines Ohr. »Halten Sie sich rechts, ich komme von links.«

Sie nickte und prüfte den Sicherungshebel an ihrer Waffe. Als sie nur noch einen guten Meter vom Boden entfernt waren, sprang sie nach draußen und rollte zur Seite weg. Bruno quetschte sich aus dem engen Raum hinter den Sitzen und folgte. Er kam genau in Fahrtrichtung der Embraer zu liegen. Flach auf dem Boden ausgestreckt, zog er seine SIG Sauer, als die Motoren aufheulten und der Jet auf ihn zukam. Er zielte auf das Bugrad und drückte zweimal kurz hintereinander ab.

Drei weitere Schüsse waren nötig, aber dann platzte der Reifen, und die Felgen kreisten über dem Asphalt. Der Jet hielt an, und der Pilot drosselte die Turbinen.

Erst jetzt bemerkte Bruno das rote Kreuz auf der Nase

und am Rumpf unter dem Cockpit, dazu das Logo *Medic Air Trans-Med Service*. War ihm ein schrecklicher Fehler unterlaufen?

29

Was jetzt?, fragte sich Bruno. Anstatt Zweifel aufkommen zu lassen, versuchte er, sich vorzustellen, dass Sascha an Bord der Maschine war und die Besatzung in Geiselhaft genommen hatte. Es gab klar geregelte Maßnahmen für einen solchen Fall. Der Flughafen würde evakuiert und ein Spezialistenteam der *gendarmes mobiles* zusammen mit Vermittlern und Sanitätern zum Einsatz kommen. Etwas spät realisierte Bruno, dass er sich bewaffneten Gegnern im Cockpit als Zielscheibe anbot. Er robbte auf das zerschossene Bugrad zu, um unter dem Rumpf in Deckung zu gehen, und winkte Yveline zu sich.

Plötzlich hörte er Turbinen aufheulen, schaute zum Himmel auf und sah einen anderen Jet im Landeanflug. Am Aufbau der Maschine erkannte er sofort, dass es sich um eine dreistrahlige Dassault Falcon 900 handelte, wie sie von hohen Militärs und Mitgliedern der Regierung genutzt wurde. *Mon Dieu,* dachte er. Es hatte ihm noch gefehlt, dass irgendein Politiker aufkreuzte.

Die Luke der Embraer über ihm ging auf, die Treppe entfaltete sich automatisch. Ein Mann in Pilotenuniform blickte ihm mit wütender Miene entgegen und verlangte in gebrochenem Französisch zu wissen, was zum Teufel er, Bruno, da tue.

»Ich hindere Sie am Abflug«, antwortete Bruno und stellte sich vor. »Der Tower hat Sie aufgefordert, sich nicht von der Stelle zu rühren. Jetzt will ich, dass alle an Bord die Maschine verlassen. Sie zuerst. Sind Sie der Pilot?«

»Der Copilot und Flugzeugeigner. Ich bleibe an Bord.«

»Sind Sie Monsieur Stichkin?«, fragte Bruno.

»Ja.« Er war ein stämmiger Mann um die sechzig, braungebrannt und mit dichten grauen Haaren, kurz geschoren, blassblauen Augen und auffallend weißen Zähnen. »Was soll das alles?«

»Wir suchen nach einem Verdächtigen namens Sascha Kozak. Er arbeitet für Sie. Ist er an Bord?«

»Nein, er ist vor zwei Stunden mit einer Linienmaschine nach Paris geflogen.«

»Sie gestatten, dass ich mich selbst davon überzeuge.« Bruno stieg die Treppe hinauf und schob Stichkin beiseite. Die Kabine war offenbar so ausgestattet, dass sie für private Zwecke und gleichzeitig als medizinische Station genutzt werden konnte. Im hinteren Teil fielen ihm vier luxuriöse Clubsessel in die Augen. Im Abteil davor waren zwei Etagenbetten eingebaut. Die Monitore an den Wänden sah man für gewöhnlich nur in Krankenhäusern. Bis auf Stichkin und eine Frau in Schwesterntracht waren beide Abteile leer. Auf dem linken Platz im Cockpit saß ein Pilot, der sich umgedreht hatte und Bruno nervös beobachtete.

»Wir wollten nur die Anordnung des Towers befolgen und die Maschine vom Terminal wegbewegen, um sie hinter der Flugschule zu parken«, erklärte der Pilot. Französisch war offenbar seine Muttersprache.

»Könnte ich einen Blick in den Laderaum werfen?«

»Nein, das Abteil im Heck ist eine Kühlkammer, in der wir Organe für Transplantationen transportieren. Wir erwarten eine Lieferung aus dem Krankenhaus in Sarlat. Sie ist für einen Patienten in Nizza bestimmt.«

»Dann öffnen Sie bitte die Gepäckluke«, sagte Bruno.

Der Pilot bediente einen Schalter, worauf Bruno zur Tür ging und einen Blick auf Yveline warf, die ihre Waffe im Anschlag hielt. Ein Korporal und zwei Gefreite schienen endlich einen Befehl erhalten zu haben. Einer hatte sich am Heck postiert, die beiden anderen vor dem Flugzeug.

»Jetzt müssten beide Luken offen sein, vorn und hinten«, sagte der Pilot.

Wenige Augenblicke später meldete Yveline, dass das hintere Gepäckabteil ausschließlich Koffer enthielt, das vordere kleine Pappkartons, die den Aufschriften nach mit Tupfern, Einwegspritzen und anderen medizinischen Utensilien gefüllt waren.

Mit lautem Fauchen setzte die Falcon auf der Landebahn auf. Rauchwolken explodierten unter dem Fahrwerk; die Turbinen schalteten aufheulend in die Schubumkehr. Bruno wandte sich Stichkin zu, der in einem der Clubsessel Platz genommen hatte, die Hände über dem stattlichen Bauch gefaltet. Mit selbstzufriedener Miene und einem angedeuteten Lächeln im Gesicht betrachtete er Bruno. Die als Krankenschwester gekleidete Frau saß ihm gegenüber und hatte Bruno den Rücken zugekehrt.

»Kozak dürfte inzwischen in Orly gelandet sein. Keine Ahnung, wohin er von dort aus weiterreist«, sagte er. »Übrigens, wir sind uns schon einmal begegnet. Man hat uns zwar nicht miteinander bekannt gemacht, aber ich erinnere mich, Sie auf einem Fest vor einem Château in der Nähe gesehen zu haben. Es gehörte einem Freund von mir, der seinen neunzigsten Geburtstag dort feierte – Marco Desaix. Er war ein großer Pilot und Kriegsheld an der Ostfront. Sie haben damals den Rollstuhl einer alten Dame geschoben, der Roten Komtesse.«

Bruno nickte. Stichkin hatte also als Pilot gedient. Er erinnerte sich, dass auf der Party auch Russen zu Gast gewesen waren. Dass Stichkin Desaix gekannt hatte, verwunderte ihn nicht. »Marco war ein französischer Held, eine Legende. Ich war auf seiner Beerdigung«, sagte Bruno.

»Wenn ich richtig informiert bin, kennen Sie auch meine Tochter«, fuhr Stichkin fort. »Sie hat eine gute Meinung von Ihnen.«

Brunos Nerven waren noch angespannt, der Adrenalinstoß klang jedoch ab, und er wunderte sich über den Wandel, der sich vollzog. Aus einer brandgefährlichen Konfrontation wurde plötzlich eine höfliche Unterhaltung, wie man sie in vornehmen Salons führt.

»Sie dürfen sehr stolz auf sie sein«, erwiderte er. »Galina ist eine hochbegabte Musikerin und die beste Tennisspielerin, die ich kenne. Mir geht es aber jetzt in erster Linie um einen Mehrfachmord, der mit einem Autounfall vorgetäuscht wurde. Drei Tote, und alle drei standen mit Ihnen in Verbindung.«

»Schrecklich«, sagte Stichkin.

»Die Spurenlage spricht für Kozak als Täter«, erklärte Bruno.

»Hätte ich das gewusst, hätte ich zu verhindern versucht, dass er abreist. Er sagte, seine Mutter sei schwer erkrankt, und bat mich, sofort nach Russland zurückkehren zu dürfen. Aber ich will meine Tochter sehen, dieses Château, das sie zu kaufen beabsichtigt, und den jungen Mann, den sie heiraten möchte. Sie kennen ihn wohl auch, nehme ich an.«

»Ja, er ist ein großartiger Junge. Ich dachte, Sie wollten Spenderorgane nach Nizza transportieren.«

»Ich werde dafür nicht gebraucht. Mich vertritt ein anderer Copilot. Er müsste eigentlich schon hier sein. Apropos, gleich bin ich mit ein paar hochrangigen Vertretern der französischen Regierung verabredet. Sie werden in der Maschine sein, die gerade gelandet ist.«

Stichkin rutschte auf seinem Sessel nach vorn, griff mit der Hand hinter sich und holte ein Handy hervor, das ihn offenbar gestört hatte. »Ist das Ihres?«, fragte er die Krankenschwester.

Sie schüttelte den Kopf. »Nein, ich habe ein iPhone. Kozak wird es liegengelassen haben.« Stichkin reichte Bruno das Handy. »Vielleicht hilft Ihnen das bei Ihren Ermittlungen.«

Bruno zog ein Taschentuch aus der Tasche, nahm es mit spitzen Fingern entgegen und steckte es, in das Taschentuch gewickelt, ein. Ihn beschlich das ungute Gefühl, in einem Stück mitzuspielen, dessen Drehbuch allein Stichkin kannte.

»Bruno!«, rief Yveline durch die offene Luke. »Komm schnell!«

In etwa dreißig Metern Entfernung war das andere Flugzeug, das die Farben der Französischen Republik trug, zum Stehen gekommen. Ihm entstiegen die vertrauten Gestalten von General Lannes und Isabelle, beide in Zivil. Bruno stockte der Atem. Er eilte zu ihnen, salutierte und machte sich auf das Schlimmste gefasst.

»Kommen Sie auch bitte her, Commandante Yveline«, rief Lannes. Als sie zu ihnen trat, fragte Lannes: »Ist Stichkin in der Maschine?«

»Ja, Monsieur«, antwortete Bruno. »Kozak ist allerdings verschwunden. Wir verdächtigen ihn, den Autounfall vorsätzlich herbeigeführt zu haben. Jean-Jacques wird Sie über Einzelheiten unterrichten.«

»Das ist Ihr Problem, nicht meins. Gibt es irgendwelche Gründe, Stichkin festzusetzen?«

»In seiner Maschine ist Kozak gestern nach Bergerac gekommen. Heute Morgen war er wieder hier und hat sein Handy in der Kabine zurückgelassen, vermutlich nicht zufällig. Vielleicht sollten wir es finden. Die drei Unfallopfer scheinen Leute gewesen zu sein, die Stichkins Versicherungsgesellschaft in Schwierigkeiten gebracht haben. Stichkin hätte also ein Motiv gehabt, sie zum Schweigen zu bringen. Im Übrigen spricht einiges dafür, dass mit Hilfe seiner Jacht Menschenhandel betrieben wurde.«

»Haben Sie Beweise gegen ihn?«

»Genug, um ihn in Polizeigewahrsam zu nehmen. Alles Weitere entscheidet die Staatsanwaltschaft.«

»Bruno hat recht«, sagte Yveline. »Es reicht sogar für eine Anklage wegen des dringenden Tatverdachts der Verschwörung zum Betrug.«

»Gut, dann werden wir ihn jetzt mal gehörig unter Druck setzen. Was ist mit dem Bugrad passiert? Waren Sie das, Bruno?«

»Ja, Monsieur«, antwortete er. »Der Tower hat die Starterlaubnis zurückgezogen, noch bevor Jean-Jacques ihn darüber informiert hat, dass wir nach einem Tatverdächtigen fahnden. Ich habe auf das Bugrad geschossen, um zu verhindern, dass die Maschine zu starten versucht. Ich trage die alleinige Verantwortung dafür, Monsieur. Commandante Yveline hat sich nur bereit erklärt, mich zu unterstützen und an der Fahndung teilzunehmen.«

»Verstehe.« Lannes wandte sich an Isabelle. »Haben Sie Fragen an Bruno, Commissaire?«

»Vorerst nicht. Aber wir werden seine Aussagen wohl später zu Protokoll nehmen müssen. Jetzt brauchen wir erst einmal einen europäischen Haftbefehl für Kozak. Wenn Bruno Fotos von ihm hat, könnte uns das helfen. Mit der neuen Gesichtserkennungssoftware gehen wir die Archivbilder von den Kämpfen in der Ukraine durch. Nach dem Abschuss des Passagierflugzeugs, bei dem viele ihrer Staatsbürger ums Leben gekommen sind, haben die Niederländer großes Interesse daran, die Verantwortlichen vor den Gerichtshof in Den Haag zu bringen.«

»Verstehe. Bruno, ich brauche schnellstmöglich ein ziviles Fahrzeug, mit dem wir Stichkin an einen verschwiegenen Ort in der Nähe bringen können. Wir brauchen auch die Möglichkeit, den Flughafen diskret zu verlassen. Wahrscheinlich ist die Presse schon auf dem Weg hierher. Werden Sie alles Nötige veranlassen, während wir schon einmal ein paar Worte mit Stichkin wechseln?«

»Zu Befehl, Monsieur. Sein Pilot behauptet, auf die Lieferung von Spenderorganen zu warten, die nach Nizza gebracht werden sollen. Wahrscheinlich wird auf die Schnelle kein Ersatzreifen für das Bugrad aufzutreiben sein. Vielleicht müsste ein Spezialflugzeug angefordert werden, um die Organe zu transportieren.«

Lannes nickte und bestieg hinter Isabelle die Embraer. Wenig später kamen der Pilot und die Krankenschwester die Treppe herunter und sagten, dass man sie angewiesen habe, im Terminal zu warten.

An Yveline gewandt, sagte Bruno: »Tut mir leid, dass ich dich in diesen Schlamassel mit reingezogen habe. Ich hab's wohl verbockt.«

»Sei nicht albern. Du hast das Richtige getan, egal, was da jetzt an realpolitischen Spielchen in der Kabine abgezogen wird. Was hat eigentlich die Koordinatorin für Terrorbekämpfung mit General Lannes zu schaffen?«

»Ich schätze, es ist einiges zusammengekommen, angefangen mit der erwähnten malaysischen Passagiermaschine, die 2014 von einer russischen Rakete über der Ukraine abgeschossen wurde«, antwortete Bruno. »Die niederländische Regierung macht Russland für den Tod der fast dreihundert Fluggäste verantwortlich. Sie spricht von Staatsterrorismus, und die meisten europäischen Regierungen pflichten ihr bei. Vor kurzem wurde in einer englischen Kleinstadt ein Nervengiftanschlag auf einen russischen Überläufer verübt. Ich glaube, wir haben es hier mit einem Problem zu tun, das französische Sicherheitsdienste über diplomatische Umwege mit dem Kreml zu lösen versuchen beziehungsweise mit einer der Fraktionen im Kreml.«

»Merde«, platzte es aus Yveline heraus. »Na, dann werde ich mich jetzt mal um das Fahrzeug kümmern.«

»Hast du eine Idee, wo wir sie hinfahren könnten?«, fragte Bruno. »Ich dachte an eins der Weingüter in der

Nähe, vielleicht Château Tiregand. Ich kenne den Grafen, der es besitzt. Es gibt dort einen geschlossenen Innenhof, in dem wir die Fahrzeuge abstellen können.«

»Klingt gut. Ich lasse eins von Bergerac kommen.«

Bruno rief den Grafen an, sagte, dass für ein diskretes Treffen wichtiger Entscheidungsträger dringend geeignete Räumlichkeiten gesucht würden, und bekam zur Antwort, dass der Speisesaal des Schlosses zur Verfügung stehe. Yveline meldete, dass ein ziviles Fahrzeug auf dem Weg sei. Beim Tower erkundigte sie sich nach alternativen Ausfahrten. In diesem Moment rollte ein Geländewagen, den Bruno nur allzu gut kannte, bis an die Flughafenumzäunung heran. Philippe Delaron stieg aus, eine Kamera in der Hand. Sekunden später fuhr ein Auto, das Bruno ebenfalls vertraut war, an Philippe vorbei und bog in die Einfahrt ein. Vom Beifahrersitz winkte Jean-Jacques.

»Hat sich was mit Geheimhaltung«, bemerkte Bruno und führte Yveline aus Delarons Blickfeld. »Wir müssen die Jets irgendwie abschirmen. Vielleicht reicht ein großer Einsatzwagen der Feuerwehr. Ruf den Flughafenmanager an, und bitte ihn darum.«

Brunos Handy vibrierte. Auf dem Display sah er, dass Juliette ihn zu erreichen versuchte. Er nahm den Anruf entgegen, und schon rollte ein Tanklöschzug herbei, der den Blick auf die beiden Jets verstellte.

»Bei einem Verleiher für Baumaschinen in Bergerac wurde ein hydraulischer Hubstempel mit verbreitertem Aufsatz gemietet, mit dem man Container anheben kann. Die Firma liegt ganz in der Nähe des Flughafens«, sagte Juliette. »Das Geld – sechshundert Euro – wurde in bar bezahlt, die

Pfandgebühr mit einer Kreditkarte abgesichert, die von einer Bank auf Malta auf das Unternehmen Trans-Med-Euro Logistics unter dem Namen Sandro Cosacchi ausgestellt wurde. Er konnte sich mit einem maltesischen Pass ausweisen. Das Gerät wurde am Samstag telefonisch gebucht, gestern abgeholt und heute Morgen noch vor Öffnung des Geschäfts zurückgebracht.«

»Sandro Cosacchi«, murmelte Bruno. »Alexander Kozak. Entschuldige, Juliette, ich denke gerade laut nach. Vielen Dank. Ich schulde dir was.«

Er steckte das Handy weg, als Jean-Jacques kam, ihm die Hand schüttelte und Yveline begrüßte.

»Kozak ist heute Morgen in aller Frühe nach Paris-Orly geflogen, nachdem er den gemieteten Wagenheber, mit dem er die Baumstämme ins Rollen gebracht hat, wieder abgegeben hat«, sagte Bruno. »Er hat in bar bezahlt, musste aber eine Kreditkarte vorlegen, und die wird über ein Unternehmen abgerechnet, dessen Eigentümer mit General Lannes und Isabelle in dem Flugzeug dort ist.«

»Und von Orly ist der Kerl wer weiß wohin geflogen«, ärgerte sich Jean-Jacques kopfschüttelnd.

»Er hat einen Pass auf seinen Namen und einen, der eine italienische Variation davon eingetragen hat, und vielleicht noch andere«, führte Bruno weiter aus. »Isabelle wird mit diesen Informationen vielleicht Druck auf den Russen ausüben können.« Nach einer kleinen Pause: »Gibt's was Neues von der jungen Frau, die den Unfall überlebt hat?«

»Noch nicht, sie wurde operiert, scheint aber noch in einem sehr kritischen Zustand zu sein.«

»Haben Sie etwas von Prunier gehört?«, fragte Bruno.

Prumier war Jean-Jacques' direkter Vorgesetzter, der Polizeipräsident des Départements.

»Nicht seit seinem Telefonat mit Lannes. Er hat mir nur getextet, dass ich Lannes begleiten und alle nötigen Sicherheitsmaßnahmen ergreifen soll. Schätze, das betrifft auch Sie, Bruno. Immerhin sind Sie bewaffnet. Wie lange werden Lannes und Isabelle wohl in dem Flugzeug bleiben?«

»Bis das bei der Gendarmerie in Bergerac angeforderte zivile Fahrzeug kommt, das sie und Stichkin zum Château Tiregand bringt, wo sie diskret miteinander verhandeln wollen«, antwortete Yveline. »Sie werden den Flughafen über eine Ausfahrt am Ende der Startbahn verlassen. Und da sie ein Fahrzeug von uns bekommen, werde ich mitfahren.«

»Holen Sie Ihren Wagen hierher, dann folgen wir ihnen«, sagte Bruno zu Jean-Jacques. »Stichkin wird noch ein paar Tage hierbleiben. Erkundigen Sie sich bei Lannes, ob wir ihn weiter schützen sollen.«

Jean-Jacques nickte und nahm dann einen Anruf entgegen. Er lauschte, gab ein paar ächzende Geräusche von sich und murmelte schließlich: »Verstanden.«

»Putain«, prustete er, nachdem er sein Handy wieder eingesteckt hatte. »Ihr Freund, dieser Reporter – von ihm war soeben in den Lokalnachrichten zu hören, dass die Polizei im Zusammenhang mit dem Autounfall von einer vorsätzlichen Straftat ausgeht. Er hat mit dem Mann gesprochen, dem die Baumstämme gehören. Der behauptet wie Sie, Bruno, dass jemand die Stämme absichtlich auf die Straße hat rollen lassen.«

»So ist es, und sagen Sie nicht, dass ich Sie nicht gewarnt

hätte«, erwiderte Bruno. »Aber von mir hat Philippe das nicht. Wenn ich es ihm gesagt hätte, hätte ich mir jedweden Kommentar verkniffen und unsere Ermittlungen fortgesetzt, wie Sie es wünschten.«

»Als hätte ich nicht schon genug um die Ohren. Jetzt ist dieser Delaron auch noch hier und macht Fotos«, stöhnte Jean-Jacques und eilte los, um sein Auto zu holen. Isabelle fragte Bruno über ihr Handy, ob das bestellte Fahrzeug bereitstehe und ein geeigneter Zielort ausgewählt sei. In diesem Augenblick tauchte der Wagen der Gendarmerie auf, gefolgt von Jean-Jacques' Citroën. Beide rollten bis an die Treppe des Flugzeugs heran. Lannes und Stichkin kamen durch die Luke und zwängten sich auf die Rückbank. Yveline nahm auf dem Beifahrersitz Platz. Isabelle und Bruno stiegen zu Jean-Jacques in den Wagen, in dem schon Josette saß, seine Assistentin. Sie fuhren auf das Ende der Rollbahn zu, wo sie ein Flughafenangehöriger durch ein geöffnetes Tor winkte.

Über eine Nebenstrecke fuhren sie auf die Route nationale zu. Bruno berichtete Isabelle von der Kreditkarte des stichkinschen Unternehmens, mit der Kozak den Wagenheber gemietet hatte. »Stichkin droht deshalb eine Anklage wegen Beihilfe zum Mord.«

»Interessant, aber das kann er natürlich abstreiten und Kozak rein persönliche Motive unterstellen«, entgegnete sie, als sie die gemächlich dahinfließende Dordogne überquerten und Château Tiregand ins Blickfeld rückte, das auf dem Höhenzug von Pécharmant über dem Tal thronte.

»Du glaubst, er kommt ungeschoren davon?«, fragte Bruno.

»Die Sache ist größer als dein Autounfall, Bruno, oder als der Mord an diesem Driant. Die Niederländer drängen uns, die Sanktionen gegen Putins Helfershelfer auszuweiten; das betrifft insbesondere diejenigen mit europäischen Pässen, wovon die meisten auf Zypern und Malta ausgestellt wurden. Wenn sich Frankreich hinter die Niederlande stellt, steht Stichkin auf verlorenem Posten. Deshalb ist er bereit, mit uns zu reden. Er braucht unseren Schutz.«

»Und was bekommen wir dafür?«

»Den Hinweis darauf, wo Putin sein Vermögen bunkert. Wir sind ziemlich sicher, dass Stichkin sein Finanzberater ist, der weiß, wo die Milliarden versteckt sind. Darum geht's.«

»Stichkin und seine Handlanger sollen also mit Mord davonkommen?«, fragte Bruno, als sie in die Zufahrt zum Schloss einbogen.

Isabelle zuckte mit den Achseln. »Sarrail, der für dich oberste Handlanger, ist tot.«

»Ebenso die junge Frau, die auf der Intensivstation liegt«, meldete sich Jean-Jacques vom Fahrersitz aus. »Ich habe gerade eine SMS bekommen. Sie war nicht mehr zu retten.«

Der Fahrer des Autos vor ihnen bremste ab, um Jean-Jacques vorzulassen. Bruno lotste ihn am Haupteingang vorbei auf ein Tor zu, das in den Innenhof führte, wo Graf Saint-Exupéry sie bereits erwartete.

»*Bonjour,* François-Xavier«, grüßte Bruno und stieg aus, um dem Mann, der einen der besten Weine der Region produzierte, die Hand zu geben. »Sehr freundlich von Ihnen, dass Sie uns bei sich aufnehmen. Tut mir leid, dass ich zu den Hintergründen nicht mehr sagen kann.«

»Keine Ursache«, erwiderte der Graf und schüttelte auch den anderen die Hand. Er führte sie ins Haus und durch einen langen Korridor in einen prächtigen Speisesaal mit rotgestrichenen Wänden und antiken chinesischen Möbeln, die ein Vorfahr von ihm, seinerzeit Botschafter im kaiserlichen Peking, importiert hatte. Auf dem Tisch standen zwei geöffnete Weinflaschen, Fruchtsäfte, Kaffee und Mineralwasser zusammen mit Tassen und Gläsern.

»Wenn Sie sonst noch etwas brauchen …«, sagte der Graf.

»Nein danke«, erklärte Lannes und ließ Isabelle und Stichkin an den jeweils äußeren Enden des Tisches Platz nehmen. »Wir machen uns jetzt besser an die Arbeit.«

Der Graf entfernte sich. Yveline bezog Posten vor der Tür, während Bruno und Jean-Jacques in den Innenhof zurückkehrten, wo der Fahrer der Gendarmerie neben den Autos wartete und seine Dienstwaffe kontrollierte.

»Was glauben Sie, worüber die sich jetzt unterhalten?«, fragte Bruno Jean-Jacques, der mit ihm das Tor zum Innenhof bewachte.

»Über mögliche Sanktionen gegenüber Russland«, antwortete Jean-Jacques. »In den Zeitungen war davon zu lesen, dass weiteren russischen Geschäftsleuten die Einreise in die EU verwehrt werden soll, und jetzt ist auch die Rede davon, die Teilnahme russischer Banken am internationalen Verrechnungsverkehr zu begrenzen. Aber da halb Europa vom russischen Gas abhängig ist, wird es so weit wahrscheinlich nicht kommen, egal, was Putins Truppen anrichten. Ich nehme allerdings sehr ernst, was Isabelle über Stichkins Rolle als Finanzberater Putins gesagt hat.«

»Sie wird das, was Kozak getan hat, zumindest zur Sprache bringen«, glaubte Bruno. »Immerhin hat sie mir gegenüber schon erwähnt, dass europaweit nach ihm gefahndet werden soll.«

»Ja, dafür wird sie sorgen«, sagte Jean-Jacques. »Im Herzen ist sie immer noch ein *flic*. Und vergessen Sie nicht: Ich habe sie ausgebildet.«

Wieder wurde Jean-Jacques von seinem Pressesprecher angerufen, der ihm mitteilte, dass im Regionalradio von einer streng geheimen Sicherheitskonferenz zwischen französischen und russischen Vertretern am Flughafen von Bergerac die Rede sei.

»Das hat uns wieder einmal Ihr verdammter Philippe Delaron eingebrockt«, schimpfte er. »Können Sie den nicht endlich an die Leine legen?«

»Von wegen. Was er tut, ist nützlich«, antwortete Bruno. »Glauben Sie etwa nicht an die Freiheit der Presse?«

30

Das Gespräch im Château Tiregand ging schon in die dritte Stunde. Bruno hatte derweil drei Anrufe von Philippe Delaron ignoriert, als sein Handy erneut vibrierte. Im Display stand der Name Rod Macrae.

»Es ist was Schreckliches passiert, Bruno«, sagte er, wobei sich seine Stimme fast überschlug. »Bertie hat Galina nach draußen geschleppt; er ist bewaffnet.«

»Was? Wer?« Bruno war verwirrt, zumal Rods hörbare Nervosität ansteckend auf ihn wirkte.

»Ich bin's, Bruno«, meldete sich plötzlich eine Frauenstimme. Meghan hatte das Handy an sich genommen und sprach gefasst. »Wir haben Radio gehört, als von der Sicherheitskonferenz am Flughafen berichtet wurde. Galina meinte, dass ihr Vater daran beteiligt sein könnte, da er sich ja für heute Abend angemeldet hat. Dann sagte ich etwas über die kleinen grünen Männer, von denen sie gesprochen hat, worauf Bertie ausgerastet ist. Er hat sich Rods Flinte geschnappt, mit der er auf Kaninchenjagd geht.«

Sie hielt inne, um nach Luft zu schnappen. Bruno bewunderte ihre Selbstbeherrschung.

»Lassen Sie sich Zeit, Meghan«, sagte er.

»Bertie hat sie auf die Terrasse hinausgezerrt und gesagt, sie solle ihren Vater holen und zu uns bringen. Er war außer sich und brüllte was vom Kriegsverbrechertribunal in Den Haag. Jamie und ich haben versucht, ihn zu beruhigen, aber er droht damit, uns zu erschießen. Wir wissen uns nicht zu helfen und rufen Sie deshalb an.«

»Wo sind die beiden jetzt?«

»Sie sitzt auf dem Terrassenboden, er vor ihr auf einem Stuhl, den Rücken zur Wand und die Flinte auf dem Schoß. Sie hat versucht, ihren Vater anzurufen, aber dessen Handy ist ausgeschaltet.«

»Bewahren Sie Ruhe, und tun Sie nichts. Ich komme zu Ihnen«, sagte Bruno. »Bleiben Sie noch einen Moment am Apparat.«

Er wandte sich Jean-Jacques zu und klärte ihn über den neuen Vorfall auf. Der starrte ihn an und fragte ungläubig: »Stichkins Tochter? Von einem ukrainischen Nationalisten als Geisel genommen? Machen Sie Witze?«

»Dieser junge Mann, Bertie, ist ein Freund von Macraes Sohn Jamie, der Galina heiraten will. Er wird Bertie genannt, weil er aus Alberta in Kanada kommt. Sein richtiger Name ist Bondarschuk. Isabelle weiß über ihn Bescheid.«

»Was soll das heißen?«

»Sie hat seinen Namen genannt, als wir uns kürzlich miteinander unterhalten haben. Zu ihren Aufgaben gehört es, ukrainische Nationalisten im Auge zu behalten. Den Hinweis auf ihn hat sie von den Briten. Angeblich ist einer seiner Cousins bei Unruhen in der Ukraine ums Leben gekommen.«

»Sie haben sich kürzlich mit ihr unterhalten … Wann?«

»Das ist unwichtig. Wir müssen ihr sofort Bescheid geben.« Bruno zog sein Notizbuch aus der Tasche und fing an zu schreiben. »Klopfen Sie an die Tür, und bitten Sie Isabelle kurz nach draußen. Geben Sie ihr diesen Zettel, sagen Sie, es sei dringend. Und dann hätte ich jetzt gern Ihren Autoschlüssel.«

»Sie wollen doch nicht etwa zu den Macraes?«

»Haben Sie einen besseren Vorschlag? Ich kenne alle Beteiligten – Galina, Bertie, die ganze Familie. Mit mir werden sie reden. Bertie sitzt mit einer Flinte auf der rückwärtigen Terrasse von Château Rock. Wir brauchen Zeit, um einen Scharfschützen in Stellung zu bringen, für alle Fälle, und ich kann dafür sorgen, dass wir diese Zeit bekommen. Ergibt doch Sinn, oder?«

»Wollen Sie nicht lieber warten, bis Isabelle nach draußen kommt?«

»Sie wird wissen wollen, ob wir einen Lösungsvorschlag haben.« Bruno riss die Seite aus dem Notizbuch, auf die er seine Nachricht geschrieben hatte. »Geben Sie ihr die bitte, und fordern Sie anschließend einen Scharfschützen sowie ein Hostage-Rescue-Team für Château Rock an. Isabelle wird entscheiden müssen, ob sie Stichkin informiert.«

Kopfschüttelnd überreichte Jean-Jacques Bruno seinen Autoschlüssel und verschwand im Haus. Wieder an Meghan gewandt, sagte Bruno, dass er sich sofort auf den Weg mache. Er rannte zum Wagen und fuhr los, am Reiterhof vorbei und über die Nebenstrecken nach Sainte-Alvère. Bevor er das Blaulicht einschaltete, rief er die Feuerwache in Saint-Denis an und bat Ahmed, mit dem Krankenwagen zum Château Rock zu kommen, ohne Sirene; er würde vor dem Eingang auf ihn warten. Als er das Gespräch beendet hatte, sah er, dass Isabelle ihn zu erreichen versuchte.

»Was hast du vor?«, fragte sie.

»Die Sache nicht eskalieren zu lassen, bis die Einsatzkräfte zur Stelle sind. Ich will versuchen, mit ihm zu reden, ihm vielleicht zu versprechen, dafür zu sorgen, dass Stichkin kommt. Wirst du Stichkin Bescheid sagen?«

»Noch nicht, er würde alles stehen und liegen lassen und zum Château fahren. Ich will ihm kein Problem präsentieren, sondern eine Lösung. Sei vorsichtig, Bruno.«

Er rief die Macraes zurück und sagte, dass ein spezielles Kommando zur Befreiung von Geiseln alarmiert worden sei. Rod verlangte, Details zu erfahren, worauf Meghan wieder zum Hörer griff und erklärte, dass sie abwarten wollten.

Bis Sainte-Alvère kam Bruno schnell voran, doch dann wurde der Verkehr dichter, und er war geneigt, die Sirene einzuschalten. Doch dann erinnerte er sich an eine Lektion an der Polizeiakademie zu Geiselfällen, insbesondere an die Regeln zur Tatortsicherung bis zum Eintreffen der speziellen Einsatzkräfte. Er kannte die örtlichen Verhältnisse und die betroffenen Personen. Jamie, der sich womöglich zum Helden aufschwingen würde, um seine Verlobte zu retten, seine Mutter und all die anderen jungen Leute waren vor Ort, weshalb er mit entsprechend vielen Unwägbarkeiten zu rechnen hatte.

Bruno glaubte, sich auf Meghan, Rod und Kirsty verlassen zu können, fürchtete aber, dass die jungen Gäste die Vorgänge im Haus womöglich mit ihren Handys filmen und über soziale Netzwerke streamen könnten.

Sein Handy läutete. Es war wieder Isabelle.

»Unser Oligarch ist gerade auf der Toilette«, sagte sie. »Danke für deine Nachricht. Ich habe Lannes informiert.

Fürs Erste überlässt er es dir, wie du jetzt vorgehen willst. Wir werden Stichkin nichts sagen. Jean-Jacques hat ein Spezialistenteam aus Bordeaux angefordert. Es kommt mit einem Hubschrauber, der in großem Abstand zum Château landen wird. In circa einer Stunde. Ab jetzt sollten wir nur noch per SMS miteinander kommunizieren.«

Ahmed wartete mit einem kleinen Krankenwagen und einem Kollegen am Ausgang der Zufahrt. Bruno wies ihn kurz ein und führte ihn zum Eingang des Schlosses, wo er Bertie und Sascha vor etwas über einer Woche zum ersten Mal getroffen und das Drama angefangen hatte. Einer der Doppelflügel der Tür stand offen. Bruno bat die beiden Sanitäter, sich bereitzuhalten.

Die Eingangshalle war leer. Aus dem Wohnzimmer zur Rechten hörte er eine Frau schluchzen. Er warf einen Blick durch die Tür und sah Kirsty ihre Mutter trösten. Meghans Gesicht war gerötet und tränennass, was ihn überraschte. Er hatte sie für eine starke, beherrschte Frau gehalten, den sprichwörtlichen Fels in der Brandung. Er legte den Zeigefinger auf die Lippen.

»Sind Bertie und Galina noch auf der Terrasse?«, fragte er Kirsty im Flüsterton. Sie nickte und beruhigte ihre Mutter, die nach Luft schnappte und aufzuspringen versuchte, als sie Bruno sah. Sie verschluckte sich und fing an zu hicksen. Bruno klopfte ihr sanft auf die Schulter. Sie habe alles richtig gemacht, flüsterte er ihr zu. Dann fragte er Kirsty, wo ihr Vater und ihr Bruder zu finden seien.

»Küche«, formte sie mit den Lippen. »Sie haben versucht, mit ihm zu reden.«

»Wo sind die anderen?«

»Ippo ist zu einer Fahrradtour aufgebrochen, kurz bevor das hier angefangen hat. Keine Ahnung, wann er zurückkommt«, flüsterte Kirsty. »Pia hat versucht, Bertie zur Vernunft zu bringen, wurde aber von ihm weggeschickt. Ich glaube, sie ist auch in der Küche. Vielleicht bereitet sie sich auf einen zweiten Versuch vor. Allerdings sind die beiden nicht mehr gut aufeinander zu sprechen. Seit der blöden Schlägerei zwischen Bertie und Sascha schlafen sie getrennt.«

Bruno drückte Kirstys Schulter, dankte ihr und ging in die Küche, wo er wieder den Finger auf die Lippen legte, als Jamie und Rod ihn sahen und vom Küchentisch aufstanden. Pia umkreiste Jamie, dessen Wange und Kiefer geschwollen waren, mit einem Desinfektionsmittel und einem Wattebausch.

»Was ist passiert?«

»Ich glaubte anfangs, er würde nur einen dummen Witz machen«, erklärte Jamie. »Als ich ihm dann das Gewehr abnehmen wollte, hat er mir eine verpasst. Er ist bärenstark und hätte mich fast von den Beinen geholt.«

Rod schüttelte den Kopf und führte Bruno in die Eingangshalle. »Wir haben ihm einen Drink angeboten, in dem mehrere Schlaftabletten aufgelöst waren, aber den hat er nach dem ersten Schluck weggeschüttet. Er hatte vorher jemanden angerufen und ukrainisch gesprochen, dabei fiel ein Begriff, der sich für mich wie ›Pressekonferenz‹ angehört hat. Als er noch einmal anzurufen versucht hat, war sein Handyakku anscheinend leer.«

»Wie geht es Galina?«, fragte Bruno. Hätte Bertie die Geiselnahme geplant, dachte er, hätte er bestimmt für einen vollen Akku gesorgt. Es schien, als habe er Hals über Kopf gehandelt. So oder so, aus Berties Sicht war mediale Öffentlichkeit durchaus sinnvoll.

»Sie hat ein bisschen geweint und nach Jamie verlangt, aber Bertie lässt niemanden auf die Terrasse. Er wollte ihr Handy haben, doch sie weigert sich, mit dem Zugangscode herauszurücken, sosehr er sie auch drängt. Er ist wütend, dass er auch von uns weder Handy noch Ladegerät bekommt.«

»Sind Sie sicher, dass das Gewehr geladen ist?«

Rod nickte düster. »Beide Läufe. Ich habe sie selbst geladen, denn bevor das alles anfing, wollte Bertie auf dem Weinberg Kaninchen jagen. Er ist auf einem Bauernhof groß geworden und weiß, wie man damit umgeht.«

»Kennt jemand die Nummer seines Handys?«, fragte Bruno. Jamie las sie aus seiner Kontaktliste laut vor, worauf Bruno den Sicherheitsdienst von Orange anrief und herauszufinden versuchte, mit wem Bertie an diesem Tag telefoniert hatte. Er zog seine Uniformjacke aus und legte den Gürtel ab, an dem sein Handyfutteral und die Dienstwaffe im Holster hingen. Er checkte sie und vergewisserte sich, dass sie gesichert war, bevor er sie Jamie anvertraute. Dann ging er in Hemdsärmeln und mit erhobenen Händen durch die Küchentür nach draußen.

»Bertie, wie Sie sehen, bin ich unbewaffnet. Ich hoffe, wir können uns auf eine Lösung verständigen. Hallo, Galina.«

Die junge Frau versuchte aufzustehen. Ihr Gesicht leuchtete hoffnungsvoll auf, doch Bertie stieß sie mit dem Fuß auf den Boden zurück. Bruno wand sich innerlich. Er hatte erwartet, dass Bertie unter Stress stand; die Aggressivität, die er jetzt an den Tag legte, überraschte ihn jedoch.

»*Mon Dieu,* Bertie, sie ist doch eine Freundin und kein Feind«, sagte er.

»Lassen Sie mich Ihr Handy benutzen. Wenn nicht, können Sie wieder gehen.« Bertie zielte mit der Flinte auf Bruno.

Er saß auf einem weißen robusten Stuhl im äußeren Terrassenwinkel. Der Platz war gut gewählt. Hinter ihm die Hauswand, in der es nur in etwa zehn Metern Höhe ein Fenster gab, und auf der einen Seite ein dichtes Weinrankenspalier, war er relativ gut geschützt. Bruno war an die fünf Meter von ihm entfernt. Zwischen ihnen standen der lange Tisch und weitere Stühle. Er schaute in den Garten, der bis zum Pool abschüssig verlief und an eine baumbestandene Anhöhe grenzte. Rund zweihundert Meter entfernt mochten dort Scharfschützen in Stellung gehen.

»Ich muss mein Handy im Auto gelassen haben«, entgegnete Bruno. »Aber darum geht's nicht. Ich glaube, Sie haben sich da was aufgehalst, was nicht geplant war, stimmt's?«

»Falsch, Bruno. Ich will an Stichkin heran«, erwiderte Bertie mit flacher Stimme. Seine Miene zeugte von Entschlossenheit. »Wenn er herkommt, ist Galina frei. Und dann will ich, dass hier eine Pressekonferenz stattfindet, auf der er erklären kann, was er in der Ukraine gemacht hat. Er gehört vor den Internationalen Strafgerichtshof. Das ukrainische Parlament hat mehrheitlich dafür gestimmt, dass ihm der Prozess gemacht wird. Wenn die Presse kommt, können Sie mich festnehmen. Ich bin kein Kidnapper, Bruno. Ich will hier nur einen Kriegsverbrecher stellen.«

Bruno versuchte, sich in Berties Lage zu versetzen. Der junge Mann war sich der Schwierigkeiten, in denen er steckte, mit Sicherheit bewusst. Ohne Handy, ohne Unterstützer musste ihm klar sein, dass er früher oder später überwältigt werden würde. Er konnte nur damit drohen, Galina zu töten. Alles andere – nicht zuletzt sein eigenes Überleben oder die Chance, sein eigentliches Ziel zu erreichen – hing aber davon ab, dass sie lebte.

»Als Ausländer haben Sie in Frankreich kein Festnahmerecht«, sagte Bruno. »Wir stecken also in einer Sackgasse. Sie können allenfalls damit drohen, Galina zu erschießen, aber das werden Sie nicht, davon bin ich überzeugt. Sie könnten vielleicht mich erschießen oder jeden anderen, der Ihnen die Flinte abzunehmen versucht. Ihr einziges Pfand ist sie und Ihre Hoffnung, dass wir anständige Leute sind, die alles tun werden, um eine unschuldige junge Frau zu retten.«

»Es ist ganz einfach. Holen Sie ihren Vater hierher. Er für sie. Wenn Sie noch nicht wissen, was dieses Miststück verbrochen hat, sollten Sie sich informieren. Er war Putins Mann in der Ukraine. Bei ihm liefen in Kiew die Fäden zusammen. Er hat auf dem Majdan auf Demonstranten schießen lassen und muss sich dafür vor Gericht verantworten.«

»Ich weiß von den Protesten, Bertie, und davon, dass die Demonstranten von Scharfschützen beschossen wurden, dass die Kirchen ihre Türen geöffnet haben, damit sie irgendwohin fliehen konnten. Auch das ist Europa, Bertie, wie damals das Europa von Sarajevo, wo ich als Blauhelm stationiert war und angeschossen wurde. Politisch sind wir vielleicht auf einer Linie. Aber nicht, wenn du Galina mit einer Waffe bedrohst.«

»Es geht nicht um Galina«, keifte Bertie. »Es geht um ihren mörderischen Vater.«

»Du hast dafür gesorgt, dass es jetzt um Galina geht«, entgegnete Bruno, dem die erhobenen Arme allmählich weh taten. »Zwischen dem, was deiner Meinung nach geschehen sollte, und dem, was geschieht, liegt ein Unterschied. Innerhalb der nächsten Stunde wird ein Spezialkommando zur Stelle sein. Dann bleibt dir keine Wahl mehr. Du wirst entweder erschossen oder schwerverletzt sein und verhaftet werden. Das Gefängnis wirst du aller Wahrscheinlichkeit nach nicht überleben. Wir wissen beide, dass der russische Geheimdienst überall hinkommt.«

»Damit können Sie leben, dass russische Killer französische Gefängnisse unsicher machen?«, brüllte Bertie. »Dass sie in England mit Nervengas töten? Passagiermaschinen abschießen? Unschuldige junge Menschen abknallen, die auf dem Majdan für Freiheit demonstrieren?«

Bruno wusste, je mehr sich Bertie in Rage redete, desto unberechenbarer würde er. Immerhin schien er noch klar bei Verstand zu sein und redete in nachvollziehbaren Sätzen. Bruno versuchte, Ruhe zu bewahren.

»Bis das Kommando hier ist, haben Sie die Möglichkeit, die Flinte abzulegen, in meinen Wagen zu steigen und zu verschwinden. Ich schlage vor, Sie fahren nach Italien oder Spanien und kehren von dort in die Ukraine zurück. Aber nicht mit einem Flugzeug, denn es wird bereits nach Ihnen gefahndet. Nutzen Sie die einzige Chance, die Ihnen noch bleibt.« Er wandte sich an Galina.

»Brauchen Sie irgendetwas? Wasser? Eine Decke?«

»Ich muss aufs Klo«, sagte sie leise und blickte zu ihm auf.

»Mach dir in die Hose, wenn du nicht länger einhalten kannst«, schnaubte Bertie. »Du rührst dich nicht von der Stelle, bis dein Vater und die Presse hier sind. Und Ihr Freund, dieser Gilles, soll auch kommen, Bruno, der, der das Buch schreibt.«

»Könnte ich vielleicht eine Zigarette haben?«, fragte Galina. Sie fixierte Bruno mit einer Miene, die er so deutete, dass sie ihm etwas mitzuteilen versuchte.

»Du rauchst doch gar nicht«, blaffte Bertie.

»Wann, wenn nicht jetzt damit anfangen«, entgegnete sie.

»Mal sehen, ob ich eine finde«, sagte Bruno und ging in die Küche zurück. Wortlos reichte Rod ihm eine Packung Marlboro und ein Streichholzheftchen. Bruno flüsterte ihm ins Ohr: »Dieses Fenster über ihm. Wenn alle Stricke reißen, könnten Sie etwas Schweres auf ihn fallen lassen?«

Rod riss die Augen auf, nickte aber zögernd. Bruno nahm seine Waffe aus dem Holster und steckte sie im Rücken hinter den Hosenbund. Als er hörte, dass auf der Terrasse Möbel verrückt wurden, ging er mit erhobenen Händen wieder nach draußen. Bertie hatte den schweren Tisch auf die Seite gekippt, um für sich und Galina eine Art Kugelfang zu schaffen. Er hockte dahinter und zielte mit der Flinte auf Bruno.

»Werfen Sie die Zigaretten über den Tisch, Bruno«, rief er. »Dann das Feuerzeug.«

»Ich habe nur Streichhölzer«, antwortete Bruno und warf diese, nachdem Bertie das Päckchen aufgefangen hatte, absichtlich nicht weit genug, so dass sie vor dem Tisch zu Boden fielen.

»'tschuldigung«, sagte er, trat ein paar Schritte vor und bückte sich, wie um das Heftchen aufzuheben, sprang aber dann vor die aufgerichtete Tischplatte und langte mit beiden Händen an den Lauf des Gewehrs. Als er es dem jungen Mann mit aller Kraft zu entwinden versuchte, entluden sich mit ohrenbetäubendem Knall beide Läufe. Das heiße Metall in den Händen, stand er auf und rammte den Kolben gegen Berties Brust und dann auf seinen Nasenrücken. Er klappte den Verschluss auf und warf die Waffe beiseite. Dann sprang er über die Tischplatte, wälzte Bertie auf den Bauch, stieß ihm sein Knie in den Rücken, dass ihm die Luft wegblieb, und fixierte seine Arme im Nacken. Rod rief er zu, er solle ihm seine Jacke bringen.

Jamie war als Erster zur Stelle und nahm jetzt die schluchzende Galina in die Arme. Dann kam auch Rod mit Brunos Jacke. »Sie haben ihn? Wie haben Sie das geschafft?«

»In einer der Seitentaschen sind Handschellen«, ächzte Bruno, der sich anstrengen musste, Bertie in Schach zu halten, denn der wehrte sich heftig. Rod gab ihm die Handschellen. Bruno fesselte den jungen Mann, und es war vorüber.

»Wie geht es Ihnen, Galina?«, fragte er.

»Gut«, sagte sie mit erstickter Stimme, das Gesicht an Jamies Brust gedrückt. »Aber ich muss jetzt wirklich aufs Klo.«

»Die Sanitäter sollen reinkommen, sie warten draußen«, sagte Bruno. Er stand auf und besah sich den Schaden, den die Schrotkugeln auf dem Terrassenboden angerichtet hatten: einen kleinen Kreis zersplitterter Steinfliesen. »Der junge Mann muss medizinisch versorgt werden. Ich habe ihn hart getroffen. Geben Sie mir bitte mein Handy.«

Er rief Jean-Jacques an, berichtete, dass Galina in Sicherheit und die Krise überstanden sei. Das Spezialkommando könne wieder abrücken, aber er brauche jetzt die Gendarmen von Saint-Denis, um den Verdächtigen in Gewahrsam zu nehmen.

»Eins noch«, sagte er, als Meghan und Kirsty auf die Terrasse stürmten, Galina umarmten und sie wegführten. »Ist Stichkin über die Lage vor Ort unterrichtet worden?«

»Weiß ich nicht«, antwortete Jean-Jacques. »Die Sitzung dauert offenbar noch an.«

Bruno schrieb Isabelle eine SMS: »Problem gelöst. Mädchen in Sicherheit. Angreifer in Handschellen. Wir bringen ihn in die Gendarmerie von Saint-Denis.«

Er steckte sein Handy weg, half Rod dabei, den Tisch wieder auf die Beine zu stellen, und bat um eine große Plastiktüte, um die Flinte darin zu verstauen. Dann half er Ahmed, Bertie, der halb ohnmächtig war, auf den Rücken zu drehen. Dessen Gesicht war blutverschmiert, die Nase, wie es schien, gebrochen.

»Vielleicht kümmerst du dich auch um die junge Frau«, sagte er zu Ahmed. »Sie steht bestimmt unter Schock. Du findest sie im Badezimmer.«

Sein Handy meldete eine Textnachricht. Sie war von Isabelle und lautete: »Haben uns mit Papa auf den Weg gemacht. Der General beglückwünscht dich. Du sollst aber keine Verhaftung vornehmen. Und die Presse außen vor halten. Das ist ein Befehl.«

Epilog

Vier Wochen später

Der Vorfall konnte geheim gehalten werden bis zu jenem Morgen, als Philippe Delaron seine Story in der *Sud Ouest* veröffentlichte und auch der Regionalsender *France Bleu* darüber berichtete. Am gleichen Tag kamen wichtige Musikkritiker aus Paris und London nach Saint-Denis zum überraschenden Comeback-Konzert der Rocklegende Rod Macrae. Normalerweise fanden die städtischen Konzerte auf dem Campingplatz statt, wo sich drei- bis vierhundert Zuhörer versammeln konnten. Diesmal ließen Bruno und Rod den größten Lastwagen der Stadt, bestückt mit dem besten Soundsystem, das im Département aufzutreiben war, am Flussufer unterhalb der Klinik auffahren, wo für vier- bis fünftausend Menschen Platz war. Rod sollte erst bei Sonnenuntergang auf der Bühne erscheinen, doch schon nachmittags strömten die Leute herbei.

Es war Dienstag. Am Morgen hatte der Markt geöffnet, und abends machte wie immer im Sommer der Nachtmarkt auf mit seinen Pizzabuden, Salatständen, Bierzelten und Grillfeuern, vor denen es hoch herging. Huberts Weinkeller blieb bis Mitternacht geöffnet, und die städtische Winzergenossenschaft lieferte außer der Reihe Kisten von Wein aus dem *chai,* ihrem Weinlager. Bruno hatte vierzig mobile Toiletten aufstellen lassen, zusätzliche Abfalleimer, ein Erste-Hilfe-Zelt und eins für verlorengegangene Kinder. Die Rugbymannschaften der Stadt – das erste und zweite Männerteam, die Junioren und die Frauen – machten sich als Ordnungskräfte nützlich. An alle waren Armbänder ausgegeben worden, auf denen *Bénévoles* – Freiwillige – stand. Die Gendarmen aus Saint-Denis und Kollegen aus Sarlat und Saint-Cyprien regelten den Verkehr und erklärten ihnen den Weg zu einem behelfsmäßigen Parkplatz auf einem Feld außerhalb des Städtchens.

Um das Publikum für Rods Auftritt um sieben in Stimmung zu bringen, spielte die Stadtband ihr übliches Repertoire. Anschließend sang der städtische Chor. Dann trat Panama, die hiesige Rockband, auf und brachte die goldenen Oldies, die jeder in der Menge auswendig kannte. Der Chorleiter am Keyboard, Jean-Louis aus der Kfz-Werkstatt am Schlagzeug und Robert, der pensionierte Architekt, der Gitarre spielte und sang, spielten einen Mix von Brassens und Jacques Brel, den Beatles und Francis Cabrel, zu dem wieder alle mitsingen konnten – und das nicht schlecht.

Bruno fand, dass er nach zwei Wochen intensiver Vorbereitungen endlich entspannen konnte. Er war zu Galinas Hochzeit eingeladen worden, was ihm schmeichelte, hatte aber nicht daran teilnehmen können, weil Rods Konzert Priorität für ihn hatte und es zum Höhepunkt der Tourissaison ohnehin viel zu tun gab. Ihn tröstete der Gedanke, dass Monaco und eine Luxusjacht nicht das waren, was Pamela seine *cup of tea* nannte. Es reizte ihn auch nicht, seine Bekanntschaft mit Igor Stichkin zu erneuern, zumal

General Lannes da sein würde und die Verbindung zum Kreml zu festigen versuchte, auf die es ihm letztlich ankam.

Rod, Meghan und Kirsty waren am Sonntag von dem Fest zurückgekehrt. Und weil sie Rods Konzert nicht verpassen wollten, waren vor wenigen Stunden auch Jamie und Galina eingeflogen, beide ganz verträumt, als hätten sie seit ihrer Hochzeit das Bett nicht mehr verlassen. Galina hatte, wie Bruno von Jamie erfuhr, darauf bestanden, die Hochzeitsreise auf der nach ihr benannten Jacht rund um Italien zu verschieben.

Der Verkauf von Château Rock an Galina war schon vor der Eheschließung mit einem Bankscheck aus Zypern abgeschlossen worden. Das Bargeld aus dem Aktenkoffer, den Bruno am Unfallort sichergestellt hatte, war jetzt in Galinas Besitz und damit, wie Stichkin beteuerte, seinem eigentlichen Zweck zugeführt: Damit sollte die *cabane*, in der Rod wohnen wollte, renoviert und das Schloss nach ihren Wünschen eingerichtet werden. Wie Jean-Jacques glaubte Bruno allerdings, dass das Geld ursprünglich dazu vorgesehen war, allfällige Zweifel Sarrails an Stichkins Plänen zu zerstreuen.

Es war nur zu einer einzigen Festnahme gekommen, nämlich der des Versicherungsagenten Constant auf Veranlassung von Goirau und dem *fisc*. Mit den am Unfallort sichergestellten Dokumenten und Handys hatte nachgewiesen werden können, dass Lara Saatchi, von Constant und Sarrail angestiftet, Driant gezielt verführt und dass sie ihm Viagra und Kokain in Dosen verabreicht hatte, die zum Herzversagen führen mussten. Constant gestand denn auch, dass sie mit dem Geld aus dem Verkauf des Hofes die negative Bilanz der Seniorenresidenz hatten ausgleichen wollen. Wenn das Projekt gescheitert wäre, hätten ihm und Sarrail schlimmste Konsequenzen vonseiten Stichkins gedroht. Constant würde wohl, wie Bruno vermutete, eine Gefängnisstrafe erspart bleiben, da er an der Aufdeckung der verwickelten Geschäfte Stichkins in Europa bereitwillig mitwirkte.

Galina war von ihrem Vater angehalten worden, auf eine Klage gegen Bertie zu verzichten. Dem hatte ein sorgfältig ausgewählter und teuer bezahlter Psychologe eine posttraumatische Belastungsstörung attestiert. Auf Geheiß von General Lannes war der junge Mann still und heimlich nach Kanada abgeschoben worden.

Kozak, oder wie auch immer er in Wirklichkeit heißen mochte, war verschwunden. Isabelles IT-Spezialist für Gesichtserkennung hatte ihn jedoch auf Videos identifizieren können: als Rädelsführer von gewalttätigen Gegendemonstrationen in Kiew und als Paramilitär auf der Krim und in der Ostukraine. Bruno und Jean-Jacques waren überzeugt davon, dass er auf Stichkins Befehl hin Sarrail getötet hatte, um Galinas Vater die Peinlichkeit öffentlicher Aufmerksamkeit zu ersparen, die Brunos Ermittlungen zu wecken drohten. Stichkins Nützlichkeit für Putin stand und fiel mit seiner Diskretion und der Fähigkeit, im Hintergrund zu bleiben. Sarrail war ihm, Stichkin, wegen seiner Fehlgriffe in Sachen Driant und Seniorenresidenz entsprechend gefährlich geworden.

Bruno konnte anfangs nicht verstehen, warum der andere Sascha und dessen Freundin ebenfalls sterben mussten. Jean-Jacques aber gab zu bedenken, dass sie wie das Geld im Aktenkoffer als eine Art Rückversicherung fungiert haben mochten, und zwar für den Fall, dass Sarrail Lunte gerochen hätte. Isabelle erinnerte Bruno an den Mord an der Malteser Journalistin Daphne Caruana Galizia. Sie war im Oktober 2016 von einer an ihrem Auto platzierten Bombe getötet worden, nachdem sie den Skandal um den Verkauf maltesischer Reisepässe an Russen, um Schmiergelder und Korruption aufgedeckt hatte. Malta-Sascha war schon vor längerer Zeit in Verdacht geraten, und Stichkin fürchtete wohl, die Polizei würde ihm früher oder später auf die Schliche kommen.

Auf Druck von General Lannes erklärte die Polizei den Maserati-Unfall als Folge unglücklicher Umstände, hervorgerufen durch eine Rotte von Wildschweinen. Das überraschte Bruno nicht. Ein Schleier offizieller Diskretion legte sich über das, was nun als tragischer Unfall erachtet wurde. Immerhin hatte die Préfecture veranlasst, dass in Zukunft am Straßenrand gelagerte Baumstämme zusätzlich gesichert und kontrolliert werden sollten.

Driants Kinder freuten sich über eine großzügige Abfindung, die ihnen von der Versicherungsgesellschaft angeboten wurde. Der Gerechtigkeit war damit, wie Bruno fand, zumindest im Kleinen Genüge getan. Der Gedanke an die beiden toten Frauen erschütterte ihn allerdings immer noch. Sie hatten alles darangesetzt, in einem Europa Fuß zu fassen, das der Mitmenschlichkeit überdrüssig geworden zu sein schien. Er sprach dieses Thema bei dem fürstlichen *dîner* im La Tupina in Bordeaux an, zu dem ihn Gaston und Claudette zum Dank eingeladen hatten. Ein paar Tage später mailte ihm Claudette die Kopie einer von Médecins Sans

Frontières ausgestellten Quittung über zehntausend Euro, die sie und ihr Bruder gespendet hatten.

Im Künstlerzelt hinter dem zur Bühne umgebauten Lastwagen stimmte Rod gerade seine Gitarre, als Panama ihr Set beendet hatten. Zu ihrer großen Freude waren die drei Musiker von Rod gebeten worden, als seine Begleitband aufzutreten, und sie hatten die ganze Woche über mit Hilfe von Rods eigenen Tonkonserven geprobt.

»*Ça va,* Bruno?«, fragte Amélie und stand vom Schminktisch auf, an dem sie ihre Frisur und das Make-up gerichtet hatte. Sie sah fantastisch aus in ihrem mit Flitter besetzten weißen Kleid, das sie schon bei ihrem Josephine-Baker-Konzert getragen hatte. Die Haare waren wieder zu einer mächtigen Afrokugel auftoupiert. Sie gab ihm einen Kuss auf beide Wangen. »Ich kann dir gar nicht sagen, wie sehr es mich freut, hier mitmachen zu können. Danke.«

»Rod war begeistert von deinem Sampling seiner Aufnahme«, sagte Bruno. »Mit mir hat das nichts zu tun.«

»O doch«, sagte Rod, »das Konzert verdanken wir Ihnen, Bruno.« Er legte die Gitarre über seine Knie und drehte sich eine Zigarette.

»Im Grunde ist es nur eine Probe«, erwiderte Bruno. Die offizielle Premiere von Rods neuem Album sollte in einer Woche in London stattfinden. »Ihre Comeback-Tour wird ein toller Erfolg. Dass Sie Ihre Generalprobe in Saint-Denis geben, ehrt uns sehr. Übrigens, der Bürgermeister will ein paar Willkommensworte sagen, wenn Sie auf die Bühne gehen.«

Rod zuckte mit den Achseln. »In Ordnung. Von mir aus kann's losgehen.« Er klatschte sich mit Robert und Jean-

Louis ab. *»Merde«*, entgegneten sie, die französische Kurzformel für Hals- und Beinbruch. Der Bürgermeister steckte den Kopf zum Zelt herein und fragte: »Sind wir so weit?«

»Worauf Sie sich verlassen können«, antwortete Rod.

Mangin bestieg als Erster die Stufen zur Bühne. Er hielt eine Schriftrolle mit rotem Band und Siegel in der einen Hand, klopfte mit der anderen auf das Mikrofon und hieß alle in Saint-Denis herzlich willkommen.

»Von den Bürgerinnen und Bürgern sowie dem Rat der Stadt bevollmächtigt, erkläre ich hiermit Rod Macrae zum neuen Ehrenbürger unserer Kommune, in der er mit seiner Familie seit über zwanzig Jahren lebt und sein musikalisches Wirken fortsetzt, das ihn zum internationalen Star gemacht hat.«

Die Menge jubelte, als Rod durch den Vorhang auf die Bühne trat. Er nahm die vom Bürgermeister gereichte Schriftrolle entgegen, ließ sich einen Kuss auf beide Wangen geben, bedankte sich und sagte ins Mikrofon: »Tja, jetzt gehöre ich wohl hierher.«

Jubel und Applaus schwollen weiter an.

»Danke, dass ihr gekommen seid«, fuhr Rod fort, als er sich wieder verständlich machen konnte. »Wir spielen jetzt ein paar alte Nummern von mir und einige neue. Wir, das sind die Jungs von Panama und Amélie, unsere tolle Vokalistin. Mit ihnen zusammenzuspielen ist mir ein großes Vergnügen.«

Als Rod die ersten Akkorde seines Welthits anschlug, der ihn vor fast dreißig Jahren berühmt gemacht hatte, verließ Bruno das Zelt und stieg die Außentreppe der Klinik hinauf, um die Menge überblicken zu können. Der Park war voller Menschen und auch die Brücke und der Kai am jenseitigen Ufer. Dutzende von Booten und Kanus lagen auf dem Fluss, der zu dieser Jahreszeit so träge strömte, dass ein gelegentlicher Paddelschlag ausreichte, um auf der Stelle zu bleiben. Bruno hatte keine Ahnung, wie viele Gäste gekommen waren, bestimmt über fünftausend, vielleicht die größte Versammlung, die es in Saint-Denis jemals gegeben hatte.

Sein Handy reagierte auf eine eingegangene Textnachricht. Er holte es hervor und sah, dass sie von Claire kam.

»Gute Nachricht, Bruno! Ich habe heute übers Stethoskop die Herzschläge von Dianes neun Kindern gehört. In ziemlich genau einem Monat werden sie zur Welt kommen. Glückwunsch Ihnen und Papa Balzac.«

Danksagungen

Drei Ereignisse haben die Ideen geweckt, die in die Handlung dieses Buches eingeflossen sind. Das erste war der Bombenanschlag auf die tapfere maltesische Journalistin Daphne Caruana Galizia im Oktober 2017. Sie hatte lange Zeit daran gearbeitet, verschiedene Skandale um den Verkauf maltesischer Reisepässe aufzudecken. Sie gingen an Russen und andere, die sich damit die europäische Staatsangehörigkeit zu erschleichen versuchten. Weil ein solcher Pass eine Wohnadresse auf Malta voraussetzte, wurden billige Unterkünfte von heimischen Geschäftsleuten zu horrenden Preisen vermietet. Gerüchten zufolge war die russische Mafia in den Mord an Galizia verwickelt. Der zweite Vorfall ereignete sich in einer britischen Kleinstadt, wo zwei russische Geheimagenten einen russischen Überläufer mit Namen Sergei Skripal mit Nervengift zu töten versucht hatten.

Das dritte Ereignis war durchweg positiv. Ich hörte, dass mehrere Rockstars von Miles Copeland III auf dessen Château Marouatte eingeladen worden waren, was mich an einige glückliche Jahre in den 1970ern erinnerte, als ich mich mit Miles' Vater angefreundet hatte, einem CIA-Mitarbeiter, der aufgrund seiner engen Beziehung zu Ägyptens Präsident Nasser Berühmtheit erlangte. Unsere Plaudereien beim Lunch auf der Dachterrasse des Londoner Hilton waren immer sehr interessant. Etwa zur selben Zeit erlaubte mir der damalige Herausgeber des *Guardian,* einen Artikel über Rockmusik zu schreiben, vorausgesetzt, dass ich dies in meiner Freizeit täte. Ich hatte das Glück, bei der Premiere von Pink Floyds *Dark Side of the Moon* im Londoner Planetarium dabei zu sein, ebenso bei David Bowies erster Inkarnation als Ziggy Stardust, dem Start des Albums *Quadrophenia* von The Who, einer Amerikatour mit Procol Harum und Steeleye Span und auch auf der Party der Rolling Stones im Blenheim Palace 1973. Diese flüchtigen Begegnungen mit Rocklegenden kamen mir wieder in den Sinn, als ich den Plan für die Geschichte von Château Rock fasste.

Ebenso inspirierend für meine Erzählung sind die vielen Konzerte klassischer Musik im Périgord, die inzwischen mehr nach meinem Geschmack ist. Besonders angetan bin ich von den Uferkonzerten, die unsere Sommer bereichern, und den heimischen Kapellen und Musikern wie meinen Freunden aus der Gruppe Panama. Robert, der singende Architekt, Jean-Louis, der *garagiste* am Schlagzeug, und Stéphane am Keyboard bereiten mir seit Jahren großes Vergnügen, und ich freue mich, sie hiermit zu ehren.

Rod Macrae, seine Familie und das Château Rock sind frei erfunden, ebenso der Zwinger, in dem Balzac als Deckrüde auftritt, die Seniorenresidenz Château Marmont und die Familie Stichkin. Allerdings gibt es solche russischen Oligarchen, von denen viele ein Wohnrecht in Europa erworben haben, während ihr Vermögen hier geschützt wird. Ihre Motive sind nachvollziehbar. Wladimir Putin ist ein unbequemer Präsident und ein gefährlicher Nachbar. Seine Truppen sind in die Ukraine und in Georgien einmarschiert, haben die Krim annektiert, dramatische Cyberattacken gegen Estland geführt, Nervengas in Großbritannien eingesetzt, eine Passagiermaschine abgeschossen und mit Soldaten, Schiffen und Kampfflugzeugen seinen abscheulichen Verbündeten Syrien unterstützt. Die zunehmenden internationalen Spannungen sind zwar nicht allein Putin anzulasten, aber man versteht, warum sich westliche Geheimdienste beeilen, ihre Kapazitäten aufzustocken, was die Beobachtung des Kreml anbelangt. Aus Sorge, dass die Phantasie mit mir durchgehen könnte, habe ich die Umrisse der Handlung von ein paar alten einschlägigen Kontakten prüfen lassen, deren Namen ich hier nicht preisgeben will.

Wie in allen vorangegangenen Folgen haben einige der Protagonisten Vorbilder in der Realität, mit anderen Worten, sie sind inspiriert von echten Périgourdins und wurden durch mein Zutun nur ein wenig verfremdet. Gleichwohl entwickeln diese fiktiven Figuren im Verlauf der Handlung und mit jeder neuen Folge sehr schnell ein Eigenleben für mich. Und die Zeit vergeht. Manche der realen Vorbilder sind inzwischen verstorben, andere in den Ruhestand getreten beziehungsweise in andere Jobs gewechselt. Geschäfte haben geschlossen oder wurden verkauft. Neue Winzer und Restaurants sind auf den Plan getreten, Kleinkinder zu Teenagern herangewachsen. Saint-Denis ist in meinem Kopf so real geworden, dass sich seine Bewohner verständlicherweise weiterentwickeln.

Ich bin meinen Freunden, Nachbarn und herzlichen Menschen der Umgebung überaus dankbar, dass sie mir einen so perfekten und inspirierenden Ort gewissermaßen anheimstellen. Mein besonderer Dank gilt Raymond und Francette dafür, dass sie meinen Garten pflegen und sich um den Basset kümmern, wenn ich auf Reisen bin. In untilgbarer Schuld stehe ich meiner Frau Julia Watson gegenüber, einer professionellen Food- und Gastrojournalistin, die genau aufpasst, was Bruno auf den Tisch bringt, und Mitautorin der Bruno-Kochbücher ist. Wenn sie nicht über Grand-Prix-Rennen berichtet, pflegt Tochter Kate die Website brunochiefofpolice.com. Unsere andere Tochter Fanny, die eigene Gedichte und Theaterstücke schreibt, sorgt dafür, dass Figuren, Mahlzeiten, Fähigkeiten und Beziehungen, von denen in meinen Romanen die Rede ist, in Übereinstimmung bleiben, was mit jedem neuen Buch und jeder neuen Kurzgeschichte eine immer komplexere Aufgabe ist.

Bruno hätte nicht den internationalen Erfolg ohne meine Agentin und Freundin Caroline Wood, ohne Jane, Jonathan und Anna, meine wundervollen Lektorinnen und Lektoren bei Quercus in London, Knopf in New York und Diogenes in Zürich. Sie werden unterstützt von vielen engagierten Korrekturlesern und Korrekturleserinnen, Art Directors, Presse-, Marketing-, Herstellungs- und Vertriebsabteilungen, Druckern und Verlagsvertreterinnen und Verlagsvertretern. Und was wären wir Autorinnen und Autoren ohne Buchhändlerinnen und Buchhändler, Rezensentinnen und Rezensenten, Bibliothekarinnen und Bibliothekare, Bloggerinnen und Blogger und Buchklubs, die unsere Bücher an die entscheidende Stelle bringen, an Leserinnen und Leser wie Sie?

Bitte beachten Sie
auch die folgenden Seiten

Martin Walker im Diogenes Verlag

»Martin Walker hat eine der schönsten Regionen Frankreichs, das Périgord, zum Krimiland erhoben und damit erst für die Literatur erschlossen.«
Die Welt, Berlin

Die Fälle für Bruno, Chef de police:

Alle *Bruno*-Romane in der Übersetzung
aus dem Englischen von Michael Windgassen
Sämtliche Hörbücher werden von Joachim Steck gelesen

Bruno, Chef de police
Auch als Diogenes E-Hörbuch

Grand Cru
Auch als Diogenes Hörbuch

Schwarze Diamanten
Auch als Diogenes Hörbuch

Delikatessen
Auch als Diogenes Hörbuch

Femme fatale
Auch als Diogenes Hörbuch

Reiner Wein
Auch als Diogenes Hörbuch

Provokateure
Auch als Diogenes Hörbuch

Eskapaden
Auch als Diogenes Hörbuch

Grand Prix
Auch als Diogenes Hörbuch

Revanche
Auch als Diogenes Hörbuch

Menu surprise
Auch als Diogenes Hörbuch

Connaisseur
Auch als Diogenes Hörbuch

Außerdem erschienen:

Schatten an der Wand
Roman. Deutsch von Michael Windgassen

Germany 2064
Roman. Deutsch von Michael Windgassen

Brunos Kochbuch
Rezepte und Geschichten aus dem Périgord
Deutsch von Michael Windgassen
Fotografiert von Klaus-Maria Einwanger

Martin Walker
und Julia Watson
Brunos Gartenkochbuch
Deutsch von Michael Windgassen
Fotografiert von Klaus-Maria Einwanger

Martin Walker

Schatten an der Wand

Roman. Aus dem Englischen
von Michael Windgassen

Martin Walkers früher Roman über die Entstehung einer prähistorischen Höhlenzeichnung, deren Verwicklung in blutige Kriege und Intrigen zur Zeit der Höhlenmaler von Lascaux und während des Zweiten Weltkriegs. Die Geschichte gipfelt in dem erbitterten Kampf von fünf Menschen, sie heute zu besitzen. Denn wer diese Zeichnung findet, erhält den Schlüssel zur Aufklärung eines Verbrechens, das bis in die höchste Politik reicht und von dem bis heute keiner wissen darf.
Ein Thriller aus dem Périgord, vom Autor der erfolgreichen *Bruno*-Romane.

»Ausgerechnet ein Schotte ist es, der das Périgord auf die literarische Weltkarte gesetzt hat: Martin Walker. Schon vor 17 000 Jahren schufen prähistorische Picassos dort Kunstwerke von atemberaubender Schönheit. ›Sixtinische Kapelle der Wandmalereien‹ nennen sie die Höhlen von Lascaux.« *Gerd Niewerth / Westdeutsche Allgemeine Zeitung, Essen*

»Ein unterhaltsamer Krimi für Liebhaber der Kunstgeschichte.« *Main-Post, Würzburg*

»Martin Walker hat eine der schönsten Regionen Frankreichs, das Périgord, zum Krimiland erhoben und damit für die Literatur erschlossen.«
Tilman Krause / Die Welt, Berlin

Das Diogenes Hörbuch zum Buch

Martin Walker
Französisches Roulette

Ungekürzt gelesen von JOHANNES STECK

8 CD, Spieldauer 648 Min.

Luca Ventura

Mitten im August

Der Capri-Krimi

Der Inselpolizist Enrico Rizzi hat es auf Capri zumeist mit kleineren Delikten zu tun und daher genügend Zeit, seinem Vater in den Obst- und Gemüsegärten hoch über dem Golf von Neapel zu helfen. Bis mitten im August ein Toter in einem Ruderboot an den felsigen Strand getrieben wird: Jack Milani, Spross einer Industriellenfamilie und Student der Ozeanologie. Es ist der erste Mordfall für den jungen Rizzi, ein Fall, bei dem es neben der Aufklärung eines Verbrechens auch um die Zukunft der Weltmeere geht.

«Der Auftakt einer stimmungsvollen Reihe, die alles bereithält, was Italien traditionell zu bieten hat.»
Barbara Hoppe / Frankfurter Allgemeine Zeitung

«Luca Ventura gelingt es fantastisch, Spannung mit italienischem Flair zu verbinden. Ein Genuss.»
Gala, Hamburg